Zweiundsiebzig
Der dritte Fall für Laura Peters

Kriminalroman

Das Buch

„Nur wenige Meter vor sich sah sie eine Gestalt, dunkel gekleidet, Kapuze auf dem Kopf, in den Händen eine dicke Stange. Davor lag ein großes Bündel, zusammengerollt. Ein Mensch, Beine eng an den Bauch gezogen, Arme schützend um den Kopf geschlungen. Die Waffe sauste nach unten. Immer wieder drosch der Täter auf das Opfer ein. Traf den Körper, die Arme, den Kopf. Im fahlen Licht des Mondes glaubte Anisha, bei jedem Schlag das Blut spritzen zu sehen ..."

Ein brutaler Mord erschüttert das beschauliche Bad Godesberg. Auf einem Parkplatz wird ein Junge erschlagen, die Zeitungen sprechen von einer Übertötung, die Polizei geht von einem Zufallsopfer aus. Doch das Verbrechen wurde von einer Gruppe Jugendlicher beobachtet, und der Täter setzt nun alles daran, sie aufzuspüren.

Detektivin Laura Peters, die nach einem verschwundenen Jungen sucht, muss feststellen, dass die Fälle miteinander verbunden sind. Die Recherchen führen sie in islamistische Kreise, und die Hinweise verdichten sich, dass ein Attentat geplant ist. Als ein weiterer Mord passiert, gerät auch das Team der Detektei Peters ins Visier des Mörders, und es beginnt ein mörderischer Wettlauf gegen die Zeit.

Die Autorin

Die Schriftstellerin Patricia Weiss lebt mit ihrer Familie und ihrem Hund im schönen Bonn am Rhein. *Zweiundsiebzig* ist der dritte Roman, in dem Laura Peters mit ihrem Team ermittelt. *Das Lager – Der erste Fall für die Detektei Peters* und *Böse Obhut - Der zweite Fall für Laura Peters* sind als Taschenbuch im Internet erhältlich und als eBook auf allen Plattformen.

Zweiundsiebzig

Der dritte Fall für Laura Peters

PATRICIA WEISS

Kriminalroman

Dieses Buch ist auch als eBook erhältlich.

Texte: Copyright © 2018 Patricia Weiss

c/o Papyrus Autoren-Club
R.O.M. Logicware GmbH
Pettenkoferstr. 16-18
10247 Berlin
patricaweiss@gmx.net
Covergestaltung und Foto: Patricia Weiss
Lektorat: Katharina Abel
Druck: CreateSpace, ein Unternehmen von Amazon.com

All rights reserved.

ISBN-10: 1985121778

ISBN-13: 978-1985121775

Für meine two and a half men.

„Nichts ist so gefährlich wie ein Buch."
(Laura Peters)

1

DREI JAHRE ZUVOR

SYRIEN

Es passierte mitten am Tag.

Nicht nachts, wie sie es erwartet hatten, im Schutz der Dunkelheit, in der man den Überfall erst bemerkte, wenn er bereits im Gange war, sondern als die Sonne am höchsten Punkt stand, und sie noch damit beschäftigt waren, die Flucht vorzubereiten.

Warum waren sie nicht früher aufgebrochen?

Jedes Mal, wenn sie daran zurückdachte, stellte sie sich diese Frage. Sie kreiste in ihrem Kopf wie ein summendes, bösartiges Insekt, das immer wieder zustach, sie quälte und das sie nicht verscheuchen konnte.

Ihr Vater hatte bereits Tage vorher gewusst, dass sie kommen würden. Die verheerenden Nachrichten aus den nur wenige Kilometer entfernten Dörfern hatten sich in rasender Geschwindigkeit herumgesprochen. Es war klar, dass Flucht die einzige Rettung war. Für Ungläubige und Teufelsanbeter, wie sie von ihnen beschimpft wurden, gab es keine Gnade. Trotzdem hatte Vater sich mit den anderen Männern tagelang beraten und überlegt, was zu tun sei. Natürlich war es nicht leicht, sich zu entschließen, alles Hab und Gut zurückzulassen und irgendwo neu anzufangen, wo man nicht erwünscht war.

Aber war es besser, zu sterben?

Erst als die Nachricht kam, dass sie den Nachbarort dem Erdboden gleichgemacht hatten und auf dem Weg ins Dorf waren, hatte er eingewilligt.

Fieberhaft hatten sie das bisschen Schmuck und Geld in den Kleidern, die sie am Leib trugen, versteckt. Die Sachen von bescheidenem Wert hatten sie ganz hinten in die Schränke geschoben, in der armseligen Hoffnung, hinter den Schüsseln würde niemand suchen. Und den Ziegen im Stall hatte sie die Eimer randvoll mit Wasser gefüllt. Mitnehmen konnten sie die Tiere nicht.

Die Unruhe auf der Straße hatten alle gleichzeitig gespürt. Dann hörten sie die dröhnenden Motoren der Militärautos. Kommandos wurden gebrüllt, ein Schuss, angstvolle Schreie gellten in den Himmel. Aus dem Hof gab es keinen Fluchtweg. Sie stürzten zurück ins Haus.

Zu spät.

Durchs Fenster sahen sie, dass ein Geländewagen vorfuhr. Fünf Männer mit Bärten, grün-grauen Kampfanzügen und Gewehren im Anschlag sprangen vom Wagen und schwärmten in verschiedene Richtungen aus. Einer lief auf die offene Haustür zu, dann stand er vor ihnen. Im gleißenden Gegenlicht der Sonne zeichneten sich nur seine Silhouette und das Gewehr ab. Erst als er zwei Schritte in den Raum hinein machte, waren harte Gesichtszüge und eine Sonnenbrille zu erkennen. Mit der entsicherten Waffe und scharfen Worten, die sie nicht verstand, scheuchte er sie aus dem Haus.

Mutter hatte die Arme schützend um sie und die zwei Schwestern gelegt, Vater hatte den Jüngsten hochgenommen. Der ältere Bruder ging gesenkten Hauptes zwischen ihnen und versuchte, sich seine Angst nicht anmerken zu lassen. Hinter dem Jeep hatte ein Transporter mit offener Ladefläche gehalten. Einer der Bewaffneten zerrte ein Mädchen am Arm zu dem Fahrzeug und stieß es grob in den Rücken. Es stürzte vorwärts, konnte sich am Laster abfangen und kletterte ungeschickt hinauf. Drei weinende Mädchen knieten bereits dort und bettelten um Gnade oder schrien nach ihren Müttern. Die Familienangehörigen wurden weggezerrt, der Lärm war unbeschreiblich.

Der Mann griff ihr grob unter das Kinn, riss ihren Kopf hoch, dann zerrte er sie am Arm mit sich. Tief in der Haut spürte sie die Fingernägel ihrer Mutter, die sie nicht loslassen wollte, doch es gab kein Entkommen. Er schleuderte sie gegen den Laster, dann krachte der Gewehrkolben in ihren Rücken. Sie schrie auf vor Schmerz und zog sich mit letzter Kraft auf die Ladefläche. Angstvoll sah sie zu ihrer Familie. Der Vater hielt mit dem einen Arm den kleinen Sohn umklammert, mit dem anderen gestikulierte er bittend zu den Männern. Ihre Mutter weinte, flehte, schrie. Sie konnte sie in dem Lärm nicht heraushören, aber sie konnte es sehen. Der Mann ging zurück und wollte die Schwestern begutachten, aber die Mutter lies es nicht zu. Sie drehte sich mit den Mädchen im Arm zu Seite, wollte sie fortzerren. Ohne auch nur einen Augenblick zu zögern, hob der Mann sein Gewehr und schoss ihr in den Kopf. Die Mutter sackte zusammen, begrub die beiden Töchter unter sich, ihr Blut mischte sich mit dem Staub der Straße zu einem dicken, rot-klebrigen Brei. Hilflos und schreiend versuchten die Mädchen, sich zu befreien, unter ihr hervorzukriechen. Der Vater rührte sich nicht. Er hielt den kleinen Bruder so fest im Griff, dass dieser kaum atmen konnte. Ohne nachzudenken, warf sie sich gegen die Seitenstreben des Transporters, in ihrem Kopf gab es nur maßloses Entsetzen und den unbezwingbaren Drang, die Mutter zu retten, die Schwestern. Wie aus dem Nichts traf ein Schlag ihren Kopf. Sterne zerplatzten wie Feuerwerk vor ihren Augen, dann wurde es schwarz.

Das Erste, was sie wahrnahm, war ein Rütteln, das durch den ganzen Körper ging. Und ihren Kopf, der bei jedem Stoß schmerzte. Vorsichtig öffnete sie die Augen. Es war stockdunkel. Wo war sie? Nur langsam wurde ihr bewusst, dass sie über Land fuhr, dass es der Sternenhimmel war, den sie über sich sah, und dass es menschliche Leiber waren, gegen die sie immer wieder geschleudert wurde. Schemenhaft sah sie Gestalten um sich herum sitzen. Frauen, Mädchen. Bestimmt zwanzig. Sie waren zusammengepfercht wie Hühner in einem Käfig. Die Köpfe hielten sie gesenkt, bei manchen zuckten die Schultern vom Weinen. Oder war es die unbefestigte Straße, die ihre Körper erschütterte? Vorsichtig tastete sie ihren Hinterkopf ab, fühlte eine dicke, pochende Beule, Haarsträhnen klebten in der verkrusteten Wunde. Der Fahrtwind der kalten Nacht und der Gedanke an das Schicksal ihrer Familie trieben ihr die Tränen in die Augen. Sie meinte, den Geruch von Fäkalien wahrzunehmen. Von wem er kam, konnte sie nicht ausmachen. Vielleicht von ihr selbst.
Niemand sprach ein Wort. Sie hätte gerne Fragen gestellt. Irgendwelche. Um sich zu orientieren. Um zu

hören, dass alles gut war. Aber ihr Gehirn schmerzte, war nicht in der Lage, sinnvolle Sätze zu bilden, und ihr Mund blieb stumm. Sie fuhren durch die Nacht über die holperige Piste. Wie lange waren sie unterwegs? Sie hatte jegliches Zeitgefühl verloren. Stunden oder Minuten mischten sich mit Schmerzen und Orientierungslosigkeit. Erst als am Horizont das rotwarme Glühen des Sonnenaufgangs sichtbar wurde, kam ein Funken Lebensenergie zurück in ihren Körper. Sie wollte nur noch ankommen. Irgendwo. Nichts konnte schlimmer sein, als diese Ruckelei in der bedrängenden Enge mit den anderen Mädchen.

Doch sie irrte sich.

2

HEUTE, NACHT VON FREITAG AUF SAMSTAG

RHEINALLEE, BAD GODESBERG

Die Bushaltestelle war beleuchtet, eine Insel aus Licht in der Dunkelheit. Mit unsicheren Beinen kletterten und taumelten sie aus dem Bus. Zum Glück hatte der Busfahrer sie mitgenommen, obwohl sie ziemlich getankt hatten. Anisha wartete, bis alle sicheren Boden unter den Füßen hatten, und stieg als Letzte aus. Sie hatte nur ein paar Wodkas getrunken und war, verglichen mit den anderen, einigermaßen nüchtern. Quietschend schlossen sich die Türen hinter ihr, der Fahrer gab Gas. Die Gruppe hatte sich in der Rheinaue getroffen und den lauen Abend mit Trinken verbracht. Wie das alle bei schönem Wetter machten, die nicht alt genug waren, um in Bars abzuhängen. Eigentlich hätte Anisha längst zu Hause sein müssen, sie hatte nur Ausgang bis halb elf. Doch sie war so froh gewesen, dass die Gruppe sie mitgenommen hatte, dass sie ausgeharrt hatte.

Schwarze Mädchen hatten es nicht leicht, Freunde zu finden.

Pia-Jill hatte sie gefragt, ob sie mitkommen wollte. Ein paar Drinks kippen, bisschen Spaß haben, chillen mit ihr, ihrem Freund Göran und den Kumpels. Sie hatte begeistert zugesagt, obwohl sie Pia-Jill nicht sonderlich mochte. Sie hatte sie für verschlagen und ordinär gehalten. Und nach diesem Abend hatte sie die Gewissheit, dass der Eindruck stimmte. Aber Anisha war ihr trotzdem dankbar, dass sie dabei sein durfte.

Pia Jill schwankte gefährlich auf den hohen Schuhen. Es war sowieso ein Abenteuer, dass sie so etwas trug. Sie war so rund und schwer, dass man fürchtete, die Absätze könnten jeden Augenblick wie Streichhölzer unter ihr zusammenknacken. Ihr schmächtiger Freund Göran zog eine Dose Bier, die er in den Bus geschmuggelt hatte, unter der Jacke hervor, öffnete sie zischend, nahm einen tiefen Schluck und stopfte sie zwischen Pia-Jills üppige Brüste in den Ausschnitt. Anisha schaute betreten weg. Das hatte er schon den ganzen Abend so gemacht.

Pia-Jill als Bierhalter missbraucht.

Sie trug einen Schlauch aus T-Shirt-Stoff, der von der kugeligen Figur so gespannt wurde, dass er oben gerade noch die Spitzen der Brüste bedeckte und unten kaum bis unter den voluminösen Hintern reichte. Jedes Mal, wenn er ihr eine Dose ins Dekolleté stopfte, rutschte das Kleid unter den Busen und musste mit viel Mühe wieder hochgezogen werden. Sah Pia-Jill nicht, wie er den Kumpels zuzwinkerte und die dreckig grinsten? Aber sie lachte nur und sagte ups. Bei Anisha hatten die Jungs es auch versucht, aber sie war so dünn, dass es ein aussichtsloses Unterfangen gewesen war. Oben herum war sie flach wie ein Brett, worüber sie zum ersten Mal im Leben froh war.

Warum hatte Pia-Jill Göran als Freund? Es war klar, dass er sie nur für Sex gebrauchte. Fickmaschine nannte er sie, und Pia-Jill schaute geschmeichelt, wenn er das sagte. Anisha verstand das nicht. Warum ließ sie sich so von ihm behandeln? War sie so happy, einen Freund zu haben, der sich in der Öffentlichkeit mit ihr zeigte, dass sie alles dafür akzeptierte? So hässlich, wie sie war, wollte sie ansonsten vermutlich keiner anrühren. Warum wusch sie die mausgrauen Haare nicht mal, anstatt sie in fettigen Strähnen um das teigige Gesicht ringeln zu lassen? Da halfen auch die langen, pinken Kunstfingernägel nicht und das zentimeterdick aufgespachtelte Make-up.

Pia-Jill hatte ihr anvertraut, dass Göran Frauen liebte, bei denen es etwas zum Anfassen gab. Nicht solche dürren Bohnenstangen wie Anisha. Deshalb sollte sie es gar nicht erst bei ihm versuchen. Und schwarze Mädchen könne er sowieso nicht ab. Die seien hässlich und dumm. Als wenn sie jemals so verzweifelt wäre, sich Göran an den Hals zu werfen. Er machte zwar etwas aus sich, in die kurz geschorenen Haare hatte er Blitze rasiert, er trug Markenklamotten und hatte Geld, um Alkohol zu kaufen, aber er war arschig und schmächtig. Sie überragte ihn um mindestens fünfzehn Zentimeter.

Trotzdem. Alles war besser, als zu Hause zu hocken. Einmal nicht mehr abends in der engen Wohnung mit der Familie zu sitzen. Einmal den Abend in der Rheinaue unter freiem Himmel mit Freunden zu genießen. Na ja, mit Kumpels.

Schillok, Görans bester Freund und seit der Grundschule benannt nach seinem Lieblingspokémon, stolperte hinter das Wartehäuschen. Durch die Glasscheibe sah sie ihn breitbeinig vor einem Zeitungskasten stehen. Leise plätscherte es durch die Nacht.

Dann hörten sie den Schrei. Ein Stöhnen, Keuchen, Schläge, das Knirschen von Kies. Die Geräusche kamen vom Parkplatz neben der Bahnlinie, der komplett im Dunkeln lag.

„Was ist da los?" Anisha packte die Angst. Die anderen waren wie elektrisiert. Schillok schloss eilig seine Hose, Pia-Jill, Göran und die anderen zückten die Handys.

„Los, kommt!" Göran schlich gebückt vorwärts, die anderen taten es ihm nach. Pia-Jill zog die Bierdose aus dem Dekolleté und senkte den Kopf, der große Bauch und die hohen Schuhe erlaubten nicht mehr Akrobatik. Anisha ging auf Zehenspitzen hinterher, gleichermaßen getrieben von Neugier und der Panik, allein zurückzubleiben. Sie bezogen Stellung hinter einem Auto, die Jungs linsten über den Kofferraum. Pia-Jill hantierte an ihrem Handy. Das Keuchen und Stöhnen und das dumpfe Geräusch von Hieben war jetzt direkt vor ihnen. Anisha erhob sich aus der Hocke. Nur wenige Meter vor sich sah sie eine Gestalt, dunkel gekleidet, Kapuze auf dem Kopf, in den Händen eine dicke Stange. Davor lag ein großes Bündel, zusammengerollt. Ein Mensch, Beine eng an den Bauch gezogen, Arme schützend um den Kopf geschlungen. Die Waffe sauste nach unten. Immer wieder drosch der Täter auf das Opfer ein. Traf den Körper, die Arme, den Kopf. Im fahlen Licht des Mondes glaubte Anisha, bei jedem Schlag das Blut spritzen zu sehen.

„Wir müssen Hilfe holen!" Ihre Worte waren ein einziges Zittern. Sie wollte '*Aufhören*' schreien. Doch die Stimme versagte den Dienst. Ihr fehlte der Mut. Die fahrigen, eiskalten Finger kriegten das Handy nicht zu fassen, konnten es nicht aus der Tasche des Hoodies ziehen. Ein verzweifelter Blick auf die Kumpels zeigte, dass die überhaupt nicht daran dachten, die Polizei zu rufen. Göran filmte, die Freunde gafften erregt, Schillok hatte die rechte Hand in der

Hosentasche und schien sich zu reiben. Pia-Jill tippte mit langen Fingernägeln hektisch auf dem Telefon herum.

Anisha wollte sich abwenden. Sie konnte nicht ertragen, was sie sah. Dort wurde ein Mensch erschlagen. Doch sie stand wie gelähmt und starrte. Plötzlich erhellte ein Lichtblitz die Nacht, tauchte die brutale Szene für Sekundenbruchteile in gleißende Helligkeit, ließ die Zeit stillstehen. Der Täter hielt in der Bewegung inne, wandte sich zu ihnen um. Diabolische Augen sahen Anisha direkt an, fraßen sich in sie hinein, schienen sich bis in ihre Seele zu graben. Dann senkte er die Arme und lief über den Parkplatz davon.

„Fick dich, Pia-Jill, du bist zu blöd zum Scheißen. Jetzt hast du ihn vertrieben." Göran gab seiner Freundin einen kräftigen Stoß. Die geriet ins Taumeln und fiel hart auf das Hinterteil. „So ein Fuck", schrie er in die Nacht. Er trat auf Pia-Jill ein, die wie ein Mistkäfer auf dem Rücken strampelte und vergeblich versuchte, aufzustehen.

Anisha erwachte aus der Erstarrung. Vorsichtig schlich sie um das Auto herum, näherte sich dem Opfer, von dem eine unheilige Ruhe ausging. Sie ging in die Hocke. Pia-Jill und Göran waren gefolgt und stellten sich neben ihr auf. Schillok leuchtete mit der Taschenlampe des Handys über das zerstörte, blutige Gesicht des Toten, die anderen hielten Abstand. Anisha sah Knochensplitter, die aus Wunden ragten, blutverklebte Haarbüschel, Finger, die unnatürlich abgeknickt in alle Richtungen abstanden und einen goldenen Ring, der für einen Augenblick im Lichtkegel aufblitzte. Göran hatte ihn auch entdeckt. Er zerrte das blutbefleckte Schmuckstück von dem lädierten Finger und steckte es, ohne es abzuwischen, in die Tasche seiner Jeans.

„Da hat sich der Abend doch noch gelohnt." Er grinste seine Kumpels an, dann wandte er sich zu Pia-Jill. „Jetzt bist du dran, Fickmaschine. Du hättest fast alles ruiniert mit deinem Scheiß-Blitzlicht. Jetzt zeige ich dir, was passiert, wenn man sich so dämlich anstellt." Er zerrte sie zum nächsten Auto und drückte sie über die Motorhaube. Mit der anderen Hand öffnete er seine Hose, und die Jungs stellten sich mit gezückten Handys im Kreis um die beiden auf.

Anisha entfernte sich mit unsicheren Schritten. Sie presste die Hände auf die Ohren, um das Keuchen des kopulierenden Pärchens und das Johlen der Spanner nicht hören zu müssen. Neben einem Busch beugte sie sich vor und übergab sich. Wieder und wieder. Als wollte sie nicht nur allen Wodka, sondern auch das gesamte Böse des heutigen Abends loswerden. Dann sank sie erschöpft auf die Knie. Sie wollte nur noch nach Hause. Weg von diesem Grauen. Und weg von dem Gedanken, der ständig durch ihren Kopf kreiste.

Sie kannte den Ring.

3

HEUTE, MONTAG

BAD GODESBERG

Bepackt mit Taschen und Tüten vom Bäcker schob sich Detektivin Laura Peters durch den Vorgarten der Altbauvilla, vorbei an wuchernden Büschen, die die Zweige nach ihr ausstreckten und mit den Blättern sanft über ihr Gesicht fuhren. Unter ihren Armen klemmten Tageszeitungen und Zeitschriften, den Schlüssel hielt sie zwar vorsorglich schon in der Hand, trotzdem grenzte es an ein Zirkuskunststück, die Tür zu öffnen, ohne etwas fallenzulassen.

Aufatmend lächelte sie der jungen Assistentin, Gilda Lambi, zu, die im Vorraum an ihrem Arbeitsplatz saß und sie erwartungsvoll ansah.

„Guten Morgen."

„Morgen Laura." Gilda sprang auf, strich die langen, braunen Haare zurück, lief um den Schreibtisch herum und nahm der Chefin die Tüten ab.

„Schoko-Croissants?"

„Natürlich. Und belegte Brötchen. Die vom Kiosk auf dem Busbahnhof."

„Wunderbar. Das sind die Besten. Ich hole uns Teller und setze Kaffee auf. Gut?"

Laura nickte. „Perfekt."

Gildas Familie stammte aus Süditalien. Als sie in der Detektei Peters angefangen hatte, hatte sie eine Napoletana mitgebracht. Eine Metall-Kaffeekanne, die auf die Herdplatte gestellt wird, um richtigen Kaffee zu machen, wie Gilda es nannte. Doch das bittere, starke Gebräu, das in kleinen Tassen serviert wurde, hatte Laura und Marek, den zweiten Detektiv, nicht dauerhaft überzeugen können. Sie liebten den Kaffee in großen Mengen und aus großen Bechern. Die italienische Variante war wunderbar, um nach einem opulenten Essen nicht in Tiefschlaf zu verfallen, aber zum Tagesgeschäft gehörte klassischer Büro-Kaffee. Es hatte eine Weile gebraucht, bis sie die junge Assistentin überzeugt hatten. Doch mittlerweile fragte sie schon gar nicht mehr, welche Art von Kaffee sie zubereiten sollte, sondern befüllte direkt die Maschine für den Filterkaffee.

Laura öffnete die Tür zu ihrem Büro und warf die Zeitungen auf den Tisch. Die Schlagzeilen hatten alle dasselbe Thema und waren der Grund, warum sie so viele Exemplare gekauft hatte: Es hatte einen Mord gegeben. Mitten in Bad Godesberg. Ein ganz junges Opfer. Ähnlich wie vor einem Jahr. Und fast genau an derselben Stelle, wo der andere Junge zu Tode geprügelt worden war. Nicht weit entfernt von der Detektei Peters. Der Mord damals hatte hohe Wellen geschlagen, die Bürger hatten sich zu Mahnwachen und Demonstrationen gegen Gewalt zusammengefunden, und selbst ausländische Fernsehsender hatten darüber berichtet. Jetzt gab es wieder einen toten Jungen. Das kleine Bad Godesberg, in dem auf engstem Raum die ganze Bandbreite sozialer Schichten und kultureller Gegensätze aufeinanderprallte, kam nicht zur Ruhe.

Laura ging zu den hohen Flügeltüren, die in den Garten hinaus führten, und öffnete sie. Sie betrat die Terrasse, legte den Kopf in den Nacken und fühlte die warmen Sonnenstrahlen auf dem Gesicht. Die Vögel zwitscherten und übertönten fast den Verkehrslärm. Was für ein schöner Tag. So friedlich und verheißungsvoll. Es war unvorstellbar, dass ganz in der Nähe ein Junge getötet worden war. Ein kalter Schauer lief ihr über die Haut, sie schlang die nackten Arme um sich. Trotz der Hitze, die bereits am frühen Morgen herrschte, war ihr innerlich kalt.

„Der Garten ist ein Urwald. Die Hausverwaltung muss irgendwann etwas dagegen unternehmen." Laura zuckte zusammen. Gilda war leise wie eine Katze neben sie getreten.

„Den Hausmeister kannst du vergessen. Der kommt nur, um Kaffee zu trinken, ein Schwätzchen zu halten und um dich Liebelein zu nennen. Wir müssten selbst Hand anlegen. Aber dazu haben wir keine Zeit."

„Der Rosenbusch wuchert den halben Rasen zu. Bald wird alles so zugewachsen sein, dass wir wie zwei Dornröschen einschlafen, und unsere Kunden sich nur noch mit dem Schwert Zugang verschaffen können."

Laura lachte. „Zum Glück kommen sie durch den Vorgarten. Da ist der Weg noch relativ frei."

„Könnte sich nicht die Anwältin von oben darum kümmern? Oder ist sie zu adelig dafür?" Gilda deutete auf den Balkon über ihren Köpfen. „Hast du eigentlich schon jemals mit ihr gesprochen? Ich noch nie. Und gesehen habe ich sie auch nur ganz selten. Existiert die Kanzlei überhaupt noch?"

„Ich denke schon. Ich habe unsere Mitmieterin einmal getroffen, als ich bei den Godesberger Unternehmerinnen eingeladen war. Das ist schon etwas her, kurz nach dem ersten Fall. Sie wollten, dass ich einen Vortrag über das Erfolgsgeheimnis unserer Detektei halte. Ich habe über die Bedeutung von Teamchemie, offener Kommunikation und effektivem Delegieren als Schlüsselfaktoren gesprochen. Ehrlicherweise hätte ich wohl Zufall, Glück und Marek nennen müssen." Laura lachte. „Danach ist sie auf mich zugekommen und hat mich angesprochen."

„Und? Wie ist sie so?"

Laura zuckte die Achseln. „Kaschmirpulli, Perlenkette, Siegelring. Selbstbewusst, Haare auf den Zähnen, aber ich fand sie sympathisch."

„Verstehe, also keinen grünen Daumen. Wie du. Schade, dann bleibt es wohl an mir hängen. Vielleicht schaffe ich es am Wochenende, mich im Garten auszutoben. Ich rufe trotzdem den Hausmeister an, manchmal hat man Glück. Komm, der Kaffee ist fertig, und bei der Hitze fängt die Schokolade in den Croissants an zu schmelzen."

Laura folgte ihrer Assistentin ins Büro und überlegte, ob die knappen, ausgefransten Jeans-Shorts, das Tank-Top mit dem Logo einer Gamer-Mannschaft und die weißen Sneakers ein angemessenes Büro-Outfit waren. Sie entschied sich für ein eindeutiges Ja. Gildas lange, schlanke Beine waren glatt und gebräunt, sie wirkte korrekt angezogen, egal was sie trug. Als hätte Gilda ihre Gedanken gelesen, drehte sie sich um und warf einen Blick auf Lauras Jeans. „Ist dir nicht zu warm?"

„Im Moment geht es. Und Shorts sind keine Option, ich werde leider nicht so schnell braun wie du. Fangen wir mit der Arbeit an. Was haben wir für Themen?"

„Zu den bestehenden Fällen ist einiges dazu gekommen. Meine Idee, Fake-Profiles in den sozialen Medien zu entlarven, ist wie eine Bombe eingeschlagen. Wir können uns vor Anfragen kaum retten. Es ist nicht zu glauben, wie viele Menschen sich im Internet ernsthaft verlieben, ohne den anderen jemals gesehen zu haben."

„Gefälschte Profile?" Laura ließ sich auf den Schreibtischstuhl fallen, trank einen Schluck Kaffee und biss genüsslich in ein Croissant.

„Ja. Accounts von Frauen bei Facebook, Twitter oder irgendwelchen Dating-Plattformen mit tollen, sexy Fotos, die nicht der Wirklichkeit entsprechen."

„Vermutlich steckt jemand dahinter, der nicht ganz so hübsch, schlank und jung ist?"

Gilda lachte. „Natürlich. Fast jeder benutzt Foto-Filter, um die Realität zu schönen. Aber es gibt Leute, die stehlen Bilder und nehmen, manchmal nicht nur optisch, die Identität einer anderen Person an. Als ich die Idee hatte, dass wir die wahren Menschen hinter den Accounts finden, war mir allerdings nicht bewusst, welche Dramatik damit verbunden ist. In einem Fall hat sich ein Pärchen über zwei Jahre geschrieben. Sie sind zu Seelenverwandten geworden, wollten heiraten und ihr Leben miteinander verbringen. Es kam jedoch nie zu einem realen Treffen. Oder auch nur zu einem Video-Anruf."

„Das ist verdächtig. Ich vermute, irgendwann wurde der Belogene stutzig und hat uns beauftragt", vollendete Laura Gildas Wortschwall.

„Ganz genau. Leider musste ich eine schlechte Nachricht überbringen: Die Frau war nicht die langhaarige Schönheit mit den sexy Kurven und dem strahlenden Lächeln von den Bildern, sondern eine Bohnenstange mit gepiercter Oberlippe und Igel-Frisur. Unsere Kunden möchten ja die Wahrheit erfahren. Trotzdem fühle ich mich wie das Gegenteil von Eros, dem kleinen, dicken Engel, der mit seinem Liebespfeil die Paare zusammenbringt. Ich bin Luzifer, der mit den

Recherche-Ergebnissen die Liebenden trennt und in die Hölle schickt."

Laura lachte. „Jetzt übertreib nicht. Es ist nicht deine Schuld, wenn das Glück zweier Menschen auf einer Lüge aufgebaut ist. Es wäre auf jeden Fall herausgekommen."

Gilda verzog einen Mundwinkel, dann erschien wieder ihr strahlendes Lächeln. „Dafür macht die Entlarvung der Fuckboys alles wieder wett."

„Bitte?"

Gilda lachte. „Fuckboys. So nennt man die Männer, die sich Frauen für Sex warmhalten, nur in der Nacht texten, wenn sie scharf sind, aber bei den Mädels die Hoffnung wecken, sie wären ernsthaft interessiert. Die sind die Pest."

„Fuckboys", murmelte Laura, „soso." Grell blitzte die Erinnerung an ihren Ex-Liebhaber auf, doch sie verscheuchte den Gedanken sofort. Darin hatte sie Übung.

„Ja. Da tue ich echt ein gutes Werk. Ich finde für die Mädchen heraus, dass ihre Typen noch mit anderen herummachen und nicht im Traum an eine feste Beziehung denken. Das ist zuerst ein Schock, aber dann sind die Girls total dankbar."

„Und wie bewirbst du unsere Dienstleistung? Unterstützung bei der Entlarvung eines ...", Laura machte eine kurze Pause, „Fuckboys? Benutzt du den Fachterminus in den Anzeigen? Damit dürften wir uns definitiv von der Konkurrenz abheben." Sie konnte das Lachen nicht mehr unterdrücken.

„Nein. Obwohl man die wirklich so nennt. Ernsthaft." Gilda gluckste. „Das geht über Mundpropaganda. Du glaubst nicht, wie schnell sich das herumgesprochen hat. Täglich kommen neue Anfragen."

„Sehr schön. Mir gefällt deine Initiative. Es ist wichtig, neue Dinge auszuprobieren und sich als Firma weiterzuentwickeln.

In dem Unternehmen, in dem ich früher angestellt war, hieß es immer *Stillstand ist Rückschritt.* Da ist was Wahres dran. Aber zurück zum klassischen Teil unserer Dienstleistungen: Steht heute etwas Spezielles an?"

Gilda nickte. „Gleich kommt eine frühere Schulkameradin von mir. Wir haben am Freitag telefoniert. Sie hat nicht gesagt, worum es geht, aber sie möchte unsere Hilfe in Anspruch nehmen. Kannst du bei dem Treffen dabei sein?"

„Wenn es deiner Freundin nicht unangenehm ist, kein Problem. Ich bin flexibel. Keine Termine."

„Kommt Marek heute?" Gilda blies unschuldig in den heißen Kaffee.

„Weiß ich nicht." Lauras Stimme wurde kratzig, das Croissant, auf dem sie herumkaute, schmeckte plötzlich nach Sägemehl.

Da sie nichts weiter sagte, stand Gilda auf und räumte das Geschirr zusammen. „Ich muss noch viel erledigen, wir sehen uns nachher."

Laura nickte nur.

Ihr Blick wanderte über die Wände des Büros. Streifte die Magnetleisten, die blank und kahl waren, weil es zurzeit keine Fälle gab, die tiefer diskutiert werden mussten. Flog über die Lithographie der kämpferischen Brunhild aus der Nibelungensage, die sie von ihrer Freundin Barbara zur Firmengründung geschenkt bekommen hatte. Blieb schließlich auf den gerahmten Zeitungsausschnitten mit den Fotos des Teams der Detektei Peters ruhen.

Sie nahm die Kaffeetasse und stand auf, um die Bilder aus der Nähe zu betrachten. Der Empfang im Bonner Rathaus. Der Bürgermeister hatte sie nach der Lösung des ersten, großen Falles eingeladen, um sich persönlich bei ihnen zu bedanken, und Presse, Funk und Fernsehen dazugebeten. Sie erinnerte sich, dass er viel zu lange ihre Hand geschüttelt hatte, um allen Journalisten die Gelegenheit zu geben, sein Nussknacker-Lächeln im Großformat zu knipsen. Wie unwohl sie sich gefühlt hatte, zeigte ihr angespannter Gesichtsausdruck. Sie gefiel sich gar nicht auf dem Foto. Aber damals hatte sie eine Trennung und eine schwere Zeit hinter sich gehabt. Mittlerweile waren die nach der gescheiterten Beziehung in einem Anfall von Verzweiflung selbst abgeschnittenen Haare zum Glück wieder gewachsen und reichten bis zur Schulter. Und die türkise Bluse, von der sie gehofft hatte, sie würde ihr deutlich besser stehen, war nach dem Termin kurzerhand in die Kleidersammlung gewandert. Nur die Abneigung gegen öffentliche Auftritte hatte sie bis heute nicht ablegen können.

Neben ihr auf dem Foto stand ihre Freundin Barbara, die selbstbewusst strahlte und in einem orientalisch angehauchten Kleid mit tiefem Ausschnitt eine gute Figur machte. Als bekannte Pianistin war sie Publicity gewohnt und hatte Routine darin, ihre Schokoladenseite zu präsentieren.

Gilda, das Küken des Teams, lehnte auf dem Bild so dicht neben Barbara, als wollte sie sich hinter ihr verstecken. Ihr Kopf war gesenkt, die langen, glänzenden Haare verdeckten die Hälfte des Gesichts. Wie immer trug sie ausgebleichte Jeans und T-Shirt. Ein Empfang beim Bürgermeister und ein Pressetermin waren für sie kein Grund, sich extra in Schale zu werfen. Sie sah trotzdem umwerfend aus mit der grazilen Figur und den dunklen Augen. Wer sie kannte, dem fielen allerdings die Schatten unter den Augen und eine für sie untypische Blässe auf.

Beim ersten, großen Fall der Detektei war Gilda in die Fänge eines sadistischen Mörders geraten. Auch wenn sie danach behauptet hatte, es gehe ihr gut, hatte Laura das Gefühl gehabt, dass das Erlebnis ein Trauma hinterlassen hatte. Doch vor ungefähr einem halben Jahr schien die Last von Gilda abgefallen zu sein. Sie war eines Morgens wie ausgewechselt im Büro erschienen und hatte wieder so frei und zuversichtlich gewirkt, wie zu Beginn, als Laura sie kennengelernt hatte. Was diese Verwandlung in ihrem Wesen bewirkt hatte, hatte sie nicht erzählt. Vielleicht war es einfach die Zeit gewesen, die die Wunden geheilt hatte.

Marek fehlte auf dem Zeitungsfoto. Dabei hätte er sich gut darauf gemacht: attraktiv, trainiert, in Lederjacke, Jeans und Biker-Boots. Optisch definitiv eher Action-Hero als sensibler Schöngeist. Aber er war direkt nach der Lösung des Falls verschwunden. Oder, besser ausgedrückt, er hatte sich aus dem Staub gemacht.

Weil er in Wirklichkeit nur seine eigenen Ziele verfolgt hatte.

Vermutet hatte sie das von Anfang an. Trotzdem war sie verletzt gewesen, als sich herausgestellt hatte, dass es stimmte. Und dass er sich so lange nicht gemeldet hatte, ärgerte sie heute noch. Zum Glück war er rechtzeitig wieder aufgetaucht, als sie es mit dem zweiten großen Fall zu tun bekommen hatten. Nicht nur, weil sie ihn vermisst hatte, sondern auch, weil sie ohne ihn ganz schön in Schwierigkeiten gewesen wären.

Seitdem hatte er seine Tätigkeit als polnischer James Bond, wie sie ihn gern nannte, an den Nagel gehängt und sich auf die Arbeit in der Detektei konzentriert. Er hatte sogar überlegt, als Teilhaber in die Firma einzusteigen. Voller Elan hatte er sich in die Fälle gestürzt, hatte untreue Ehemänner bespitzelt, verschwundene Familienmitglieder gefunden und Zeitungsdiebe gestellt.

Doch in letzter Zeit wirkte er rastlos, zeigte wenig Interesse an den Jobs und tauchte nur noch selten im Büro auf. Laura seufzte. Sie wusste, wie sehr Marek sich bemühte, ein geregeltes, normales Leben zu führen. Er wollte sein Team nicht im Stich lassen. Aber sie machte sich nichts vor. Lange würde er es nicht mehr aushalten, dieses tägliche Bad im Trivialen, im immer Gleichen. Er brauchte die Herausforderung, die Gefahr, den Adrenalin-Kick wie die Luft zum Atmen. Irgendwann würde er gehen. Und sie würde ihn nicht aufhalten können. Aber sie konnte sich darauf vorbereiten. Sie musste Verstärkung finden. Einen Detektiv, der die Lücke ausfüllen konnte, die Marek hinterlassen würde.

Und das möglichst bald.

4

Eine Stunde später hörte Laura die Türklingel, dann gedämpftes, erregtes Gemurmel und Schluchzen im Vorraum. Doch erst nach einer Weile bewegte sich die Klinke der Bürotür, und zwei Mädchen schoben sich in den Raum: Gilda, die die Haare oben auf dem Kopf zu einem wilden Dutt geschlungen hatte, und dahinter ein molliges Wesen mit verweintem Gesicht, Kopftuch und maritimem Ringel-T-Shirt, das mindestens zwei Nummern zu klein war. Die Linien, eigentlich als Querstreifen gedacht, wanderten in abenteuerlichen Bögen über einen üppigen Busen und darunter liegende Rollen und Dellen. Die Nase lief, die schwarzen Augen sahen Laura misstrauisch an.

„Guten Morgen, immer herein." Laura erhob sich und setzte ein munteres Lächeln auf. „Sie müssen Gildas Schulfreundin sein."

Gilda zog die Besucherin vollends in den Raum. „Das ist Merve, eine frühere Klassenkameradin. Soll ich dir noch einen Kaffee holen?"

„Danke, das mache ich gleich selbst. Wollt ihr euch setzen?" Laura wies auf die hellblauen Besuchersessel.

Ihre Assistentin warf einen fragenden Blick auf die Bekannte, dann zuckte sie die Achseln. „Merve, möchtest du uns beauftragen? Du musst nicht mit uns sprechen. Du bist freiwillig hier."

Die junge Frau schluchzte und wischte sich mit plumpen Fingern durch das Gesicht. Über ihrem Arm hing ein schwarzer Mantel, von dem ein strenger Geruch ausging, der sich schnell im ganzen Raum verbreitete. Laura verspürte einen Anflug von Übelkeit. Das Mädchen sagte keinen Ton, schniefte vor sich hin und schien sich immer tiefer in ihr Kopftuch und den Panzer aus Speck zurückzuziehen.

Laura bekämpfte die Gereiztheit. Es kam vor, dass Klienten plötzlich unschlüssig wurden. Und auch, dass sie weinten. Vor allem Frauen. Fast jedem Auftrag, den sie erhielten, war aufseiten des Auftraggebers eine Phase des Kummers vorausgegangen. Aber es machte einen Unterschied, ob ein schöner, sympathischer Mensch weinte oder ein mürrisches Teiggesicht, das den Mund nicht aufkriegen wollte und streng roch. Laura wusste, wie unfair die Gedanken waren, und bemühte sich, den Anflug von schlechtem Gewissen mit aufgesetzter Freundlichkeit zu kompensieren.

„Kann ich etwas für Sie tun? Nehmen Sie sich Zeit. Möchten Sie ein Stück Schokolade? Ist gut für die Nerven. Oder einen Kaffee? Verdammt noch mal!" Laura fing Gildas verwirrten Blick auf, verzog einen Mundwinkel und zuckte mit den Schultern. Ihr Büro roch sauer nach Mensch, das Mädchen war bockig wie ein Esel, sie hatte ihr Bestes versucht. Sie sprang auf, ging zur Flügeltür, rüttelte an den alten Griffen, bis sie aufsprang, und sog tief die warme Sommerluft ein.

„Merve", Gilda probierte es auf die sanfte Tour. „Jetzt erzähl uns, was dich beunruhigt. Du kannst uns vertrauen. Wir werden dich nicht bei deinen Leuten verraten."

„Verraten?" Laura drehte sich um, verließ jedoch nicht ihren Posten an der frischen Luft.

Gilda setzte sich auf die Sessellehne und legte den Arm um die Freundin. Laura bewunderte sie dafür. Sie schreckte wirklich vor nichts zurück. Merve entwand sich unwillig der Umarmung und betrachtete Laura mit wässrigem Blick.

„Kommen Sie." Lauras Lächeln funktionierte wieder. „Entspannen Sie sich. Erzählen Sie, was Sie bedrückt. Wir kriegen das wieder hin." Warum bemühte sie sich so um diese Person? Auf den Auftrag waren sie nicht angewiesen. Und ihr schlechtes Gewissen war in dem Mief auch schon längst wieder verflogen.

Das Mädchen faltete die molligen Hände über dem großen Bauch. „Es ist nichts. Jedenfalls nichts Schlimmes. Mein Bruder ist verschwunden. Yasin. Aber er kann auf sich aufpassen."

„Seit wann ist er nicht nach Hause gekommen?"

„Seit ein paar Tagen. Ich habe deshalb Freitag bei Gilda angerufen."

„Wie alt ist er?"

„Achtzehn."

„Ok. Das ist alt genug, um eigene Wege zu gehen. Wohnt er noch zu Hause?"

„Natürlich. Er ist nicht verheiratet." Merves Gesichtsausdruck drückte deutlich aus, was sie von der Frage hielt.

„War er schon mal länger weg, ohne zu sagen, wo er sich aufhält?"

„Nein. So etwas macht er nicht. Er lässt die Familie nicht im Stich. So einer ist er nicht."

„Sind Sie Türkin?" Laura sah ihr fest in die Augen, verbot ihrem Blick, über das Kopftuch zu wandern.

„Nein, ich bin Deutsche. Ist das wichtig? Seid ihr so asideutsch, dass ihr nur Aufträge von Bio-Deutschen annehmt?"

Laura ignorierte die Unverschämtheit. „Nein. Wir suchen uns die Fälle zwar aus, die wir bearbeiten, aber die Nationalität des Auftraggebers spielt keine Rolle. Wir sind ja auch ein international gemischtes Team. Ich habe das nur gefragt, um mehr Informationen über das Umfeld Ihres Bruders zu bekommen." Sie warf Gilda einen schnellen Blick zu, die nickte knapp. Sie würde Laura später über die Details von Merves Herkunft ins Bild setzen. „Gibt es weitere Gründe, warum Sie sich Sorgen machen? Also außer, dass Yasin nicht nach Hause gekommen ist?"

Merve zuckte die Achseln und zwirbelte an den Enden des Kopftuchs. Mehrmals wippte sie mit dem Oberkörper, dann wuchtete sie sich aus dem Sessel. „Das hier ist ein Fehler. Ich hätte nicht kommen sollen. Wir regeln das besser unter uns."

Bevor Laura erfreut zustimmen konnte, legte Gilda dem Mädchen die Hand auf den Arm und zog sie in den Sessel zurück. „Lass mich erzählen. Ich kenne Yasin aus der Schule und habe einiges mitbekommen." Sie drehte sich zu Laura um. „Merves Bruder hatte es ziemlich schwer. Er war damals Zielscheibe von üblen Streichen. Zu Hause wurde er streng erzogen", sie machte eine kurze Pause, sah Merve an, diese nickte widerwillig. „Nach dem Realschulabschluss hat er eine Lehre als Schreiner begonnen. Die müsste er jetzt abgeschlossen haben, oder?"

Merve schüttelte den Kopf. Sie sprach kein Wort zu viel.

„Ok, also ist er noch in der Ausbildung. Wenn ich dich richtig verstanden habe, ist er dort nicht glücklich. Das kann ich mir auch denken, er wirkte immer so sanft, weich, sensibel. Mehr Ästhet als Handwerker. Ach, schwer zu beschreiben. Jedenfalls kann man ihn sich kaum zwischen Dreck, Sägespänen, Lärm und dicken Brettern vorstellen. Aber ein Kopfmensch ist er auch nicht gerade."

Langsam dämmerte es Laura, was Gilda andeuten wollte. „Ist er homosexuell?"

„Nein!" Merve fauchte wie eine wütende Katze. „Sind Sie total bescheuert? Mein Bruder ist nicht schwul! Sie haben wohl einen an der Klatsche! Typisch deutsch!" Gilda wollte wieder ihre Hand auf Merves Arm legen, doch die schlug sie weg. „Ihr seid solche Arschlöcher. Alle. Mit diesen schwachsinnigen Behauptungen habt ihr sein Leben zerstört."

Gilda biss sich auf die Lippen und sah Laura an. „In der Schule wurde er 'schwule Sau' genannt. Sie haben ihn ständig damit aufgezogen, obwohl er sich für Mädchen interessiert hat. Mich hat er mal gefragt, ob ich mit ihm ausgehen möchte."

„Was?" Merve sah sie überrascht an. „Das habe ich gar nicht gewusst. Ihr hattet ein Date?" Gilda schüttelte den Kopf und wich ihrem Blick aus.

„Du hast abgelehnt? Bestimmt, weil wir Muslime sind. Warst dir zu fein? Du kamst dir ja immer wie etwas Besseres vor. Nur weil deine Eltern ein Restaurant haben. Dabei bist du nichts weiter als eine blöde, italienische Schlampe. Eine Bitch. Gehst glatt als Deutsche durch."

„Was soll das heißen?" Gilda wurde auch laut. „Ich glaube, jetzt hackts. Du weißt genau, was die meisten muslimischen Jungs in unserer Schule über die Mädchen dachten, die mit ihnen ausgegangen sind: Sie haben sie für Hoes gehalten. Verachtet haben sie sie. Ausgenutzt. Ihre Witze über sie gemacht. Nackt-Videos von ihnen ausgetauscht. Denkst du, mit so jemandem gehe ich aus? Und du hast die Mädchen auch für Huren gehalten. Du bist keinen Deut besser." Die beiden waren aufgesprungen und standen sich wie Kampfhähne gegenüber.

„Ladies, beruhigt euch." Laura versuchte, die Wogen zu glätten. „Ich habe verstanden, dass Yasin schwierige Zeiten durchgemacht hat. Aber das ist jetzt vorbei. Oder hat das mit seinem Verschwinden zu tun? Vermutlich nicht. Ich nehme an, Sie haben bei seinen Freunden nach ihm gefragt?" Sie sah Merve fest in die Augen. Die schluckte, senkte den Kopf und nickte.

„Freunde? Hat er Freunde?" Gilda zog eine Augenbraue hoch.

„Nun, er wird doch Freunde haben? Jeder hat irgendwelche Freunde oder Leute, mit denen man zu tun hat." Laura sah zu Merve, die zuckte die Achseln und wich ihrem Blick aus.

„Jungs, mit denen er etwas unternimmt?", versuchte es Laura. Erneutes Schulterzucken.

„Kollegen, mit denen er sich gut versteht?" Merve schaute zur Seite.

„Er wird doch irgendjemanden haben, mit dem er sich mal trifft. Was macht er denn, wenn er nicht arbeitet? Sitzt er den ganzen Tag zu Hause?"

„Nein. Er geht in die Moschee. Und zu solchen Treffen. Er verbringt dort viel Zeit. Er ist ein guter Mensch." Merves Stimme war leise, fast nur noch ein Flüstern.

„Yasin? Bei den Bärten? Das glaube ich jetzt nicht." Gilda riss die dunklen Augen auf.

„Doch. Es gefällt ihm. Sie diskutieren viel. Über den Koran. Über das Leben. Er ist gerne dort."

„Haben Sie diese", Laura räusperte sich, „Leute nach ihm gefragt?" Merve nickte.

„Die wissen also nichts." Jedes Wort musste sie dem Mädchen aus der Nase ziehen.

„Aber er ist doch nicht radikal geworden?" Gilda sprach aus, was auch Laura durch den Kopf spukte.

„Nein! Spinnst du?" Merve wurde wieder laut. Doch sie klang nicht überzeugt. Laura merkte, dass das der Punkt war, der dem Mädchen die größten Sorgen bereitete, und weshalb sie zu ihnen in die Detektei gekommen war. Sie wollte Gewissheit haben, gepaart mit Diskretion. Zu den eigenen Leuten konnte sie nicht gehen, das hätte sofort die Runde gemacht. Und der Polizei konnte sie sich auch nicht anvertrauen. Der Verdacht, mit Islamisten zu sympathisieren, konnte ihrem Bruder große Schwierigkeiten einbrocken.

Am liebsten hätte sie das Mädchen fortgeschickt und nie wieder an sie gedacht. Doch so ein Thema durfte sie nicht ignorieren. Sie setzte ein Lächeln auf und legte die Handflächen gegeneinander. „Wir wollen nicht gleich den Teufel an die Wand malen. Yasin wird schon auftauchen. Wir werden uns ein bisschen umhören, dann finden wir ihn bestimmt bald."

„Da ist noch etwas." Merve kramte in der Tasche, die zusammen mit dem Mantel auf ihrem Schoß lag, zog ein zerknittertes Papier hervor und hielt es ihnen unter die Nase.

„Das können wir nicht lesen. Was steht da? Hat Yasin das geschrieben?" Gilda sah stirnrunzelnd auf die Wörter in schön geschwungener Schrift.

„Ja, das ist von ihm. Ich habe es im Papierkorb gefunden. Anscheinend hat er einen Brief schreiben wollen und auf diesem Blatt die Formulierungen entworfen. Er möchte mit jemandem sprechen, um ihn zu warnen. Er sagt, er kenne eine Person, die alles entlarven kann. So in der Art. Er hat die beiden Sätze mehrfach umformuliert."

„An wen ist das Schreiben gerichtet?" Laura kniff die Augen zusammen.

„Das steht hier nicht. Ich habe doch gesagt, er hat auf dem Zettel nur geübt."

„Ok. Aber das klingt natürlich", Laura suchte nach der passenden Formulierung, „nach einer ernsten Sache. Auch wenn wahrscheinlich nichts Dramatisches dahinter steckt. Aber es scheint Yasin wichtig genug zu sein, um seine Worte sorgfältig zu wählen. Sonst hätte er den Brief nicht vorgeschrieben." Sie bemerkte Merves erschrockenes Gesicht und ruderte schnell zurück: „Machen Sie sich keine Sorgen. Ich bin sicher, dass es sich um etwas Harmloses handelt. Wir finden Yasin, und dann kann er uns erzählen, was er sich dabei gedacht hat."

Sie streckte Merve die Hand zum Abschied hin. „Gehen Sie bitte mit Gilda zu ihrem Schreibtisch im Vorraum, da können Sie den Auftrag unterschreiben. Und verzeihen Sie, wenn ich zu direkt bin, aber Sie kennen unsere Tarife?"

„Nein, ich dachte, ihr macht das umsonst." Das Mädchen zog eine Grimasse und stemmte sich aus dem Sessel. „Aus alter Freundschaft." Sie warf einen giftigen Blick auf Gilda.

Doch die ließ sich kein weiteres Mal provozieren, sondern lachte. „Die Preise habe ich dir schon genannt. Sowie du überwiesen hast, fangen wir an."

5

Durch die geschlossene Bürotür drangen gedämpft die Stimmen der Mädchen, die im Vorraum miteinander redeten. Laura nahm die Handtasche aus der Schreibtischschublade und zog ein Eau de Toilette hervor. Ein paarmal sprühte sie in die Luft, dann auf ihren Hals. Der Duft war nicht billig, aber um den unangenehmen Geruch aus dem Raum zu vertreiben, war ihr jedes Mittel recht. Sie hörte die Wohnungstür ins Schloss fallen und riss die Tür zum Nebenraum auf.

Gilda sah vom Computer hoch. „Du riechst aber gut."

„Was man von deiner Freundin leider nicht behaupten kann."

Gilda zuckte die Achseln. „Sie sind eine große Familie und teilen sich die Waschmaschine mit den anderen Mietparteien im Haus. Diese Synthetik-Mäntel müffeln leider ziemlich schnell. Sie hat zu Schulzeiten schon so gerochen. Das kam natürlich nicht gut an bei den Mitschülern. Ich habe sie darauf angesprochen, weil ich dachte, es würde ihr das Leben in der Klasse leichter machen, wenn sie etwas dagegen unternähme. Aber sie hat gesagt, ich würde spinnen und solle mich um meinen eigenen Scheiß kümmern."

Laura ging in die Küche, um sich Kaffee nachzuschenken. „Ihr seid merkwürdige Freundinnen. Sehr viel raue Herzlichkeit. Und die Betonung liegt auf rau", rief sie über die Schulter.

„Wir sind keine Freundinnen. Ich habe mich nur manchmal mit ihr unterhalten oder sie gefragt, ob sie bei

Gruppenarbeiten mitmachen möchte. Das ist alles. Sie war immer allein. Das hat mir leidgetan."

Laura lehnte sich an den Türrahmen und nippte an der dampfenden Kaffeetasse. „Du bist eine Heilige. Ich hätte ihre patzige, dickfellige Art nicht lange ertragen. Und erst recht nicht den Geruch."

„Doch, hättest du", Gilda lächelte. „Wenn du miterlebt hättest, wie oft sie von den anderen verarscht worden ist, und wie einsam sie war, dann hättest du dich auch um sie gekümmert."

Laura nahm einen Schluck Kaffee, um sich eine Entgegnung zu sparen. Sie freute sich, dass ihre Assistentin so ein positives Bild von ihr hatte, aber sie befürchtete, dass sie es in diesem Fall nicht verdient hatte. „Merve scheint es dir nicht zu danken."

Gilda lachte. „Nein, tut sie nicht. Du hast recht. Ich glaube, sie verabscheut mich sogar dafür. Oft hatte ich das Gefühl, sie hat mich noch mehr gehasst als die anderen, die sie jeden Tag geärgert haben. Bei denen hatte sie wenigstens einen Grund, auf sie sauer sein zu können. Ich bot ihr keine Angriffsfläche. Im Übrigen riecht sie nicht so schlimm. Du hast nur deine empfindlichen Tage, an denen du an allem herumschnupperst wie ein Hund, der einen Knochen wittert."

Laura lachte. „Habe ich? Ist mir gar nicht aufgefallen." Aber es stimmte. Sie war wieder in der Phase, in der sie abgestandenes Blumenwasser quer durch die Wohnung riechen konnte, menschliche Ausdünstungen schon von weitem wahrnahm und positiv auf bestimmte Rasierwasser reagierte. Daher wohl auch die Lust, sich wieder ins Nachtleben in Köln zu stürzen und möglicherweise ein Abenteuer zu riskieren. Hormone. Fruchtbare Tage. Gut, sich dessen bewusst zu sein, dann konnte man gegensteuern. Wenn man wollte. „Was ist mit Yasin? Kennst du ihn näher? Warum ist er wohl verschwunden?"

„Nein, ich kenne ihn nur vom Sehen. Er war in der Schule zwei Klassen unter mir. Kleinere Jungs beachtet man nicht. Ich wusste nur, dass er Merves Bruder war. Dass er mich gefragt hat, ob ich mit ihm ausgehen will, lag wahrscheinlich daran, dass ich als Einzige nett zu seiner Schwester war. Aber ich war viel zu alt für ihn."

„Manche Männer stehen auf ältere Frauen."

„Er war damals fünfzehn. Das geht kaum als Mann durch."

„Geschenkt. Was ist er für ein Typ?"

„Er ist ok. Eigentlich ganz süß. Sollte man nicht glauben, wenn man Merve so sieht. Immer gepflegt, gute Figur, fast ein bisschen zu schmal. Schöne Augen mit langen Wimpern. Und coole Klamotten. Nicht gerade die teuersten Marken, aber er hat ein Gefühl für Stil."

„Das klingt nicht nach jemandem, der gemobbt wird. Wobei das ja Quatsch ist", verbesserte sich Laura hastig, „jeder kann Mobbing-Opfer werden. Die Klugen, die Dummen, die Schönen, die Hässlichen. Das weiß ich."

Gilda nickte. „Stimmt. Frag mich, ich kenne mich da aus. Eine Zeit lang war ich selbst Zielscheibe solcher Aktivitäten. Mobbing war an unserer Schule ganz großer Sport."

Laura musterte das hoch aufgeschossene, grazile Mädchen mit den dunklen Bambi-Augen und dem strahlenden Lächeln.

„Doch, glaub mir, ich war auch Opfer. Was denkst du, warum ich so gut mit Computern umgehen kann? Es war eine wunderbare Möglichkeit, mich zurückzuziehen. Und mich zu wehren, wenn sie über mich in den Chatrooms herzogen. Aber es macht mir natürlich auch unheimlich viel Spaß."

„Apropos Spaß", hakte Laura ein, „offiziell weiß ich ja von nichts. Aber inoffiziell sage ich dir hiermit ausdrücklich: Ab jetzt gibt es keine krummen Computer-Recherche-Touren mehr. Unsere Detektei ist mittlerweile so bekannt, dass jemand auf die Idee kommen könnte, hinter uns herzuspionieren, um herauszufinden, welch genialen Schachzügen wir die spektakulären Ermittlungserfolge verdanken. Du bist nicht die Einzige, die mit dem Computer umgehen kann. Ich darf gar nicht darüber nachdenken, was passiert, wenn uns jemand auf die Schliche kommt. Das wäre ein Desaster. Für uns alle."

Gilda nickte brav. „Ist ok. Mach dir keine Sorgen, es kommt uns keiner drauf."

Ihr zufriedenes Lächeln gefiel Laura nicht. Trotzdem beließ sie es dabei. „Zurück zu Yasin. Du bist so andeutungsvoll. Was hast du mir bisher verschwiegen?"

„Ich denke, dass er schwul ist. Bin mir sogar ziemlich sicher. Das ist alles."

„Das ist alles?"

„Mehr weiß ich nicht. Ich glaube, er hat mich damals nur aus Alibi-Gründen gefragt, ob ich mit ihm ausgehen möchte. Damit jeder denkt, er wäre Hetero. Er hat ein riesen Bohai darum gemacht. Seht alle her, ich habe ein Date mit einer Frau. Das hat er danach noch oft gemacht. Bestimmt, um sich seine Peiniger vom Hals zu halten. Angeblich hat er es sogar mal heimlich gefilmt, als er eine flachgelegt hat, und es überall herumgezeigt."

„Ein Sex-Video mit einem Mädchen? Das klingt nicht sonderlich schwul. Eher nach Arschloch." Laura runzelte die Stirn.

„Du weißt nicht, wie sehr sie ihn davor gepiesackt haben. Es begann damit, dass sie ihn auf dem Schulhof zwingen wollten, es mit einer Klassenkameradin zu treiben. Die hat sogar freiwillig mitgemacht. So eine blöde Kuh aus seiner Stufe. Ich wollte ihm helfen, aber allein konnte ich nichts ausrichten. Sie haben mich weggeschubst, auf den Boden geworfen und da festgehalten. Ich kann mich nicht mehr erinnern, wie die Geschichte ausgegangen ist. Wahrscheinlich hat ihn die Schulklingel gerettet. Jedenfalls ist er noch mal davongekommen. Doch seitdem hat er sich alle Mühe gegeben, als Frauenheld aufzutreten."

„Eigentlich unvorstellbar, dass Homosexualität ein Grund zum Mobben ist. Jedenfalls hier in der Umgebung. Köln ist direkt nebenan: Dort hat man in manchen Vierteln fast den Eindruck, dass es keine Heteros gibt."

Gilda lachte freudlos auf. „Man merkt, dass du auf ein Gymnasium in einer guten Gegend gegangen bist. Sonst würdest du das nicht sagen. Auf meiner Realschule waren viele, die hätten mitten in Köln wohnen können, sie hätten trotzdem keine Schwulen akzeptiert. Das war ein absolutes No-Go für die. Erst recht für die muslimischen Jungs. Von denen ist sowieso keiner schwul. Das sind bloß die Ungläubigen. Haha."

Laura stellte den leeren Kaffeebecher klirrend auf einen schmutzigen Teller im Spülbecken. „Ist das nicht ein bisschen sehr über einen Kamm geschoren? Alle Muslime sind Schwulen-Hasser? In anderen Religionen wird Homosexualität auch abgelehnt. Ich wüsste nicht, in welcher Kultur das gefeiert wird. Außer bei den alten Griechen vielleicht, da gehörte es ja fast zum guten Ton." Sie konnte ein Grinsen nicht unterdrücken, wurde aber schnell wieder ernst. „Ich habe auch muslimische Freunde aus Schulzeiten. Die sind genauso unkompliziert und tolerant wie alle anderen Freunde. Da gibt es überhaupt keinen Unterschied. Tatsächlich müsste ich ziemlich lange überlegen, um dir sagen zu können, wer von ihnen Muslim ist und wer nicht. Religionszugehörigkeit war bei uns nie ein Thema."

Gilda nickte. „Du hast recht. Und ich hätte das nicht verallgemeinern sollen. Aber es gab eine Gang in meiner Schule, die war total toxic. Und die hat sich auch bestimmt nicht verändert."

„Was denkst du darüber, dass Yasin so religiös geworden ist? Und dieser Briefentwurf? Könnte es sein, dass er mit Extremisten Kontakt aufgenommen hat?"

„Ich habe keine Ahnung. Zu Schulzeiten war ihm davon nichts anzumerken. Er war nicht politisch. Und als Islamist kann ich ihn mir nicht vorstellen. Schon das Outfit würde ihm nicht gefallen, dazu ist er viel zu sehr Ästhet." Sie streckte die Hand mit abgespreiztem kleinen Finger aus und legte sie dann geziert auf ihr Dekolleté. „Er hat sehr auf sein Äußeres geachtet, wehe, seine Jeans bekam einen Fleck. Beim Sport immer der Letzte, und wenn sich jemand das Knie aufgeschlagen hatte, kippte er gleich um, weil er kein Blut sehen konnte. Er ist bestimmt nicht zum IS gegangen, hat sich einen Rauschebart wachsen lassen, trägt einen dreckigen Kaftan und ausgetretene Schlappen, enthauptet Leute und posiert mit den blutigen Köpfen vor der Kamera."

„Man muss ja nicht gleich übertreiben. Es gibt auch Helfer, die bei organisatorischen Sachen unterstützen, Spenden sammeln, Leute anwerben oder den Koran verteilen. Was auch immer, ich bin in der Materie nicht sonderlich bewandert. Wäre das möglich?"

Gilda zuckte die Achseln. „Wer weiß. Aber die nehmen bestimmt keinen Schwulen." Sie lachte, als hätte sie einen Witz gemacht.

„Jajaja", Laura warf einen Blick auf die Armbanduhr. „Wie wäre es, wenn du den Fall übernimmst? Die Auftraggeberin ist deine Bekannte, du weißt am besten, wo man ansetzen kann, um Yasin zu finden. Falls du nicht weiterkommst, oder sich der Verdacht erhärtet, dass er ein Extremist geworden ist, müssen wir Marek mit ins Boot holen. Bei so einer heiklen Kiste gehen wir kein Risiko ein."

6

Laura ging in ihr Büro, setzte sich an den Schreibtisch, legte die Füße hoch und schlug die erste Zeitung auf. Es war bereits Mittag, aber bislang hatte sie nicht die Zeit gefunden, die Nachrichten über den Mord in Bad Godesberg zu lesen. Am Sonntagmorgen war in der Nähe des Godesberger Bahnhofs ein Junge ermordet aufgefunden worden. Ein oder mehrere Unbekannte hatten dem Opfer in der Nacht aufgelauert und es heimtückisch aus dem Hinterhalt attackiert. Er hatte keine Chance gehabt. Nun suchte die Polizei Zeugen, die die Tat möglicherweise beobachtet hatten.

Laura spürte Unbehagen wie eine böse Vorahnung in sich heraufdämmern.

So oft war sie an dem Tatort vorbeigekommen, spät in der Nacht, oder eher am frühen Morgen, wenn sie nach einem durchtanzten Abend den letzten Zug aus Köln genommen hatte. Sie schüttelte sich. Das Opfer war ein junger Mann gewesen, keine Frau. Trotzdem nahm sie sich vor, stets etwas zu ihrer Verteidigung dabei zu haben. Ein Küchenmesser. Oder wenigstens Pfefferspray.

Die lokale Zeitung schrieb, dass es sich bei der Tat um eine Übertötung handelte. Denn auch, als es längst tot war, war noch weiter auf das Opfer eingeprügelt worden. Die Zeitung zitierte ein Mitglied der eigenen Redaktion als Experten, dass dies auf einen rauschhaften Zustand des Täters schließen lassen könnte.

No shit Sherlock.

Er führte aus, dass so ein Zustand auf Drogen zurückzuführen sein könne, möglicherweise aber auch auf übersteigerte Angst, extreme Wut oder ein durch Zurückweisung verletztes Ego. Somit könne die Tat sowohl zufällig passiert als auch eine Beziehungstat sein.

Laura seufzte und faltete die Seiten zusammen. Die Analyse hätte sie auch hingekriegt. Ohne nachzudenken.

Aber die Vorstellung, dass es eine oder mehrere Personen in Bad Godesberg gab, die zu einem Mordrausch fähig waren, war beunruhigend.

7

Es war fast Mittagszeit, als es an der Tür klingelte. Gilda angelte vom Schreibtisch aus nach der Klinke, und Barbara, Lauras beste Freundin, betrat den Vorraum. „Hi Gilda. Alles ok bei dir? Ist Laura da?"

„Ja. Sie ist in ihrem Büro." Gilda sprang auf, um Barbara zu begrüßen. „Wie geht es dir? Möchtest Du Kaffee? Belegte Brötchen oder ein Croissant?"

Barbara schüttelte den Kopf. „Ich habe nicht viel Zeit und bin nur auf einen Sprung vorbeigekommen, um kurz mit Laura zu sprechen. Sei mir nicht böse, ok?"

Ehe Gilda etwas erwidern konnte, stürmte Barbara in das benachbarte Büro und warf die Tür hinter sich zu. Enttäuscht sah Gilda hinter ihr her. Aus dem Nebenraum konnte sie Gemurmel hören, offensichtlich wollten die beiden Freundinnen sie bei dem Gespräch nicht dabei haben. Sie machte sich wieder an die Arbeit und starrte auf ihren Notizblock. Außer ein paar Dreiecken und Spiralen, die sie beim Nachdenken auf das Papier gekritzelt hatte, hatte sie bisher nichts zustande gebracht. Sie riss das Blatt ab, knüllte es zusammen und pfefferte es in den Papierkorb.

Wie konnte sie Yasin finden?

Der Familie einen Besuch abzustatten, war Merve nicht recht. Sie behauptete, die muslimische Gemeinschaft habe ihre eigenen Methoden, um mit Problemen fertig zu werden. Ihre Eltern würden garantiert nicht mit Gilda reden. Frühere Schulkameraden zu kontaktieren, war ebenfalls sinnlos. Yasin war schon damals nicht mit ihnen befreundet gewesen. Warum sollten sie heute wissen, wo er war? Blieben die Schreinerei, wo er seine Ausbildung machte, und sein Gebetskreis. Sie griff zum Handy und wählte Merves Nummer.

„Ja?"

„Hi, Merve, hier ist Gilda."

„Ja?"

„Wie heißt die Firma, in der Yasin arbeitet?"

„Nemez."

„Ok. Besitzt dein Bruder einen Computer?"

„Klar hat er einen Computer. Denkst du, wir leben hinter dem Mond?"

„Schon gut. Jetzt geh nicht gleich wieder an die Decke. Wie lautet seine E-Mail-Adresse?"

Merve nannte sie ihr, Gilda schrieb hastig mit.

„Und hat er einen Social Media Account? Also Facebook, Twitter, Snapchat oder irgendetwas in der Art?"

Merve schnaubte: „Ich weiß, was Social Media Accounts sind. Und natürlich hat er so etwas nicht. Außerdem geht dich das nichts an."

Gilda hatte den Eindruck, dass Merve ohne ein weiteres Wort auflegen wollte. „Warte. Wo trifft sich Yasins Gebetskreis?"

„Keine Ahnung. Irgendein Café in der Nachbarschaft."

„Wohnt ihr noch in Lannesdorf in der Nähe der Moschee?"

„Ja."

„Und wann treffen die sich immer?"

„Weiß nicht, Mann. Drei-, viermal die Woche. Irgendwann am späten Nachmittag."

„Kannst du mir einen Namen nennen von jemandem, der auch dorthin geht?"

„Nein. Du kriegst doch die Kohle, um das herauszufinden." Die Verbindung wurde unterbrochen. Gilda schaute auf das Display, Merve hatte aufgelegt.

Sie verzog den Mund und schluckte einen Fluch hinunter. Merve zahlte Geld, da war Höflichkeit anscheinend überflüssig. Die Klassenkameradin hatte ihr immer leidgetan, weil viele Mitschüler sie ignoriert oder sogar schlecht behandelt hatten. Doch mittlerweile musste man eher die Leute bedauern, die Merves Weg kreuzten. Sie konnte wirklich gut austeilen.

8

Laura hörte die Klingel, dann eine Stimme, die ihr sehr vertraut war. Die Tür wurde aufgerissen, Barbara stürmte ins Zimmer.

„So eine Überraschung. Wieder zurück in der Heimat. Das war eine lange Tournee." Laura stand auf und schlängelte sich um den Schreibtisch herum. Barbara ließ die Tasche in einen Sessel fallen und umarmte sie stürmisch.

„Holla, das nenne ich mal eine Begrüßung." Leicht verlegen befreite sich Laura aus der Umklammerung. Sie trat einen Schritt zurück und begutachtete die Freundin mit zusammengekniffenen Augen. Barbara trug einen schwarzen Jumpsuit mit Spaghetti-Trägern, ein silberner Gürtel war um die Taille geschlungen. Weiße Sneakers als gewollter Stilbruch, silberne Kreolen und ein dicker Armreif komplettierten das Outfit. Doch die Freundin sah blass aus und war schmal geworden. Schatten lagen unter den Augen.

„Du siehst müde aus. War die Konzerttournee so anstrengend? Oder ist etwas passiert? Alles in Ordnung?"

„Heinolf will sich scheiden lassen", fiel Barbara mit der Tür ins Haus und strich sich eine lockige, blonde Strähne aus der Stirn.

„Nein!" Laura konnte sich gerade noch bremsen, herzlichen Glückwunsch zu sagen. Sie war nie warm geworden mit dem hochnäsigen Herrn Professor, der sie bei den wenigen Malen, wo sie aufeinandergetroffen waren, nach Kräften ignoriert hatte. Es war ihr ein Rätsel, was Barbara an ihm gefunden hatte. „Was ist passiert?"

„Er hat auf seiner Amerika-Reise eine sexy Studentin kennengelernt, die ihn anhimmelt. Das ist passiert."

„Ok." Laura presste die Lippen aufeinander und überlegte, was sie als Nächstes sagen sollte. Barbara nahm ihr die Entscheidung ab.

„Es ist in Ordnung für mich. Wir haben schon lange separate Leben geführt und waren eigentlich nur noch Freunde. Ich mache ihm keinen Vorwurf."

„Das ist gut", sagte Laura lahm. „Außerdem hattest du ja auch was am Laufen. Deinen Phantom-Verehrer."

„Ja." Barbara hielt den Kopf gesenkt und starrte auf die kurz geschnittenen Fingernägel.

Sie hatte sich letztes Jahr in einen Mann verliebt, der sie mit kryptisch-romantischen Nachrichten bombardiert, sich ansonsten aber lange Zeit nicht zu erkennen gegeben hatte. Er war in den zweiten, großen Fall der Detektei Peters verwickelt gewesen, und die Romanze hätte Barbara fast das Leben gekostet. Es hatte lange gedauert, bis sie wieder auf die Beine gekommen war. Die Freundinnen hatten das Thema seitdem nicht mehr angesprochen, obwohl es immer wie ein Elefant im Raum stand.

„Wie geht es jetzt weiter? Ziehst du aus?"

„Nein, Heinolf geht in die USA. Er hat einen Lehrstuhl an einer renommierten Uni angeboten bekommen und fängt nach den Sommerferien an. Ich bleibe in der Wohnung. Oder ich suche mir etwas Neues, für eine Person ist sie ganz schön groß. Andererseits beschwert sich bei mir im Haus niemand, wenn ich Klavier übe. Und der Flügel braucht viel Platz. Ich weiß es noch nicht. Hat ja keine Eile."

„Und du bist wirklich ok?"

Barbara nickte. „Ja, kein Problem. Etwas ungewohnt vielleicht, schließlich waren wir ein paar Jahre zusammen."

„Kennst du seine Neue?" Laura konnte ihre Neugier nicht zügeln.

„Ich habe sie kurz getroffen. Sie ist gerade zu Besuch in Bonn, und die beiden machen die Tour durch die Universität und unseren Bekanntenkreis. Ein nettes Mädchen, sehr hübsch. Amerikanisch eben. Zahnpasta-Lächeln, braun gebrannt, exaltiert, selbstbewusst. So ein Beach-Girl. Und sehr viel jünger als er."

„Das bist du auch."

„Ja, aber sie ist noch viel jünger. Es war seltsam für mich, die beiden zusammen zu sehen. Sie wirkten wie Vater und Tochter."

„Phantomas war auch wesentlich jünger als du. Da hat es dich nicht gestört." Laura hätte sich am liebsten auf die Zunge gebissen. Warum spielte sie ständig auf Barbaras Affäre an? Sie war doch froh, dass das vorbei war. Und warum verteidigte sie Heinolf?

„Findest du? So wild ist der Altersunterschied doch nicht." Dass Barbara im Präsens sprach, fiel beiden gleichzeitig auf. Mit großen Augen starrten sie sich an.

„Du hast noch Kontakt."

Barbara zuckte mit den Schultern und wich Lauras Blick aus.

„Bist du völlig verrückt geworden? Nach ihm wird überall gefahndet. Wahrscheinlich wird dein Telefon überwacht, um ihn aufzuspüren. Die Polizei wird es nicht lustig finden, wenn sie spitzkriegt, dass du einen Kriminellen schützt. Und was glaubst du, wie sich die Zeitungen drauf stürzen werden, wenn die herausfinden, mit wem du ein Verhältnis hast? Du bist eine bekannte Pianistin."

„So berühmt bin ich nicht. Und wir passen auf. Mach dir keine Gedanken. Das kommt nicht raus."

„Selbst wenn du einfach nur Lieschen Müller wärest, eine Affäre mit einem international gesuchten Mafioso ist für die Presse immer ein gefundenes Fressen." Laura hob hilflos die Hände und verdrehte die Augen. „Warum machst du das? Das hat doch keine Zukunft? Ihr werdet niemals zusammen sein können. Das ist alles vertane Zeit und viel zu gefährlich."

„Laura, wer braucht denn Zukunft? Wir sind glücklich, wenn wir einen Augenblick gemeinsam haben. Mehr wollen wir nicht. Und Glücklichsein ist keine Zeitverschwendung. Ganz im Gegenteil. Das sind die Momente, in denen ich mich lebendig fühle, voller Energie." Barbara machte eine Pause und schien zu überlegen, ob sie noch etwas hinzufügen sollte. Es blitzte in ihren Augen. „Und du bist mir die Richtige. Bist Detektivin und regst dich darüber auf, dass mein Kontakt zu Valentin gefährlich ist. Wenn ich daran denke, wie oft deine Fälle dich, das Team und mich schon in Lebensgefahr gebracht haben, kann ich mich über deine Einwände nur wundern."

„Das bringt der Job eben manchmal mit sich." Laura verschränkte die Arme vor der Brust.

„Also ich riskiere mein Leben lieber für die Liebe als für ein bisschen Geld", konterte Barbara spitz.

Die Freundinnen funkelten sich an, dann zuckte es in Lauras Gesicht. Sie lachten gleichzeitig los.

9

Er zog den Zettel aus der Hosentasche und prüfte die Hausnummer, um sicherzugehen, dass er an der richtigen Adresse war. Mit zusammengekniffenen Augen musterte er den alten Kasten und den zugewachsenen Vorgarten. Sein Auftrag war es, die Büsche zurückzuschneiden und den Grünmüll abzutransportieren. Der Lohn war nicht üppig. Aber er hatte Glück gehabt, den Job bekommen zu haben, und er würde ihn gut machen. Er brauchte das Geld. So dringend. Vor einem Monat war er nach Bonn zurückgekehrt. In die Stadt, in der er geboren war. Und die er vor zwei Jahren verlassen hatte in der festen Absicht, sein Leben und eine neue Weltordnung woanders aufzubauen und nie mehr zurückzukehren.

Er drückte die Klingel der Erdgeschosswohnung.

Das Erste, was ihm an der jungen Frau, die die Tür öffnete, auffiel, waren die nackten, gebräunten Beine. Und die langen, glänzenden Haare.

Lange Haare, an denen sie die kreischenden Frauen hinter sich her durch den Staub schleiften.

„Ich soll den Vorgarten in Ordnung bringen." Er vermied es, ihr in die Augen zu blicken, trat von einem Bein auf das andere.

„Perfekt! Kommen Sie, ich zeige Ihnen, was zu tun ist und wo die Gartengeräte stehen." Ihre Stimme klang wie bunte Glasmurmeln, die gegen Sand gerieben wurden. Und sehr vertraut.

„Gilda?"

„Ja...?" Sie musterte ihn, suchte in seinen Augen nach dem Wiedererkennen.

„Hassan. Von Facebook. Wir sind ewig befreundet. Und haben dieselben Partys besucht."

„Hassan ..." Er spürte ihren Blick auf seinem Gesicht, sah, wie die Erinnerung in ihr dämmerte. „Sorry, klar, Facebook. Ich glaube, ich war damals mit jedem in Bonn befreundet. Aber das haben ja alle so gemacht. Jetzt benutzte ich es fast gar nicht mehr. Ich weiß noch, die Partys in der Stadthalle. Und Karneval. Aber du bist ... erwachsen geworden." Ihr Lächeln war freundlich und ohne Arg.

Er erwiderte nichts.

Doch er war ihr dankbar, dass sie sich so zurückhaltend ausdrückte. Er wusste, wie er aussah. Und es war nicht die Narbe, die dunkelrot seine Stirn in der Mitte spaltete, die den nachhaltigsten Eindruck machte. Es waren seine Augen. Die mehr gesehen hatten, als ein einzelner Mensch ertragen konnte. Gilda hatte recht, er war erwachsen geworden. Seine Seele war in den zwei Jahren so gealtert, dass sie nur noch nach Ruhe dürstete.

„Wir haben uns lange nicht gesehen." Sie strahlte ihn an. Neugierig. Fragend.

Er zuckte die Schultern. „Ich bin ins Ausland gegangen. War einige Zeit weg."

„Es ist gut, etwas von der Welt zu sehen. Das habe ich auch gemacht. Ich habe auf Ibiza gejobbt. Das war eine tolle Zeit. Wo warst du?"

Gleißende Sonne, zerstörte Häuser, kein Ort, an dem man Urlaub machte. Eine Welt mit anderen Regeln, anderen Machtverhältnissen, ein anderer Planet.

„Bin ein bisschen rumgekommen." Er konnte darüber nicht reden, schaute zur Seite.

„Davon musst du mir unbedingt mal erzählen. Komm mit."
Sie legte eine Hand auf seinen nackten Arm. Er zuckte zurück, als hätte er einen Stromschlag erhalten, doch sie schien sich nichts dabei zu denken. Lächelnd winkte sie ihm zu, ihr zu folgen, und lief vor ihm auf einem schmalen, von Büschen zugewucherten Weg um das Haus herum in den Garten.

„Heute scheint der Tag der früheren Freunde und Bekannten zu sein. Eben war meine Schulkameradin Merve bei uns. Die habe ich auch ewig nicht gesehen. Die kanntest du doch auch, oder? Erinnerst du dich an sie?" Gilda lächelte ihm über die Schulter gewandt zu.

„Klar."

„Bist du in Kontakt mit ihr? Und mit Yasin?"

„Nein. Du bist die Einzige, die ich, seit ich wieder hier bin, getroffen habe." Er wehrte einen Zweig ab, der auf ihn zuflitschte, ohne den Blick von ihrem Po in den knappen Shorts zu wenden.

Frauen, die sich nicht verhüllten, die den Blickkontakt suchten. Alles Huren, die zu ihrem eigenen Besten aufgegriffen werden mussten. Und bei denen es nicht zählte, was man ihnen antat.

Er presste die Faust an die Stirn, um den Gedanken zu verscheuchen. Gilda war ein nettes Mädchen, er hatte sie immer respektiert. Gemocht. Sie war nicht so. Keine Frau war so.

Sie drehte sich zu ihm um und lächelte. „Im Schuppen findest du alles, was du brauchst: Gartenscheren, Rechen und Besen. Vielleicht sogar Handschuhe."

Er trat in die geöffnete Tür des Gartenhäuschens und sah sich um. Geräte, ein Grill, Säcke mit Erde, alles im wilden Durcheinander. Sein Blick blieb an der Axt hängen. Er griff danach, ohne es zu wollen. Seine Finger umschlossen das glatte Holz des Stils, glitten automatisch in Position.

Und katapultierten seine Gedanken in die Vergangenheit zurück.

10

Gilda holte den Laptop und ging durch die Küche auf die kleine Veranda. Im Vorgarten konnte sie Hassan hören, der mit der Heckenschere die Büsche stutzte. Hätte er ihr nicht gesagt, wer er war, hätte sie ihn nicht wiedererkannt. Dieser verschlossene, düstere Mann mit den traurigen Augen hatte keine Ähnlichkeit mit dem Jungen, der gerne lachte, Unsinn im Kopf hatte und ständig redete. Er wirkte, als wäre er in eine Zeitmaschine gestiegen, die ihn in den Jahren seiner Abwesenheit um ein ganzes Leben hatte altern lassen.

Die Sonne schien grell, doch das Vordach und die dichte Krone des mächtigen Walnussbaums spendeten angenehmen Schatten. Sie setzte sich in den knarzenden Korbstuhl, streifte die Sneakers ab, stemmte die nackten Füße gegen das Geländer und startete die Suche nach Yasin. Laura hatte illegale Abkürzungen bei der Computerrecherche zwar untersagt, doch dieser Fall gehörte sicher zu den Ausnahmen. Yasin war im Prinzip ein Freund, und seine Schwester hatte sie beauftragt.

Niemand würde sich beschweren.

Im Postfach seines Mail-Accounts sprangen ihr Nachrichten der schwulen Dating-Seite GayDarling ins Auge. Hatte sie es doch gewusst. Sie klickte auf eine Mail, folgte dem Link und sah sich seinen Account an. Yasin war ein hübscher Kerl, dementsprechend viele Anfragen hatte er erhalten. Auf den Fotos, die er veröffentlicht hatte, posierte er in engen Boxer-Shorts und Sonnenbrille.

Das war wesentlich mehr Kleidung, als die Interessenten, die ihm geschrieben hatten, auf ihren Bildern trugen.

Etwas Weiches strich kitzelnd unter ihren nackten Beinen entlang und ließ sie hochschrecken: Der schwarze Nachbarskater war auf die Veranda gekommen und wollte Aufmerksamkeit. Vermutlich, um im Schatten ein bisschen zu dösen, auf jeden Fall aber, um eine Leckerei abzuholen. Gilda stellte den Laptop auf den verschnörkelten Metall-Tisch. Das verrostete Ungetüm stammte noch von den Vormietern, und an vielen Stellen war die Farbe abgeplatzt. Sie hatte es schon längst entsorgen wollen, aber Laura war dagegen. Sie hatte gewitzelt, dass es keinen Unterschied zu einem teuren Shabby Chic Designer Möbel gab. Gilda schlüpfte in ihre Sneakers, umrundete das Haus und sah nach Hassan, der im Vorgarten einen großen Haufen aus Zweigen und Ästen zusammengerecht hatte. Sein T-Shirt klebte an seinem Körper und der Schweiß lief ihm das Gesicht hinunter. Er arbeitete wie ein Verrückter und war so vertieft, dass sie mehrmals seinen Namen rufen musste, bis er sie bemerkte.

„Unglaublich, Hassan. Das sieht ja schon fast fertig aus. Du hast ein ganz schönes Tempo vorgelegt."

Er richtete sich auf und kniff die Augen gegen die Sonne zusammen, als er sie ansah. Ihr Lob schien ihm nichts zu bedeuten. Seine Miene blieb unbewegt, er wartete ab.

Gilda malte mit dem Schuh Linien in den Kiesweg. „Ich wollte dich fragen, ob du etwas zu trinken möchtest. Cola oder ein Wasser?"

Er schüttelte den Kopf. Sein Blick wich ihr aus. Warum wollte er sie nicht ansehen? Früher hatten sie herumgealbert, Witze gemacht. Was war geschehen, dass er sich so verändert hatte?

Gilda verharrte einen Augenblick unschlüssig, dann gab sie sich einen Ruck, machte kehrt und ging durch den Garten in die Küche. Dort füllte sie ein Schälchen mit verdünnter Milch und stellte es der Katze hin, die maunzend um ihre Beine strich. Sie bückte sich und strich über das seidige Fell. „Du freust dich wenigstens, wenn ich dir eine Erfrischung anbiete. Nicht wie dieser komische Hassan. Irgendwas stimmt nicht mit dem", murmelte sie vor sich hin. Dann griff sie sich ein Wasser und den Notizblock und setzte sich wieder auf die Terrasse.

Yasins Account war eine wahre Fundgrube. So wenig Kontakte er im richtigen Leben zu haben schien, so viele hatte er im Internet.

Die Plattform-Nutzer verwendeten natürlich nicht die richtigen Namen, doch das bereitete Gilda kein Kopfzerbrechen. Es würde ihr nicht schwerfallen, sie herauszufinden. Die Fantasie bei der Namensgebung schien grenzenlos, genauso wie bei der Beschreibung der eigenen Vorzüge. Auch die Fotos schienen häufig geschönt, wenn nicht sowieso nur das vermeintlich einzig wichtige Körperteil abgebildet war. Sie musste schmunzeln. Immerhin war es den Männern wichtig, sich von der besten Seite zu präsentieren. Sie hatte bei den Internet-Recherchen genügend Bilder ungepflegter Hetero-Männer gesehen, die sich aus dem ungünstigsten Winkel geknipst hatten und trotzdem überzeugt waren, ein Gottesgeschenk für jede Frau zu sein. Wenigstens konnte man sie um ihr Selbstbewusstsein beneiden.

Gilda sah sich die Chatverläufe an. Yasin hatte nur wenigen überhaupt geantwortet. Sie war überrascht, wie schnell es zur Sache ging und wie schonungslos offen. Meist kam nach dem ersten Hallo bereits eine Aufzählung der Vorlieben und die Frage nach dem Wann und Wo. Sie verspürte eine gewisse Erleichterung, dass ihr früherer Schulkamerad die Treffen anscheinend abgelehnt hatte. Er hatte sich in der Schule zwar als harter Kerl gegeben, aber sie hatte immer gespürt, dass er sehr sensibel war. Hoffentlich fand er jemanden, der ihn wirklich mochte und ihn nicht nur ausnutzen wollte.

Ein Mann, der sich LifeGoals78 nannte, war besonders hartnäckig. Er hatte immer wieder nachgefragt, Yasin bedrängt und Penisbilder geschickt. Ein Nein schien er nicht zu akzeptieren. Yasin hätte ihn blockieren sollen. Der Kerl war wirklich aufdringlich. Gilda ging auf sein Profil. Er schien die harte Gangart zu bevorzugen. Er war tätowiert, die Fotos zeigten ihn in schwarzen Lederhosen, Bikerboots und nacktem Oberkörper oder ganz ohne Kleidung. Aber immer ohne Gesicht. Sie notierte sich seinen Nutzernamen und schickte den Befehl an den Drucker auf ihrem Schreibtisch, um die Fotos zu printen. Sie würde später nach ihm suchen. Dann wechselte sie zurück zu Yasins Profil und blockierte den Stalker.

Es fühlte sich gut an.

Sie lehnte sich in ihrem Gartenstuhl nach hinten und streckte die Arme. Der Kater, der nach dem Genuss des Schälchens Milch auf der Holzbank geschlafen hatte, tat es ihr nach, machte einen Buckel und gähnte ausgiebig.

Gilda rief wieder den Mail-Account auf und scrollte durch die Nachrichten. Doch sie fand nichts mehr, was von Interesse war. Sie schloss den Laptop, strich dem Kater über den weichen Kopf und ging zurück an ihren Schreibtisch.

Aus dem Drucker ragten die Papiere mit den Torso-Bildern. Gilda zog sie heraus und legte sie zur Seite. Dann googelte sie die Adresse der Schreinerei. Sie lag in Lannesdorf, in der Nähe der Sportanlage. Die große Moschee war nicht weit davon entfernt. Sie konnte am Nachmittag bei der Schreinerei vorbeischauen und dann nach dem Treffpunkt des Gebetskreises suchen.

11

Es klingelte an der Tür. Gilda sah auf die Uhr. Sie hatte zwei Stunden konzentriert am Stück gearbeitet, Laura hatte sich während der ganzen Zeit nicht blicken lassen. Ob Barbara noch bei ihr im Büro war? Mit ausgestrecktem Arm beugte sie sich nach vorn, betätigte den Türöffner und angelte nach der Klinke der Wohnungstür. Sie hörte die Haustür aufspringen, Schritte hallten durch das Treppenhaus. In der Tür erschien ein schlaksiger Mann in weißem T-Shirt und Jeans, ein freches Lächeln im Gesicht.

„Nico!" Gilda grinste. „Wir dachten schon, du wärst verschollen." Sie riss das Blatt, auf dem sie herumgekritzelt hatte, vom Notizblock ab, zerknüllte es und warf es ihm an den Kopf.

Er hatte mit der Attacke nicht gerechnet, der Papierball traf ihn mitten auf der Stirn. „Spinnst du?" Er bückte sich nach dem Wurfgeschoss, um sich zu revanchieren. Doch Gilda war längst unter dem Schreibtisch in Deckung gegangen. Sein Wurf landete auf dem leeren Stuhl.

„Alter, du musst echt an deinen Reflexen arbeiten. Jede Schildkröte ist schneller als du." Gilda krabbelte glucksend unter dem Tisch hervor.

Nico machte einen halbherzigen Versuch, sie zu schubsen, dann lachte er mit. „Jetzt chill mal. Begrüßt du alle Kunden so?"

„Nein. Nur Jungs, die sich bloß dann blicken lassen, wenn sie Croissants abstauben können."

„Stimmt ja gar nicht", er grinste breit. „Hast du denn welche?"

„Wusste ichs doch."

Gilda hatte Nico bei dem Fall mit dem Totengräber, einem Mörder, der seine Opfer lebendig in fremden Gräbern verscharrt hatte, kennengelernt. Nico hatte damals versucht, von den Drogen wegzukommen, und war in ein Rehabilitations-Projekt geraten, das ihn fast das Leben gekostet hatte. Mit Lauras Hilfe hatte er fliehen können. Sie hatte ihn dabei unterstützt, neu anzufangen, ihm eine Wohnung und einen Job besorgt und eine Therapeutin gefunden.

Seitdem liebte er Laura.

„Was ist eigentlich mit dem Vorgarten passiert? Ich dachte schon, ich wäre an der falschen Adresse. Der Urwald ist weg."

„Gut, oder? Ist Hassan denn schon fertig?"

„Ich habe keinen Hassan gesehen. Draußen ist niemand."

„Dann ist er gegangen, ohne Tschüss zu sagen. Ein komischer Typ. Ich kenne ihn von Facebook und ein paar Partys, aber das ist ewig her. Da war er echt nett. Aber das hat er mittlerweile abgelegt." Gilda zog einen Flunsch. Dann breitete sich das Lächeln wieder auf ihrem Gesicht aus. „Und sonst, alles klar bei dir, Nico?"

„Ja, läuft." Nico strahlte. „Die Ausbildung ist ok, und körperlich bin ich auch wieder in Form."

„Jetzt übertreib nicht." Spielerisch boxte sie in seinen flachen Bauch. „Du hast etwas zugelegt. Aber es könnte mehr sein. Und Muskeln sehe ich keine. Wie wäre es mal mit ein bisschen Sport?"

Er lachte, versuchte auszuweichen und wehrte ihre Hand ab. „Tu nicht so, als wärst du meine Mutter. Wir sind gleich alt. Von dir muss ich mir nichts sagen lassen." Dann verdüsterte sich sein Gesichtsausdruck für einen Augenblick, „und von meiner Mutter auch nicht."

„Schon gut. War doch nur Spaß", lenkte Gilda ein. Sie wollte keine schlechten Erinnerungen wecken.

Nicos Familie hatte ihn, als sie von seiner Drogensucht erfahren hatte, fallenlassen und ihm seitdem jegliche Unterstützung verweigert. Er behauptete zwar, dass ihm das nichts ausmachte, aber sie glaubte ihm nicht. „Möchtest du einen Kaffee? Oder etwas Kaltes? Schoko-Croissants liegen auf dem Küchentisch. Noch habe ich sie nicht alle vernichtet."

„Ist Laura da?" Hoffnungsvoll sah er auf die geschlossene Bürotür.

„Ja. Aber Barbara ist schon seit Ewigkeiten bei ihr. Obwohl sie angeblich nur kurz Zeit hat. Ich weiß nicht, ob wir sie stören können. Es scheint wichtige Themen zu geben. Immerhin ist es nicht Marek, der so lange bei ihr hockt", flachste Gilda.

Nicos Miene verfinsterte sich wieder. Sie wusste, dass er auf Marek eifersüchtig war. Was sie in zweifacher Hinsicht absurd fand, denn erstens lief nichts zwischen Laura und Marek, obwohl es zwischen den beiden für alle anderen spürbar funkte. Und zweitens hatte Nico natürlich keine Chance bei Laura. Aus so vielen Gründen, dass es keinen Sinn machte, überhaupt nur einen aufzuzählen. Doch es war erstaunlich, wie gleichgültig ihm das war.

Gilda zog Nico in die Küche, schenkte Kaffee ein und hielt ihm die Brötchentüte unter die Nase. „Los, Croissant gefällig."

Sie setzten sich an das runde Tischchen und kauten einträchtig vor sich hin.

„Habt ihr einen neuen Fall?"

„Wir haben immer neue Fälle. Wir sind schließlich berühmt", witzelte Gilda.

„Ich weiß. Aber irgendetwas Besonderes? Wieder einen Mörder? Oder irgendwelche Mafia-Verbrechen?"

Sie schüttelte den Kopf. „Nichts dergleichen. Nur den üblichen Kram. Heute kam eine frühere Klassenkameradin von mir und bat uns, ihren Bruder zu finden. Darum werde ich mich gleich kümmern. Ich muss nach Lannesdorf in eine Schreinerei, seine Kollegen befragen. Außerdem suche ich dort nach einem Café, in dem sich sein Koran-Gesprächskreis trifft."

„In Lannesdorf? Gibt es da Cafés? Ich habe mich dort mal mit einem Kumpel getroffen, aber wir haben nur eine ziemlich langweilige Kneipe gefunden."

„Keine Ahnung. Zuerst gucke ich im Internet, dann fahre ich die Gegend um die Moschee mit dem Fahrrad ab."

„Er ist Muslim?"

Gilda nickte. „Ja. Und er scheint in der letzten Zeit total religiös geworden zu sein. Seine Schwester befürchtet, dass er mit Radikalen in Kontakt steht. Außerdem hat sie Hinweise entdeckt, dass er, oder jemand, den er kennt, brisante Informationen hat. Mehr wissen wir noch nicht."

„Brisante Informationen. Klingt irgendwie abgedreht. Was soll das denn sein?"

Gilda zuckte die Schultern und leckte Schokolade von ihrem Zeigefinger.

„Egal, das werdet ihr schon herausfinden. Aber ein Koran-Lesekreis trifft sich sicher nicht in einem normalen Café, sondern eher in einem Vereinslokal für muslimische Männer. Bei uns im Nachbarhaus ist so ein Club. Ich wollte da mal abhängen, habe es mir aber schnell wieder anders überlegt. Die waren nicht gerade geflasht darüber, dass ich mich zu ihnen setzen wollte. Wahrscheinlich lassen sie dich als Frau gar nicht rein."

Gilda lachte. „Quatsch. In Deutschland sind Vereine bestimmt nicht erlaubt, die öffentliche Lokale betreiben, wo Frauen nicht zugelassen werden. Das wäre doch Diskriminierung."

Nico zuckte die Achseln. „Keine Ahnung. Aber selbst wenn sie dich reinlassen, ist das kein guter Ort, wo du allein hingehen solltest."

„Wer soll denn mitkommen? Du vielleicht?" Die Frage war nicht ernst gemeint, doch er nickte.

„Warum nicht? Oder noch besser: Ich gehe allein und suche nach dem Café. Wenn ich es finde, frage ich nach dem Bruder deiner Freundin, und wenn einer ihn kennt, können wir beide uns mit ihm treffen. Du kannst in der Zeit die Schreinerei unter die Lupe nehmen. Ist das ein Plan?"

Es klang verlockend, doch Gilda schüttelte den Kopf. „Das kann ich nicht annehmen. Du hast genug um die Ohren, außerdem bist du Zivilist. Ich kriege das schon hin."

„Zivilist? Barbara hilft euch oft bei euren Fällen und arbeitet auch nicht hier. Sogar Justin unterstützt euch. Warum also ich nicht? Keine Widerrede. Ich mache das. Laura hat so viel für mich getan", sein Gesichtsausdruck bekam etwas Schwärmerisches, „ich bin froh, wenn ich mich mal revanchieren kann. Das ist das mindeste, was ich für sie tun kann."

12

Nico machte sich direkt auf den Weg nach Lannesdorf. Er verzichtete auf den Bus und ging zu Fuß. Von Rüngsdorf bis zur großen Moschee war es zwar ein ziemliches Stück, aber das Wetter war schön, die Vögel zwitscherten, und die Bewegung tat ihm gut.

Von den Drogen wegzukommen war hart gewesen. Er war körperlich und seelisch völlig am Ende gewesen, ein Wrack, ein Zombie. Rückwirkend wunderte er sich, woher er die Kraft genommen hatte für den Entzug. Den Willen. Die Hoffnung, dass nach der Tortur ein besseres Leben auf ihn wartete. Doch er hatte es geschafft. Zwar gab es immer noch Augenblicke, in denen der Wunsch nach einem Schuss fast übermächtig wurde, doch sie wurden seltener. Und jetzt reichte der Gedanke an Laura, um die Versuchung, sich den Drogen zu ergeben, zu verscheuchen. Sie war eine wunderbare Frau. Wenn sie lachte, schlugen die Schmetterlinge in seinem Bauch Purzelbäume. Wenn sie ihn anschaute, schien sie bis in sein Innerstes zu sehen. Und sie roch so gut. Eine Mischung aus Honig, Erdbeeren, Schokolade und frischer Waldluft. Ein Duft, der ihn magisch anzog. Er wollte seine Arme um sie schlingen und sie nie mehr loszulassen.

Während er vor dem Bahnübergang darauf wartete, dass der Zug durchfuhr, hing er seinen Träumen nach.

Noch war es zu früh, sie zu fragen. Noch hatte er keinen Job, und körperlich war er noch nicht hundertprozentig fit. Aber er arbeitete hart daran, etwas aus sich zu machen. Und wenn es so weit war, würde er ihr sagen, dass er sie liebte.

Die Schranken öffneten sich klirrend und klappernd, er überquerte die Gleise. Der Weg bis zum Sportpark Pennenfeld war nicht mehr weit. Es wurde Zeit, sich auf den Auftrag zu konzentrieren und die Umgebung genauer in Augenschein zu nehmen. Kein Café oder Vereinsheim. Er passierte ein Fitnesscenter und einen Baumarkt, dann erreichte er die Moschee.

Nico wanderte an der trutzigen Mauer entlang, vor der hüfthoch das Unkraut auf den Fußgängerweg wucherte. Weiß gestrichene Gitter waren in regelmäßigen Abständen in den Beton eingelassen. Das Minarett überragte kaum das Gebäude aus dunklem Glas und hell verputzten Wänden, sein goldenes Dach stach wie ein spitzer Hut in den sonnigen Himmel.

Er trat an das Eisentor, umfasste zwei Metallstäbe und starrte in den Innenhof. Eine gepflasterte Einfahrt, ein mit Wiesenschaumkraut zugewachsenes Areal, geschlossene Fenster.

Der Ort strahlte Vernachlässigung und Verlassenheit aus.

Nico wusste, dass hier noch bis vor kurzem reger Betrieb geherrscht hatte. In der Akademie waren Kinder nach saudischem Lehrplan unterrichtet worden. Und in der Moschee hatten sich Gläubige aus dem ganzen Land zum Freitagsgebet zusammengefunden. Und es waren nicht nur friedlich gesinnte Muslime gewesen, die dort gebetet hatten. Schon vor Jahren hatte die Presse darüber berichtet, dass sich hier Radikale getroffen hatten. Die besorgten Bürger hatten Unterschriften gesammelt, doch die Stadt hatte lange Zeit merkwürdig zurückhaltend reagiert. Mittlerweile war die

Akademie geschlossen und der Betrieb der Moschee eingeschränkt worden. Allerdings wirkte das Gelände auf Nico so, als fände hier gar nichts mehr statt. Niemand schien sich mehr zu kümmern, keiner war zu sehen.

Doch man hatte ihn bemerkt.

Plötzlich öffnete sich die Tür des Gebäudes, ein untersetzter Mann in zerknittertem Hemd, schwarzer Hose, ausgetretenen Sandalen eilte auf ihn zu.

„Was willst du?"

Nico wusste nicht, was er antworten sollte. Statt sich vorher eine Geschichte zurechtzulegen, hatte er nur an Laura gedacht. Unschlüssig trat er von einem Bein auf das andere. „Ist die Moschee geschlossen? Hier wird wohl nicht mehr gebetet?"

Der Mann schaute ihn weiter mit zusammengekniffenen Augen an. „Manchmal. Nicht mehr oft. Bist du zum Beten gekommen?"

Nico schüttelte den Kopf. Er zog das Bild, das Gilda ihm gegeben hatte, trotzdem aus der Hosentasche. „Kennen Sie Yasin Özgur?"

Der Mann warf einen abschätzigen Blick auf das Foto und zuckte die Schultern. Er stand jetzt direkt vor ihm, nur das Metallgitter trennte sie. Nico spürte seinen Atem, der nach Knoblauchwurst und Magensäure roch.

„Ich weiß nicht. Vielleicht habe ich ihn mal gesehen. Warum suchst du ihn?" Der lauernde Blick verunsicherte Nico. Unwillkürlich trat er einen Schritt zurück. Bestimmt waren der Mann und seine Leute häufig irgendwelchen Anfeindungen ausgesetzt und deshalb misstrauisch. In Zeiten von IS, Al Qaida und Sprengstoffanschlägen auf Weihnachtsmärkte, Konzerte und U-Bahnen machten manche Mitbürger keinen Unterschied mehr zwischen gläubigen Muslimen und Islamisten.

Trotzdem fühlte Nico sich unwohl.

„Yasin ist mein Freund." Er merkte, wie unglaubwürdig er klang. Aber verdammt noch mal, er war kein Detektiv und nicht geübt darin, Leute auszufragen. Auch wenn ihm das Lügen nicht schwerfiel. In seinem Vorleben hatte er es darin zur Meisterschaft gebracht, allerdings war es dabei immer um das Beschaffen von Geld, nicht von Informationen gegangen.

„Freund", wiederholte der Mann gedehnt. Er streckte eine schwielige Hand aus, um das Foto zu nehmen, doch Nico zog es weg.

„Gibt es in der Nähe einen Treffpunkt einer Gruppe, die gemeinsam den Koran liest?"

„Es gibt viele. Wir alle lesen den Koran."

„Aber so eine Art Café? Oder ein Vereinsheim?"

Nico fühlte den forschenden Blick auf sich ruhen, es machte ihn nervös. Warum war der Kerl so unheimlich? Sein Gegenüber schien die Nervosität zu spüren.

„Interessierst du dich dafür, was im heiligen Koran steht?"

Nico zuckte die Achseln, dann nickte er schnell.

„Ich kann dir ein Exemplar geben. Du liest mal darin, und dann kommst du vorbei. Hier gibt es Menschen, die sich gerne mit dir darüber unterhalten. Augenblick." Ohne eine Antwort abzuwarten, ging der Mann in das Gebäude und erschien kurz darauf mit einem Buch, das er Nico in die Hand drückte.

„Danke." Nico sah verlegen auf das grüne Taschenbuch. Geschenke anzunehmen fühlte sich ungewohnt an und fiel ihm schwer. Selbst wenn es sich bei dem Präsent um Werbung handelte. „Vielleicht komme ich mal wieder vorbei. Mal sehen." Er nickte, lächelte, winkte, dann wandte er sich um und ging. Zuerst langsam, dann immer schneller. Er war froh, wegzukommen.

An der Kreuzung sah er sich um. Hinter ihm befanden sich die Moschee und der Sportpark, geradeaus und rechts begannen die Wohngebiete. Linker Hand erstreckte sich das Gewerbegebiet, in dem sich große Discounter bis zur Bahnlinie aneinanderreihten. Nach kurzer Überlegung entschloss er sich, zuerst in dieser Richtung zu suchen. Er startete mit der rechten Straßenseite, studierte Firmenschilder und Klingelbeschriftungen und wartete geduldig an den Einfahrten der Parkplätze, wenn Einkäufer mit ihren Autos vor ihm einscherten. Zehn Minuten später war er am Bahnübergang angelangt, vor dessen heruntergelassenen Schranken sich eine längere Schlange gebildet hatte. Nico hatte hier auch schon viel Zeit mit Warten verbracht. Die Deutsche Bahn schien der Ansicht zu sein, Hochziehen zwischen den Zügen koste nur unnötig Geld. Deshalb nahmen viele Autofahrer größere Umwege in Kauf, um die Wartezeiten zu vermeiden oder fuhren gleich woandershin.

Nico wechselte die Straßenseite und schlenderte zurück. Sein Eifer ließ nach. Schon auf dem Hinweg hatte er gesehen, dass es dort keine Cafés gab. Einige Meter vor ihm bog eine Gruppe Männer mit bärtigen Gesichtern auf den Parkplatz eines Discounters ein. Die meisten waren in Jeans und Shirt gekleidet, doch zwei trugen die langen, luftigen Gewänder, die vor allem bei Wüstenklima gute Dienste leisteten. Sie waren etwa in seinem Alter, sahen weder rechts noch links, und einige trugen Bücher unter dem Arm.

Nicos Interesse war geweckt.

Er folgte ihnen zwischen den parkenden Autos hindurch, vorbei am Eingang des Supermarktes. Hinter dem Gebäude tat sich eine weitere Parkfläche auf. Die jungen Männer überquerten gemessenen Schrittes den Platz und verschwanden in einem schmalen Weg, der beidseitig von Mauern eingefasst war. Nico schaute sich um.

Warum hatte er plötzlich so ein mulmiges Gefühl?

Um ihn herum packten Familien ihre Einkäufe in die Autos oder schoben Einkaufswagen zurück. Nichts deutete auf Gefahr hin. Warum stellte er sich jetzt so an? In seinen Drogenzeiten hatte er die übelsten Orte aufgesucht und war vor nichts zurückgeschreckt, um an den nächsten Schuss zu kommen. Doch damals waren die Alarmsirenen im Inneren von der Sucht gedämpft worden. Und nicht immer war es gutgegangen. Manche Erlebnisse hatte er nur durch den Rausch verdrängen können. Und bis heute vermied er es, die Erinnerungen hochkommen zu lassen, so hartnäckig seine Therapeutin auch versuchte, sie auszugraben. Doch früher hatte er außer seinem armseligen Leben im Dreck nichts zu verlieren gehabt. Heute gab es so viel, was ihm wichtig war, wovon er träumte, worauf er hoffte. Er schüttelte das unangenehme Gefühl ab. Er musste es machen. Er wollte herausfinden, wohin die jungen Männer gingen.

Er tat es für Laura.

13

Nachdem Nico die Detektei verlassen hatte, hatte sich Gilda wieder in die Arbeit vertieft. Die Enttäuschung, dass er Laura nicht gesehen hatte, hatte sie ihm deutlich angemerkt. Was dachte er sich eigentlich? Glaubte er ernsthaft, dass er eine Chance bei ihr hatte? Aber es war rührend, dass er die

Recherche-Tour übernommen hatte. Aus welchen Beweggründen auch immer.

Von außen wurde ein Schlüssel ins Schloss gesteckt, dann stand Justin vor ihrem Schreibtisch, den Schulrucksack lässig über die Schulter gehängt.

„Hey, what's up Bro?" Gilda streckte ihm die Faust entgegen, er tippte leicht mit seiner dagegen.

„Läuft", antwortete er cool.

Justin war dreizehn, ein magerer, hoch aufgeschossener Junge in Hochwasser-Jeans und mit linkischen Bewegungen. Das Gesicht trug bereits die kantigen Spuren des Erwachsenwerdens, doch das treuherzige Lächeln und die Grübchen waren die eines Kindes. Seine Familie interessierte sich nicht für ihn. Der erwachsene Bruder ging seinen eigenen Weg, die meist alkoholisierte Mutter kümmerte sich in lichten Momenten nur um den Stiefvater oder um Hausfreunde, die ihr etwas zusteckten, wenn sie nett zu ihnen war.

Marek hatte Justin im Zusammenhang mit dem ersten Fall angeheuert, um bei einer Observierung zu helfen. Und er hatte den Job gut gemacht. Seitdem hatte der Junge in der Detektei eine Art Zuhause gefunden.

„Ist Marek da?", stellte Justin die Standardfrage. Er bewunderte den Detektiv, doch vor allem genoss er es, in dessen Abwesenheit das Büro zu benutzen und Counterstrike zu spielen.

„Nein, du hast freie Bahn." Sie zwinkerte ihm zu.

„Cool, dann lege ich gleich los. Die anderen sind bestimmt schon im Team-Speak und warten."

„Hohoho", bremste Gilda. „Wie sieht es mit den Hausaufgaben aus? Und schreibst du nicht bald eine Mathe-Arbeit?"

Sie hatte es sich zur Gewohnheit gemacht, mit ihm zu lernen, weil sie sich für ihn verantwortlich fühlte und gleichzeitig davon profitierte. Wegen einer unbehandelten Legasthenie hatte Gilda es mit Mühe bis zur Mittleren Reife gebracht. Die Eltern hatten sie nicht gefördert, sie vertraten die Ansicht, dass Mädchen vor allem im Haushalt ihre Stärken nutzen sollten. Das hatte sie verletzt. Sie war deshalb gleich nach dem Schulabschluss von zu Hause fortgegangen, hatte sich ins freie Leben gestürzt und mit Jobben durchgeschlagen. Sehr zur Enttäuschung ihrer Familie, die sie als Unterstützung für das Restaurant eingeplant hatte. Erst als Gildas Vater ernsthaft erkrankte, war sie nach Bonn zurückgekehrt.

Barbara, die damals mit ihrem Mann zu den Stammgästen des Lokals gehörte, hatte ihr den Job bei Laura vermittelt. Seitdem hatte sich ihr Leben verändert. Die Arbeit in der Detektei machte ihr Spaß und hatte ihr das Selbstvertrauen gegeben, mit der Abendschule anzufangen, um das Abitur nachzumachen. Da war es eine gute Übung für sie, mit Justin die Hausaufgaben zu machen.

„Wir haben nichts auf. Und gelernt habe ich schon." Justin sah unschuldig aus wie ein Engel. Gilda runzelte misstrauisch die Stirn, nickte dann aber gnädig.

Strahlend verschwand er in Mareks Büro, kurz darauf hörte sie ihn die Calls an die Team-Kameraden brüllen. Belustigt setzte sie gegen den Lärm die Kopfhörer auf und wandte sich dem Computer zu.

Lauras Sorge, dass sich ein Fremder ins Firmennetz stehlen, in den Dateien umsehen und ihr auf die Schliche kommen könnte, hielt sie für übertrieben. Trotzdem ging es ihr nicht mehr aus dem Kopf. Sie wollte sichergehen, dass alles in Ordnung war. Für die Recherche-Touren außerhalb der Legalität nutzte sie zwar immer den privaten Laptop, das

Dark-Net oder fremde WLANs, doch man konnte nie wissen. Einen guten Hacker, der sich nur umsah, entdeckte man nicht durch Zufall. Man musste gezielt nach ihm suchen.

Konzentriert analysierte sie die Zahlen von Prozessen. Ihr Herzschlag beschleunigte sich. Sie prüfte, wann Dateien und Festplatte zuletzt aktiv gewesen waren. Und hatte schließlich die bittere Gewissheit: Jemand war ins Netzwerk eingedrungen und hatte vor allem die Personal-Unterlagen unter die Lupe genommen.

In Gilda stieg kalte Wut auf.

Sie griff nach dem nächstbesten Kuli und pfefferte ihn an die Wand. Wie hatte sie so selbstgefällig sein können? Was sie fertigbrachte, war auch für andere kein Hexenwerk. Jeder Noob konnte die Anleitungen im Internet zum Hacken befolgen. Das war schon lange kein Geheimwissen mehr. Sie knabberte an einem Fingernagel und dachte fieberhaft nach.

Laura würde einen Anfall kriegen.

Und bestimmt denken, dass es ihre Schuld war, dass sie gehackt worden waren. Aber sie konnte nichts dafür. Sie musste jetzt Ruhe bewahren und überlegen, was zu tun war.

Zuallererst würde sie den Hauptrechner putzen. Alle wichtigen Dateien jeden Abend offline stellen. Da hätte sie sich längst drum kümmern sollen. Jetzt war es zu spät.

Immerhin war es ein Leichtes, die IP-Adresse des Hackers herauszufinden. Doch um wen es sich handelte, wollte sie erst heute Abend von zu Hause aus überprüfen. Sie durfte keinen Fehler mehr machen.

Gilda zog den Laptop aus dem großen Nylonrucksack, der unter dem Schreibtisch stand, und schaltete ihn ein. Hatte der Kerl auch ihre Privatdateien durchschnüffelt?

Er hatte.

Sie verwischte nach Recherchen immer sorgfältig alle Spuren, doch selbst kleinste, noch so unwichtig erscheinende Informationen konnten verräterisch sein, wenn jemand etwas Bestimmtes suchte. Der Eindringling hatte sich das Adressbuch angesehen. Damit besaß er die Kontaktinformationen ihrer Familienmitglieder und Freunde. Sie war ein offenes Buch für ihn.

Gilda packte wieder die Wut.

Sie sprang so heftig auf, dass der Stuhl nach hinten kippte und in die Tür des Wandschranks krachte. Ungeduldig riss sie sich das Headset herunter und stapfte in die Küche. Sie brauchte erst mal eine Cola, um herunterzukommen und dabei die Optionen zu prüfen.

Mareks Bürotür flog auf. „Alles in Ordnung? Bist du hingefallen?" Justin sah mit den riesigen Kopfhörern aus wie eine besorgte Mickey Mouse. Eine Welle von Zärtlichkeit durchflutete sie. Sie lächelte beruhigend und fühlte sich schon viel besser.

„Alles ok, nichts passiert. Ich bin nur etwas zu schnell aufgestanden, da ist der Stuhl umgekippt."

Justin kniff die Augen zusammen, dann nickte er, drehte sich um und verschwand wieder in seiner Gamerhöhle.

Gilda lehnte sie sich mit dem Glas in der Hand aus dem geöffneten Küchenfenster und starrte in den Rosenbusch, der direkt vor dem Fenster wucherte. Die Sonne schien warm, Bienen summten auf der emsigen Suche nach Nektar. Dieser Ort war ein Refugium, in dem sie sich sicher und aufgehoben fühlte. Doch der virtuelle Eindringling warf den kalten Schatten kommenden Unheils in das Idyll. Er verfügte über alle Informationen. Sie musste herausfinden, wer er war und was er im Schilde führte.

Die Situation war gefährlich.

14

Laura und Barbara hatten sich noch kurz unterhalten. Dann war die Pianistin mit der hastigen Entschuldigung, dass sie noch viel erledigen müsse, aufgesprungen und durch den Garten verschwunden. Die Detektivin blieb an ihrem Schreibtisch zurück und widmete sich der Post. Die Rechnungen sortierte sie auf einen gesonderten Haufen, damit sie sie später prüfen konnte. Als sie nach der Tasse greifen wollte, stieß sie gegen den Stapel, die Papiere segelten vom Schreibtisch.

Dabei bemerkte sie, dass das Bild von ihrem Großvater, das sie mit ihm am ersten Tag ihres Studiums gemacht hatte, nicht an seinem Platz stand.

Nachdenklich ließ sie den Blick wandern. Es schien ihr, als wären auch andere Sachen nicht so, wie sie sie abgelegt hatte. Der silberne Kuli, den sie selten benutzte, lag schräg. Der Bücherstapel mit den antiquarischen Sherlock-Holmes-Ausgaben hatte nicht mehr dieselbe Reihenfolge, der Locher war ganz ans Ende des Tisches gewandert. Irgendjemand hatte alles in die Hand genommen und woanders wieder hingelegt. Gilda oder die anderen aus dem Team konnten es nicht gewesen sein. Sie wussten genau, wie sehr Laura es hasste, wenn etwas umgestellt wurde. Außerdem wirkte die neue Anordnung nicht unbeabsichtigt oder zufällig, sondern so, als sollte sie es bemerken. Als wollte ihr jemand die Botschaft senden, dass er da gewesen war. Dass er sich in ihrem Büro bewegt, an ihrem Schreibtisch gesessen, alle ihre Sachen berührt hatte. Sie riss die Schubladen auf, prüfte, ob etwas fehlte. Doch alles war da.

Nur nicht am richtigen Ort.

15

Es wurde später Nachmittag, bis Gilda sich auf den Weg zu der Schreinerei machen konnte, in der Yasin angestellt war. Laura war irgendwann aus dem Büro gekommen, mit gerunzelter Stirn und tief in Gedanken, und Gilda hatte überrascht festgestellt, dass Barbara schon lange gegangen war. Anscheinend hatte sie den Hinterausgang durch den Garten genommen. Auf ihre Frage hin, ob etwas vorgefallen sei, hatte Laura nur unverständlich vor sich hingemurmelt. Gilda war ihre geistige Abwesenheit ganz recht, so brauchte sie sich keine Sorgen zu machen, dass Laura ihr anmerkte, dass sie etwas entdeckt hatte.

Sie riss den Zettel mit der Adresse der Schreinerei vom Block, sprang auf und schwang sich die Handtasche über die Schulter. Laura erzählte sie, was sie vorhatte und wünschte ihr noch einen schönen Abend. Doch die schien kaum hinzuhören. Dann sah Gilda bei Justin rein. Der wollte wie immer nicht gestört werden und scheuchte sie mit einer genervten Handbewegung weg.

Im Vorgarten zerrte sie das Fahrrad aus einem Busch. Es hatte keinen Ständer, und zum Anlehnen gab es nichts. Heute Morgen hatte der wild wuchernde Strauch den Drahtesel noch komplett verschlungen und so vor Dieben geschützt. Jetzt hatte ihm Hassan mit der Heckenschere eine akkurate Form verpasst und das Rad quasi aus ihm herausgeschnitten. Morgen würde sie wieder das Zahlenschloss benutzen müssen.

Sie schob das Rad auf den Bürgersteig und fuhr los. Die Sonne schien noch heiß, aber es wehte ein angenehmer Wind. Sie trat kräftig in die Pedale, schaltete die Gänge hoch und flitzte durch die schmalen Straßen Rüngsdorfs. Die körperliche Anstrengung tat ihr gut und half ihr, das Unbehagen über den Hackerangriff abzuschütteln. Die wilde Fahrt wurde nur zweimal durch rote Ampeln unterbrochen, innerhalb weniger Minuten hatte sie ihr Ziel erreicht.

Die Schreinerei hatte einen großen Vorhof. Links befand sich ein Schuppen, mitten auf dem Platz stand ein roter, klappriger Transporter. Sie schob das Fahrrad am Auto vorbei, um zu dem Gebäude zu gelangen. Obwohl alle Fenster und Türen geschlossen waren, kreischten die Sägen mit empfindlicher Lautstärke. Offensichtlich wurde noch gearbeitet. Sie lehnte das Fahrrad an die Hauswand, hier würde es ja wohl keiner klauen, und ging zum Eingang. Die Tür war verschlossen. Das Schild mit den Öffnungszeiten informierte, dass Feierabend war. Gilda drückte die Klingel. Nichts. Kein Wunder, die Maschinen lärmten so laut, dass niemand das Schellen hören konnte. Sie wartete ab, bis das Sägen unterbrochen wurde, und klingelte Sturm. Schritte näherten sich, aber von hinten.

„Wir haben geschlossen."

Sie drehte sich um. Vor ihr stand ein schwarzer Mann mit Rastazöpfen bis zur Schulter. Er war gerade mal so groß wie sie und sehr schlank, fast grazil. Aber die Arme, die unter dem roten, mit Sägespänen bedeckten T-Shirt hervorkamen, waren muskulös. Er war gut in Form. Sein Alter konnte sie schwer schätzen. Es konnte alles zwischen zwanzig und fünfunddreißig sein. Sie merkte, dass er sie musterte. Sein Blick wanderte über ihre Figur und blieb im Ausschnitt hängen.

„Grasshopper, ganz erwachsen. Siehst hot aus." Mit ebenmäßigen, weißen Zähnen strahlte er sie an.

„Abdou?"

„Klar, Baby. Hast du mich vergessen, ma belle?"

„Tut mir leid, aber du hast dich verändert", lachte sie. „Früher war deine Frisur anders. Und nenn mich nicht Grasshopper. Den Namen habe ich immer gehasst." Sie waren bis vor ein paar Jahren Nachbarn gewesen, dann war seine Familie auf die andere Rheinseite gezogen. Aber sie hatte nie viel mit ihm zu tun gehabt. Er war einige Jahre älter als sie und hatte sie kaum zur Kenntnis genommen. Dies schien sich geändert zu haben. „Wie geht es deiner kleinen Schwester?"

„Anisha? Good, good. Sie ist bald ready mit school." Gilda wusste, dass er perfekt Deutsch sprach. Er war in Bonn geboren. Aber seit er in der Pubertät seine „Black Identity" entdeckt hatte, sprach er ein Kauderwelsch aus Deutsch, Französisch, Englisch und ein paar Brocken Wolof. Offenbar hatte er die Marotte beibehalten.

„Schön. Grüß sie ganz lieb von mir."

„Ok. Heute Abend. Was willst du hier, Grasshopper? Ich meine: Baby? Vielleicht mit mir was trinken gehen? Ich arbeite nicht mehr lange, bald ready for take off." Sein Blick wanderte wieder ihren Körper hinauf und hinunter.

„Nein danke. Ich bin eine Freundin von Yasin. Ist er da?"

Sein Lächeln erstarb. „Freundin von Yasin? Er ist krank. Nicht da. Aber ich bin da, Baby."

„Oh, das ist dumm." Sie ignorierte seine letzten Worte und versuchte, enttäuscht auszusehen. „Was mache ich denn jetzt?"

Er trat einen Schritt näher. „Ich kann dir helfen. Bin good friend mit Yasin."

Sie lächelte. „Ich fürchte nein. Ich muss mit ihm persönlich sprechen. Er ist nicht zu Hause, deshalb dachte ich, ich könnte ihn hier finden."

„Yasin ist schon ein paar Tage nicht da. Du bist nicht good friend, wenn du es nicht weißt", fügte er augenzwinkernd hinzu.

„Ist der Chef da? Herr Nemez?"

„Nope." Er steckte die Hände in die Taschen der staubigen Latzhose und grinste sie an.

In diesem Augenblick bog ein älterer Mann um die Ecke. „Abdou, wo bleibst du? Denkst du, der Auftrag macht sich von allein?"

Gilda konnte das Lachen gerade noch unterdrücken, als sie Abdous enttäuschten Gesichtsausdruck sah. „Sind Sie Herr Nemez?"

„Warum?" Der Mann mit den dünnen Haaren und dem stattlichen Bauch im Karo-Hemd blieb stehen.

„Ich bin auf der Suche nach Yasin. Er arbeitet hier, richtig?"

„Yasin?" Er zog sich die dicken Arbeitshandschuhe von den Händen und kam näher.

„Ja. Zu Hause konnte man mir nicht sagen, wo ich ihn finde."

Nemez schaute seinen Mitarbeiter an: „Los, troll dich." Doch es brauchte noch einen Schubs gegen die Schulter, bis Abdou bereit war, zurück in die Werkstatt zu gehen.

„Yasin hat sich schon eine Weile nicht mehr blicken lassen. Ich habe keine Ahnung, wo er sich rumtreibt. Aber wenn du ihn findest, kannst du ihm ausrichten, dass er seine Sachen abholen kann. Ich brauche ihn nicht mehr." Zur Bekräftigung seiner Worte spuckte er auf den Boden.

„Ist das nicht ein bisschen schnell geschossen? Es gibt bestimmt einen guten Grund, warum er verhindert ist."

Nemez schaute sie mit schmalen Augen an. „Es gibt klare Regeln. Wer krank ist, hat sich abzumelden, und wer schwänzt, wird gefeuert. So einfach ist das. Denkst du, ich kann es mir leisten, lauter Faulpelze durchzufüttern, die mir die ganze Arbeit überlassen? Er ist draußen. Punkt."

Gilda malte mit ihrem weißen Sneaker ein paar Striche in den staubigen Boden. Die Fläche war wohl mal mit Kies bedeckt gewesen, doch mit der Zeit war nur der festgetretene Untergrund übriggeblieben. Wie sollte sie weitermachen? Sie entschied sich für Offenheit: „Yasins Familie macht sich Sorgen. Er ist seit ein paar Tagen nicht nach Hause gekommen, und das ist ungewöhnlich. Ich arbeite für die Detektei Peters. Unser Auftrag ist es, Yasin zu finden."

Nemez glotzte sie an. Sie wusste, was er dachte.

„Du bist Detektivin? Und du meinst, dass ich dir das abnehme?"

Wortlos fingerte sie eine Visitenkarte aus der Hosentasche und hielt sie ihm unter die Nase. Mit seinen dicken, schmutzigen Händen nahm er sie entgegen und starrte eine Weile darauf. „Detektei Peters. Habe ich schon gehört. Habt ihr nicht diesen Mörder zur Strecke gebracht, der die Leute lebendig begraben hat? Wie hieß er noch?"

„Totengräber. Ja."

„Ein Mädel wie du nimmt es mit so einem Perversen auf?" Er schüttelte den Kopf.

Für einen Augenblick blitzte die Erinnerung auf. Der Mond, der Friedhof, das Gefühl, wie sie mit blutenden Fingern wie wahnsinnig in der kalten, harten Erde grub, um eines der Opfer zu retten. Sie straffte den Rücken und hob das Kinn. „Ja. Wir konnten den Fall lösen. Zurück zu Yasin. Wie ist ihr

Eindruck? Hat er sich in letzter Zeit verändert oder anders verhalten? War er bedrückt? Oder beunruhigt?"

Nemez gab einen verächtlichen Laut von sich. „Das ist hier kein Kindergarten und kein Sanatorium. Ich fühle meinen Mitarbeitern nicht jeden Morgen den Puls und frage, wie die Befindlichkeiten sind. Hier wird gearbeitet und fertig."

„Also war er wie immer?"

Nemez zuckte die Schultern. „Vielleicht nicht. Er ist sehr religiös geworden. Trug plötzlich einen Bart, verzog sich ständig zum Beten. Er wollte dafür mein Büro nehmen, aber ich hab ihm gesagt, wenn er Privatsphäre will, soll er ins Scheißhaus gehen." Gilda hörte nur zu, trotzdem meinte er, sich verteidigen zu müssen: „Ist doch wahr. Soll ich hier überall Kapellen einrichten? Der eine ist katholisch, der andere Muslim, der Dritte macht Voodoo. Ist mir alles egal, aber sie sollen es zu Hause machen."

„Kennen Sie seine Freunde?"

„Der Kerl hat Freunde? Nicht, dass ich wüsste."

„Und unter den Kollegen?"

„Auch nicht."

„Aber sie kommen gut miteinander aus?"

Nemez zuckte wieder die Schultern. „Im Prinzip schon. Yasin ist ein ruhiger Typ. Ganz verträglich. Nur Abdou kann er nicht leiden. Für Schwarze hat er nichts übrig."

„Ich würde gern mit Yasins Kollegen sprechen."

„Die sind schon lange weg. Wir haben seit vier Uhr Feierabend."

„Und Abdou?"

„Den brauche ich für einen Sonderauftrag, der kann jetzt nicht. Aber du kannst morgen um halb zehn noch mal kommen. Da haben die Jungs Pause. Die werden sich sicher freuen." Die letzten Worte wurden von einem anzüglichen

Lächeln begleitet. Sie bedankte sich und ging zu ihrem Fahrrad.

„Eins fällt mir doch noch ein: An dem Abend, bevor er verschwunden ist, haben ihn zwei Typen abgeholt. Die sahen ziemlich finster aus. Schwarze Haare, schwarze Bärte, Sonnenbrillen, schwarze Lederjacken. Und der eine hatte eine Tätowierung auf der Hand. Einen Löwen."

16

Nico folgte dem unbefestigten Weg hinter dem Parkplatz und fand sich plötzlich vor einer Tür wieder, die in das Gemäuer eingelassen war. Darüber hing der Rest eines zerbrochenen Plastik-Schildes, auf dem nur noch „Kulturverein" stand. Das Wort davor fehlte. An der Mauer war die Zahl Zweiundsiebzig aus Metall angebracht, vermutlich die Hausnummer. Sprayer hatten daneben das Wort Jungfrauen in rot verlaufenen Buchstaben an die Wand geschrieben. Der klägliche Versuch, das Wort mit Schwamm und Wasser zu entfernen, ließ es wie ein blutiges Massaker aussehen und hatte es noch auffälliger gemacht.

Ohne weiter nachzudenken, betätigte er die altmodische Klingel. Schlurfende Schritte näherten sich, durch den Türspalt sah ihn ein Mann mit runzligem Gesicht und Bart fragend an.

„Hi, ich bin Nico. Kann ich bei Ihnen einen Kaffee bekommen? Bitte?" Aus alter Gewohnheit hatte er den Kopf schief gelegt, große Augen gemacht und ein treuherziges

Lächeln aufgesetzt. Wie oft hatte er in seinen dunkelsten Zeiten die Leute so angebettelt. Gelernt war gelernt.

„Hier?" Der Mann wirkte unschlüssig. Es kam bestimmt nicht oft vor, dass Fremde klingelten, die auch noch erkennbar nicht-muslimisch waren. Nico schob sich unmerklich nach vorn. Der alte Mann wich vor ihm zurück, dann entschied er sich schließlich, Nico hereinzulassen. Er führte ihn durch den schäbigen Innenhof, in dem ein paar ramponierte Gartenstühle standen und viel Unkraut wuchs, zu einem kleinen Haus. Im unteren Geschoss gaben große Fenster den Blick auf einen Raum mit vielen Tischen frei. Nico folgte dem Mann in das Vereinsheim und stellte überrascht fest, dass fast alle Plätze besetzt waren. Es waren bestimmt fünfundzwanzig bis dreißig Leute anwesend, alles Männer, die meisten bärtig, viele mit traditionellen Hemden bekleidet.

Er nickte schüchtern in die Runde. „Guten Tag."

Einige Männer grüßten zurück, viele starrten ihn nur an. Nico folgte dem alten Mann zu einem Ecktisch, ließ sich auf einen Stuhl fallen und sah sich um. Auf den Tischen lagen bunte Tischdecken, die Wände waren in einem freundlichen Zitronengelb gestrichen, an der Wand neben der Tür hing die gerahmte Fotografie einer Moschee.

Nico hatte schon beim Hereinkommen gesehen, dass Yasin nicht hier war. Aber vielleicht lohnte es sich, zu warten. Eine laut diskutierende Gruppe junger Männer weckte seine Aufmerksamkeit. Zwei von ihnen trugen schwarze Lederjacken und Sonnenbrillen, die übrigen waren mit Jeans und Hemden bekleidet. Sie gestikulierten wild, einige von ihnen waren vor Erregung sogar aufgesprungen. Nico verstand die Sprache nicht, aber die Situation beunruhigte ihn. Es war ihm nicht entgangen, dass sie immer wieder zu ihm herübersahen. Die Gruppe hatte sich so in Rage geredet, dass selbst die älteren Männer an den anderen Tischen die Gespräche unterbrochen hatten und hinübersahen. Der Mann, der Nico hereingelassen hatte, ging zu dem Tisch und zischte ein paar Worte. Was auch immer er gesagt hatte, es wirkte. Ruhe kehrte ein.

Um die Blicke der Gäste zu vermeiden, starrte Nico durch das Panoramafenster in den Garten und überlegte, wie er weiter vorgehen sollte. Plötzlich stand der Mann, der das Café betrieb, vor ihm und stellte ein Glas mit Tee auf den Tisch. Er bedankte sich und zog die Aufnahme von Yasin hervor. „Kennen Sie diesen Mann?"

Der Alte schüttelte den Kopf, nahm das Bild trotzdem und studierte es. Dann schlurfte er zu der Gruppe junger Männer und warf ihnen das Foto auf den Tisch. Das Gespräch verstummte schlagartig. Obwohl keiner von ihnen das Bild berührte, hatte Nico den Eindruck, dass alle wussten, wer darauf abgebildet war.

Die beiden Lederjacken setzten ihre Sonnenbrillen ab und starrten ihn an.

17

Als Gilda nach Hause kam, herrschte Hochbetrieb im Restaurant. Wortlos band sie sich eine Schürze um, gab beiden Eltern jeweils einen Kuss auf die Wange und fügte sich in das emsige Treiben ein. Sie schnitt Zwiebeln für den am Herd hantierenden Koch Santiago, nahm der Mutter das schwere Tablett mit den Getränken ab, half dem Vater, die Namen der Gäste im Reservierungsbuch zu finden und trug mit der jungen

Kellnerin Chris Teller voll dampfender, hausgemachter Pasta zu den Tischen. Es war elf Uhr, als sie endlich die Stufen zu ihrem alten Mädchenzimmer, das sie seit ihrer Rückkehr nach Deutschland wieder bewohnte, hochstieg.

Müde warf sie sich bäuchlings auf das Bett und vergrub das Gesicht in den weichen Kissen. Am liebsten wäre sie gleich eingeschlafen. Einfach so, ohne Umziehen, ohne Zähneputzen. Aber das ging nicht. Der Hacker, der so tief in ihre Privatsphäre eingedrungen war, ließ sie nicht zur Ruhe kommen. Mühsam richtete sie sich auf, streifte die Sneakers ab, zog Shorts und T-Shirt aus und streifte ein übergroßes Schlafshirt über. Sie nahm den Laptop aus der Tasche, setzte sich im Schneidersitz auf das Bett und stellte ihn vor sich. Zuerst besorgte sie sich eine ausländische IP-Adresse. Sollte der Kerl sie erwischen, dann wollte sie wenigstens nicht gefunden werden. Jedenfalls nicht ohne weiteres. Dann loggte sie sich in das WLAN eines Nachbarn ein und suchte nach dem Mann, der hinter der IP-Adresse steckte.

Ein Kinderspiel.

Ihr Herz schlug erwartungsvoll, die Müdigkeit war verflogen. Gespannt schaltete sie sich auf seinen Computer. Schon auf den ersten Blick sah sie, dass er sie erwartet hatte. Außer dem Betriebssystem und ein paar Standardprogrammen war der Computer leer. Vor drei Tagen war alles neu aufgesetzt worden. Rechtzeitig bevor er seinen Spaziergang durch die Daten der Detektei und durch Gildas Privatleben gemacht hatte. Ein Profi. Und ebenbürtiger Gegner. Gildas Ehrgeiz war geweckt. So schnell würde sie sich nicht geschlagen geben.

Das Smartphone, das sie neben sich gelegt hatte, gab mit einem Dudeln bekannt, dass sie eine Whatsapp-Nachricht erhalten hatte. Nico. Ohne zu antworten, wählte sie seine

Nummer. Es war sicherer zu telefonieren. Womöglich las der Hacker auch die Chats mit.

„Gilda, bist du noch wach?"

„Natürlich, Nico, sonst würde ich dich kaum anrufen."

„Ich wollte nur berichten, was ich heute herausgefunden habe."

„Schieß los." Sie durfte nicht so kurz angebunden sein. Er tat ihr schließlich einen Gefallen und konnte nichts dafür, dass sie so blöd gewesen war, einen Hacker an ihre Daten zu lassen.

Er berichtete von der Begegnung an der Moschee, und dass er glaubte, das Vereinsheim gefunden zu haben, in dem Yasin die Koran-Gesprächsrunden besuchte. Auch wenn dort alle behauptet hatten, sie würden ihn nicht kennen.

„Das ist toll." Jetzt hatte er Gildas volle Aufmerksamkeit. Sie nahm Block und Stift von ihrem Nachtschränkchen und machte sich sorgfältig Notizen.

„Bei den Zweiundsiebzig Jungfrauen habe ich auch zwei merkwürdige Gestalten gesehen. Mit Sonnenbrillen und Lederjacken. Sie starrten mich die ganze Zeit an, nachdem ihnen Yasins Foto gezeigt worden war. Die waren mir echt unheimlich."

„Bei den zweiundsiebzig Jungfrauen?"

Nico lachte. „Das steht bei dem Verein als verschmiertes Graffiti auf der Mauer. Deshalb nenne ich es so. Klingt doch cool."

„Ja, da hast du recht. Zurück zu den beiden Männern. Stell dir vor, in der Schreinerei hat mir der Chef erzählt, dass er Yasin zuletzt mit zwei Typen in Lederjacken gesehen hat. Einer der Männer hatte ein Löwen-Tattoo auf der Hand. Ist dir so ein Tattoo aufgefallen?"

„Nein, ich kann mich nicht erinnern. Aber sie haben mir ganz schön Angst eingejagt, als sie mich so ins Visier genommen haben. Ich bin sicher, die kennen Yasin, und vielleicht haben sie auch etwas mit seinem Verschwinden zu tun."

„Ok." Gilda ließ sich mit dem Handy am Ohr aufs Bett fallen und starrte an die Decke. „Bist du den beiden gefolgt? Weißt du, wo wir sie finden können? Vielleicht hat sich Yasin bei ihnen versteckt."

„Nein, das ging nicht. Nachdem jeder das Foto gesehen, und ich meinen Tee ausgetrunken hatte, gab es keinen Grund mehr, zu bleiben. Sie haben mich zwar nicht rausgeschmissen, aber es war klar, dass sie mich nicht länger dort haben wollten. Die Atmosphäre wurde irgendwie ungemütlich."

„Und draußen auf sie warten wolltest du auch nicht", bohrte sie unbarmherzig weiter.

Nico seufzte. „Daran habe ich gar nicht gedacht. Sorry. Das nächste Mal mache ich es besser."

„Ich muss mich entschuldigen. Du hast uns einen riesigen Gefallen getan. Und viel herausgefunden. Ich bin nur gerade etwas im Stress."

„Hat das was mit Yasins Verschwinden zu tun?"

„Nein, ganz andere Baustelle."

„Ok. Mal sehen, ob ich euch morgen wieder helfen kann. Allerdings muss ich zuerst zur Arbeit, und danach habe ich Therapie-Sitzung. Ich melde mich bei dir. Wenn du möchtest, gehe ich dann wieder zu den Zweiundsiebzig Jungfrauen zum Beschatten. Vielleicht taucht Yasin ja noch auf."

18

DREI JAHRE ZUVOR

SYRIEN

Die erste Station, zu der man sie und die anderen Mädchen gebracht hatte, war ein großes Haus am Rande einer Stadt. Die Männer hatten sie grob vom Laster gezerrt und in ein dunkles Zimmer getrieben. Wer nicht schnell genug war oder sich widersetzte, hatte Hiebe mit dem Gewehrkolben bekommen. Durst und Hunger quälte sie, und sie waren schwach von der Fahrt und den schrecklichen Erinnerungen an den Überfall auf ihr Dorf.

Dann fing das Warten an. Endlos. Irgendwann fing das erste Mädchen an zu wimmern, dann wurden es immer mehr, schließlich war der Raum erfüllt von Schluchzen, Jammern und Tränen. Sie hätte am liebsten auch geweint, geschrien nach ihren Eltern, an die Tür getrommelt. Doch irgendetwas hatte sie davon abgehalten. Vielleicht der schmerzende Kopf und die vor Durst ausgedörrte Kehle. Vielleicht aber auch die Vorsicht.

Plötzlich wurde die Tür aufgerissen. Im Gegenlicht, das durch die Öffnung fiel, standen drei schwarz verhüllte Frauen. Ein Funken Hoffnung glomm in ihr auf. Sie würden ihnen vielleicht helfen, ihnen etwas zu essen geben, sie beschützen. Doch sofort wurde sie eines Besseren belehrt.

Die Frau in der Mitte knipste das Licht an und gab den beiden Begleiterinnen ein Zeichen. Die spurteten los, zerrten die zwei am lautesten weinenden Mädchen an den Haaren in die Mitte und schlugen mit Stöcken auf sie ein. Noch vier weitere Mädchen wurden der gleichen Prozedur unterzogen, obwohl es im Raum bereits absolut still war.

Dann mussten sie sich in einer Reihe aufstellen und wurden begutachtet. Sie sah auf den Boden, wagte nicht hochzusehen. Wünschte sich ganz weit weg. Aus dem Augenwinkel beobachtete sie, wie die Frauen den Mädchen die Köpfe grob anhoben, in die Münder starrten, die T-Shirts oder Blusen nach oben zerrten, um die Brüste zu begutachten, und sie dann auf die eine oder die andere Seite des Zimmers stießen.

Dann kamen sie zu ihr.

Sie rissen an den Haaren, bogen ihre Arme, die sie schützend um sich geschlungen hatte, nach hinten, kniffen in jedes Körperteil. Dann schubsten sie sie zu der alten Hexe, der Anführerin. Die würdigte sie keines Blickes, sondern beobachtete mit schmalen Augen die Untersuchung der restlichen Gefangenen. Am Ende stand sie mit zwei weiteren Mädchen mitten im Raum, die anderen waren in zwei Gruppen aufgeteilt worden.

Dann wurden die Männer gerufen.

Sie konnte nicht verstehen, was gesprochen wurde, aber sie merkte an der Aufregung und den lüsternen Blicken, dass sie nichts Gutes im Schilde führten. Sie trieben die linke Gruppe mit ihren Gewehren aus dem Raum und grölten, wenn ein Mädchen ins Stolpern geriet.

Dann verließ eine der Frauen das Zimmer und kam kurz darauf mit einem Tablett wieder, auf dem ein Krug Wasser, mehrere Becher und ein Teller mit Brot standen. Keiner rührte sich, obwohl sie ausgehungert waren. Erst als sie allein waren, wagten sie sich vor und bedienten sich.

Dann hörten sie die Geräusche. Sie schienen von allen Seiten in den kleinen Raum zu dringen. Schreie, Schläge, Stöhnen, Ächzen, Keuchen.

Die Mädchen standen wie erstarrt, sahen sich mit großen Augen an. Das Stückchen Brot, das sie noch im Mund hatte, schien anzuschwellen, wurde immer größer, wollte sich nicht schlucken lassen. Sie erstickte fast daran.

Allen war klar, was gerade mit den anderen Mädchen passierte. Und allen war klar, dass sie auch noch drankommen würden.

19

HEUTE VOR SIEBEN MONATEN

EUSKIRCHEN

Es war stockdunkle Nacht in Euskirchen. Sein Chauffeur stoppte den Rolls-Royce, wie so oft an den Freitagabenden der letzten Wochen, auf dem unbeleuchteten Parkplatz in der Nähe des schäbigen Hoteleingangs. Er überprüfte den Sitz der schwarzen, eleganten Hose und des eng anliegenden Hemdes, nahm die Rolex vom Handgelenk, verstaute sie in der Mittelkonsole des Rücksitzes und zog ein Futteral hervor. Prüfend ließ er das Messer herausrutschen und sah zufrieden, dass es sauber geputzt im fahlen Schein der Innenraumbeleuchtung aufblitzte. Er zog die Augenmaske aus dem Lederetui und setzte sie auf. Diskretion war oberstes Gebot in diesen Kreisen und absolute Bedingung für ihn. Er hatte den Club sorgfältig überprüfen lassen. Nichts wäre fataler, als wenn ein Plappermaul aus dem Nähkästchen plaudern würde. Mit Wehmut dachte er an die Zeiten zurück, als sein Vater noch gelebt hatte. Dessen Freund, der auch sein

Patenonkel war, hatte über Jahre hinweg höchst befriedigende Zusammenkünfte organisiert. Und er hatte es ihm überlassen, die Mädchen vor dem erregten Publikum nach seinem Drehbuch bis zum Äußersten zu treiben. Niemand hatte sie nach der Tortur vermisst. Doch dann war ein bedauerlicher Fehler unterlaufen, man hatte die Leichen gefunden, die Sache war aufgeflogen und sein Pate hatte Selbstmord begangen. Das war zwar praktisch gewesen, denn man hatte ihm die zu Tode gequälten Mädchen zugeschrieben. Aber seitdem gab es die Veranstaltungen natürlich nicht mehr. Er hatte sich nach Ersatz umsehen müssen.

Und hatte ihn in diesem Hotel gefunden.

Die Partys, die sie veranstalteten, waren für den ausgefallenen Geschmack. Es ging nicht um weichgespültes Dominanzgehabe mit rosa Puschel-Handschellen, sondern um die richtige Sache. Die Mädchen, die sie für ihn bereithielten, waren zu echten Schmerzen bereit. Trotzdem waren sie nicht auf ihn, auf den 'Schwarzen Lord' vorbereitet. Er liebte es, jede Grenze zu überschreiten, bis zum Äußersten zu gehen. Safe-Wörter interessierten ihn nicht. Die Sitzung war vorbei, wenn er es wollte. Keine Sekunde früher.

Natürlich hatte es Beschwerden gegeben. Manche Mädchen hatten sich nur mit Geld zur Diskretion zwingen lassen. Und der Veranstalter hatte sich besorgt geäußert, dass der Ruf des Hotels Schaden nehmen könnte. Außerdem werde es immer schwieriger, Mädchen zu finden, die sich noch zu einem Treffen mit ihm bereiterklärten. Aber sein Anwalt hatte wie üblich alles im Hintergrund zu seiner Zufriedenheit geregelt.

Er passierte die Kontrolle am Eingang. Die Security-Männer nickten ihm ehrerbietig zu. Der Clubraum war spärlich beleuchtet, blaue Scheinwerferkegel zuckten über die tanzenden Gäste, Musik und elektronisch verstärktes Stöhnen hallte von den Wänden. Auf der Bühne wanden sich drei Frauen, die für den Veranstalter arbeiteten, in eng geschnürten Korsagen und Strapsen im Rhythmus der harten Beats. Er kannte die Schabracken, sie waren abgefuckt und interessierten ihn nicht. Er wollte Frischfleisch. Am liebsten waren ihm die Hardbodys. Den Begriff hatte er in dem Bret-Easton-Ellis-Roman 'American Psycho' gelesen. Er hatte ihn so zutreffend gefunden, dass er ihn seitdem benutzte. Diese kleinen Tussis, die ihre Freizeit beim Joggen und in den Fitness-Centern verbrachten. Ihre Haut reagierte besser auf die Peitsche, bot genau den richtigen Widerstand, platzte kalkuliert auf. Bei den Fetten wurde zu viel abgefedert, die Knochigen boten zu wenig Fläche. Das galt auch für seine Arbeit mit dem Messer.

Er ging an den Tischen vorbei, die mit spanischen Wänden voneinander getrennt waren, und steuerte die Bar an.

Der Raum war brechend voll. Viele Gäste, und nicht nur Frauen, hatten sich speziell gekleidet für den Abend: Lack und Leder, Latex und Spitze pressten Körperteile ein oder exponierten sie zur freien Betrachtung. Aber einige Männer präferierten auch den Milliardär-Sadisten-Look und waren im Anzug und mit dicker Uhr am Handgelenk gekommen. Ihm bedeutete die Maskerade nichts. Er bevorzugte es pur.

Der Barkeeper, der die Theke polierte, legte sofort das Tuch zur Seite und schenkte ihm einen Whiskey ein. Großzügige Trinkgelder sicherten exzellenten Service. „Wir haben ein Mädchen für Sie." Er stellte das Glas vor ihn auf den Tresen. „Sie wird Ihnen gefallen." Er nickte in die Ecke, eine Frau rutschte vom Barhocker und kam geziert auf ihn zugestöckelt. Quadrat-Gesicht, aus dem Balconette-BH quollen üppige

Brüste, der Bauch wölbte sich über dem knappen Tanga. Sie trug Strapse, die sich um viel zu runde Schenkel wanden.

„Zu alt und zu fett." Er trank den Whiskey in einem Zug aus und knallte das dickwandige Glas auf den Tresen.

Der Barkeeper schaute ihn bestürzt an. „Sie ist kaum dreißig. Und sehr willig. Probieren Sie es. Sie hält viel aus. Wir hatten bisher noch nie Klagen."

Er schüttelte den Kopf. „Sie ist ein fettes, altes Schwein." Er betonte jede Silbe und genoss es, wie ihr Gesichtsausdruck von sexy-freundlicher Begrüßung in tiefste Verletztheit umschlug. „Wenn ihr nichts anderes für mich habt, verschwende ich hier nur meine Zeit."

Der Barmann schenkte beflissen Whiskey nach und sah sich hastig nach dem Hotel-Chef um.

„Hallo, Master. Darf ich zu Diensten sein?", hörte er eine Stimme hinter sich sagen. Sie war in dem Musiklärm nur schwer zu hören, aber der Akzent war erkennbar osteuropäisch. Und Osteuropäerinnen interessierten ihn nicht. Der Sex-Markt war überschwemmt von ihnen. Sie taten alles für ein Taschengeld, waren Misshandlungen und Leiden gewöhnt und knallten sich mit Drogen voll, um es zu ertragen. Das törnte ihn nicht an.

Gelangweilt drehte er sich um und wurde eines Besseren belehrt: Sie war ein Hardbody. Genau so, wie es ihm gefiel. Die Muskeln zeichneten sich deutlich unter der Haut ab, der Bauch war flach und verheißungsvoll. Lange, braune Haare flossen in weichen Wellen über die Schultern, dunkle Augen schauten ihn ängstlich interessiert von unten an. Er spürte, wie sein Schwanz groß wurde. Das war sie. Er winkte sie näher, gab dem Barkeeper ein Zeichen, ihr auch einen Whiskey zu bringen. Ein Mindestmaß an Etikette musste gewahrt bleiben, auch wenn er sie am liebsten gleich an den Haaren in den Züchtigungsraum geschleift hätte.

Zögernd kletterte sie auf den Barhocker neben ihm, senkte den Kopf, schlug die Beine übereinander und wippte mit dem Fuß, der in einem Ancle-Booty mit spitzem Absatz steckte. Er musterte sie. Es war zu dunkel, um sie deutlich zu sehen, doch immer, wenn das blaue Licht ihren Körper streifte, traf es ihn wie ein elektrischer Schock. Er war sich nicht sicher, aber sie schien Narben zu haben. Überall am Körper. Nicht auffällig, aber doch sichtbar. Das erregte ihn noch mehr. Sein Schwanz fand kaum noch Platz in der eng sitzenden Hose. Sie konnte offensichtlich viel aushalten. Schien hart im Nehmen zu sein. Aber das, was ihr heute mit ihm bevorstand, würde alles übertreffen, was sie jemals erlebt hatte.

Genug Vorgeplänkel, er wollte sie. Jetzt. Er nahm ihre Hand, die nach dem Whiskey greifen wollte, und zog sie hinter sich her.

Zielstrebig durchquerte er den Gang, der nur mit Notlichtern beleuchtet war, und öffnete die Tür zu dem Zimmer, das für ihn reserviert war.

Im Züchtigungsraum flackerten rote Grablichter. Käfige, Massage-Liegen und Turngeräte standen im Raum verteilt. Doch die interessierten ihn nicht.

„Zieh dich aus", befahl er und entledigte sich seines Hemdes. Sie nickte unterwürfig, öffnete den roten BH, warf ihn einen Hauch lasziv auf den Boden, dann stieg sie aus dem durchsichtigen Spitzen-Slip. Die High Heels ließ sie an.

„Hier rüber." Er trat an das Andreas-Kreuz, an dessen vier Enden lederne Riemen für Arme und Beine befestigt waren.

Zögernd kam sie näher. Er musste aufpassen, dass ihr ängstlicher Blick ihn nicht schon vorzeitig explodieren ließ.

Sie stellte sich zwischen ihn und das Kreuz, hob ihren Arm, und wandte ihm das Gesicht mit den vollen, sinnlichen Lippen zu. Als ob sie ihn küssen wollte. Aber er küsste nicht. Niemals. Ohne den Blick von ihren Augen abzuwenden, tastete er nach oben, um sie zu fesseln. Er sah es nicht kommen: Plötzlich trat sie ihm mit dem Knie in die Hoden, dass er wie ein Taschenmesser zusammenklappte. Ehe er reagieren konnte, hatte sie seinen Arm mit der Lederfessel festgeschnallt. Er wollte sie mit der anderen Hand schlagen, doch sie fing sie geschickt auf und fixierte sie ebenfalls. Dann trat sie seine Beine auseinander und band sie fest.

Er war ihr hilflos ausgeliefert.

Sie stolzierte hinter seinem Rücken auf und ab. Er versuchte den Kopf zu drehen, um zu sehen, was sie vorhatte. Sie trat seitlich neben ihn, eine Gerte in der Hand. Ihr Blick hatte nichts Unterwürfiges mehr. Er war hart wie Stahl.

„So sieht man sich wieder." Sie lächelte und fuhr spielerisch mit der Peitsche über sein Gesicht. „Ich mich gefreut auf diese Augenblick." Das kalte Lächeln beunruhigte ihn weit mehr als das Folterinstrument.

„Kennen wir uns?", stieß er hervor.

„Aber ja." Die Gerte wanderte seinen Oberkörper hinunter. „Es war ein großes Vergnügen. Ich jetzt erwidern."

Er zermarterte sich den Kopf. Offensichtlich hatte er sie sich schon mal vorgenommen. Aber er konnte sich nicht an sie erinnern. „Schade, wenn es dir nicht gefallen hat. Aber wir können das regeln. Mit Geld. Und dann lässt du mich gehen. Sonst kriegst du gewaltigen Ärger."

Sie lachte kehlig. „Oh, Geld? Sonst Ärger? Aber jetzt das kann auch nicht helfen. Ich zu sehr gefreut auf diese Spaß."

Und dann legte sie los.

Zu Anfang hatte er noch gehofft, widerstehen zu können. Stärker zu sein als sie. Dass sie müde werden würde. Aber schnell hatte er gemerkt, dass er keine Chance hatte, dass sie das Spiel gewinnen würde. Der Schmerz rauschte über ihn hinweg, raubte ihm die Kraft, tobte in seinem Körper wie ein wildes Tier. Ermattet sank er in die Fesseln.

Irgendwann machte sie eine Pause. Hoffnung keimte in ihm auf. Dann spürte er, wie sich etwas um seinen Hals legte und erbarmungslos zuzog. Er röchelte, schnappte verzweifelt nach Luft. Das Blut rauschte in den Ohren, er dachte, sein Kopf müsste platzen. Er wusste, dass er sterben musste. Es wurde dunkel vor seinen Augen.

Plötzlich lockerte sich der Druck um seinen Hals, er kam langsam wieder zu sich. Köstliche Luft strömte durch seine wunde Kehle in die Lungen. Wo war er? Sein Körper war ein einziger Schmerz. Er hing an seinen Armen, den Beinen fehlte die Kraft, ihn abzustützen. Ganz weit entfernt hörte er zwei Frauen reden. Lachen. Die Erinnerung traf ihn wie ein Blitz. Der Hardbody, der ihn reingelegt hatte. Die Peitschenhiebe, die Strangulierung. Von weit weg hörte er eine Unterhaltung. Langsam sandten die Augen wieder Bilder an sein Gehirn. Zuerst verschwommen, dann immer klarer. Vorsichtig sah er zur Seite. Neben dem Hardbody stand ein Mädchen, etwas jünger, Korsage, Stachelhalsband, Super-High-Heels.

„Maria, du verstehst, dass wir ihn nicht sterben lassen können?"

„Ach Gilda, keiner hätte erfahren."

Sie unterhielten sich wie alte Freundinnen, lachten. Als wäre er nicht hier.

Wut brandete in ihm auf. Er prägte sich das Bild und die Namen der Frauen genau ein.

Die beiden verließen den Raum, ohne ihn zu befreien oder auch nur eines Blickes zu würdigen.

Aber sie hatten einen Fehler gemacht: Sie hatten ihn am Leben gelassen.

20

HEUTE, DIENSTAG

DÜSSELDORF

Er würde sie langsam sterben lassen. So langsam, dass sie es irgendwann nicht mehr erwarten können würde, dass er ihr endlich den Tod schenkte.

Er streckte das Kinn hoch und betrachtete sich im Spiegel. Die Narbe verlief wie ein stacheliges Halsband rund um seinen Hals. Die Stelle, an der die Schnalle gesessen und die Haut zerquetscht hatte, hob sich wulstig rot ab. Er hätte sich schon längst operieren lassen, schon längst die Narbe entfernen lassen können. Aber er wollte es nicht. Noch nicht. Sie erinnerte ihn an die Schmach, die die beiden Huren ihm zugefügt hatten. Er würde sie erst beseitigen lassen, wenn sie die Rechnung beglichen hatten.

Maria und Gilda.

Heiß stieg die Wut in ihm auf. Vernebelte seine Sinne. Katapultierte ihn in die Situation zurück. Er. Gefesselt. Wehrlos. Das Halsband so eng, dass er keine Luft bekam. Die

Peitsche, die auf seinen Rücken knallte und die Haut aufplatzen ließ. Sie hätten ihn besser getötet. Doch so etwas brachten sie nicht fertig. Er schnaubte verächtlich. Denn damit hatten sie ihr Todesurteil unterschrieben.

Natürlich hatte er sich sofort nach dem Vorfall auf die Suche nach den Huren gemacht. Der kleine Hardbody, der ihn malträtiert hatte, hatte sorgfältig seine Spuren verwischt, aber die andere, Gilda, hatte er gefunden. Im Endeffekt hatte es nur einen Anruf bei seinem Anwalt gekostet. Und der hatte, effizient wie immer, schnelle Ergebnisse gebracht. Er wusste alles über die kleine Schlampe, ihre Familie, ihre Gewohnheiten, ihre Freunde, wo sie arbeitete. Und jetzt hatte er seinen Mann fürs Grobe beauftragt, ihr ein paar Botschaften zu schicken. Er wollte seine Rache genießen, deshalb würde er sie sich bis zum Schluss aufsparen. Zuerst würde ihr Umfeld drankommen. Er hatte weitreichende Kontakte, alles war bereits eingestielt. Er würde ihnen ihre Existenz nehmen, den Boden unter den Füßen wegziehen, sie zerstören.

Sorgfältig fuhr er mit dem Rasiermesser über das kantige Kinn. Für die kleine Hure wollte er sich etwas Besonderes einfallen lassen. Vielleicht würde er sogar ihr Sterben im Internet live übertragen. Er musste nur überlegen, welchen Account er dafür nutzen konnte. So blöd wie dieser Amerikaner, der eine Zeit lang in allen Zeitungen war, war er nicht. Der hatte den eigenen Facebook-Account genommen, um den Mord an einem Mädchen zu streamen. Wie dumm konnte man sein? So etwas musste sorgfältig geplant werden. Konzentriert rasierte er den Hals bis zur Narbe hinunter. Noch besser war es, ihr einen Vorgeschmack auf das zu geben, was sie erwarten würde. Er musste jemanden finden, der ihr sehr nahe stand. Dann konnte sie im Internet mitverfolgen, wie er diese Person zu Tode folterte. Vielleicht ihre Mutter. Er zog die Stirn in Falten. Oder eine Freundin. Das war besser. Auf eine alte, faltige Hexe hatte er keine Lust. Auch beim Quälen spielten Aussehen und Ästhetik eine Rolle. Lächelnd spülte er den Rasierschaum von der Klinge. Die Idee war gut. Er würde das über ein paar Tage hinziehen können. Ihr vielleicht kleine Aufgaben stellen, mit denen sie das Opfer vermeintlich retten konnte. Immer ein bisschen Hoffnung lassen, dass sie etwas ändern könnte, wenn sie mitspielte. Und ihr am Ende die Möglichkeit geben, sich in seine Hände zu begeben, um das Leben der anderen zu retten. Er spürte Wärme und Kribbeln im Unterleib. Die Erektion wölbte das Handtuch, das er um die Hüften geschlungen hatte, nach vorn, bis es sich von selbst löste und auf den Boden fiel. Der Plan war gut. Richtig gut.

Jetzt musste er nur noch eine geeignete Location finden.

21

HEUTE, DIENSTAG

BAD GODESBERG

Laura hatte den Computer angeworfen und öffnete Briefumschläge mit Rechnungen, als es klopfte. Gilda steckte den Kopf durch den Türspalt. „Besuch für dich." Sie lächelte breit. Mit geröteten Wangen und glänzenden Augen. „Ein Herr ..."
„Drake Tomlin."
Die Tür wurde weiter aufgedrückt. Ein mittelgroßer, schlanker Mann schob sich an Gilda vorbei in das Büro. Das Erste, was Laura an ihm auffiel, waren seine leuchtend blauen Augen. Und das sympathische Lächeln. Sie sprang vom Stuhl auf. „Was kann ich für Sie tun?" Sie merkte, dass sie zurückstrahlte, und fing ihre Gesichtszüge wieder ein.
„Sind Sie Frau Peters?"
„Ja."
Er trat zwei weitere Schritte ins Büro. „Ich komme auf ihre Annonce hin. Tut mir leid, dass ich mich nicht angekündigt

habe, aber da ich gerade in der Nähe war, dachte ich, ich versuche einfach mein Glück. Sind Sie beschäftigt?"

Sie schüttelte heftig den Kopf. „Nein, überhaupt nicht!" Was sagte sie denn da. Sie riss sich zusammen. „Es ist in Ordnung, ich habe einen Moment, setzen Sie sich doch bitte."

Laura taxierte ihn: dichtes, blondes Haar, das lockig in die Stirn fiel, Hemd, Jackett, Jeans, schwarze Schuhe. Er wirkte wie ein großer Junge, abenteuerlustig und unbekümmert. Sie nickte Gilda zu. „Holst du uns bitte einen Kaffee?"

Gilda warf einen langen Blick auf den Besucher und verließ nur widerstrebend den Raum.

„Setzen Sie sich doch", wiederholte Laura und wies auf die Besuchersessel.

„Ich habe gesehen, dass Sie einen Detektiv suchen."

„Das stimmt. Aber Sie kommen zu spät." Sie hörte selbst das Bedauern in ihrer Stimme. „Die Anzeige ist über ein Jahr alt. Ich habe schon längst jemanden gefunden." Sie räusperte sich. Warum sagte sie diesem Mann ab? Marek war keine sichere Bank, jeden Tag konnte es so weit sein, dass er auf Nimmerwiedersehen verschwand. Es wäre klug, sich vorzubereiten und einen Plan B zu haben. „Andererseits sind wir mehr als gut mit Aufträgen ausgelastet. Vielleicht können wir doch Verstärkung gebrauchen."

„Die beiden Fälle, die Sie gelöst haben, waren beeindruckend." Er sprach im Plauderton, seine Stimme klang angenehm dunkel.

„Vielen Dank. Das waren wirklich zwei spektakuläre Fälle, die uns sehr bekanntgemacht haben. Unser Tagesgeschäft ist natürlich deutlich ruhiger. Erzählen Sie mir etwas über sich, Herr Tomlin."

„Drake bitte."

Laura nickte erfreut.

„Ich bin Autor und schreibe Liebesromane. Sehr erfolgreiche sogar. Das ist lukrativ, aber ich brauche Veränderung und werde das Genre wechseln. Mein nächstes Projekt ist ein Thriller. Allerdings kann man am besten dann gut über Dinge schreiben, wenn man sie kennt. Deshalb habe ich mich entschlossen, in einer Detektei zu arbeiten, und meine Wahl ist auf Sie gefallen. Ich suche keine Festanstellung und bestehe auch nicht auf einer regelmäßigen Bezahlung. Treffen wir einfach eine Vereinbarung für den Erfolgsfall nach Ihrem Gutdünken."

„Sie schreiben Liebesromane? Ich fürchte, ich habe noch nie etwas von Ihnen gelesen." Laura legte nachdenklich den Finger an die Lippen.

Er lachte. „Ich veröffentliche meine Bücher unter Pseudonym. Trotzdem glaube ich nicht, dass Sie zu meinen Leserinnen gehören." Damit konnte er recht haben. Laura las gerne und viel, aber sie bevorzugte Krimis, Thriller und den gemäßigten Horror von Stephen King. Romantische Geschichten waren noch nie ihr Ding gewesen, und seit ihrem Beziehungsdrama vor fast zwei Jahren hatte sie eine regelrechte Aversion dagegen entwickelt.

Die Tür öffnete sich, Gilda balancierte ein Tablett mit Kaffeetassen und Keksen herein und stellte es auf das Tischchen. „Nehmen Sie Milch und Zucker?"

„Danke, ich bediene mich selbst." Drake wandte den Blick von Laura, warf einen langen Seitenblick auf Gilda und zog eine Tasse zu sich heran. Konzentriert füllte er fünf gehäufte Löffel Zucker in den Becher und rührte sorgfältig um.

„Sie mögen es süß. Möchten Sie Milch?" Gildas raue Stimme war voller Honig. Er schüttelte lächelnd den Kopf.

„Verraten Sie uns ihr Pseudonym, Drake?"

Gilda riss die Augen auf: „Pseudonym?"

„Ja, Drake schreibt Liebesromane. Sehr bekannte, wie er sagt."

Er zuckte bescheiden die Schultern. „Es läuft gut, ich kann mich nicht beklagen. Die Leserschaft ist treu und bringt mich auf die Bestsellerlisten. Meine Bücher veröffentliche unter dem Namen Connor D. Love. Connor heißt mein Vater, er ist Amerikaner, und es ist auch mein zweiter Vorname."

„Was?" Gildas Augen wurden kugelrund. „Das sind Sie? Die Bücher liegen in jeder Buchhandlung in Stapeln an der Kasse. Meine Mutter hat alles von Ihnen gelesen. Wenn sie wüsste, dass ich Sie kenne ... Also, ich meine, dass Sie gerade hier bei mir im Büro sitzen ... Also bei uns ..."

„Dann richten Sie ihr bitte Grüße aus und sagen Sie ihr, ich zähle auf sie, dass sie mir treu bleibt."

„Das mache ich. Sie wird sich sehr freuen."

„Ich dachte, Sie möchten das Genre wechseln?", streute Laura Salz in die Suppe.

„Ja, aber ich stehe bei meinem Verlag noch in der Pflicht, die nächsten fünf Jahre jeweils einen Liebesroman abzuliefern. Deshalb brauche ich meine Leserinnen." Strahlendes Lächeln in Gildas Richtung.

„Kommen wir zurück zu dir. Ähm, Ihnen." Laura räusperte sich.

„Wir können uns sehr gerne duzen."

„Gut, ich bin Laura", sie schlug einen geschäftsmäßigen Ton an. „Was hast du für eine Ausbildung? Welche Fähigkeiten und Erfahrungen könntest du bei uns einbringen? Hast du deine Unterlagen dabei?"

Drake nickte und reichte ihr eine Bewerbungsmappe. „Ich war schon immer an vielen Dingen interessiert, es fiel mir schwer, mich auf ein Gebiet festzulegen. Studiert habe ich Psychologie, später Literatur, dann bin ich auf Geschichte umgestiegen. Mein Spezialgebiet ist präkolumbianische Geschichte mit dem Schwerpunkt der Kultur der Azteken."

„Wunderbar", rief Gilda beeindruckt. Laura nickte mit unbewegtem Gesicht. Dieses Wissen würde er bei den Fällen, die sie bearbeiteten, kaum einsetzen können.

„Ich weiß, brotlose Kunst. Aber ein spannendes Thema, in dem es um Blut und Gold geht. Fehlt nur noch Liebe, dann hat man alles zusammen, was eine gute Story ausmacht." Er zwinkerte Gilda zu.

„Blut, Gold und Liebe. Wäre das nicht ein toller Titel für den nächsten Roman?" Gildas Wangen röteten sich vor Eifer.

Drake zuckte die Achseln. „Wer weiß. Der Verlag spricht beim Titel ein gewichtiges Wörtchen mit. Da kommt es auf aktuelle Trends und Vermarktungspotenzial an. Oft hat er gar nichts mit dem Inhalt zu tun, sondern soll nur die Kauflust anreizen. Zurück zu mir und den Fähigkeiten, die ich einbringen kann: Mein Wissen aus dem Psychologie-Studium erleichtert die Kontaktaufnahme und die Befragung von Zeugen. In neunundneunzig Prozent der Fälle liege ich richtig, wenn es darum geht, den Wahrheitsgehalt von Aussagen einzuschätzen. Es ist sinnlos, mich anzulügen. Mimik und Körpersprache verraten alles." Er grinste zu den beiden Frauen hinüber. „Recherchieren zählt zu meinen Stärken. Für einen Schriftsteller gehört das zum Job. Du wirst über Nacht zum Kernphysiker oder zum Lepidopterologen. Schmetterlingskundler", beantwortete er Gildas unausgesprochene Frage. „Außerdem denke ich in Szenarien."

„In Szenarien?" Laura zog eine Augenbraue hoch.

„Ja. Gib mir ein paar Stichworte, also in eurem Fall Hinweise, und ich entwickle dir verschiedene, plausible Geschichten dazu. Das ist hilfreich bei der Lösung verzwickter Fälle."

Laura drehte nachdenklich eine Haarsträhne um den Zeigefinger. Während er geredet hatte, hatte sie durch Drake Tomlins Unterlagen geblättert und festgestellt, dass er alle genannten Studiengänge an renommierten Unis höchst erfolgreich abgeschlossen hatte. Er schien nicht nur auf vielen Gebieten talentiert, sondern auch sehr wissbegierig zu sein. Gleichzeitig gefiel ihr die offene, verbindliche Art, er würde bei den Kunden gut ankommen. Ins Team würde er auch passen. Gilda hatte er jedenfalls schon für sich eingenommen. In ihrer Branche war es schwer, geeignetes Personal zu finden. Ein qualifizierter Bewerber war ein Glücksfall, eine Chance, die man beim Schopf ergreifen musste. „Wir können es ja probeweise miteinander versuchen."

„Großartig." Er streckte ihr die Hand hin, sie schlug ein. Gilda strahlte.

Laura wollte die weiteren Formalitäten ansprechen, doch plötzlich lenkte etwas Drakes Aufmerksamkeit ab. Er hob den Kopf, runzelte die Stirn und lauschte. Laura hörte nichts. Er schien Ohren zu haben wie ein Luchs. Draußen klappte die Wohnungstür, Schritte hallten im Vorraum, die Tür zu Lauras Büro wurde aufgerissen und Marek stand im Zimmer. Er nickte zur Begrüßung. Dann bemerkte er den Besucher, kniff die Augen zusammen, griff sich einen Stuhl, setzte sich rittlings darauf und sah in die Runde.

„Guten Morgen, Marek." Gilda lächelte ihn an, dann wurde ihr Blick intensiv. Mareks linke Wange war aufgeplatzt, die Wunde notdürftig getackert worden. Die Schwellung leuchtete tiefrot und verlief bis zur Schläfe."

Marek winkte ab. „Berufsrisiko." Das Lächeln war schief, denn auch die Oberlippe hatte einen Riss abbekommen und war angeschwollen.

„Kaffee?"

„Aber immer."

Gilda flitzte aus dem Raum. Schweigen breitete sich aus. Laura musterte Marek von oben bis unten. Die braune, an den Ellenbogen abgewetzte Lederjacke, das weiße T-Shirt und die ausgewaschene Jeans waren sauber und unversehrt, das kantige Kinn rasiert. Er war also nach der Auseinandersetzung, deren Spuren nicht zu übersehen waren, noch zu Hause gewesen, hatte geduscht und frische Sachen angezogen. Und es war bestimmt auch keine Meinungsverschiedenheit gewesen, bei der er so zugerichtet worden war. Sie wusste sofort, dass er wieder in den Käfig gegangen war. Zum Kämpfen ohne Regeln. Ohne Gnade. Cagefighting an einem geheimen Ort vor Publikum. In irgendeiner Scheune, zu der nur Eingeweihte zugelassen wurden, die sehr viel Geld zahlten, um dem Spektakel beizuwohnen. Und die nicht akzeptierten, dass der Unterlegene geschont wurde. Sie hasste es, dass er das machte. Dass er sich so in Gefahr begab. So mit seinem Leben spielte. Es war diesen Monat schon das zweite Mal. Die Abstände zwischen den Kämpfen wurden kürzer.

Ein sicheres Zeichen, dass ihn sein Leben langweilte.

Marek richtete sich auf, stützte die Arme auf die Stuhllehne und streckte die Füße mit den Biker-Boots weit von sich. „Worum geht es?"

„Das ist Drake Tomlin. Er ist ein berühmter Autor und schreibt Liebesromane. Er hat sich bei uns beworben und wird unser Team verstärken."

„Sie wollen bei uns arbeiten?" Marek lachte, als hätte sie einen guten Witz gemacht.

„Ja, wir sind uns gerade einig geworden."

„Sehr lustig", Marek lachte noch mehr.

„Drake, wann möchtest du anfangen?", fragte Laura mit unbewegter Miene und ignorierte Mareks Heiterkeit.

„So bald wie möglich." Drake Tomlin stellte die Tasse auf den Tisch und erhob sich. „Ich muss noch ein paar Sachen erledigen. Ansonsten würde ich direkt dableiben. Aber ich komme später wieder vorbei." Er lächelte Laura an, zwinkerte und streckte ihr seine Hand hin. Sie legte ihre Hand in seine, er beugte sich darüber. Für einen Moment befürchtete sie, er wollte sie küssen, doch er deutete den Handkuss nur an. Dann nickte er Marek zu und verließ den Raum. Gilda folgte ihm auf dem Fuße.

22

Drake trat in den Vorgarten, setzte die Sonnenbrille auf und sah einer Katze hinterher, die vor ihm über den Weg in einen Busch flüchtete. Es fühlte sich gut an, den ersten Schritt in einen neuen Lebensabschnitt gemacht zu haben. Der Zirkus um die Liebesromane, die ständigen Lesereisen und die schmachtenden Fans hatten ihn mürbe gemacht. Er verdiente gutes Geld damit, aber er hielt es nicht mehr aus. Es war höchste Zeit, dass seine Welt wieder aus etwas anderem als ewiger Liebe, verzehrender Leidenschaft und selbstlosem Verzicht bestand. Diese Frauenthemen war er leid. Er musste wieder zu sich selbst finden, Abstand gewinnen, seinem Gehirn neues Futter geben, die Batterien aufladen.

Auf dem Nachbargrundstück raschelte ein Busch, dann erschien ein Gesicht über der Mauer. „Guten Morgen." Eine rundliche Blondine mit leuchtend blauen Augen und zerzausten Haaren musterte ihn interessiert. Er winkte nachlässig, wollte sich schon abwenden. Doch dann änderte er seine Meinung. Gute Vorsätze konnte er auch später noch umsetzen.

Er setzte sein strahlendes Lächeln auf.

23

„Das ist vielleicht ein komischer Kauz." Marek schnaubte verächtlich.

„Was meinst du? Er ist sehr nett." Laura setzte sich hinter den Schreibtisch.

„Bei euch Frauen scheint er gut anzukommen. Ihr steht ja auf solche Typen. Aber ein Autor von Schmalzromanen als Detektiv bei uns? Das ist doch völlig verrückt."

„Was soll das heißen: solche Typen? Schau dir seine Unterlagen an. Mich haben sie sehr beeindruckt. Wir können ihn bei unserer Arbeit wunderbar einsetzen. Außerdem merkt man sofort, dass er Grips hat. Davon können wir hier mehr gebrauchen."

Marek lachte auf. „Ein bisschen Hirn schadet nie. Aber manchmal braucht man auch Bizeps."

„Dafür haben wir ja dich." Sie presste die Lippen aufeinander.

„Du bist sauer, weil ich in den Käfig gegangen bin. Aber das ist meine Sache."

Sie verschränkte die Arme und drehte ihm den Rücken zu. „Du hast recht. Es geht mich nichts an." Sie versuchte, gleichgültig zu klingen. „Und wenn es dich irgendwann erwischt", sie machte eine Pause, „dann hast du es nicht anders gewollt. Ich frage mich nur, warum du solche Todessehnsucht hast."

Marek sah sie an, trat einen Schritt näher und legte eine Hand auf ihre Schulter. „Mir passiert schon nichts. Ich bin gut in Form." Sie zuckte mit den Achseln, um seine Hand abzuschütteln. „Wirklich. Ich habe alles im Griff. Außerdem bin ich fest davon überzeugt, dass es für uns alle einen bestimmten Zeitpunkt gibt, eine Art schicksalhaftes Verfallsdatum, und erst dann ist Schluss. Und bis dahin sollten wir leben. Bis an die Grenzen gehen, sie überschreiten, alles riskieren. Und nicht nur warten, bis wir im Grab liegen. Dort haben wir dann noch genug Ruhe."

Sie fuhr herum. „Das ist doch Quatsch. Wenn ich mich in Gefahr begebe, ist es auch vorher vorbei. Mein Ablaufdatum liegt vielleicht in fünfzig Jahren, aber wenn ich mich vor den Zug werfe, dann hilft mir das auch nichts. Das kann nicht dein Ernst sein."

Marek lachte. „Doch, ist es. Wenn morgen nicht der Tag ist, an dem du sterben sollst, dann wird etwas passieren, das dich davon abhält, vom Zug getötet zu werden. Glaub mir. Ich war oft in solchen Situationen. Schon sehr oft. Absolut ausweglos und trotzdem überlebt. Es war eben nicht mein Tag, zu sterben, deshalb bin ich davongekommen."

„Das ist ausgemachter Blödsinn", platzte es aus Laura heraus. „Du hattest einfach Dusel. Und offensichtlich auch mehr Glück als Verstand. Widerlegen kann man deine Theorie natürlich nicht, denn das Verfallsdatum steht ja nicht auf den Körper geschrieben. Also kannst du immer behaupten, der Todestag ist der vorherbestimmte Tag." Vor Ärger war ihr die Röte ins Gesicht gestiegen.

Er winkte ab. „Möglich. Ist im Endeffekt auch egal. Ich möchte gelebt haben, bevor ich sterbe. Es gibt genug Menschen, die sich lieber zurückziehen und auf dem Sofa vor dem Fernseher mit einer Tüte Chips auf das Ende warten. Das ist jedem freigestellt. Mein Ding ist es nicht." Sein Tonfall signalisierte, dass das Thema für ihn erledigt war. „Kommen wir zu diesem Drake. Dass er allen Ernstes hier arbeiten soll, halte ich für absoluten Quatsch. Er wird uns nur von der Arbeit abhalten und auf die Nerven gehen."

„Er möchte einen Thriller schreiben und dafür in unsere Fälle hineinschnuppern."

„Klar. Ich kann es kaum erwarten, das Buch zu lesen. Wer hat die Zeitung von Opa Werner geklaut? Mit wem geht mein Mann fremd? Welcher Mitarbeiter klaut täglich das Geld aus der Kasse im Supermarkt? Auf den Krimi hat die Welt gewartet."

„Es ist niemandem verborgen geblieben, dass du dich langweilst und unsere Fälle für banal hältst." Sie wies mit dem Kopf auf sein zerschundenes Gesicht. „Sonst bräuchtest du den verdammten Käfig nicht."

„Ist schon ok", winkte er ab.

„Nein, es ist nicht ok. Irgendwann gehst du dabei drauf. Ich kann das nicht mehr mit ansehen."

„In meinem früheren Job war ich jeden Tag in Lebensgefahr."

„Ich weiß. Und das fehlt dir. Aber ich kann keine Fälle wie die toten Mädchen vom Dornheckensee oder den Totengräber aus dem Ärmel schütteln. Das waren Zufälle. Oder Glücksfälle aus deiner Sicht. Aber du wusstest, worauf du dich einlässt, als du deinen Job als selbstständiger Geheimagent an den Nagel gehängt hast und hier bei uns eingestiegen bist."

„Ich beschwere mich ja nicht."

Laura seufzte und rollte mit den Augen. Marek setzte ein argloses Gesicht auf, zog die Schultern hoch und streckte die Arme mit den nach oben geöffneten Handflächen aus. Die beliebte Geste bei Osteuropäern, um Unschuld zu signalisieren. Sie hatte ihn oft damit aufgezogen, jetzt nervte es sie. Doch sie schluckte eine Bemerkung hinunter. Es hatte keinen Sinn. Sie würde ihn nicht überzeugen können, und sie war sicher, dass er über kurz oder lang weg sein würde.

Für immer.

24

Die Tür wurde aufgerissen, Gilda stürmte in Lauras Büro. Die angespannte Atmosphäre schien sie nicht zu bemerken. „Drake ist gerade gegangen. Er sagte, wir können ihn ab sofort in unsere Aufgaben einbinden. Falls etwas Wichtiges anliegt, sollen wir ihn anrufen, ansonsten kommt er ab zwei."

Marek schnaubte. „Wenn etwas Wichtiges ist, sollen wir ihn anrufen? Was bildet der sich ein? Wofür sollen wir den brauchen?"

„Er gehört jetzt zum Team", widersprach Gilda, „er kann bei jedem Fall mitarbeiten. Aber wo bringen wir ihn unter?"

„Gute Frage." Laura krauste die Stirn. „Wie wäre es mit deinem Büro, Marek? Du bist sowieso meistens nicht da."

„Von mir aus. Ich bin kein Bürohengst. Soll er sich da häuslich einrichten und seine Topfblumen mitbringen. Wenn ich etwas erledigen muss, mache ich es bei dir, Laura." Er grinste sie breit an.

„Das könnte dir so passen. Ihr teilt euch das Büro."

Marek lehnte sich zurück und verschränkte die muskulösen Arme vor der Brust. „Dann steck ihn in den Schuppen, da stört er keinen."

Laura und Gilda schauten gleichzeitig in den Garten auf das windschiefe Gerätehäuschen, das fast vollständig von einem Haselnussstrauch verdeckt wurde.

„Scherzkeks." Laura verzog einen Mundwinkel zu einem ironischen Lächeln. „Wir sollten nicht so ein Drama machen. Er arbeitet für uns als Freelancer und nutzt seine eigene Infrastruktur. Er wird nur gelegentlich einen Arbeitsplatz bei uns benötigen. Das wird sich schon finden."

„Wir dürfen auch Justin nicht vergessen", meldete sich Gilda zu Wort. „Er benutzt doch Mareks Büro. Und spart gerade für eine Grafik-Karte, weil der Computer nicht leistungsfähig genug ist."

Laura winkte ab. „Justin können wir nicht berücksichtigen. Wir sind kein Jugendheim, sondern eine Firma, die Profite einfahren muss. Und der Computer ist Firmeneigentum. Wenn da eine Grafik-Karte eingebaut wird, dann bezahlt das die Firma."

„Das wird Justin freuen. Er sagt, er braucht sie so schnell wie möglich."

„Sagt er das?", fragte Laura gedehnt. „Ok, ich prüfe unser Budget."

„Toll!" Gilda strahlte. „Justin meinte, der Bildschirm muss auch ausgetauscht werden. 144 Hz sind Mindestanforderung, wenn nicht gar 240 Hz. Und er schlug vor, wir sollten uns alle Gamer-Seats kaufen. Die sind ergonomisch viel besser. Und sehen cooler aus."

„Stop!" Laura hob abwehrend die Hände. „Wir wollen nicht übertreiben. Sollte es irgendwann mit der Detektei nicht mehr laufen, überlege ich mir, eine Gamer-Bude draus zu machen.

Aber so weit ist es noch nicht. Noch läuft es gut. Leg mir einfach bei Gelegenheit die günstigsten Angebote für die Grafik-Karte und einen anständigen Monitor auf den Tisch, dann schaue ich, was sich machen lässt. Die Stühle sind abgelehnt. Vorerst."

„Ok." Zufrieden beugte sich Gilda über den Block und machte sich Notizen.

„Personalfragen und Ausstattung haben wir somit geklärt. Was machen unsere Fälle? Bist du weitergekommen bei der Suche nach Yasin?"

„Eine Schulkameradin hat uns beauftragt, ihren verschwundenen Bruder zu finden", klärte Gilda Marek auf. „Es ist möglich, dass er in Kontakt mit Extremisten gekommen ist. Sie hat im Papierkorb einen Entwurf für einen Brief gefunden, der darauf hindeuten könnte. Jedenfalls ist er sehr religiös geworden und liest viel im Koran. Ich bin gestern bei der Schreinerei gewesen, wo Yasin arbeitet. Die haben ihn seit Tagen nicht gesehen. Zuletzt wurde er von zwei Typen in Lederjacken abgeholt. Danach hat er sich nicht mehr gemeldet. Übrigens hat mir Nico geholfen. Er hat sich auf die Suche nach dem Koran-Lese-Kränzchen gemacht und einen Kulturverein gefunden, von dem er glaubt, dass es der Treffpunkt ist. Er nennt ihn Zweiundsiebzig Jungfrauen. Weil das als Graffiti da an die Wand geschmiert ist."

„Nico hat sich für uns an die Front begeben?" Marek grinste anerkennend.

„Ja. Er sagte, er tut es gerne für ... uns. Außerdem war er der Meinung, dass ich als Frau im Zweiundsiebzig nicht willkommen sei, da das Vereinsheim nur für Männer ist. Er hat dort zwei Typen in Lederjacken gesehen, das könnten dieselben sein, die Yasin von der Arbeit abgeholt haben."

„Gut, dann haben wir einen Ansatzpunkt. Hat Nico die Männer verfolgt?" Laura beugte sich gespannt vor.

„Nein, er hat sich nicht getraut. Sie haben ihn angestarrt, und er hat es mit der Angst zu tun bekommen. Aber heute Nachmittag, wenn er mit seiner Arbeit und der Therapiestunde fertig ist, möchte er das Zweiundsiebzig wieder beschatten. Vielleicht kommen die Kerle noch mal. Und ich habe gleich einen Termin in der Schreinerei, um Yasins Kollegen zu befragen." Gilda schaute auf die Uhr, dann presste sie die Lippen zusammen.

Laura merkte sofort, dass sie noch etwas auf dem Herzen hatte. Doch bevor sie fragen konnte, klingelte es an der Tür.

„Ich gehe schon." Gilda sprang auf und verschwand im Vorraum. Als sie zurückkehrte, hatte sie Barbara im Schlepptau und dahinter eine Frau. Nach kurzem Überlegen erkannte Laura die Nachbarin von nebenan. Allerdings war die sonst eher nachlässig gekleidete Frau heute sorgfältig geschminkt und trug Kostüm und Highheels.

Barbara strahlte in die Runde. „Ich habe Frau ...", sie machte eine Pause.

„Hauser", half die Nachbarin aus und sah sich neugierig um.

„Genau, ich habe Frau Hauser vor der Tür getroffen. Sie hat Kuchen für uns gebacken, um den neuen Mitarbeiter zu begrüßen. Haben wir einen neuen Mitarbeiter?" Ihre Stimme klang betont unschuldig.

Laura registrierte erst jetzt in den Händen der Nachbarin die Kuchenform, die mit einem Küchentuch abgedeckt war. „Wie nett. Ist der für uns?"

Frau Hauser nickte und sah sich weiter um. „Ich wollte Herrn Tomlin eine kleine Freude machen, wo doch heute sein erster Tag ist. Käsekuchen, selbst gemacht. Hatte ich zufällig da. Er sagte, das sei sein Lieblingskuchen."

„Sie sind eine Freundin von Drake?" Laura nahm ihr die Springform ab.

„Nein, ich habe ihn heute kennengelernt, als er aus Ihrem Haus kam. Ich war gerade im Vorgarten, ein bisschen für Ordnung sorgen. Die Büsche wachsen zurzeit ja wie wild. Er hat mir zugewunken, und wir haben uns sehr nett unterhalten. Ist er denn nicht da?" Sie sah sich wieder um, als vermutete sie, Drake würde sich hinter einem Sessel verstecken.

Laura staunte. Sie hatte bisher noch nie auch nur ein Wort mit der Nachbarin gewechselt oder sie überhaupt bewusst wahrgenommen. Drake hingegen verließ nur einmal das Haus, und schon stand die Frau mit Kuchen vor der Tür. Kontakte knüpfen lag ihm offensichtlich. Das war gut.

„Er fängt erst heute Nachmittag an. Aber wir sagen ihm, dass der Kuchen von Ihnen ist. Er wird sich bestimmt sehr freuen." Gilda streckte den Arm aus zum Zeichen, dass sie Frau Hauser nach draußen begleiten wollte. Die drehte sich nur zögernd um und ließ sich zurück zur Tür führen.

Als sie gegangen war, sah sich das Team an, dann lachten alle wie auf Kommando los.

„Wer ist denn Drake? Jeder scheint ihn schon zu kennen. Nur ich nicht." Barbara wischte unter ihrem Auge entlang, als müsste sie Lachtränen entfernen.

„Unser neues Team-Mitglied. Er wird die Detektei als freier Mitarbeiter unterstützen." Laura versuchte vergeblich, wieder ernst zu werden.

„Er ist total nett", schwärmte Gilda.

„Das dachte ich mir schon." Barbara musste noch heftiger lachen. „So, wie sich die Frau verhalten hat, muss er ein toller Typ sein. Kann gar nicht erwarten, ihn kennenzulernen."

„Der Kerl schreibt Liebesromane", stieß Marek verächtlich zwischen den Zähnen hervor. „Und damit kommt er bei Hausfrauen und älteren Damen gut an."

„Drake hat eine beeindruckende Bewerbungsmappe dagelassen. Er ist ein heller Kopf und wird das Team verstärken. Ihr werdet schon sehen." Laura warf einen Seitenblick auf Marek. „Was haltet ihr davon, wenn wir uns ein Stück genehmigen und dazu einen Kaffee trinken?" Sie stellte die Form auf das Tischchen und zog das Küchentuch weg. Ein perfekt zart gebräunter Käsekuchen kam zum Vorschein und verbreitete einen köstlichen Duft.

Gilda sah bedauernd auf die Uhr. „Ich kann nicht, ich muss in die Schreinerei. Das wird schon höllisch knapp werden, wenn ich es innerhalb deren Pause noch schaffen möchte. Ich muss echt Gas geben."

„Ok, wir lassen dir was übrig. Wie sieht es mit euch aus? Barbara? Marek?" Die beiden nickten.

Kurz darauf saßen sie mit dampfenden Kaffeetassen um den Tisch und ließen es sich schmecken.

„Das mit den Lederjacken-Typen und den Islamisten gefällt mir nicht", brach Marek das gefräßige Schweigen.

„Mir auch nicht", stimmte Laura mit vollem Mund zu. Sie schluckte den Bissen hinunter und fuhr fort: „Aber ich glaube nicht, dass Yasin sich Extremisten angeschlossen hat. Gilda meinte, er sei nicht der Typ dafür. Trotzdem müssen wir vorsichtig vorgehen."

„Gildas Einschätzung in allen Ehren, aber wir dürfen kein Risiko eingehen. Selbst wenn Yasin nichts mit Fanatikern zu tun hat, können wir durch diesen Fall mit ihnen in Berührung kommen. In Bonn ist das nicht gerade unwahrscheinlich. In Nordrhein-Westfalen leben dreitausend Salafisten. Im

Großraum Bonn sind es über dreihundert und ungefähr dreißig davon sind Dschihad-Rückkehrer." Marek nahm einen Schluck Kaffee, Barbara und Laura sahen ihn betreten an. „Bad Godesberg wurde schon als Salafisten-Hochburg bezeichnet", fuhr er fort. „Erinnert ihr euch an die Krawalle in Lannesdorf, als Extremisten aus dem ganzen Land angereist kamen und sich mit der Polizei eine Straßenschlacht geliefert haben? Als sie mit Pflastersteinen geworfen und Polizisten mit Messern attackiert haben? Danach gab es Videos von ausländischen radikal-islamischen Organisationen mit dem Aufruf, Deutsche zu ermorden."

Barbara stellte den leeren Kuchenteller auf den Tisch. „Das ist alles furchtbar. Aber die Ausschreitungen waren doch eine Reaktion der Fundamentalisten auf ein paar Demonstranten."

„Und?" Marek sah sie unbewegt an.

„Die sind doch mit Mohamed-Karikaturen auf die Straße gegangen, um zu provozieren. Das muss doch auch nicht sein."

„So what? Das ist erlaubt. Wir leben in einem Rechtsstaat mit freier Meinungsäußerung und Religionsfreiheit. Sie durften die Bilder zeigen. Und die muslimischen Demonstranten durften dagegen protestieren. Allerdings nur friedlich. Nicht mit einem Gewalt-Exzess. In den Ländern, wo diese Islamisten herkommen, kannst du als friedlicher Demonstrant gleich im Gefängnis landen. Aber hier darfst du deine Meinung äußern. Das ist eine Errungenschaft, auf die wir stolz sein können."

Barbara nickte und hob abwehrend die Hand: „Verstanden. Du hast recht. Ich gebe zu, spontan habe ich damals gedacht, warum müssen die sich mit den Karikaturen wichtig machen? Die wollten doch nur provozieren. Kein Wunder, dass es zum Eklat kam. Aber du hast natürlich recht, Marek, darauf mit

Randale und Gewalt gegen Polizisten zu antworten, ist durch nichts zu rechtfertigen."

„Das hat damals die Radikalen aus ihren Löchern getrieben", warf Laura ein. „Es gab unzählige Verhaftungen. Allerdings sind die schnell wieder auf freien Fuß gesetzt worden. Ich habe gelesen, dass die Islamisten jetzt verstärkt im Verborgenen agieren, also nicht mehr in den Moscheen und sozialen Netzwerken. Das macht es den Behörden schwer, sie im Auge zu behalten. Und dass auch immer mehr Frauen und Kinder radikalisiert werden. Gruselige Vorstellung."

Marek nickte, schnitt sich noch ein Stück Käsekuchen ab und balancierte es mit dem Messer auf seinen Teller. „Die Behörden sind überfordert. Auf allen Ebenen häufen sich die Herausforderungen. Wie sollen sie die Gefährder im Auge behalten? Theoretisch müssen sie Tag und Nacht überwacht werden, doch dafür reicht das Personal der Polizei nicht. Stellt euch vor, wie viele Leute man dafür abstellen müsste. Oder denkt mal, wie schwer es die Richter haben, die Recht sprechen müssen über Menschen, die die deutschen Gesetze nicht anerkennen. Die der Meinung sind, sie haben alles richtig gemacht. Es hat Clans von Angeklagten gegeben, die den Gerichtssaal gestürmt und Randale gemacht haben, oder die die Richter und ihre Familien bedroht haben. Und die Parallelgesellschaften wachsen beständig. Streitschlichter, die nach den eigenen Regeln urteilen und Strafen verhängen, gibt es schon lange in manchen Stadtvierteln. Die Leute leben dort nach ihren eigenen Gesetzen. Und die Scharia-Polizei sorgt für die Einhaltung der Regeln. Dagegen sind die Behörden machtlos."

Barbara nickte und seufzte. „Ehrlich gesagt hoffe ich, dass das alles irgendwann wieder von allein verschwindet."

„Wie soll das passieren?" Laura zog die Augenbrauen hoch.

Barbara zuckte mit den Schultern. „Ich vertraue darauf, dass unsere Gesellschaftsform mit Freiheit für den Einzelnen, Gleichberechtigung, Toleranz und Zugang zu Bildung für alle diese Radikalen auf Dauer überzeugt. Dass sie sehen, dass das die Art ist, wie jeder ein gutes, selbstbestimmtes Leben führen kann. Und wir können dazu beitragen, dass es besser wird, indem wir offen auf andere zugehen. Aber auch deutlich sagen, wenn etwas nicht akzeptabel und nicht mit unseren Werten vereinbar ist."

Laura winkte ab. „Leider gibt es genug Menschen, die nur dann zufrieden sind, wenn sie andere in ihrer Freiheit einschränken können. Aber ich hoffe, dass du recht behältst. Alles wird gut." Sie zwinkerte. „Und ich werde meinen Beitrag dazu leisten. Merves Familie scheint übrigens auch eher traditionell zu sein. Sie möchte nicht, dass wir mit ihren Eltern sprechen."

Marek nickte. „Das verstehe ich, sie soll ja auch keine Schwierigkeiten bekommen. Aber ich verlange, dass wir sehr, sehr vorsichtig vorgehen."

Laura lachte auf. „Damit rennst du bei uns offene Türen ein. Du bist derjenige, der die Gefahr liebt. Was schlägst du vor? Wie sollen wir vorgehen, um Yasin zu finden?"

Er drehte nachdenklich den Kaffeebecher in den Händen. „Schwer zu sagen. Was ihr bisher gemacht habt, war auf jeden Fall richtig. Dass Nico allerdings den Koran-Lesezirkel auf sich aufmerksam gemacht hat, ist ungünstig. Die beiden Lederjacken machen mir dabei weniger Sorgen. Es sind bestimmt schwere Jungs, aber nach ihrem Outfit zu urteilen, könnten sie eher der Box- oder Rapper-Szene angehören. Die sind zwar auch nicht zimperlich, aber die Fanatiker sind gefährlicher."

„Also die mit dem Koran unterm Arm", folgerte Laura trocken. „Nichts ist so gefährlich wie ein Buch."

Marek nickte. „Ich werde mal ein paar alte Kontakte anpingen. Mit dem Thema Islamismus hatte ich bisher nie etwas zu tun, aber ich kenne Leute, die uns sagen können, wie die Situation hier ist. Ich möchte nicht blind in ein Wespennest stechen."

Barbara nahm einen letzten Schluck Kaffee und stellte den leeren Becher auf das Tischchen. „Wenn ich irgendwie behilflich sein kann, sagt Bescheid. Ich habe übernächstes Wochenende ein Konzert bei einem Fest, das der Pfarrer von Bad Godesberg gemeinsam mit dem Imam der großen Moschee veranstaltet. Um Verbundenheit zu demonstrieren und Vorbehalte abzubauen. Im Prinzip eine gute Idee, aber ich bin gespannt, wie viele kommen. Bisher waren diese Veranstaltungen nicht sehr gut besucht", lachte sie. „Egal, sie zahlen mir meine Gage trotzdem. Also, wenn ich mich für euch umhören soll, immer gerne."

25

Gilda hatte alle Rekorde mit dem Fahrrad gebrochen, um so schnell wie möglich zur Schreinerei Nemez zu kommen. Abdou stand bereits vor dem Tor und wartete auf sie.

„Bonjour, Babyyyy, endlich." Fürsorglich nahm er ihr das Rad ab, nicht ohne sie vorher erfreut zu mustern.

„Leute, das ist Gilda", rief er seinen Kollegen zu, die im Schatten vor dem Haus auf einer Bank hockten, und legte den Arm um sie. Langsam beschlich sie der Verdacht, dass er sie vor den Kumpels als seine Freundin ausgegeben hatte. Lächelnd, aber demonstrativ, nahm sie seine Hand von ihrer Hüfte und ging auf die fünf Männer zu. Der Chef war nirgends zu sehen.

„Hi", grüßte sie in die Runde. „Hat Herr Nemez mich angekündigt? Ich bin Gilda Lambi von der Detektei Peters. Wir sind auf der Suche nach Yasin." Keiner antwortete. Sie saßen nur da in ihren staubigen Latzhosen, auf denen das Firmenlogo eingestickt war, und starrten auf ihre Beine. „Yasin, der hier arbeitet?" Endlich nickte einer.

„Was willst du wissen, Babyyyy?" Abdou wollte wieder den Arm um sie legen, doch sie wich ihm geschickt aus, was ihm die hämischen Blicke seiner Kollegen eintrug.

„Ist einer von euch mit Yasin befreundet?" Kopfschütteln. Die Männer waren nicht sehr gesprächig.

„Ist vielleicht mal jemand mit ihm etwas trinken gegangen?" Wieder Kopfschütteln.

„Ist jemandem in den letzten Tagen, die er hier gearbeitet hat, oder überhaupt in der letzten Zeit etwas an ihm aufgefallen?" Endlich zuckte einer mit den Achseln. Ein junger Kerl, vermutlich noch Geselle. „Ja?", fragte sie hoffnungsvoll.

„Der ist voll schräg drauf. Ist plötzlich gläubig und all der Käse." Die anderen nickten bestätigend. „Er hat nicht mehr mit uns abgehangen in den Pausen, kaum noch mit uns geredet."

„Hast du ihn gefragt, was los ist?" Er zuckte mit den Schultern. „Nö, mir doch egal. Kann jeder machen, worauf er Bock hat."

Nemez erschien in der Tür. „Macht ihr immer noch Pause? Los, rein mit euch."

Die Männer erhoben sich schwerfällig und trotten nach drinnen. Nemez folgte ihnen, ohne Gilda eines Blickes zu würdigen. Sie blieb mit Abdou allein zurück.

„Das hat ja nicht viel gebracht. Ich geh dann mal."

„Wait, Baby, ich muss dir noch was sagen." Er zog sie ein Stück vom Haus weg.

„Was gibt es?", fragte sie mäßig interessiert.

„Anisha schickt dir greetings."

„Ok, danke. Sag ihr liebe Grüße zurück."

„Ich habe Anisha erzählt, dass du als Detektivin arbeitest. Sie muss mit dir sprechen."

„Worum geht es?"

Er zuckte die Achseln. „Sie sagt nichts. Aber es ist wichtig. Really important. Sehr wichtig. You call her? Gleich heute?" Er zückte sein Handy. „Gib mir deine Nummer, dann schicke ich dir die Handynummer von Anisha."

Gilda seufzte innerlich und sagte sie ihm auf. Hoffentlich war das kein Trick, nur um an ihre Nummer zu kommen. Doch er schickte ihr sofort Anishas Kontaktdaten.

„Ok, ich rufe sie an. Machs gut, Abdou, wir sehen uns."

„Au revoir, ma belle. Und nicht vergessen: Wir gehen was trinken!"

Sie winkte ihm zu und schob das Fahrrad vom Hof. Auf der Straße blieb sie stehen und wählte Anishas Nummer.

„Hallo?"

„Anisha? Hier ist Gilda. Du weißt schon, die mit der Zahnspange, die früher neben euch wohnte und aus Versehen ihre Grashüpfer-Sammlung in eurer Küche freigelassen hat. Abdou sagte, du wolltest mich unbedingt sprechen?"

„Grasshopper, hi. Klar weiß ich, wer du bist. Und meine Mutter hat dich auch bis heute nicht vergessen. Ich glaube, ein paar von den Viechern sind sogar noch mit uns in die neue

Wohnung gezogen. Du, ich bin gerade auf dem Weg ins Flüchtlingsheim, wo ich ein Praktikum mache, möchte aber vorher noch einen Snack essen gehen. Hättest du Lust, mich im Café Negro am Römerplatz zu treffen? Du kannst auch nur einen Kaffee trinken, wenn du schon gegessen hast. Ich muss dir etwas Wichtiges erzählen."

„Kannst du mir sagen, worum es geht? Für Privates habe ich nämlich erst heute Abend Zeit."

Anishas Stimme senkte sich zu einem Flüstern. Gilda musste sich anstrengen, um sie in der Wolke von Straßenlärm zu verstehen.

„Ich war bei dem Mord an dem Jungen dabei."

26

Marek hatte das Büro verlassen, um seine Kontakte anzuzapfen, Barbara und Laura waren allein zurückgeblieben. Sie hatten noch eine Weile weiterdiskutiert, dann hatte Laura auf die Uhr gesehen und war aufgesprungen. „So spät. Verdammt, der halbe Tag ist schon vorbei. Ich hole die Post rein und dann muss ich an die Arbeit."

„Ich räume schnell das Geschirr weg. Dein armer, neuer Mitarbeiter, wir haben ihm nur ein Viertel des Kuchens übriggelassen. Der war aber auch zu lecker." Barbara stapelte die Teller aufeinander und verschwand in der Küche.

Laura ging in den Garten und schlängelte sich an der Hauswand entlang durch die Büsche zum Vorgarten. Der Gärtner hatte gestern nur den vorderen Teil des Grundstücks geschafft und sollte heute wiederkommen, um den Rest des

Urwalds zu stutzen. Allerdings hatte er sich bisher noch nicht blicken lassen. Er hatte wohl eine eher entspannte Einstellung zu seinem Job.

Der Briefkasten war an der Außenmauer angebracht. Laura öffnete quietschend das eiserne Gartentor und trat auf die Straße. Gegenüber fuhr das neueste SLK-Cabrio Modell in die Einfahrt des mit viel Geld und wenig Gespür renovierten Gründerzeithauses. Eine gepflegte Frau in ärmelloser Pünktchenbluse und roten Slingpumps kletterte aus dem Wagen. Sie zerrte mehrere große Papiertüten, die mit den Logos teurer Boutiquen bedruckt waren, aus dem Kofferraum, schob die Sonnenbrille auf den Kopf, dann winkte sie mit ausgestrecktem Arm in Lauras Richtung. Laura runzelte die Stirn und grüßte andeutungsweise zurück. Bisher hatten sie sich doch eher ignoriert? Galt das strahlende Lächeln wirklich ihr? Sie drehte sich um. Hinter ihr stand Drake in Jeans und Hemd, Ärmel hochgekrempelt und Sonnenbrille im Gesicht.

„Hallo, Laura", strahlte er sie an. Dann nickte er über die Straße hinweg: „Hey, Alexa!"

„Drake." Die Nachbarin stöckelte an die Bordsteinkante und würdigte Laura keines Blickes. „Hast du Lust auf einen kleinen Prosecco im Garten?"

„Das ist eine tolle Idee, aber ich muss arbeiten." Er blinzelte ihr zu.

„Vielleicht später?" Der Augenaufschlag von schräg unten war selbst durch den dichten Verkehr hindurch nicht misszuverstehen.

„Wenn ich es einrichten kann, auf jeden Fall! Doch zuerst ruft die Pflicht. Komm, Laura, gehen wir Bösewichte fangen."

„Oh, wenn du etwas Besseres vorhast ..."

Drake schüttelte nur amüsiert den Kopf und zog sie mit sich in den Vorgarten.

Im Vorraum der Detektei wartete Barbara.

„Jetzt lerne ich auch endlich das neue Mitglied der Detektei Peters kennen." Sie trocknete sich an einem Küchentuch ab und streckte ihm die Hand hin. „Barbara Hellmann, ich gehöre im Prinzip auch zum Team."

„Drake Tomlin. Freut mich sehr."

„Ihr könnt euch duzen", half Laura, während sie durch die Briefe blätterte.

„Klar." Drake musterte Barbara erfreut. „Heute ist mein erster Tag, ich bin gespannt, was mich erwartet."

„Ich weiß. Und zur Begrüßung gibt es Käsekuchen für dich." Barbara wies auf die Kuchenform, die in der Küche stand. „Ich würde gerne sagen, dass er von uns ist. Aber tatsächlich hat ihn Frau Hauser von nebenan vorbeigebracht."

„Ach, Irmi. Das ist aber nett."

„Allerdings sind wir schon über ihn hergefallen", gestand sie zerknirscht. „Es ist nicht mehr viel übrig."

Er lachte. „Nicht schlimm. Ich bin überhaupt kein Kuchenfan. Dafür gibt es andere Versuchungen, denen ich nicht widerstehen kann. Zum Beispiel einem spannenden Kriminalfall. Also, was liegt an? Wo kann ich unterstützen?"

Laura sah von den Briefen auf. „Am besten kommst du mit in mein Büro, dann kann ich dir einen Einblick in unsere Arbeit verschaffen."

Es klingelte an der Tür. Barbara öffnete, Justin kam herein. „Hi. What's up?" Er grüßte fröhlich in die Runde.

„Drake, das ist Justin", stellte Barbara vor. „Er gehört auch zur Truppe. Als befreundetes Mitglied. So wie ich." Justin errötete und grinste von einem Ohr bis zum anderen.

Drake nickte ihm freundlich zu. „Dein Sohn?", fragte er Laura.

Die sah verwirrt auf den Jungen und schüttelte den Kopf. „Nein, er ist ein Freund, der zum Team gehört. Irgendwie." Auf Drakes erstaunten Blick hin winkte sie ab. „Die Zusammenhänge wirst du noch erfahren. Lass uns loslegen." Sie wollte sich abwenden, doch dann weckte etwas ihre Aufmerksamkeit und sie trat einen Schritt auf Justin zu: „Was hast du denn da in der Hosentasche?"

„Hat Marek mir geschenkt. Krass, oder?" Stolz drehte er den Kopf über die Schulter. Aus seiner Gesäßtasche schaute die Gabel einer Metallschleuder von nennenswerter Größe hervor.

„Das ist ein Mordinstrument."

„Hat Marek auch gesagt." Justin war zu begeistert, um den missbilligenden Ton zu registrieren. Eifrig zeigte er auch den anderen die martialische Zwille.

„Was denkt sich Marek nur dabei, dir ständig solche Waffen zu schenken? Damit kannst du jemanden umbringen, weißt du das?" Laura schüttelte den Kopf, doch Justin lachte. „So einfach ist das nicht. Marek hat mir gezeigt, wie es geht. Er findet, ich bin echt gut. Ihr solltet mal meine Distanzschüsse sehen. Aber ich brauche noch mehr Übung, deshalb trainiere ich nachher im Garten."

„Na wunderbar." Laura verdrehte die Augen. Sie war nicht begeistert von der Idee, wollte ihm jedoch nicht den Spaß verderben. „Wehe, die Fensterscheiben gehen zu Bruch. Dann gibt es mächtig Ärger." Justin grinste so unbekümmert, als hätte sie einen Witz gemacht.

Barbara legte ihm die Hand auf die Schulter: „Marek hat dir bestimmt gesagt, dass du vorsichtig mit dem Ding sein musst. Ich weiß, dass du aufpasst, damit nichts passiert. Hast du übrigens Hunger? Es ist noch Kuchen da, den kannst du essen, wenn du möchtest."

„Geil!" Das ließ sich der Junge nicht zweimal sagen. Er pfefferte die Schultasche vor Mareks Bürotür und verschwand in der Küche. Drake und Barbara folgten Laura in ihr Büro.

„Ihr seid eine lustige Truppe." Drake setzte sich wie selbstverständlich in einen Sessel, Barbara nahm neben ihm Platz.

„Justin wurde von Marek für eine Observierung rekrutiert", erklärte sie. „Seitdem geht er hier ein und aus. Und ich bin Lauras Freundin. Keine Detektivin, sondern Pianistin. Aber ich helfe immer gerne aus, wenn die anderen nicht mehr weiter wissen."

Laura nahm ein paar Unterlagen vom Schreibtisch und wollte sich zu der Runde gesellen, da klingelte es wieder.

„Augenblick." Sie ging zur Wohnungstür und öffnete. Vor ihr stand Hauptkommissar Benderscheid. Sie kannten sich seit dem ersten Fall der Detektei Peters und es verband sie eine lose, professionelle Freundschaft mit gelegentlichen Telefonaten.

„Darf ich hereinkommen?"

„Natürlich. Worum geht es denn?" Laura machte eine einladende Handbewegung in Richtung Büro. Benderscheid durchquerte den Vorraum und stoppte überrascht, als er Barbara und Drake sah.

„Eigentlich wollte ich mit Ihnen allein sprechen. Es ist dienstlich."

Laura zuckte die Achseln. „Die beiden gehören zum Team. Barbara Hellmann kennen Sie ja, und das ist unser Neuzugang, Drake Tomlin."

Benderscheid nickte den beiden zu. „In Ordnung. Wie Sie wünschen. Man hat mir den Fall des Jungen, der in der Nacht von Samstag auf Sonntag ermordet wurde, übertragen."

„Aha." Laura bot ihm den Sessel an und zog den Schreibtischstuhl näher, ohne den Blick von ihm abzuwenden. „Ich habe darüber in der Zeitung gelesen. Ganz furchtbar. Es macht einen so wütend."

Benderscheid nickte. „Wir haben jetzt herausgefunden, um wen es sich bei dem Toten handelt. In diesem Zusammenhang sind wir auf Sie gestoßen, und deshalb müssen wir reden."

„Auf mich?" Laura riss die Augen auf.

„Auf Ihre Detektei. Wir haben mit der Familie des Opfers gesprochen, die haben uns an Sie verwiesen."

Laura verstand immer noch nichts. Drake und Barbara hörten gespannt zu.

„Die Schwester des Ermordeten sagte, dass sie Sie beauftragt habe, ihn zu finden. Bei dem Toten handelt es sich um Yasin Özgur."

27

Sie trat in die Pedale, als gälte es ihr Leben. Anishas letzte Worte hallten in Endlosschleife durch ihren Kopf, wurden zum Rhythmus der halsbrecherischen Fahrt. Außer Atem und mit im Wind flatternden Haaren machte sie eine Vollbremsung vor dem Café Negro. Und überfuhr beinahe die langbeinige Anisha, die vor dem Eingang stand und nach ihr Ausschau hielt.

Gilda bemerkte, dass der früheren Freundin die vielen, eng geflochtenen Zöpfe nicht mehr nur bis zur Schulter, sondern hinunter bis zum Po reichten. Sie sah aus wie ein Model.

„Hi, ich schließe schnell mein Fahrrad ab, dann komme ich."

Sie befestigte den Drahtesel mit einem Zahlenschloss an einem Laternenpfahl, dann betraten die beiden das Bistro.

„Lass uns in den hinteren Raum gehen, vielleicht ist der Tisch auf der Veranda frei, da sind wir ungestört." Gilda kannte sich aus, sie kam gerne hierher. Anisha folgte ihr wortlos. Das Café war gut besucht, es war Mittagszeit, die meisten Plätze waren besetzt. Auch der Tisch auf der Veranda. Immerhin ergatterten sie noch einen Platz am Fenster mit Blick in den Garten.

„Du hast den Mord beobachtet?", flüsterte Gilda.

Anisha schaute sich erschrocken um, ob sie jemand gehört hatte, und legte den Finger auf die Lippen. Dann nickte sie unmerklich. „Lass uns erst etwas aussuchen."

Sie studierten die Karte und bestellten hausgemachte Limonade. Gilda entschied sich für ein Landbrot mit zerstampfter Avocado und Kresse, Anisha nahm den Flammkuchen mit Lachs und Frischkäse.

Als das Essen vor ihnen stand, war Gildas Geduld am Ende: „Jetzt sag schon. Du hast den Mord gesehen?"

„Leise!", wisperte Anisha. „Ja, ich war mit ein paar Freunden auf dem Rückweg aus der Rheinaue. Als wir an der Bushaltestelle in der Rheinallee ausgestiegen sind, haben wir so komische Geräusche gehört. Und dann haben wir es gesehen."

Gilda schnitt sich ein Stück Avocado-Brot ab, steckte es in den Mund und nickte aufmunternd.

„Jemand hat auf einen eingeprügelt, der am Boden lag. Mit einem Knüppel. Oder einer Eisenstange. Es war dunkel, so genau konnte ich es nicht erkennen. Er hat immer wieder zugeschlagen. Überall hin. Vor allem ins Gesicht." Anisha krümelte an dem Flammkuchen herum. Der Appetit schien ihr vergangen zu sein.

Gilda war durch die Arbeit in der Detektei einiges gewöhnt. Sie schwieg, kaute nur. Was sollte sie auch sagen? Sie wusste aus der Zeitung, dass niemand die Polizei gerufen hatte. Und der Junge war tot. Anisha und ihre Freunde hatten ihm nicht geholfen, sondern nur zugesehen.

„Ich weiß, was du denkst", flüsterte Anisha. „Aber ich konnte nichts tun, ich hatte solche Angst. Außerdem war es schon zu spät für ihn. Er rührte sich nicht mehr, als wir dazu kamen."

Gilda nickte mit unbewegtem Gesicht. Vielleicht war es so gewesen.

„Ehrlich. Ich war wie gelähmt. Es war grauenhaft. Und die anderen wollten nicht, dass ich die Polizei rufe. Ich bin dann einfach nach Hause gegangen. Er war doch tot. Da war nichts mehr zu machen."

Gilda stopfte sich den nächsten Bissen in den Mund. Ein gutes Mittel, um sich die Kommentare zu verkneifen. Vermutlich hätte die Polizei nichts mehr für das Opfer tun können, aber sie hätte vielleicht den Täter gestellt, der noch in der Nähe war.

„Warum sagst du nichts?"

Gilda zuckte mit vollem Mund die Achseln.

„Du denkst schlecht von mir." Anisha senkte den Kopf. „Und weißt du was, ich hasse mich auch dafür."

Gilda nahm einen Schluck Limonade und sah Anisha fest in die Augen. „Wolltest du mich treffen, um mir das zu erzählen? Da bin ich die Falsche. Du musst bei der Polizei eine Aussage machen. Die brauchen jeden Hinweis, um den Täter zu finden."

„Nein, ich kann nicht zur Polizei gehen. Und das, was ich dir erzählt habe, ist auch nicht der Grund, warum ich dich sprechen wollte. Wir haben uns den Toten angesehen. Und die anderen haben Videos und Fotos gemacht."

„Was?", rief Gilda dazwischen.

Anisha schrak zusammen. „Pst. Sei leise. Ja, haben sie. Die kannst du dir wahrscheinlich auf YouTube ansehen. Sie haben sie bestimmt hochgeladen. Jedenfalls weiß ich, wer der Tote ist, weil ich den Ring wiedererkannt habe, den er trug. Ich kenne seinen Namen nicht, aber er hat öfter ein Mädchen in dem Heim besucht, in dem ich ehrenamtlich arbeite. Ich glaube, sie sind Freunde. So was in der Art."

„Oh, Mann, du musst zur Polizei gehen. Das sind wichtige Informationen, die darfst du nicht zurückhalten."

Doch Anisha schüttelte heftig den Kopf. „Die anderen bringen mich um. Und meine Eltern auch. Sie erlauben mir nicht, so lange wegzubleiben."

„Du hast einen Vollhau, Anisha. Hier geht es darum, einen Mörder zu finden. Da sind ein paar Abende Hausarrest echt Pillepalle."

„Nein. Außerdem hat der Täter mich gesehen. Vermutlich sogar uns alle. Als Pia-Jill ihn fotografiert hat, ist das Blitzlicht aus Versehen losgegangen. Wenn ich zu den Bullen gehe, kommt das in die Zeitung, und dann findet er mich." Anisha lief eine Träne über die Wange. Ihre Hände zitterten so sehr, dass sie das Besteck weglegen musste.

Gilda langte über den Tisch und streichelte beruhigend über ihren Arm. „Pass auf, ich habe eine Idee. Meine Chefin ist bekannt mit einem Hauptkommissar bei der Polizei. Sie kann ihn anrufen und mit ihm vereinbaren, dass die Journalisten nichts von dir erfahren. Wenn deine Freundin ein Foto vom Täter hat, muss das der Polizei übergeben werden."

Anisha schniefte. „Ich werde Pia-Jill nicht verraten. Sie killt mich. Du kennst sie nicht. Sie ist gnadenlos. Ich bin tot, wenn ich das mache. Oder ich muss wenigstens die Stadt verlassen."

„Du hast tolle Freunde. Da brauchst du keine Feinde mehr."

„Sie sind nicht meine Freunde. Ich bin nur einmal mit ihr und ihren Kumpels mitgegangen, weil ich nicht immer zu Hause hocken wollte."

Gilda winkte ab. „Das wäre an dem Abend besser für dich gewesen. Egal. Du musst zur Polizei gehen. Laura wird das regeln. Du kommst am besten mit in die Detektei, dann fahren wir gemeinsam aufs Revier." Doch Anisha schüttelte heftig den Kopf. „Das geht nicht. Ich muss arbeiten. Wenn ich nicht im Wohnheim auftauche, wird Daniel meine Eltern benachrichtigen. Und du weißt, wie mein Vater ist. Er wird ausrasten. Vor allem wenn er mitkriegt, was Samstagnacht passiert ist. Er wird den Gürtel nehmen."

„Was? Er schlägt dich? Immer noch?"

„Pst!" Anisha sah ängstlich zu den benachbarten Tischen, ob jemand ihnen zuhörte, dann nickte sie zaghaft.

„Scheiße! Das darf doch nicht wahr sein?"

„Können wir morgen zur Polizei gehen? Bitte! Ich überlege mir etwas, damit meine Eltern nichts mitbekommen."

Gilda verdrehte seufzend die Augen. „Na gut. Morgen. Aber da ganz bestimmt. Es ist trotzdem Mist. Das weißt du? Wenn dein Vater nicht so ein Psycho wäre, würde ich mich nicht darauf einlassen. Können wir denn wenigstens irgendwie an das Foto herankommen? Hast du Pia-Jills Handynummer?"

„Ja. Aber ruf sie nicht an. Sie bringt mich um, ehrlich. Du kennst sie nicht."

„Ich will sie ja gar nicht kontaktieren. Ich möchte nur an die Bilder rankommen, die sie mit dem Handy aufgenommen hat. Sie wird nichts merken. Versprochen." Gilda hob drei Finger zum Schwur. „Jetzt schick mir schon die Nummer. Ich verspreche dir, es wird alles gut."

Anisha nickte zögernd und kramte das Telefon aus der Tasche. Dann sah sie hoch. „Daniel, dem Leiter des Flüchtlingsheims, muss ich auch von dem Mord erzählen."

„Warum?"

„Wegen des Mädchens im Wohnheim. Der Freundin von dem Toten. Sie steht aus irgendwelchen Gründen unter besonderem Schutz. Keine Ahnung, was das genau bedeutet. Uns Ehrenamtlichen wurde eingeschärft, dass wir sofort Bescheid sagen müssen, wenn etwas Merkwürdiges in ihrer Umgebung passiert. Und die Ermordung eines ihrer Freunde ist ja wohl ungewöhnlich genug."

Gilda überlegte kurz, konnte aber nichts finden, was dagegen sprach. „Ist ok."

Die Mädchen zahlten an der Kasse im Hauptraum und schlängelten sich dann an den Gästen vorbei nach draußen. Dort umarmten sie sich flüchtig, und Anisha sprintete los, um den Bus zu kriegen, der in dem Moment auf der gegenüberliegenden Straßenseite hielt.

Gildas Handy klingelte. Mit einem Blick auf das Display erkannte sie die Nummer.

„Ja, Mama?"

Die Mutter schluchzte und konnte kaum ein Wort hervorbringen.

„Was ist passiert? Jetzt rede schon!" Sie spürte, wie sich ihr vor Sorge der Magen zuschnürte.

„Heute kam eine unangekündigte Hygiene-Inspektion." Die Mutter weinte. Gilda konnte sie in dem Straßenlärm kaum verstehen.

„Na und?" Bei ihren Eltern war immer alles wie geleckt. Zu jedem Zeitpunkt. Das wusste sie mit Sicherheit.

„Sie haben Kakerlaken gefunden. Und Mäuse- und Rattenkot. Und uralte, abgelaufene Mehltüten." Wieder wildes Schluchzen.

„Unsinn. Das kann nicht sein. Es gibt keine Schädlinge bei uns und auch keine verdorbenen Lebensmittel. Das muss ein Irrtum sein." Ein Motorrad ohne Schalldämpfer knatterte ohrenbetäubend an ihr vorbei. Gilda drehte sich verwirrt nach ihm um, versuchte, die Gedanken zu sortieren. Die Stimme ihrer Mutter rückte in weite Ferne.

„Ich verstehe es auch nicht. Aber sie haben das Restaurant ab sofort bis auf weiteres geschlossen."

28

Gilda hatte sich nach dem Anruf ihrer Mutter aufs Fahrrad geschwungen und war in die Detektei gerast. Irgendjemand musste sofort irgendetwas tun, sonst waren die Eltern ruiniert. Wenn einmal in den Zeitungen stand, dass das Restaurant nicht die Hygiene-Vorschriften einhielt, konnten sie einpacken. Das vergaßen die Leute nie. Das wäre das Ende.

Sie warf das Fahrrad in den Busch im Vorgarten und flitzte blindlings los. Plötzlich stand Hassan vor ihr. Ungebremst prallte sie gegen ihn und schrie erschrocken auf. Er stand wie eine Wand, geriet nicht einen Millimeter ins Wanken.

„Hassan", Gilda stütze sich an seiner Brust ab, um nicht hinzufallen. „Sorry, ich habe dich nicht gesehen."

Er sagte kein Wort, sah sie nur mit unbewegter Miene an. Dann hob er die Arme, als wolle er sie festhalten oder umarmen. Doch mitten in der Bewegung hielt er inne.

„Es tut mir leid", stieß sie hervor. „Ich habe es eilig. Wir sehen uns."

„Gilda ..."

Sie rannte ins Haus, ohne sich noch einmal umzudrehen.

Laura, Barbara und Drake sahen sie überrascht an, als sie das Büro stürmte.

„Laura, du musst uns helfen."

„Was ist los?"

„Jemand scheint es auf meine Eltern abgesehen zu haben. Heute war eine unangekündigte Inspektion im Restaurant. Angeblich haben sie Schädlinge und vergammelte Lebensmittel gefunden. Aber das kann nicht sein. Bei uns ist immer alles picobello. Irgendjemand hat sie reingelegt."

„Setz dich erst mal hin", beruhigte Barbara. „Du bist ja völlig außer Atem. Ich hole dir ein Wasser."

Gilda nickte dankbar. Es fiel ihr schwer, die Tränen zurückzuhalten.

Laura knibbelte abwesend an einem Briefumschlag aus dickem Büttenpapier, ohne die säuberlich auf der Rückseite aufgedruckte Adresse weiter zu beachten. „Das ist übel. Was können deine Eltern jetzt tun?"

„Gar nichts. Sauber machen natürlich. Und innerhalb einer bestimmten Frist nachweisen, dass sie alle Vorschriften erfüllen. Aber das Restaurant haben sie ihnen schon heute dichtgemacht."

Barbara kam aus der Küche zurück und stellte eine Flasche Wasser und ein paar Gläser auf das Tischchen. „So ein Mist", sagte sie mitfühlend.

„Es kommt noch schlimmer. Es waren wohl", Gilda malte Gänsefüßchen in die Luft, „zufällig Reporter vor Ort. Und die werden die Nachricht morgen in den Zeitungen bringen. Meine Eltern sind ruiniert."

„Oh, verdammt!" Barbara ließ sich rückwärts auf einen Sessel plumpsen. „Das muss um jeden Preis verhindert werden. Wenn es in der Zeitung steht, kann man nichts mehr machen. Die Leute glauben alles, was gedruckt wird."

Gilda beugte sich vor und vergrub das Gesicht in den Händen.

Drake, der bisher nur zugehört hatte, schaltete sich ein: „Können wir nicht bei den Zeitungen anrufen und sie bitten, mit dieser Nachricht zu warten? Wenn wir ihnen sagen, dass es sich um eine Falle handelt, die deinen Eltern gestellt worden ist, wird das ihr Interesse wecken. Wir sind eine Detektei. Wir werden denjenigen, der dahinter steckt, finden, und das gibt eine viel interessantere Schlagzeile. Sie gehen bestimmt auf den Deal ein."

„Wunderbar." Barbara klatschte in die Hände. „Und ich habe eine Idee, wen ich kontaktieren könnte. Ich bin bei der langen Nacht der Medien aufgetreten. Da habe ich die Chefs der Zeitungen kennengelernt. Beide sehr nett und umgänglich, wir haben uns lange unterhalten. Oder soll ich besser gleich den Bürgermeister anrufen? Mal sehen, wen ich überhaupt erwische. Aber das kriege ich schon hin."

„Meinst du wirklich, du schaffst das?" Gilda hob hoffnungsvoll den Kopf.

„Aber klar doch." Barbara zwinkerte ihr zu und verbreitete fröhliche Zuversicht.

Laura, die sich bisher nicht an der Unterhaltung beteiligt, sondern nur auf den Brief in ihren Händen gestarrt hatte, sah auf: „Wenn wir uns nicht sehr anstrengen, sind wir mit der

Detektei Peters auch bald am Ende. Herckenrath hat uns per sofort die Kooperation aufgekündigt."

„Nein!", riefen Barbara und Gilda wie aus einem Munde. Drake sah Laura fragend an.

„Herckenrath regelt die Angelegenheiten einer alteingesessen und sehr begüterten Familie in Bad Honnef", erklärte Laura. „Seit einem Familien-Drama besteht die allerdings nur noch aus einem kleinen Jungen im Kindergartenalter. Seine wenig standesgemäße Mutter ist nur angeheiratet und hat deshalb keinen Zugriff auf den Familienbesitz. Herckenrath hat bei der Verwaltung des enormen Vermögens freie Hand." Laura legte den Brief zur Seite. „Vor einem Jahr hat er mit uns eine großzügige Vereinbarung getroffen, die uns ein gutes Auskommen gesichert hat. Er ist unheimlich gut verdrahtet und hat uns mit schöner Regelmäßigkeit Fälle zugeschoben, die zwar nicht sonderlich anspruchsvoll sind, aber gutes Geld einbringen, weil Diskretion der wichtigste Faktor ist."

Laura hatte Herckenrath bei dem ersten, großen Fall der Detektei Peters kennengelernt. Die Umstände waren wenig erfreulich gewesen, doch aus dem schlechten Start war ein für sie sehr zufriedenstellendes Miteinander erwachsen. Die Detektei war zwar durch zwei aufsehenerregende Fälle in der ganzen Republik bekanntgemacht geworden, aber davon konnten sie auf Dauer nicht leben. Das Brot und Buttergeschäft stellten die Bagatellfälle von Herckenrath dar. Sie ermöglichten es ihr, die Mitarbeiter auch in Zeiten der Flaute bezahlen zu können.

„Ich verstehe", sagte Drake langsam. „Das zieht uns unter Umständen den Boden unter den Füßen weg."

„Nicht nur unter Umständen." Lauras Stimme klang kühl, doch das kostete sie einiges. „Wir müssen von einem Tag auf den anderen ein neues Standbein finden. Gilda hat mit ihrem Social-Engineering-Fake-Profile-Entlarven schon einen Schritt in die richtige Richtung gemacht, aber die Fälle von Herckenrath können dadurch nicht kompensiert werden und uns über Wasser halten."

„Das kann doch kein Zufall sein." Barbara sah von einem zum anderen. „Bei Gildas Eltern steht die Existenz auf dem Spiel. Und jetzt dreht Herckenrath uns das Wasser ab und lässt uns verdursten. Was steckt dahinter?"

Gilda räusperte sich. „Eine Sache habe ich noch nicht erzählt. Es war mir peinlich, und ich hatte gehofft, allein damit zurechtzukommen. Aber jetzt frage ich mich, ob es etwas mit diesen Schwierigkeiten zu tun hat: Wir sind gehackt worden. Jemand ist in das Netz der Detektei eingedrungen und hat sich die Infos geholt, die auf dem Server liegen. Und derjenige hat auch mich gehackt. Der Kerl hat alle meine privaten Kontaktinfos." Die letzten Worte kamen nur noch sehr zögerlich, ihre Lippen zitterten.

„Verdammt", brauste Laura auf. „Habe ich es nicht gesagt?" Gilda sank in sich zusammen.

Drake stellte sich schützend vor sie. „Das kann jedem passieren. Regierungen und Geheimdienste werden gehackt. Die Hacker sind denen, die die Daten schützen wollen, immer einen Schritt voraus."

„Ich hätte darauf bestehen sollen, dass wir alles auf Medien speichern, die wir abends offline stellen. Und ausgerechnet mir hätte es schon gar nicht passieren dürfen." Gilda war völlig zerknirscht.

Barbara sprang auf: „Genug Selbstkasteiung. Wir sollten in dieser Krise einen kühlen Kopf bewahren. Lasst uns überlegen, wer dahinter steckt, und wie wir dagegen vorgehen. Mein Part ist klar. Ich kümmere mich um die Zeitungen. Aber wenn uns jemand gezielt schaden will, müssen wir so schnell wie möglich herausfinden, wer es ist. Sonst werden die Bomben weiter rings um uns herum einschlagen, und wir können nur reagieren."

„Du hast recht. Aber wie finden wir ihn? Wir haben so viele Fälle gelöst und unzählige Leute irgendwelcher kriminellen Aktivitäten überführt oder als Fremdgänger entlarvt. Es könnte jeder von ihnen sein." Laura biss nachdenklich auf die Unterlippe.

„Immerhin habe ich den Hacker zurückverfolgt. Gestern Abend", meldete sich Gilda leise.

„Und?" Alle Augen waren auf sie gerichtet.

„Er hat uns erwartet. Keine Spuren. Alles geputzt. Aber ich kriege ihn trotzdem. Ganz sicher."

Drake winkte ab. „Das schaffst du bestimmt. Allerdings glaube ich, dass der Hacker auf Anweisung gehandelt hat. Dahinter steckt jemand anderes. Einer, der mächtig ist und gute Kontakte hat. Sonst hätte er nicht solchen Einfluss auf die Behörden, die die Restaurants überprüfen, und auf den Anwalt, der euch die Fälle zuschustert."

Die Kollegen nickten zustimmend.

„Mit unserem aktuellen Auftrag hat diese Krise aber nichts zu tun?", fragte Gilda vorsichtig.

„Vermutlich nicht." Laura schenkte sich Wasser ein. „Das Thema Yasin gibt es übrigens nicht mehr für uns. Hauptkommissar Benderscheid kam heute vorbei und hat gesagt, dass Yasin der Junge ist, der letzten Samstag ermordet wurde. Merve hatte ihm erzählt, dass wir nach ihrem Bruder suchen. Es tut mir sehr leid für dich und deine Klassenkameradin."

„Was?", stammelte Gilda fassungslos. „Yasin ist tot? Das kann doch nicht sein. Verdammte Scheiße." Jetzt flossen die Tränen doch.

Barbara sah auf die Uhr. „Vielleicht noch ein bisschen früh, aber verzweifelte Situation erfordern verzweifelte Maßnahmen." Sie lief in die Küche und kam mit einer Flasche Sekt zurück, füllte die Wassergläser ordentlich voll und reichte jedem eines. „Wohlsein. Danach geht es uns besser, ihr werdet sehen."

Drake lachte anerkennend. „Die Arbeit mit euch gefällt mir. Wirklich. Ihr habt Stil."

Sie prosteten sich zu.

„Heute habe ich eine frühere Nachbarin getroffen, sie wollte mich unbedingt sprechen. Sie hat in der Nacht den Mord an Yasin beobachtet. Und eine Freundin von ihr hat sogar den Mord fotografiert." Der Sekt hatte bereits nach wenigen Schlucken seine Wirkung getan: Gildas Wangen waren gerötet, sie wirkte deutlich gelöster.

Laura verschluckte sich und musste husten. „Meine Güte! Benderscheid sagte eben noch, es gebe keine Zeugen. Jetzt behauptest du, es existieren sogar Fotos vom Täter. Die müssen sofort an die Polizei weitergeleitet werden."

„Ich weiß. Aber Anisha bat mich, dass wir sie dabei unterstützen. Der Mörder hat sie und die Freunde gesehen. Sie möchte unbedingt anonym bleiben, damit er sie nicht findet. Sie hat Angst, dass er sie sonst auch ermordet."

„Damit rückst du erst jetzt raus? Wir müssen Benderscheid anrufen. Er ist es gewohnt, Zeugenaussagen diskret zu behandeln." Laura griff zum Telefon, doch Gilda bremste sie. „Halt. Nein. Ich habe Anisha versprochen, dass wir erst morgen die Polizei informieren. Heute Abend kriegen es ihre Eltern mit, und dann gibt es Ärger. Du kennst die nicht. Sie sind unheimlich nett, wenn man sie trifft. Aber sie können Anisha gegenüber auch ziemlich ... gewalttätig sein. Sie wird nichts erzählen, wenn wir uns nicht an die Vereinbarung halten." Laura seufzte. „Du weißt, dass das Mist ist?" Gilda nickte unglücklich und zuckte mit den Schultern. Zögernd legte Laura das Telefon zurück auf den Schreibtisch, dann leerte sie ihr Glas in einem Zug.

„Oh Mann", Gilda fischte in der Hosentasche nach dem Handy. „Nico weiß ja noch nicht, dass wir den Fall nicht mehr bearbeiten. Er hat mir eine Nachricht geschickt, dass er den Kulturverein wieder beschatten will. Das ist ja jetzt nicht mehr nötig, wenn sich die Polizei darum kümmert." Sie wählte seine Nummer, dann sprach sie ihm auf die Box. „Das Handy ist ausgeschaltet. Vielleicht ist er noch in der Therapiestunde. Aber er wird froh sein, dass er den Abend nicht mit Observieren totschlagen muss."

29

Es war früher Abend. Drake trat aus der Villa und blinzelte in die schrägstehende Sonne, die den Vorgarten in rotglühendes Licht tauchte. Aus dem Augenwinkel nahm er eine Bewegung wahr. Der Ast eines Haselnussstrauchs erzitterte laut raschelnd und krachte zu Boden. Hinter dem dichten Busch kam ein Mann mit einer Säge hervor. Mittelgroß, schlank, dunkel. Die Ärmel des weißen, verschmutzten T-Shirts bis zur Schulter hochgekrempelt, die Haare akkurat an den Seiten und hinten kurz rasiert. Er wirkte nicht übermäßig muskulös, doch seine Bewegungen waren fließend und kraftvoll und erinnerten Drake an eine Raubkatze. Der Mann sah kurz zu ihm herüber und widmete sich dann wieder seiner Arbeit. Doch der Blick ließ Drake innehalten. Diese Mischung aus Taxieren, Wachsamkeit, Lauern, Hoffnungslosigkeit. Und Scham. Er kannte den Blick. Für die Recherchen zu seinem letzten Liebesroman hatte er in Amerika ein Heim für traumatisierte Kriegsheimkehrer besucht. Die Romanze zwischen einer jungen Tänzerin und einem Afghanistan-Rückkehrer hatte er so realistisch wie möglich beschreiben wollen. Doch was er vorgefunden hatte, war für seichte Unterhaltungsliteratur unbrauchbar gewesen. Die Gräuel, die die Soldaten in den Einsätzen mit angesehen hatten, hatten in der Heimat noch an Monstrosität gewonnen. Und ihre eigenen Taten, die in der Fremde richtig und notwendig gewesen waren, hielten den Werten der Home-Sweet-Home-Welt zu Hause nicht stand. Der Krieg hatte die Männer gebrochen. Für das normale Leben untauglich gemacht. Sie fanden sich nicht mehr zurecht, irrten durch ein Labyrinth aus Richtig und Falsch, Gut und Böse. Und waren zu tickenden Zeitbomben geworden. Für sich und für ihre Umgebung.

Drake winkte dem jungen Mann zu, wurde von diesem jedoch ignoriert. Er steckte die Hand in die Hosentasche und ging langsam durch den Vorgarten auf die Straße. Irgendetwas stimmte mit dem Gärtner nicht. Das war kein Bundeswehrsoldat auf Heimaturlaub. Doch in welchem Krieg mochte er gewesen sein? Er musste Laura morgen unbedingt nach dem Kerl fragen. Es bereitete ihm Unbehagen, wenn er weiter ums Haus schlich.

„Drake!"

Auf der anderen Straßenseite stand Alexa, die Frau mit dem SLK und dem Prosecco, und winkte zu ihm rüber.

Wohlgerundete Schenkel in hautengen Jeans. Ein Windhauch lüftete die weiße Bluse und gab den Blick auf einen gebräunten, flachen Bauch frei.

Er lächelte und überquerte die Straße.

30

Barbara führte das Telefonat zur Rettung des Restaurants von Gildas Eltern im Auto auf dem Parkplatz direkt gegenüber ihrer Wohnung. Sie hatte kurz überlegt, wie sie vorgehen und wen sie kontaktieren sollte, und sich dann für den Bürgermeister entschieden. Er wusste am besten, welche Hebel in Bewegung zu setzen waren, um die drohende Katastrophe abzuwenden. Sie musste jedoch ihren ganzen Charme aufbieten, um zuerst an seinem Büroleiter vorbeizukommen. Er war nervig wie eine Zecke und kostete sie mit seinen schleimigen Anzüglichkeiten all ihre Selbstbeherrschung. Sie kannte den Typen vom Sehen. Ein dürrer Kerl in grauem Anzug und Schuhen mit Gummisohlen. Unterwürfig und kriecherisch gegenüber seinem Chef und prominenten Männern. Aber zudringlich und eindeutig zweideutig bei Frauen. Barbara hasste solche Männer. Die genau wussten, dass die Frauen nur mit ihnen redeten, weil sie etwas Dienstliches von ihnen wollten. Und die schamlos ihre Position ausnutzten und sich womöglich noch als Frauenheld feierten.

Sie war fast am Ende ihrer Geduld, als sie endlich die Stimme des Bürgermeisters am anderen Ende der Leitung hörte. Doch so schwer es war, an dem Bürovorsteher vorbeizukommen, so leicht gelang es, ihn zu überzeugen. Er hörte ihr ruhig zu und versprach, alles zu tun, um die Zeitungsmeldungen zu stoppen, damit der Fall gewissenhaft untersucht werden konnte.

Hoffentlich war es noch nicht zu spät für seine Bemühungen.

Barbara angelte nach der Handtasche, stieg aus und spazierte gemächlich über die Straße zu ihrem Haus. An diesem Abend hatte sie es nicht eilig heimzukommen.

Sie öffnete die Tür der geräumigen Altbauwohnung, die sie ab jetzt allein bewohnte, und lauschte ins Innere. Alles schien ruhig. Behutsam machte sie den ersten Schritt in den dämmrigen Flur. Heinolf hatte heute seine Sachen abholen wollen, und sie hatte wenig Lust, ihm über den Weg zu laufen. Womöglich hatte ihn seine neue Flamme zur Unterstützung begleitet, auch wenn er ursprünglich gesagt hatte, dass er allein kommen wollte. Auf das Beach-Girl wollte sie schon gar nicht treffen. Die Wohnung strahlte Verlassenheit aus, in der Küche summte der Kühlschrank, draußen hupte ein Auto. Sie schob sich in den Flur und schloss die Tür hinter sich. Das Parkett knarzte laut unter ihren Füßen, als sie das Wohnzimmer betrat, in dem der Flügel stand.

Der große, gemütliche Ohrensessel war weg.

Ebenso das antike Tischchen, das daneben gestanden hatte. Heinolf hatte eigentlich keine Möbel mitnehmen wollen. Offensichtlich hatte er seine Meinung geändert. Sie zuckte die Schultern. Um den Sessel tat es ihr leid, aber er war ersetzbar. Und der wackelige Tisch hatte ihr nie gefallen. Ihr Blick fiel auf die Bücherschränke. Heinolf hatte immer sehr genaue Vorstellungen gehabt, welche Bücher im Wohnzimmer stehen durften. Gäste sollten direkt den richtigen Eindruck von ihm als Professor der Universität und einflussreichem Wissenschaftler bekommen. Da waren ihre Romane gleichermaßen unerwünscht gewesen wie die Pamphlete der Konkurrenten, mit denen er sich ausdauernde und erbitterte Schlachten in Fachmagazinen lieferte.

Die Regale waren fast komplett leer.

Natürlich hatte er seine Bücher, vornehmlich Geschichtsbände und Biografien berühmter Persönlichkeiten, mitgenommen. Doch er hatte sich auch ungeniert an ihrem Eigentum bedient: Die Jugendstil-Vasen und -Skulpturen, die sie von ihrer Uroma geerbt hatte, fehlten genauso wie ihre umfangreiche Sammlung an Kunstbänden. Dabei hatte er nie viel für Kunst übrig gehabt. Aber er hatte vor den Freunden und Bekannten den Kunst-Sachverstand seiner jungen Gespielin in den höchsten Tönen gelobt. Bestimmt hatte sie ihn auf der Plündertour durch die Wohnung begleitet und dazu bewogen, ein bisschen mehr einzupacken als ursprünglich geplant.

Barbara blinzelte die Tränen weg.

Es waren nur Sachen, Gegenstände, man konnte sie alle ersetzen. Außerdem hatte er sich sehr großzügig bei der Vereinbarung über die gemeinsame Wohnung gezeigt. Trotzdem krampfte sich ihr Magen bei der Vorstellung zusammen, wie seine Freundin ihre Bücher und Vasen eingepackt hatte. Vielleicht sogar in der Absicht, ihr eins auszuwischen. Nun, wenn dem so war, würden die Sachen ihr kein Glück bringen.

Barbara wischte sich über die Augen. Ihr Blick wurde wieder klarer – und fiel auf eine kahle Stelle an der Wand. Dort hatte ein Reise-Mitbringsel gehangen. Ein kleines Artefakt, nichts Wertvolles, aber dekorativ. Sie hatte es gekauft, als sie Heinolf auf einen Kongress begleitet hatte.

Eine Aneinanderreihung von bunten Glashäuschen, aufgebracht auf ein weiß lasiertes Brettchen. Sie hatte es in einer Kunstgalerie in einem urigen Dorf in Cornwall entdeckt und sich sofort darin verliebt. Wie selbstverständlich war sie davon ausgegangen, dass es ihr gehörte. Auch wenn sie es gemeinsam bezahlt hatten. Jetzt hatte er es mitgenommen. Eine Träne lief ihr die Wange hinunter, dann den Hals entlang in den Ausschnitt. Ohne den Blick von der Wand abzuwenden, wischte sie trotzig über die nasse Haut.

Das Gefühl grenzenloser Einsamkeit breitete sich in ihr aus, ergriff völlig von ihr Besitz. Sie konnte sich nicht mehr bewegen. Regungslos stand sie da, starrte die Wand an, fühlte die Stille der leeren Wohnung von allen Seiten auf sich zukriechen.

„Verdammte Scheiße", flüsterte sie vor sich hin. „Verdammte, beschissene, dreckige Scheiße!"

Es fühlte sich gut an.

„Scheiße!" Immer lauter wiederholte sie den Fluch. Schrie ihn mit geschlossenen Augen und maximaler Lautstärke.

„Ist alles in Ordnung?"

Barbara riss die Augen auf.

Vor ihr stand Heinolf.

Der Mann, der nie lächelte und höchstens mal belustigt eine Augenbraue hochzog, grinste von einem Ohr bis zum anderen. Hinter ihm amüsierte sich das Beach Girl köstlich.

„Wir sind zurückgekommen, weil wir dir den Schlüssel geben wollten. Es ist so stillos, ihn einfach in den Briefkasten zu werfen. Und die hier möchte ich dir doch lieber zurückgeben. Ein interessantes Abschiedsgeschenk."

Feixend reichte er ihr ein paar Bilder. Barbara nahm sie roboterhaft entgegen, immer noch völlig geschockt.

„Da ich ja jetzt in einer glücklichen Beziehung bin, brauche ich so etwas nicht."

Barbara richtete den Blick verwirrt auf die Fotos. Sie zeigten sie. Von einer Seite, die sie nur ganz wenigen Menschen in ihrem Leben offenbart hatte. Unter anderem ihrem Frauenarzt. Es waren Aufnahmen, die sie Valentin, ihrem heimlichen Liebhaber, geschickt hatte. Niemand sonst hätte sie zu sehen bekommen sollen. „Wo hast du die her?" Sie war fassungslos, ihr Kopf fühlt sich leer an.

„Die lagen auf dem Küchentisch. Da du ja wusstest, dass ich heute komme, wolltest du wohl, dass ich sie mitnehme."

Unwillkürlich drückte sie die Bilder an die Brust. Obwohl ihr klar war, dass das jetzt nichts mehr half. Sowohl Heinolf als auch seine Freundin hatten sie garantiert ausgiebig studiert.

Beach-Barbie trat einen Schritt vor und lächelte süß: „Ich schicke dir gerne eine Link von eine YouTube Video mit gute Work-out. Damit kriegst du vielleicht die Speck von der Bauch und der Oberschenkels weg."

Das glockenhelle Lachen klang noch lange in Barbaras Kopf nach, nachdem die Tür schon längst zugefallen war.

31

Laura lehnte sich in ihrem Schreibtischstuhl zurück, streckte die Arme und sah durch die geöffnete Terrassentür hinaus in den dunklen, verwilderten Garten. Vor zehn Minuten hatte sich noch kein Lüftchen geregt, jetzt goss es wie aus Kübeln. Als wäre die Hölle losgebrochen. Die Äste der Büsche, die ungehemmt vor der Veranda wucherten, bogen sich unter der Last der dicken Regentropfen. Einige besonders lange Zweige klatschten nass gegen die Fenster der geöffneten Flügeltür. Es war schon spät, sie war allein im Büro. Gilda war bereits vor Stunden gegangen, um nach ihren Eltern zu sehen und weiter nach dem Hacker zu suchen, Barbara hatte sich aufgemacht, um in der Zeitungsfrage tätig zu werden. Drake war noch eine Weile geblieben, damit sie ihn mit den aktuellen Themen vertraut machen konnte. Marek hatte sich seit dem Gespräch am Morgen nicht mehr blicken lassen. Und Justin, der Counterstriker, der unter seinen Kopfhörern sowieso nichts von den Dramen des Nachmittags mitbekommen hatte, hatte sich gegen sieben auf den Heimweg gemacht.

Sie rieb sich die Schläfen, setzte sich an den Schreibtisch, schaltete die Tischlampe an.

Der Regen prasselte jetzt in einer Stärke, dass Laura nur hoffen konnte, dass der Keller nicht voll Wasser lief. Ein Blitz erhellte die Nacht, gefolgt von krachendem Donner. Der schwarze Nachbarskater kam fauchend mit hochgestelltem Schwanz und gesträubtem Fell auf die Veranda geflitzt. Dort fand er schnell zu seiner gewohnten Gelassenheit zurück und stolzierte majestätisch in Lauras Büro. Zielstrebig steuerte er einen Besuchersessel an, ließ sich mit elegantem Sprung auf dem hellblauen Polster nieder und putzte sich.

„Na toll", murmelte Laura. „Mit den Schmutzpfoten auf die hellen Kissen. Ich liebe es."

Aber sie brachte es nicht übers Herz, den nächtlichen Gast von seinem gemütlichen Plätzchen zu vertreiben. Wieder blitzte es grell, und der fast zeitgleiche, gewaltige Donner schien den Altbau in seinen Grundfesten zu erschüttern. Das Gewitter war jetzt genau über ihr. Trotz des Vordachs über der Veranda trieb der Wind dicke Tropfen in das Büro. Dunkle, nasse Flecken breiteten sich auf dem Parkett aus. Laura schloss die hohe Flügeltür. Ihr Blick streifte durch den wettergepeitschten Garten. Sie stockte und kniff die Augen zusammen. Hatte sie richtig gesehen? War dort jemand? Oder hatte sie sich das eingebildet? Es hatte ausgesehen, als wäre eine Gestalt hinter einem Strauch in Deckung gegangen. Als hätte sie jemanden ertappt, als sie plötzlich an die Terrassentür gekommen war. Vielleicht einen Einbrecher? Angestrengt starrte sie in die Finsternis, konnte aber nichts entdecken. Sie musste sich geirrt haben. Das Gewitter brachte die Pflanzen so in Bewegung, dass man sich leicht täuschen konnte. Sie wollte sich schon abwenden, als ein weiterer Blitz die Umgebung in gleißende Helligkeit tauchte.

Für einen kurzen Augenblick sah sie, dass mitten auf dem kleinen, ungepflegten Rasenstück eine Stange in der Erde steckte. Am oberen Ende war etwas befestigt, das aussah wie ein Beutel. Der Garten verschwand wieder in der Dunkelheit. Laura lief zum Schreibtisch und knipste die Lampe aus. In dem erleuchteten Raum bot sie eine wunderbare Zielscheibe. Irgendjemand war da draußen und hatte den Stock in den Boden gesteckt. Sie wusste sicher, dass er vorher noch nicht da gewesen war. Und dieser jemand beobachtete sie vielleicht gerade. Im Dunkeln zog sie die Schublade auf und tastete nach der Taschenlampe. Es war ein sehr kleines, leistungsfähiges Gerät, das in jede Hosentasche passte. Jetzt wäre es ihr lieber gewesen, es wäre ein wuchtiges Monstrum, mit dem sie sich im Ernstfall hätte verteidigen können. Sie überlegte, was sie als Waffe nehmen könnte, aber es fiel ihr nichts ein. Warum hatte sie nicht längst eine Softair-Waffe oder einen Elektroschocker gekauft? Sie hatte es sich fest vorgenommen. Wie so viele Dinge, die sie dann doch immer wieder verschoben hatte. Allerdings hatte sie einen Heidenrespekt vor solchen Waffen und war sich nicht sicher gewesen, ob sie in der Lage wäre, eine zu benutzen. Jetzt wusste sie, sie war es.

Vorsichtig schlich Laura an der Wand entlang zur Terrassentür und spähte in den Garten. Es goss immer noch wie aus Kübeln. Und es war zu dunkel, um etwas erkennen zu können. Sie wartete den nächsten Blitz ab. Nichts.

Nur der Stock steckte im Rasen.

Vermutlich hatte sie einen Einbrecher gesehen. Aber der hatte jetzt sicher das Weite gesucht. Bekanntlich waren sie wenig erpicht darauf, ertappt zu werden. Sie fasste sich ein Herz, öffnete die Tür und trat auf die Veranda.

„Ist da wer?" Sie packte möglichst viel Festigkeit in die Stimme. „Hallo!"

Angestrengt starrte sie in die Dunkelheit. War das ein Rascheln? Doch es war unmöglich, dass sie jemanden hörte. Der Regen trommelte wie wild auf das Vordach und übertönte alles.

Laura knipste die Taschenlampe an und leuchtete über die Büsche und den quatschnassen Rasen. Dann ließ sie den Lichtstrahl auf dem Stock ruhen. Es brauchte einen Augenblick, bis sie verstand, dann setzten sich ihre Beine wie von allein in Bewegung. Schon nach dem ersten Schritt aus dem Schutz der Veranda heraus war sie klatschnass. Die Bluse klebte an ihr wie eine zweite Haut, die Jeans saugte sich voll, und in die Sneakers drang Wasser, als sie in eine Pfütze stolperte. Sie strich sich eine tropfende Haarsträhne aus den Augen, ohne den Blick abzuwenden. Mitten auf der Wiese stakte der Degen ihres Großvaters aus dem Boden. Ein Erinnerungsstück, das er ihr geschenkt hatte, als sie noch ein Kind war, und das er vermutlich nie benutzt hatte. Sie hatte es immer Degen genannt, obwohl sie später gelernt hatte, dass es ein Haurapier mit stumpfer Klinge und abgerundeter Spitze war, das zu Übungszwecken diente. Sie kannte es in und auswendig. Kannte jeden kleinen Rostsprenkel und die Delle im Korb, die unangenehm in den Zeigefinger drückte. Es steckte hier im Rasen. Obwohl es sich eigentlich bei ihr zu Hause tief in einer der Umzugskisten, die sie immer noch nicht ausgepackt hatte, befinden sollte.

Jemand hatte den Degen aus ihrem Appartment entwendet. Musste die ganze Wohnung auf den Kopf gestellt haben, um ihn zu finden. Oder war zufällig drauf gestoßen. Und dann hatte sich der Einbrecher die Mühe gemacht, in den Garten ihrer Detektei zu kommen, nur um das Ding in die Erde zu rammen. Damit sie es sehen konnte.

Etwas stimmte hier ganz und gar nicht.

Laura riss den Degen aus dem Boden und schlitterte über den Rasen zurück zur Veranda.

Aufatmend schlug sie die Terrassentür hinter sich zu und zerrte die Vorhänge vor das Fenster. Dann stolperte sie zum Schreibtisch und knipste die Lampe an. Der Anblick des Katers auf dem Sessel und der vertrauten Gegenstände im warmen Lichtkegel hatte etwas Tröstliches. Trotzdem raste Lauras Herz. Sie ließ sich auf dem Schreibtischstuhl nieder, atmete ein paarmal tief durch und zog mit zitternden Händen den Degen zu sich heran. Der Einbrecher hatte etwas am Griff befestigt. Einen Plastikbeutel. Wie man ihn für die Hinterlassenschaften von Hunden benutzte. War ein Häufchen darin? Ein Dummer-Jungen-Streich? Wenn es nur ein Spaß sein sollte, blieb immer noch die Tatsache, dass jemand ihr Apartment durchsucht hatte, um an den Degen zu kommen. Harmlos war das nicht.

Vorsichtig betastete sie die Tüte. Dann nahm sie eine Schere und schnitt unterhalb des Knotens in das Plastik. Mit einem Kuli zog sie die Öffnung auseinander und beugte sich darüber.

Ein Stück Stoff. Sie angelte mit dem Stift danach und zog es heraus. Ein weißer Seiden-Slip mit viel Spitze. Ein Dessous, dessen Preis umgekehrt proportional war zum verarbeiteten Material. Und das übersät war mit rostroten Flecken. An verschiedenen Stellen war der Stoff zerschnitten worden. Sie presste die Hand vor den Mund und schloss die Augen. Das war ihr Slip. Sie war sich sicher. Ein Teil, das sie schon lange nicht mehr getragen hatte. Weil es sie zu sehr an eine Affäre erinnerte, an die sie nicht mehr denken wollte. Deshalb hatte das gute Stück auch ganz hinten in der Schublade gelegen und nicht griffbereit im vorderen Bereich.

Ihre Wohnung war gründlich durchsucht worden.

Aber warum war das Höschen zerfetzt und befleckt worden? Sie legte es zur Seite und suchte nach weiteren Hinweisen. In der Tüte befand sich noch etwas. Mit dem Kuli kam sie nicht weiter, sie musste mit der Hand hineingreifen und zog ein paar zusammengerollte Blätter heraus. Fotos, ausgedruckt auf normalem Papier. Sie zeigten eine nackte Frau. Auf jede nur erdenkliche Art gefesselt, missbraucht, gequält. Und auf jedem Bild hatte jemand die Augen mit schwarzem Stift so lange überkrackelt, bis sich Löcher in das Papier gefressen hatten.

Und dann erkannte sie, dass es ihr Gesicht war, das amateurhaft auf den Körper gephotoshopped und derart verunstaltet worden war.

32

Das Grablicht flackerte gedämpft durch die Nacht und beleuchtete rot die Umrisse eines schlichten Holzkreuzes.

Nico blieb stehen und betrachtete das Meer an Blumensträußen und Grüßen, das trauernde Freunde und bestürzte Bürger hinterlassen hatten. Das bepflanzte Rondell in der Nähe des Bahnhofs war zu einem Mahnmal geworden. Zum Niklas-Memorial, wie es von den Godesbergern genannt wurde. Der Ort, an dem der Junge zu Tode geprügelt und getreten worden war, war zum Symbol des stillen Widerstands, der Verurteilung brutaler Gewalt geworden.

Seit dem Mord am Samstag waren unzählige Sträuße und Kerzen hinzugekommen.

Nico streckte die Hand aus und strich sanft über das raue Holz des Kreuzes, auf dem der Name des Opfers von vor einem Jahr stand. Er hatte den Jungen nicht gekannt. Als er gestorben war, hatte Nico noch nicht einmal in Godesberg gewohnt. Damals waren die Straßen und der Bahnhof in Köln sein Zuhause gewesen. Und seine Lebensplanung hatte daraus bestanden, es heil durch die Nacht bis zum Tagesanbruch zu schaffen. Doch er hatte viel über den Jungen gelesen. Der gewaltsame Tod hatte monatelang die Zeitungen gefüllt, erhitzte Debatten befeuert und es in die abendlichen Fernseh-Talkshows geschafft. Er wusste, dass es eine Gerichtsverhandlung gegeben hatte, aber das Ergebnis war unbefriedigend gewesen. Zeugen waren bedroht worden und hatten ihre Aussagen zurückgezogen. Am Schluss hatte man dem Hauptangeklagten nichts nachweisen können und ihn freilassen müssen. Die Täter hatten Glück gehabt. Und dass das Gewissen sie für die ungesühnte Tat peinigen und ihnen schlaflose Nächte bereiten würde, hielt Nico für unwahrscheinlich.

Hoffentlich würde die Polizei bei der Aufklärung des jüngsten Verbrechens mehr Erfolg haben. Er konnte sich nicht vorstellen, dass die Godesberger noch einen Mord an einem

Jungen hinnehmen würden, ohne dass jemand dafür zur Verantwortung gezogen wurde.

Er ging langsam weiter. Nach den Jahren des Überlebens auf der Straße in Köln hatte er sich darauf gefreut, in einer friedlichen, ruhigen Gegend zu leben. Aber er hatte schnell gemerkt, dass Godesberg nicht nur aus repräsentativen Villen, wohlsituierten Senioren und beschaulichen Sahnetorten-Cafés bestand.

Vor ihm ratterte ein Bus vorbei und hielt an der beleuchteten Haltestelle. Er überquerte die Rheinallee und lief an dem hübschen, alten Häuschen mit dem Kiosk entlang, vor dem tagsüber Tafeln mit den aktuellen Schlagzeilen standen.

Als er an den Nachmittag dachte, musste er vor sich hin lächeln. Endlich hatte er Informationen, mit denen er Laura beeindrucken konnte. Sie war meist eher distanziert ihm gegenüber. Natürlich musste er ihr Zeit geben. Und das war auch kein Problem für ihn. Als sie ihn kennengelernt hatte, war er psychisch und physisch total runter gewesen. Aber seitdem hatte sich viel getan. Er machte jetzt die Ausbildung, ernährte sich gesund, trainierte und die Therapie lief gut. Und wenn er ihr erst sagte, was er heute herausgefunden hatte, würde sie ihn mit anderen Augen sehen. Da war er sicher.

Ein Stück vor sich nahm er eine Bewegung wahr. Er verlangsamte seine Schritte. Auf dem spärlich beleuchteten Parkplatz standen nur wenige Autos. Er hatte den Eindruck gehabt, dass sich dort jemand eilig versteckt hatte. Möglicherweise vor ihm. Vielleicht ein Mädchen, das allein auf dem Nachhauseweg war und Angst vor ihm hatte. Kein Wunder nach dem brutalen Mord, der Freitagnacht dort passiert war. Nun, sie brauchte sich nicht zu fürchten. Er hatte noch nie jemanden verletzt. Jedenfalls nicht körperlich.

Nico setzte seinen Weg fort und ließ die Gedanken wieder zu Laura wandern. Ein warmes Gefühl breitete sich in seinem Bauch aus. Sie war so heiß und sexy. Lange Beine. Und erst die Brüste: weich, rund, duftend. Er hatte es sich so oft vorgestellt, dass er genau wusste, wie es sich anfühlen würde, wenn er zum ersten Mal seine Hände um sie legen, sein Gesicht darin vergraben würde. Irgendwann würde sie ihm gehören. Und dann würden die Nächte ...

Der Schlag traf ihn mitten auf den Hinterkopf.

Hart, schmerzhaft, aber nicht vernichtend. Er wurde nach vorne katapultiert, konnte sich nur mit der linken Hand abfangen. Die andere steckte in der Jackentasche, umklammerte den Haustürschlüssel. Er fiel auf die Seite, zog instinktiv die Beine an, versuchte sich wegzurollen. Doch er konnte sich nur wie in Zeitlupe bewegen. Seine Gliedmaßen schienen ihm nicht richtig gehorchen zu wollen. Über sich nahm er im Gegenlicht der Straßenlaterne eine dunkle Silhouette wahr. Die Arme hoch über den Kopf erhoben, eine dicke Stange oder einen Knüppel in den Händen. Der nächste Treffer zerschmetterte seine Schulter. Verzweifelt wollte er um sich treten, an der Hand zerren, die unter dem Gewicht seines Körpers in der Jacke gefangen war. Doch er konnte sich kaum rühren. Grelle Blitze zuckten in seinem Kopf. Alles in ihm schrie *'Weg hier! Gefahr!'*. Aber er kam nicht auf die Beine, konnte nicht wegrobben. Mit letzter Kraft drückte er sich mit dem freien Arm hoch, rollte auf den Rücken.

Dann zerplatzte sein Gesicht.

Wo die Nase gewesen war, hatte sich ein See aus Blut gebildet, der ihm in die Kehle strömte und die Luft zum Atmen nahm. Die Augen zeigten kein Bild mehr, verzweifelt japste er nach Sauerstoff. Doch das machte es nur schlimmer, sog das Blut tiefer und tiefer in den Hals, in die Lunge hinein.

Jetzt prasselten die Schläge nur so auf ihn ein. Trafen alles. Jede Stelle an seinem Körper. Er war ein einziger, schreiender Schmerz. Ein einziger Wunsch nach Erlösung.

Der schließlich erfüllt wurde.

Die nächsten Hiebe trafen nur noch den Körper, trieben ihn hin und her wie einen Sandsack, ließen das Blut im hohen Bogen auf die Straße spritzen. Doch sie konnten ihn nicht mehr verletzen. Seine Seele hatte den Körper verlassen.

33

DREI JAHRE ZUVOR

SYRIEN

Niemand hatte ihr oder den Mädchen, die in dem Raum im ersten Haus zurück geblieben waren, etwas angetan. Doch die Schreie der anderen Gefangenen, die von den Männern geholt worden waren, hörten sie zu jeder Tages- und Nachtzeit. Sie war fast wahnsinnig dabei geworden, die Torturen mitzubekommen, ohne helfen zu können.

Und sie wusste, dass diese Folter auch auf sie wartete.

Irgendwann war ihr Mitleid abgestumpft, war vom Wunsch, zu überleben, verdrängt worden. Sie hatte sich in eine Ecke gekauert, sich die Ohren zugehalten und die Gedanken weit fort wandern lassen. Zu Erinnerungen an glückliche Tage, an Spiele, die sie mit den Schwestern und Freundinnen gespielt, an Sachen, die sie in der Schule gelernt hatte. Sie hatte so viele Pläne für die Zukunft gehabt, wollte studieren und später Anwältin werden. Oder Richterin. Doch in den Händen des IS würde das nicht möglich sein. Die erlaubten Frauen keine

Bildung. Und als Ungläubige und Teufelsanbeterin hatte sie erst recht keine Chance. Sie war nur eine Sklavin für sie.

Nach fünf Tagen waren sie weiter transportiert worden. Die Männer hatten sie schreiend und mit Gewehrkolbenhieben auf den Transporter gescheucht. Die erste Mädchengruppe, die an die Kämpfer verteilt worden war, blieb zurück. Die nächste Station war eine halbe Tagesreise auf der ruckeligen Ladefläche des Lasters weit entfernt. Diesmal wurden sie in einen stinkenden Ziegenstall gesperrt. Ein Wärter stellte ihnen einen Krug mit Wasser hin, ein anderer brachte Essen. Zwischen den Mädchen hatte sich eine Rangfolge herausgebildet. Ranya durfte sich als erste bedienen: Mit den roten Haaren, den hellen Augen und dem hitzigen Temperament hatte sie sich schnell bei allen Respekt verschafft. Sie gehörte, genauso wie sie, zu den drei Mädchen, die von den anderen die 'Auserwählten' genannt wurden. Auch wenn niemand wusste, wofür sie auserkoren waren. Sie waren nicht stolz auf diesen Status, und die anderen waren nicht neidisch. Im Zweifel wartete ein noch schlimmeres Schicksal auf sie.

Am nächsten Tag wurden die Mädchen der zweiten Gruppe zuerst aus dem Stall gezerrt, zwei Stunden später kam ein Mann, um die drei Auserwählten wegzubringen. Als sie am Haus vorbei zum Transporter geführt wurden, konnte sie einen Blick hineinwerfen. Die Mädchen, mit denen sie in den letzten Tagen so viel Leid geteilt hatte, standen dort aufgereiht, frisch gewaschen, die Haare gekämmt, gut duftend. Tief sog sie die Luft ein. Der Hauch des Parfüms war sogar noch auf dem Hof wahrnehmbar. Nach der Wartezeit im Ziegenstall entfachte er in ihr eine Explosion von Wohlbefinden, weckte Erinnerungen an Glück und Hoffnung auf die Rückkehr zu einem Leben, in dem schöne Momente einen festen Platz hatten.

Vor den Mädchen, die wie auf dem Präsentierteller standen, gingen Männer in weißen Kaftanen auf und ab und taxierten sie.

Ein heftiger Stoß in den Rücken ließ sie vorwärts stolpern.

Sie wusste, welches Schicksal die Mädchen erwartete. Sie wurden verkauft.

Sie würde sie niemals wiedersehen.

34

HEUTE, MITTWOCH

BAD GODESBERG

Laura wachte auf wie gerädert. Sie hatte in der Nacht kaum Schlaf gefunden.

Nachdem sie die Bilder und den zerrissenen Slip gesehen hatte, war sie so schnell wie möglich durch das tosende Gewitter in ihr Appartment gefahren, um nach dem Rechten zu sehen. Die Wohnungstür war verschlossen gewesen, das Schloss unversehrt. Vorsichtig war sie in den kahlen Flur getreten, hatte Licht gemacht und in die Stille gelauscht. Nichts hatte sich gerührt, es war niemand da. Sie hatte nacheinander alle Lampen angeknipst, jedes noch so schmale potenzielle Versteck überprüft und die Fenster untersucht. Aber es gab keine Hinweise darauf, dass jemand eingebrochen war und die Wohnung durchwühlt hatte. Selbst die Schublade, in der der Slip gelegen hatte, wirkte unberührt.

Laura hatte sich ein Glas Rotwein eingeschenkt, war auf den überdachten Balkon gegangen und hatte dem nächtlichen

Unwetter zugeguckt. Sie hatte lange dort gestanden. Hinter der Warnung mit dem Degen und den Folterbildern steckte sicher dieselbe Person, die Gildas Eltern ruinieren und der Detektei die Existenzgrundlage entziehen wollte. Doch es gelang ihr nicht, ihre Gedanken zu sortieren.

Sie war erst in den frühen Morgenstunden eingeschlafen und bereits um sechs Uhr wieder hochgeschreckt. Die Vorstellung, jemand könnte durch die Zimmer schleichen, während sie schlief, bereitete ihr Alpträume.

Eine warme Dusche und ein starker Kaffee gaben ihr die Zuversicht zurück. Bevor sie die Wohnung verließ, bastelte sie einige Fallen: ein Deckchen, das über die Schubladen der Kommode hing, und dessen Position sie genau markiert hatte, Haare, die sie an Tür und Türrahmen klebte, kaum sichtbar, aber sie würden reißen, wenn die Türen geöffnet wurden, Puderzucker, den sie auf den weißen Fliesen in Küche und Bad verteilte. Diesmal musste der Einbrecher Spuren hinterlassen.

Sie parkte das Auto in einer Seitenstraße, nahm die Schultertasche und den Jute-Beutel mit dem Degen und den Fotos und ging die paar Meter bis zur Detektei zu Fuß. Der Himmel war wolkenlos, die Sonne schien strahlend und die Vögel zwitscherten. An das Unwetter der gestrigen Nacht erinnerten nur noch Blätter und abgerissene Zweige auf dem Bürgersteig.

Ein Stück weiter vor sich bemerkte sie Drake. Wo kam der plötzlich her? Er prüfte den Kragen seines Hemdes, machte sich am Gürtel seiner Jeans zu schaffen und bog in den Vorgarten des Altbaus ein.

Aus dem Nachbarhaus trat eine Frau im Negligé, einen Träger sexy von der Schulter gerutscht, die langen Haare im sorgfältig frisierten Out-Of-Bed-Look. Das war doch die Frau, die Drake den Käsekuchen gebracht hatte. Laura zwang sich, nicht hinzustarren. Sie hatte die Nachbarin schon öfter morgens die Zeitung aus dem Briefkasten holen sehen. Aber immer nur in Jogginghosen, ausgeleiertem T-Shirt und auf halb acht hängendem Pferdeschwanz.

Laura beschleunigte ihre Schritte und erreichte das mannshohe, schmiedeeiserne Tor. Drake war bereits im Haus verschwunden. Sie schob sich mit den Taschen in den Vorgarten. Auch hier hatte das Unwetter Spuren hinterlassen: Von der Birke war ein dicker Ast heruntergekracht und hatte den krüppeligen Rhododendron unter sich begraben. Es war nicht schade um den Busch, er hatte sommers wie winters nur wenige, braun angelaufene Blätter und entschied sich nur selten, zu blühen. Die Heckenrose hatte dem Sturm ebenfalls nicht standgehalten und war von der Mauer gerissen worden. Der schmale Weg zur Haustür war kaum passierbar. Laura seufzte und nutzte ihre Tasche, um die Dornen in Schach zu halten. Ein Sporn verhakte sich in dem weichen Leder und zog einen tiefen Riss. Am liebsten hätte sie laut geflucht.

Im Büro warteten bereits Gilda, Drake und Barbara. Laura warf grußlos die Tasche und den Beutel hinter den Schreibtisch.

„Morgen Laura", versuchte Gilda es zaghaft. „Kaffee?"

Laura zwang sich zu einem Lächeln. „Keine schlechte Idee. Sorry, Leute, ich hatte eine sehr kurze Nacht und fühle mich total zerschlagen. Immerhin sind wir fast komplett. Nur Marek fehlt." Das 'mal wieder' schluckte sie hinunter.

„Zur Stelle." Wie aus dem Boden gewachsen stand er da und grinste in die Runde.

„Wie schön." Barbara sprang auf und umarmte ihn. „Wir haben uns ja ewig nicht gesehen. Was ist mit deinem Gesicht passiert?"

Marek lachte und winkte ab. „Freue mich auch, dich zu sehen. Du siehst ein bisschen blass aus. Was macht die Musik?"

„Alles ok", antwortete sie ausweichend.

Gilda kam mit den Kaffeetassen herein. „Hi, Marek. Ich hole dir gleich einen Kaffee."

Barbara stellte sich auf die Zehenspitzen und räusperte sich. „Ich weiß nicht, ob ihr heute schon in die Zeitung geschaut habt? Jedenfalls bin ich froh, euch mitteilen zu können, dass es geklappt hat. Das Restaurant von Gildas Eltern ist nicht Thema des Tages." Mit einem bescheidenen Knicks nahm sie den Applaus entgegen. „Danke, Leute. Ehrlich gesagt war es gar nicht so schwer. Ich dachte mir, ich rufe direkt den Bürgermeister an. Allerdings musste ich die Zusage geben, beim nächsten Empfang im Rathaus aufzutreten. Aber vielleicht hat er das nicht ernst gemeint. Schauen wir mal."

„Zu dem Konzert komme ich. Auf jeden Fall." Drake lächelte Barbara anerkennend zu.

Es klingelte.

„Ich gehe schon." Gilda flitzte zur Tür und kam mit der Nachbarin zurück, die das SLK-Cabrio fuhr.

„Was können wir für Sie tun?", fragte Laura förmlich.

Die sorgfältig zurechtgemachte Frau ging zielstrebig auf Drake zu. „Entschuldige die Störung", sie senkte die Stimme, wurde aber trotzdem von allen gehört. „Ich dachte, du hast vielleicht Lust, heute Mittag bei mir zu lunchen? Ich habe ein paar Kleinigkeiten für uns vorbereitet." Ihr Tonfall war mehr als nur eine Einladung zum Essen.

„Wie lieb von dir, Alexa." Drake zeigte nicht die Spur von Verlegenheit. „Allerdings sind wir total unter Dampf. Ich werde die Mittagspause ausfallen lassen."

„Ach schade. Und heute Abend?"

Er zuckte die Achseln. „Möglich. Mal sehen, wie lange es heute geht."

„Ich freue mich schon", säuselte sie verheißungsvoll. Sie verließ den Raum, ohne die anderen eines Blickes zu würdigen.

„Gut, dann haben wir Drakes Programm für den Tag geklärt, gibt es noch andere Themen, die anstehen?" Laura schaute in die Runde. Barbara gluckste. Drake erwiderte gleichmütig ihren Blick.

Es klingelte erneut. Laura seufzte, zog eine Augenbraue hoch und ging in den Vorraum. Sollte noch eine Nachbarin mit Kuchen oder Prosecco aufwarten wollen, würde sie sie gleich an der Haustür abfertigen.

Doch es war Hauptkommissar Benderscheid.

„Schon wieder?", entfuhr es Laura. Er nickte und ging, ohne zu fragen, an ihr vorbei in das Büro. Sie folgte ihm.

„Gut, dass ich Sie alle antreffe. Ich muss Ihnen eine traurige Nachricht überbringen. Nicolas Schneider ist letzte Nacht ermordet worden. Ich weiß, Sie standen in engem Kontakt mit ihm." Er machte eine Pause, um seine Worte wirken zu lassen.

„Nicolas Schneider?", fragte Laura verständnislos.

„Nico", schrien Barbara und Gilda gleichzeitig.

„Was?", stammelte Laura. Ihr Gehirn fühlte sich komplett leer an. „Wieso das denn?"

Benderscheid schaute streng in die Runde. „Ich nehme an, die Tatsache, dass er gestern den Kulturverein beschattet hat, obwohl ich gesagt habe, Sie sollen den Fall ad acta legen, könnte ein Grund sein."

„Oh mein Gott", Gilda kämpfte mit den Tränen. „Das darf nicht wahr sein. Das ist meine Schuld. Aber ich hatte ihn doch angerufen und eine Nachricht hinterlassen." Sie schluckte zweimal hart, dann brachen die Dämme, sie schluchzte laut auf.

Barbara nahm Gildas Arm und führte sie zu dem freien Sessel. „Setz dich. Du kannst nichts dafür."

Benderscheid räusperte sich. „Es tut mir wirklich leid für Sie. Anscheinend hat er Ihnen sehr nahe gestanden. Das war mir nicht bewusst." Er wiegte sich auf den Fußsohlen vor und zurück.

„Wer hat ihm das angetan?", fragte Laura tonlos. „Waren es die Islamisten aus dem Kulturverein?"

„Dazu können wir noch nichts sagen. Auch nicht, ob sich dort überhaupt Extremisten treffen."

„Aber es ist derselbe Mörder wie bei Yasin?"

„Wir können bisher noch nicht hundert Prozent davon ausgehen, dass die beiden Fälle etwas miteinander zu tun haben."

„Verdammt noch mal", Laura platzte der Kragen. „Seien Sie doch nicht so gespreizt. Erst hauen Sie uns um die Ohren, dass Nico gestorben ist, weil der diesen Scheißkulturverein beobachtet hat. Jetzt sagen Sie, dass man das alles noch nicht weiß. Ja, was denn nun?"

Marek drückte Laura wortlos den Kaffeebecher in die Hand. „Kommen Sie", wandte er sich an Benderscheid. „Geben Sie uns wenigstens einen Hinweis."

„Der Modus Operandi von Nicolas Ermordung ähnelt sehr der Vorgehensweise in Yasins Fall. Es könnte sich sogar um dieselbe Mordwaffe handeln."

„Na, das ist doch schon mal was", murmelte Marek. „Woher wissen Sie überhaupt, dass Nico den Kulturverein beschattet hat?"

„Ich bin nicht direkt involviert", startete der Hauptkommissar zögernd. „Meine Zuständigkeit begrenzt sich auf den Raum Bonn. Die Gefährdung durch radikale Islamisten ist ein deutschlandweites beziehungsweise internationales Thema. Jedenfalls wurde der Kulturverein gestern von den Kollegen observiert. Dabei ist ihnen Nicolas aufgefallen. Er scheint sich wohl nicht sonderlich professionell angestellt zu haben."

Gilda lachte hart auf. „Scheiße. Wie auch." Barbara legte ihr beruhigend die Hand auf die Schulter.

„Ich muss Sie mit aller Dringlichkeit darauf hinweisen, nicht weiter in dieser Richtung zu ermitteln. Es unterliegt der höchsten Geheimhaltungsstufe, deshalb darf ich Ihnen das eigentlich nicht sagen: Die Kollegen gehen davon aus, dass es Grund zur Beunruhigung gibt. Äußerste Vorsicht ist geboten. Es gibt keine Anzeichen, dass Ihre Detektei ins Visier der Gefährder geraten ist. Aber ich möchte nicht noch einen von Ihnen tot auffinden."

„Also waren es doch die Extremisten, die Yasin und Nico getötet haben." Laura war käsebleich.

„Nein. Das habe ich nicht gesagt. Und ich möchte auch nicht, dass Sie mich da falsch verstehen. Aber gewisse Personen, die sich zurzeit in Bad Godesberg aufhalten, schrecken vor nichts zurück." Benderscheid sah von einem zum anderen, um sicherzugehen, dass seine Worte angekommen waren. „Sollte sich im Übrigen herausstellen, dass Sie Informationen zurückhalten, so werden meine Kollegen nicht lange fackeln. Dazu ist die Situation zu ernst. Ihre Detektei wird dann auf den Kopf gestellt und das Unterste zuoberst gekehrt, so schnell können Sie gar nicht gucken. Sie haben Glück, dass ich die Verbindung von Nicolas zu Ihnen vorerst für mich behalten habe. Aber damit habe ich mich schon weit aus dem Fenster gelehnt."

35

Nachdem Benderscheid gegangen war, war das Team der Detektei Peters wie betäubt zurück geblieben.

Lauras berappelte sich als Erste, auch wenn sich ihr Kopf so leicht anfühlte wie ein aufgeblasener Luftballon. Sie verfiel in hektische Betriebsamkeit. „Was für ein Schock. Habt ihr alle noch Kaffee? Ich glaube, Schokolade ist jetzt gut. Wir brauchen Nervennahrung." Mit wackeligen Knien stakste sie zum Schreibtisch und nahm aus der obersten Schublade eine Vollmilch-Schokolade mit ganzen Nüssen. Sie brach sich direkt ein Stück ab, dann legte sie den Rest in der aufgerissenen Verpackung vor die Kollegen auf den Tisch.

„Nehmt euch", murmelte sie mit vollem Mund.

Die anderen griffen zu, lutschten schweigend die Süßigkeit.

„Ich bin schuld, dass er nachts dort unterwegs war." Gildas Stimme war Zittern, Schokolade und Tränen.

„Warum? Du hast ihm eine Nachricht hinterlassen, um die Observierung abzublasen. Du konntest nicht ahnen, dass er sie nicht abhören würde." Laura trommelte mit den Fingern auf der Tischplatte.

„Er wollte sich nützlich machen. Für uns. Für die Detektei. Naja, eigentlich für dich, Laura."

„Davon weiß ich nichts." Laura presste die Lippen aufeinander.

Gilda und Barbara sahen sie mit offenem Mund an.

„Was habe ich jetzt schon wieder gesagt?" Sie nahm sich noch ein Schokoladenstückchen.

„Ja, weißt du es denn nicht? Nico war total in dich verliebt. Er hat alles nur für dich getan." Gilda schniefte leise.

„Jetzt macht mal halblang", wehrte Laura ab. „Er hat mir Blümchen geschenkt und mich gefragt, ob ich mit ihm eine Cola trinken gehe. Das war alles."

Barbara schüttelte den Kopf. „Jeder wusste, dass er nur dich im Kopf hatte."

„Blödsinn. Ich habe ihm damals aus der Patsche geholfen, deshalb war er mir dankbar. Vielleicht hat er mich ein bisschen verehrt." Sie schaute in die Gesichter der Freundinnen. „Was wollt ihr? Meine Güte. Zwischen uns liegen Welten. Schon allein altersmäßig. Das kann ich doch nicht ernst nehmen."

„Doch", sagte Gilda fest.

Laura spürte einen Kloß im Hals. Nico. Er war so ein lieber Kerl gewesen. So nett und freundlich. Und hatte in seinem Leben so viel Pech gehabt. Seine Familie, die ihn rausgeworfen hatte, die Drogensucht und das Leben auf der Straße. Dann das Projekt, das ihm auf die Beine helfen sollte und in dem er stattdessen ausgebeutet worden war. Und als er es endlich aus dem ganzen Schlamassel geschafft hatte, verliebte er sich ausgerechnet in sie. Sie ballte die Fäuste. Warum sie? Aussichtsloser ging es nicht. Trotzdem hatte sie ein schlechtes Gewissen. Vielleicht hätte sie netter zu ihm sein sollen. Freundlicher. Aber das hätte ihre Gefühle für ihn nicht geändert. Und dann kam so ein Arschloch daher und prügelte den armen Nico zu Tode. In Laura stieg Wut auf. „Ich bringe den Kerl um, der ihm das angetan hat. Das schwöre ich!"

„Wir finden den Mörder." Marek strahlte unheimliche Entschlossenheit aus.

„Aber wir sollen uns doch da raushalten", wandte Drake ein.

„Dazu ist es jetzt zu spät." Marek beugte sich im Sessel vor. „Ich habe gestern ein paar Drähte heiß laufen lassen und einiges herausgefunden. Anscheinend braut sich etwas zusammen. Man geht davon aus, dass ein Anschlag vorbereitet wird. Er soll entweder hier in Bonn oder in Düsseldorf stattfinden."

„Ein Anschlag? In Bonn?", echote Barbara.

Marek nickte. „Oder in Düsseldorf. Es scheint schwierig zu sein, an die Informationen zu kommen. Die Extremisten sind vorsichtig geworden und koordinieren sich nicht über Smartphones oder Computer, sondern analog. Sie besprechen alles in geheimen Treffen und geben die Aufträge von Mund zu Mund weiter. Die Behörden haben versucht, jemanden in die Kreise einzuschleusen, aber ob es gelungen ist, konnte ich nicht in Erfahrung bringen."

„Was können wir tun?" Laura hatte sich wieder etwas beruhigt. „Ich habe das Gefühl, das totale Chaos ist ausgebrochen. Wir müssen an so vielen Fronten kämpfen. Es ist nämlich noch etwas passiert." Sie tastete hinter sich, zog den Jutebeutel vom Schreibtisch und legte den Degen und die Fotos, die sie gestern Abend im Garten gefunden hatte, neben die restliche Schokolade auf das Besuchertischchen.

„Was ist das?" Barbara ließ erschrocken das Bild fallen, das sie sich angesehen hatte.

„Das bin ich nicht. Es ist eine Fotomontage mit meinem Gesicht. Jemand will mir Angst machen. Und derjenige ist in meine Wohnung eingedrungen." Sie erzählte, was vorgefallen war.

Barbara rutschte unbehaglich auf dem Sessel herum. „Mir ist gestern etwas Ähnliches passiert. Jemand hat Nacktfotos von mir ausgedruckt, an die eigentlich niemand herankommen konnte. Er muss sich in mein Handy gehackt haben." Ihre Wangen röteten sich. „Das Arschloch hat die Bilder auf meinen Küchentisch gelegt. Damit Heinolf und seine Barbie sie finden können." Jetzt hatte ihr Gesicht die Farbe einer reifen Tomate angenommen.

Die anderen verkniffen sich die Fragen und schwiegen mitfühlend.

Marek starrte auf die Bilder der gequälten Frau mit Lauras Kopf, dann sah er hoch. „Ich habe das Gefühl, wir müssen unverzüglich handeln. Das hier ist kein Scherz, sondern eine echte Bedrohung. Wenn wir sitzenbleiben wie die verängstigten Kaninchen, hat uns die Schlange bald gefressen."

Laura nickte. „Das denke ich auch." Sie ging zum Flipchart und nahm einen dicken Filzschreiber. „Lasst uns die Informationen, die wir haben, sortieren. Wir müssen einen Überblick kriegen, sonst wissen wir nicht, wo wir ansetzen können."

„Leute, wartet, ich habe eine Nachricht von Nico", rief Gilda dazwischen. Sie stellte auf Lautsprecher und legte das Handy auf den Tisch.

„Hi, Gilda", klang Nicos vertraute Stimme durch den Raum. „Leider habe ich deinen Anruf verpasst. Ist ja echt abartig mit Yasin. Der arme Kerl. Aber heute in der Therapie-Stunde hat sich etwas ergeben, das wird Laura interessieren. Deshalb postiere ich mich nachher noch mal vor dem Kulturverein. Das Thema ist nämlich noch heiß. Ich freue mich schon darauf, wenn ich Laura morgen alles erzählen kann. Sie wird staunen. Ciao."

„Er hat meine Nachricht doch abgehört." Gilda war pure Erleichterung.

„Ja, er scheint auf etwas gestoßen zu sein. Bei seiner Therapiestunde? Da müssen wir unbedingt nachhaken." Laura schrieb 'Nico' oben auf das Flipchart-Blatt, daneben 'Yasin'. Unter Nico notierte sie 'Therapeutin'. „Wir müssen noch heute mit der Psychologin sprechen. Kommt jemand mit?"

Drake hob die Hand. „Ich bin dabei."

„Gut. Wir brechen am besten gleich im Anschluss auf." Laura vermerkte seinen und ihren Namen.

„Noch ein anderer Punkt, der mir gerade einfällt", Drake rollte nachdenklich eines von Lauras Bildern in den Händen. „Kennt jemand den Gärtner, der hier gestern ums Haus geschlichen ist?"

„Ja. Wir sind alte Facebook-Bekannte. Warum?" Gilda sah ihn neugierig an.

„Ich habe ein komisches Gefühl bei ihm." Er erläuterte seine Kriegsheimkehrer-Theorie. „Natürlich kann ich falsch liegen. Aber meist kann ich mich auf meine Intuition verlassen."

„Intuition", schnaubte Marek.

Doch Laura nickte. „Wir sollten das ernst nehmen. Gilda, kannst du einen Backgroundscan machen?" Sie wollte den Punkt aufschreiben, doch Drake stoppte sie. „Notier das lieber nicht. Wer weiß, was der Kerl alles mitbekommt, während er draußen in den Büschen hockt."

„Ok, du hast recht. Was haben wir noch? Gilda, du sagtest, dass deine frühere Nachbarin den Tod an Yasin beobachtet und dass ihre Freundin den Täter fotografiert hat. Das ist das dringlichste Thema. Es ist besser, ich gehe gleich mit dir zu ihr. Wir brauchen das Foto, und sie muss mit der Polizei sprechen. Schlimm genug, dass wir ihr Aufschub bis heute gegeben haben." Laura schrieb 'Anisha' auf das Blatt und dahinter Gildas und ihren Namen. „Barbara, könntest du für mich einspringen und mit Drake zu der Therapeutin fahren?"

„Das ist Tamsin Raber, oder? Die habe ich euch doch empfohlen? Ich kenne sie. Sie kommt oft in meine Konzerte."

„Genau die. Ihr müsst herausfinden, was gestern in Nicos Therapiestunde passiert ist."

Drake und Barbara nickten.

„Dann haben wir noch den Hacker, die Geschichte mit dem Restaurant, Herckenraths Kündigung unserer Kooperation und die netten Überraschungen, die Barbara und mir gestern Abend bereitet wurden. Hat das mit den Morden an Yasin und Nico zu tun? Sieht jemand einen Zusammenhang?" Sie sah sich fragend um, alle schüttelten die Köpfe.

„Dann schreibe ich das auf ein separates Blatt. Gilda, konntest du dem Hacker auf die Spur kommen?"

Gilda nickte. „Ich habe gestern Abend nach ihm gesucht und ihn tatsächlich gefunden. Er ist ein selbstständiger Berater für IT-Fragen. Ein, Augenblick ...", sie blätterte in ihrem Notizblock, „... ein Martin Helmholz. Allerdings konnte ich keinerlei Verbindung zwischen ihm und uns entdecken. Ich habe ihn durch die Datenbank laufen lassen, er hatte mit keinem unserer Fälle zu tun. Oder kennst du ihn?"

Laura schüttelte den Kopf. „Ich habe den Namen noch nie gehört. Einer von euch vielleicht? Nein?"

„Wir haben ja schon vermutet, dass es nur ein Handlanger ist, der uns gehackt hat. In Wirklichkeit steckt jemand anderes dahinter, der uns schaden will." Marek überging großzügig, dass es ursprünglich Drake gewesen war, der diese Vermutung geäußert hatte.

Laura nickte. „Gilda, kannst du das herausfinden? In diesem Fall gibt es keine Beschränkung der Methoden, die du anwendest. Jemand bedroht unsere Existenz und spielt unfair.

Wir halten uns jetzt auch nicht mehr an die Regeln. Alles ist erlaubt."

36

Nach der Besprechung machten sich Barbara und Drake auf, um mit Tamsin Raber zu sprechen.

„Sollen wir mein Auto nehmen?", bot Barbara an.

„Klar, gerne. Ich bin nämlich gar nicht mit dem Auto hier. Wir hätten sonst ein Taxi rufen müssen."

Als sie auf die Straße traten, tauchte über der Mauer des Nachbarhauses ein Kopf auf. Barbara kam das Bild eines Erdmännchens in den Sinn, das aus einer Sandkuhle Ausschau hielt.

„Drake, huhu!"

„Irmi!" Drake winkte ihr lässig zu.

„Möchtest du nachher zum Kaffee vorbeikommen? Ich habe wieder gebacken." Die Nachbarin strahlte ihn über die niedrige Hecke hinweg an. Doch als sie Barbara bemerkte, erstarrten ihre Gesichtszüge.

Drake hakte Barbara unter und grinste im Weggehen unverschämt hinüber. „Wir haben zu tun, Irmi. Lass dir den Kuchen schmecken."

Barbara kicherte. „Ich glaube, sie hat ein Auge auf dich geworfen."

37

Tamsin Rabers Praxis lag am Rand von Bad Godesberg an der Ausfahrtstraße Richtung Schweinheim. Barbara parkte den Zweisitzer schwungvoll vor der Haustür, angelte nach der goldfarbenen Handtasche und stieg aus. Drake folgte ihr.

Auf ihr Klingeln öffnete ihnen eine untersetzte Frau mit dunkler Kurzhaarfrisur und stahlblauen Augen. Sie trug ein eng anliegendes, schwarz-weiß gemustertes Jersey-Kleid und rote Riemchen-Pumps.

„Hallo Frau Raber. Ich hoffe, wir kommen nicht ungelegen?" Barbara setzte ihr strahlendstes Lächeln auf.

„Frau Hellmann. Das nenne ich eine Überraschung. Ich hatte einen Patienten erwartet." Die Therapeutin sah wenig begeistert aus. Doch als ihr Blick zu Drake wanderte, wandelte sich der Gesichtsausdruck und ein Lächeln brach sich Bahn.

„Das ist Drake Tomlin", beeilte sich Barbara zu sagen. „Er ist von der Detektei Peters und hat ein paar Fragen an Sie."

„Über meine Patienten darf ich keine Auskunft geben", antwortete Tamsin Raber schroff, um dann freundlicher an Drake gewandt hinzuzufügen: „Aber kommen Sie doch gerne herein."

Drake lächelte sie an und folgte ihr ins Innere. Barbara schloss sich ihnen an. Tamsin Raber durchquerte schnurstracks das Haus und ging in den Garten zu einer kleinen Laube.

„Nehmen Sie doch hier Platz", sagte sie zu Barbara und wies auf einen wackeligen Stuhl, der mitten in einem dicht belaubten Ficus stand. Barbara quetschte sich an dem

Gartentisch vorbei und setzte sich. Vor ihrem Gesicht hing eine Blumenampel von der Decke, in der ein überdimensionaler Farn wuchs. Die langen Wedel kitzelten ihr in den Haaren und versperrten die Sicht. Drake durfte sich auf einer bequemen Bank mit weichen Kissen niederlassen.

„Darf ich Ihnen einen Kaffee anbieten?"

„Nein danke. Ich möchte nicht zu viel von Ihrer kostbaren Zeit in Anspruch nehmen." Drake war ganz Gentleman.

„Für mich auch keinen, danke", schaltete sich Barbara ungefragt von hinter dem Farn ein.

„Was kann ich für Sie tun?"

„Gestern hat eine Therapie-Stunde bei Ihnen stattgefunden, an der Nicolas Schneider teilgenommen hat."

„Das ist richtig. Aber ich darf Ihnen nichts darüber sagen. Schweigepflicht."

„Leider ist Nico gestern Abend ermordet worden", platzte Barbara heraus. „Deshalb ist das mit der Schweigepflicht hinfällig."

„Was? Ermordet? Das ist ja schrecklich. Was ist passiert?" Tamsin Raber schlug die Hand vor den Mund und machte große Augen.

„Es sind noch keine Details bekannt. Jemand scheint ihn überfallen zu haben." Drake senkte pietätvoll den Blick.

„Aber meine Schweigepflicht gilt weiterhin." Die Psychologin wandte nur widerstrebend den Blick von Drake zu dem Farn, hinter dem Barbara hockte. „Ich darf nur autorisierten Personen etwas über Nicolas erzählen. Nächste Angehörige oder sein Hausarzt."

„Ich verstehe Sie", sagte Drake besänftigend. „Wissen Sie übrigens, dass ich auch vom Fach bin? Eigentlich sind wir Kollegen."

„Ach, wie nett. So ein Zufall." Die Psychologin strahlte ihn mit rotem Lippenstiftlächeln an.

„Sie brauchen uns keine Geheimnisse zu verraten. Aber Nico hat uns vor seinem Tod eine Nachricht geschickt. Er sagte, dass während der Therapiesitzung etwas vorgefallen sei, das aber nichts mit seinen psychischen Problemen zu tun hat. Können Sie sich erinnern, was das sein könnte?"

Tamsin Raber verlagerte ihr Gewicht und brachte damit den Korbstuhl zum Ächzen. Sie schlug kokett ein molliges Bein über das andere und wippte mit dem Fuß. „Lassen Sie mich nachdenken, Herr Kollege." Sie lachte. „Also erst mal war das keine Einzelsitzung, sondern es waren mehrere Patienten anwesend. Sie wissen, dass es ab einem bestimmten Punkt sinnvoll sein kann, mit mehreren gleichzeitig zu arbeiten. So machen die Patienten die Erfahrung, dass sie nicht die Einzigen sind, die bestimmte Probleme haben, und können sich gegenseitig bei der Genesung helfen."

Drake nickte mit wissendem Gesicht. Barbara kämpfte hinter den Pflanzen einen Anflug schlechter Laune nieder. So demonstrativ war sie schon lange nicht mehr ignoriert und ins Aus manövriert worden. Angestrengt spinkselte sie unter der Blumenampel hervor, um das Gespräch mitverfolgen zu können.

„Ich bin spezialisiert auf Traumapatienten. Da ist Fingerspitzengefühl gefragt. Viele meiner Patienten sind Flüchtlinge. Die haben Dinge erlebt, davon machen Sie sich keine Vorstellung. Deshalb muss besondere Sorgfalt auf die Zusammenstellung einer Gruppenrunde verwendet werden. Die kleinste Nachlässigkeit, und man gefährdet den Therapie-Erfolg von Wochen."

„Natürlich." Drake nickte zustimmend, doch Barbara hätte am liebsten angesichts dieser Selbstbeweihräucherung laut losgelacht. „Verstehe ich das richtig, Nicolas wurde wegen eines Traumas behandelt?"

„Ja. Offensichtlich kennen Sie seine Biographie nicht, sonst wüssten sie, dass er sehr viel durchgemacht hat. Ein Junge, der auf der Straße lebt und sich prostituiert, vergewaltigt und misshandelt und von seiner Familie verstoßen wird, kann ähnlich schwere, seelische Verletzungen davontragen wie ein Flüchtling, der dem Krieg entkommen ist. Es hängt von der Resilienz, der psychischen Widerstandsfähigkeit ab."

Barbara kämpfte hinter dem Farn mit den Tränen. Drake wahrte professionelle Distanz. Aber er hatte Nico ja auch nie kennengelernt. „Natürlich. Also war Nicolas gestern in einer Gruppenrunde mit Flüchtlingen?"

„Soviel kann ich Ihnen sagen: ja. Eines der Mädchen hat sogar einen besonderen Gefährdungsstatus und darf nur mit Patienten zusammen therapiert werden, die vorher von der Polizei überprüft worden sind." Jetzt ging die Eitelkeit mit ihr durch, Diskretion und Verschwiegenheit waren zweitrangig geworden. Drake gab sich beeindruckt und versuchte einen Schuss ins Blaue.

„Und von diesem Mädchen hat er etwas erfahren?"

„Ja. Davon gehe ich aus. Gestern sollte jeder aufzählen, was er in der letzten Woche für andere getan hat. Traumapatienten sind oft so in ihren Ängsten gefangen, dass sie die Bedürfnisse anderer kaum noch wahrnehmen. Deshalb ist es heilsam, jemand anderem etwas Gutes oder einen Gefallen zu tun. Der Handelnde verliert für einen Augenblick das Gefühl der Ohnmacht, gewinnt ein Stück Kontrolle zurück und fühlt sich gewertschätzt. Nicolas berichtete, dass er für eine Frau, die eine Detektei hat und die ihm sehr am Herzen liegt, einen Auftrag erledigt. Er sucht für sie eine Person, die über wichtige Informationen verfügt. Er hat den Namen genannt, aber ich habe ihn vergessen. Meine Patientin wurde plötzlich sehr aufmerksam, geradezu alarmiert. Das habe ich als Expertin natürlich sofort gemerkt. Nach der Stunde hat sie ihn abgefangen, vermutlich um mehr zu erfahren. Selbstverständlich habe ich das unterbunden. Sie ist sehr verletzlich. Jede Art von Aufregung ist unbedingt zu vermeiden."

„Wie heißt das Mädchen?", rief Barbara aufgeregt durch den Farn. Das war ein Fehler.

„Das darf ich Ihnen nicht sagen."

Drake machte noch einen halbherzigen Versuch, aber es war klar, dass die Therapeutin keine weiteren Informationen preisgeben wollte. Tamsin Raber warf einen demonstrativen Blick auf ihre Armbanduhr, und sie verabschiedeten sich. Doch sie wurden erst entlassen, als Drake versprach, demnächst auf ein Glas Wein für ein intensiveres Gespräch unter Experten vorbeizukommen.

Auf der Straße hakte sich Barbara lachend bei Drake ein. „Du meine Güte, wie machst du das bloß? Du wickelst alle Frauen um den Finger."

„Dich nicht." Er grinste, dann sah er sie ernst an.

„Stimmt. Tut mir leid. Ist halt so." Barbara zuckte die Schultern.

„Das bedeutet nur eines: Du bist in jemand anderen verliebt. Und zwar so richtig."

Barbara schüttelte amüsiert den Kopf: „Dein Selbstbewusstsein möchte ich haben."

38

Laura wollte zuerst allein mit Anisha sprechen und sie danach zu Benderscheid begleiten, damit sie eine Aussage machen konnte. Gilda hatte das Mädchen angerufen, um das Treffen zu vereinbaren. Anisha arbeitete wieder in der Flüchtlingsunterkunft und hatte sich bereit erklärt, die beiden dort zu sehen.

Das Flüchtlingsheim war keiner dieser großen Kästen, wie Laura sie aus Bad Godesberg kannte, sondern ein normales, dreistöckiges Wohnhaus.
Anisha wartete bereits auf sie. Sie ging rauchend auf dem Bürgersteig hin und her. Die langen, dünnen Zöpfe wippten auf ihrem Rücken. Als sie Laura und Gilda sah, schnippte sie die Zigarette auf die Straße und kam ihnen entgegen.
„Ich habe schon auf euch gewartet."
„Schön." Gilda umarmte sie kurz. „Das ist Laura, meine Chefin."
„Hallo, Anisha", sagte Laura. Das Mädchen lächelte und sah auf den Boden. „Sollen wir uns hier draußen unterhalten? Oder können wir reingehen?"
„Besser hier draußen. Es gibt zwar einen Aufenthaltsraum, in dem Besucher empfangen werden, aber dann kommt Daniel bestimmt dazu. Der verfolgt mich die ganze Zeit. Er ist wie eine Klette."
„Daniel?" Laura sah zu dem Mädchen hoch, das gut einen Kopf größer war als sie.

„Er leitet die Wohngemeinschaft. Dies ist eine Wohngruppe weiblicher UMFs, die zu alt sind fürs Kinderheim."

„UMFs?" Gilda zog fragend eine Augenbraue hoch.

„Unbegleitete Minderjährige Flüchtlinge. Sie haben sich allein auf den Weg aus den Kriegsgebieten gemacht und hierher durchgeschlagen. Oder sie haben ihre Familien unterwegs verloren. Die Mädchen, die hier wohnen, sind jetzt über achtzehn, aber sie waren noch nicht volljährig, als sie nach Deutschland kamen. Für eine Übergangszeit können sie in den betreuten Unterkünften bleiben, dann müssen sie allein klarkommen."

„Warum arbeitest du eigentlich hier?", fiel Gilda plötzlich ein. „Du gehst doch zur Schule?"

„Ja. Ich bin nur ein paarmal die Woche nachmittags da. Aber im Moment haben wir Sozialpraktikum von der Schule aus, und ich absolviere das in diesem Heim. Durch meine Mutter bin ich an den Job gekommen. Sie gibt den Mädchen Tanzunterricht und hat mich mitgenommen, um die Musikanlage zu bedienen. Tanzen lockert Blockaden und ist gut für die Seele."

„Wollen wir uns wirklich hier draußen unterhalten?" Die Ungeduld in Lauras Stimme ließ Anisha zusammenzucken. „Dann sollten wir jetzt zur Sache kommen. Für Small Talk ist später noch Zeit."

„Laura hat recht." Gilda schlug einen beruhigenden Ton an. „Hast du mitbekommen, dass der Tote von Samstag identifiziert worden ist? Der, dessen Ring du erkannt hast?"

„Nein."

„Er heißt Yasin. Sagt dir der Name etwas?"

Anisha schüttelte den Kopf. „Ich kenne ihn nicht, habe ihn nur ein paarmal gesehen, wenn er Suna, ein Mädchen aus dem

Haus, besucht hat. Der Ring ist mir aufgefallen, weil er so ungewöhnlich war. Ein Löwenkopf mit vielen Details."

„Es wurde kein Ring gefunden", warf Laura ein.

Anisha senkte wieder den Kopf. „Göran hat ihn mitgehen lassen."

„Oh Mann." Laura stöhnte. „Ehrlich gesagt war es total Scheiße, dass ihr bei dem Mord zugeguckt und keine Hilfe geholt habt. Das arme Opfer dann auch noch zu beklauen ist das Allerletzte. Da wird ganz schön was auf euch zukommen. Die Polizei wird das nicht lustig finden, was ihr gemacht habt."

„Ich weiß." Anishas Stimme zitterte. „Ich möchte ja auch nicht zur Polizei gehen. Aber Gilda meinte, ich muss."

„Definitiv", bestätigte Laura. „Und wir kriegen auch Ärger, wenn herauskommt, dass wir dir Aufschub bis heute gegeben haben, anstatt dich direkt zu Hauptkommissar Benderscheid zu bringen. Wir riskieren das, weil Gilda dir einen Gefallen tun wollte. Aber letzte Nacht ist auch ein Freund von uns getötet worden, und wir vermuten, dass es derselbe Täter war."

Anisha riss erschrocken die Augen auf.

„Ja. Und deshalb ist jetzt Schluss mit der Ziererei. Wir brauchen das Foto. Sofort."

„Pia-Jill wird mich umbringen", stammelte Anisha.

„Ich bringe dich um, wenn du uns nicht hilfst." Laura war mit der Geduld am Ende.

„Ok. Wir können zu ihr fahren. Ich weiß, wo sie wohnt."

„Gut. Komm mit." Laura wollte sie unterhaken und mit sich ziehen, als ein Mann aus dem Eingang trat.

„Anisha, hast du Schwierigkeiten?"

Laura drehte sich nach ihm um. Er war mittelgroß und hager, trug Karohemd, Jeans und Trekkingboots und eilte auf sie zu. Das Alter war schwer zu schätzen, die Haut von der

Sonne ausgelaugt und faltig. Er musste viel Zeit in heißen Gegenden verbracht haben.

„Nein, Daniel, alles in Ordnung. Das sind Freunde von mir. Wir müssen etwas zusammen erledigen, deshalb muss ich mir den Nachmittag freinehmen. Ich hoffe, das ist ok."

„Hättest du das nicht früher sagen können? Wer soll so kurzfristig für dich einspringen?"

Anisha senkte zerknirscht den Kopf. „Sorry, das kam jetzt ganz überraschend."

„Wirklich?" Seinem Tonfall war anzumerken, dass er ihr nicht glaubte. Er trat auf Laura zu und streckte die Hand aus: „Daniel Kampe. Ich bin der Leiter dieser Wohngemeinschaft. Mit wem habe ich das Vergnügen?"

„Laura Peters." Sie schüttelte seine Hand.

„Was machen Sie beruflich? Seien Sie nicht irritiert, wenn ich so direkt frage. Ich bin verpflichtet, meine Augen offen zu halten. Manche meiner Schützlinge werden von ihren Peinigern aus der Heimat immer noch gesucht. Man kann nicht vorsichtig genug sein."

„Ich bin kein Peiniger aus der Heimat."

„Davon gehe ich aus." Sein Lächeln wirkte brüchig, als hätte er es schon lange nicht mehr benutzt.

„Ich leite eine Detektei. Das ist meine Assistentin Gilda Lambi."

„Sind Sie dienstlich hier?"

„Ich finde, Sie fragen zu viel", wehrte Laura ab. „Wir müssen jetzt gehen. Ich wünsche Ihnen einen schönen Nachmittag."

Er wollte protestieren, doch sie hakte die Mädchen unter und ließ ihn stehen.

39

Pia-Jill wohnte im Kapellenweg. Wenn man von der Konstantinstraße aus einbog, war es zuerst eine ruhige, beschauliche Straße. Nette Einfamilienhäuser älteren Datums, gepflegte Vorgärten, Autos der gehobenen Preiskategorie. Doch je näher sie der Bahnstrecke kamen, um so mehr häuften sich die Wohnsilos.

Anisha lotste sie bis zu einem Spielplatz, dann bogen sie in eine Stichstraße ab und parkten.

„Also dann." Laura versuchte, munterer zu klingen, als sie sich fühlte. Sie war zu allem entschlossen, zur Not auch, Pia-Jill das Foto mit Gewalt zu entreißen.

Anisha ging zögernd zu einer Haustür in einem Mehrparteien-Block, studierte das Klingelschild und drückte einen Knopf. Mehrmals.

„Ich bin noch nie bei ihr gewesen", flüsterte sie den beiden zu, obwohl keiner der Hausbewohner sie hören konnte. „Sie wird bestimmt sauer, wenn wir einfach so auftauchen.

„Die Polizei wird sich auch nicht vorher anmelden", konterte Laura hart.

Der Summer erklang, sie schoben die Eingangstür auf und stiegen die Stufen empor. Im vierten Stock stand eine Wohnungstür auf, eine Frau mit strähnigen Haaren sah durch den Spalt.

„Guten Tag, wir möchten zu Pia-Jill." Laura verschwendete keine Zeit.

Die Tür öffnete sich ein Stück weiter, zum Vorschein kam die dickste Frau, die Laura je gesehen hatte.

„Pia-Jill ist nicht da." Pia-Jills Mutter keuchte beim Atmen. Der Satz schien sie einiges an Anstrengung gekostet zu haben. Lauras Aufmerksamkeit wurde abgelenkt von den enormen Rundungen. Ein Hals war nicht zu erkennen, der Kopf schien mit dem restlichen Körper verschmolzen zu sein. Vor ihr stand Jabba the Hutt in einem übergroßen, rosa-verblichenen T-Shirt. Oder vielmehr seine Frau. Laura rief sich innerlich zur Ordnung, zwang sich, nicht zu starren. Das war nicht leicht. Die Frau schien ihre Irritation zu bemerken. Ihre Miene verdüsterte sich und sie zog einen Flunsch. Doch bevor sie die Tür vor ihrer Nase zugeschlagen konnte, stellte Laura einen Fuß in den Spalt.

„Augenblick. Wo können wir sie finden? Es ist dringend."

„Das weiß ich nicht." Die kleinen Äuglein funkelten gehässig aus dem runden Gesicht.

„Hören Sie zu", Laura war nicht zum Spaßen aufgelegt. „Sie können uns jetzt sagen, wo wir ihre Tochter finden, oder die Polizei kommt und sucht nach ihr. Das können Sie sich aussuchen."

„Die Polizei? Was hat das Kind denn angestellt? Sie ist doch nur mit ihrem Freund unterwegs. Das wird ja wohl noch erlaubt sein." Ihr Blick fiel auf Anisha. „Hey, Negermädchen, du bist doch in Pia-Jills Klasse. Machst du etwa Ärger? Geh nach Hause zu den Hottentotten, wo du hingehörst."

Gilda, die sich bisher im Hintergrund gehalten hatte, preschte vor wie eine Furie. „Was erlauben Sie sich! Anisha ist Deutsche! Genauso wie Sie ..." Bevor sie noch mehr sagen konnte, hielt Laura sie am Arm zurück.

„Wo wohnt der Freund Ihrer Tochter?"

„Keine Ahnung." Die bösen, kleinen Augen starrten weiterhin auf Anisha. Laura hätte liebend gern auf sie eingeschlagen, aber das hätte auch nichts geholfen. Es blieb nur eine Lösung: Sie zückte das Portemonnaie.

„Fünfzig Euro, wenn Sie mir sagen, wo ich jetzt sofort Pia-Jill finde. Und keine Faxen, sonst komme ich zurück!"

Begehrlich streckte die Dicke die Finger nach dem Schein aus.

„Pia-Jill ist am Rhein. Im Panorama-Park. Dort trifft sie sich immer mit ihrem Freund." Blitzschnell riss sie Laura das Geld aus der Hand und schmiss die Tür zu.

„Charmant, charmant", murmelte Laura vor sich hin. „Los kommt. Wir finden sie." Dann sah sie auf die Uhr: „Mist, ich muss Anisha zuerst zu Benderscheid bringen. Wir haben vereinbart, dass ich spätestens in einer halben Stunde da bin. Gilda, kann ich dich im Panorama-Park absetzen? Dann kannst du Pia-Jill finden und sie nach dem Foto fragen."

Anisha schüttelte mutlos den Kopf: „Das rückt sie nicht raus. Never ever. Die werden Gilda eine verpassen und dabei noch ihren Spaß haben."

Laura lachte hart auf. „Falls du es nicht hinkriegst, Gilda, oder es ungemütlich wird, dann ruf mich an. Ich bin in der richtigen Stimmung für eine physische Auseinandersetzung."

40

Marek hatte den Morgen damit verbracht, mit seinen Kontakten zu reden. Keiner von ihnen war besonders mitteilungsfreudig gewesen. Das Thema Terror wurde selbst in diesen Kreisen mit äußerster Verschwiegenheit behandelt. Warum eigentlich? Manchmal hatte er den Eindruck, die Täter wurden besser geschützt als die potenziellen Opfer. Doch am Ende hatte sich seine Hartnäckigkeit ausgezahlt. In seinem Postfach lag eine Mail mit den Namen dreier Männer, die verdächtigt wurden, das Attentat zu planen. Samt Fotos. Und die Hinweise hatten sich verdichtet, dass Bonn zum Schauplatz des tragischen Schauspiels werden sollte.

Er hatte auf den ersten Blick gesehen, dass die Lederjacken-Typen nicht abgebildet waren. Die Fotos waren erst ein paar Tage alt und zeigten junge, hagere Gesichter mit Bärten und eher traditioneller Kleidung. Er konnte sich nicht vorstellen, dass sie so schnell eine Typveränderung vorgenommen hatten. Aber das musste nicht heißen, dass die beiden Sonnenbrillen harmlos waren, sie konnten trotzdem eine Rolle in dieser Verschwörung spielen. Er würde sie auf jeden Fall aufspüren müssen.

Die Mail enthielt außerdem Bilder, die von der Observierung des Kulturvereins Zweiundsiebzig durch die Polizei stammen mussten. Marek grinste. Die hatten die Kollegen sicher nicht auf offiziellem Weg erhalten. Es gab immer eine undichte Stelle. Er klickte sich durch und erkannte auf einem Foto Nico, der hinter einem Auto hockte und über die Motorhaube hinweg spähte. Der arme Junge hatte sich nicht gerade unauffällig angestellt. Marek druckte die Dateien aus, ging in das andere Büro und legte sie Laura auf den Schreibtisch.

Die nächste Herausforderung war, die drei Islamisten zu finden, die das Attentat planten. Mehr als die Gesichter auf den Bildern hatte er nicht. Zwar hatte er von seinen Kontakten die richtigen Namen erfahren, doch viele IS-Kämpfer und

Extremisten firmierten unter einem Kampfnamen oder Alias. Und ins Telefonbuch ließen sie sich schon gar nicht eintragen. Lannesdorf, Mehlem oder Tannenbusch waren heiße Kandidaten bei der Raterei um den Aufenthaltsort. Aufgrund der jüngsten Ereignisse schloss er Tannenbusch vorerst aus. Er tippte auf Lannesdorf, irgendwo in der Nähe der Moschee. Hingehen und sich durchfragen war natürlich absurd. Den Fehler hatte Nico gemacht und vermutlich dafür die Quittung bekommen. Und der Kulturverein wurde von den Behörden observiert. Dort waren sie also bisher nicht aufgetaucht, sonst hätte man sie längst in Gewahrsam.

Er glaubte allerdings nicht, dass einer von ihnen Nicos Mörder sein konnte. Sie waren ihm als Drahtzieher, als Schlüsselfiguren genannt worden. Die schreckten zwar vor nichts zurück, aber er war sicher, dass sie in Deutschland eher jemanden beauftragen würden, um sich nicht die Hände schmutzig zu machen. Ganz blind war die deutsche Justiz auch nicht, da würden sie wohl lieber kein Risiko eingehen.

Marek hörte, wie ein Schlüssel im Schloss der Eingangstür gedreht wurde. Schritte näherten sich durch den Vorraum, dann erschien Justin in seinem Büro. Das lange Gesicht, das er zog, sprach Bände. Er war enttäuscht, dass er nicht an Mareks Computer konnte, wo doch seine Counterstrike-Kumpels schon auf ihn warteten. Marek zwinkerte ihm zu und zog in Lauras Büro um.

Er setzte sich an den Schreibtisch, lehnte sich zurück und sah in den Garten. Die Sonne stand hoch am Himmel und er hatte plötzlich unbändige Lust, in der Natur zu sein. Kurzerhand wählte er Lauras Nummer. Als sie sich meldete, fragte er nur „Wo bist du?" Dann sagte er ihr, sie solle genau dort auf ihn warten und sich nicht vom Fleck rühren, er sei in zwanzig Minuten da.

41

In rasanter Fahrt waren sie durch Rüngsdorf zum Panorama-Park gebraust und Laura hatte nur für Sekunden angehalten, um Gilda aussteigen zu lassen. Sie hatte kaum Zeit gehabt, die Autotür hinter sich zuzuknallen, so eilig hatte es ihre Chefin gehabt.

Gilda sah sich um. Anisha hatte gesagt, Pia-Jill sehe aus wie ihre Mutter, nur fünfzig Kilo leichter. Was immer noch kugelrund sein musste.

Rechter Hand sah sie ein paar Schüler in der Leichtathletik-Anlage Weitsprung üben. Geradeaus war ein kleiner Spielplatz, Kinder liefen durch den Sand, Mütter unterhielten sich. Auf der Wiese lieferten sich Hunde unterschiedlicher Größe und Rasse ein fröhliches Wettrennen in der Sonne. Am anderen Ende saßen Jugendliche auf der Rücklehne einer Bank und schauten auf den Rhein. Vielleicht war Pia-Jill dort. Gilda überquerte den Rasen und näherte sich ihnen. Ein paar Jungs mit Bierdosen, ein paar Mädchen, alle dünn. Fehlanzeige.

Sie wollte schon weitergehen, als sie bemerkte, dass die Jugendlichen immer wieder mehr oder weniger verstohlen zu einem stattlichen Busch hinübersahen. Dessen Zweige rüttelten ordentlich, der leichte Wind, der vom Rhein herüberwehte, konnte nicht die Ursache sein. Sie umrundete weiträumig den Ort, bis sie sehen konnte, was dort vor sich ging, und erstarrte: Ein Pärchen trieb es dort. Wild, hemmungslos, ohne Scheu, gesehen zu werden. Der Mann hatte die Hosen bis auf die Knie heruntergelassen und stieß mit gebeugten Knien von hinten in seine Partnerin. Ihr voluminöses, weißes Hinterteil hielt er fest mit beiden Händen. Gilda brauchte nicht mehr von ihr zu sehen, um zu wissen, dass es Pia-Jill war.

Leise wandte sie sich ab und entfernte sich. Sie war kein Gänseblümchen, hatte schon viel gesehen. Sowohl im Zusammenhang mit manchen Fällen der Detektei als auch auf Ibiza, als sie im Strandclub gejobbt hatte. Aber diese Show gefiel ihr nicht. Die beiden trieben es vor aller Augen, weil ihnen, oder wenigstens ihm, das einen Kick gab. Die Zuschauer gehörten zum Liebesspiel dazu. Aber Gilda wollte nicht Teil dieser Inszenierung sein. Es widerte sie an.

Zögernd schlenderte sie zum Rhein hinunter bis zur Anlegestelle der Fähre. Sie würde abwarten, bis die beiden fertig waren, und dann Pia-Jill ansprechen.

Beim Kiosk an der Fähre kaufte sie sich ein Eis und setzte sich auf eine Bank. Fünf Minuten würde sie ihnen geben, das war vermutlich schon großzügig bemessen, dann würde sie zurückgehen.

Als die Zeit um war, warf sie den Eisstiel in einen Mülleimer und ging zurück in den Park. Schon von weitem sah sie, dass die Jugendlichen verschwunden waren.

Aber die Hunde spielten weiter auf dem Rasen, ein paar ältere Leutchen spazierten den Weg entlang. Am Ende des Parks hatten die Schüler immer noch Sportunterricht, auf dem Spielplatz herrschte Gewusel.

Sie näherte sich dem Busch, der jetzt ruhig und majestätisch dastand. Offensichtlich waren die beiden fertig. Dann stockte sie und sog scharf die Luft ein. Pia-Jill. Auf den Knien, nach vorne gefallen, das Gesicht in der Erde, den runden, weißen Hintern nackt in die Luft gestreckt. Sie rührte sich nicht.

„Pia-Jill?", fragte Gilda vorsichtig. Niemand konnte so unbeweglich in dieser Stellung ausharren. Sogar ohne zu atmen.

Sie ging neben ihr in die Hocke und merkte, dass die Erde um den Kopf herum dunkel-feucht getränkt war. Wie von der Tarantel gestochen schnellte Gilda hoch und taumelte rückwärts.

Blut.

In ihren Ohren rauschte es, sie starrte auf Pia-Jill. Auf den schneeweißen Hintern. Auf das Tattoo, das das Mädchen sich dorthin hatte stechen lassen. Eine Elfe, zierlich, ätherisch. Warum hatte sie sich für dieses Motiv entschieden? Der Kontrast hätte nicht größer sein können. Wollte sie damit signalisieren, dass sie in ihrem Inneren federleicht und anmutig war? Und dass der Speck nur eine Hülle war, die mit ihrer wahren Persönlichkeit nichts zu tun hatte? Entschieden sich eigentlich alle für Tattoos, die das Gegenteil ihrer selbst waren? Gilda riss ihren Blick los. Es musste der Schock sein und der Wunsch, das Grauen zu ignorieren, der ihrem Gehirn befahl, sich mit solchen Banalitäten zu beschäftigen, anstatt zu tun, was notwendig war. Die Zeit lief ihr davon. Jeden Augenblick konnte jemand kommen, und sie entdecken. Sie knickte einen Ast ab und hob vorsichtig ein paar Strähnen von Pia-Jills mausgrauen Haaren an. Ein tiefer, blutiger Riss klaffte in ihrem Hals.

Jemand hatte Pia-Jill die Kehle durchgeschnitten. Dass sie sich in dieser Position halten konnte, verdankte sie dem großen Bauch. Sonst wäre sie längst zur Seite gekippt. Der Mörder musste sie beim Anziehen überrascht haben.

Ich brauche das Handy! Das Bild von dem Täter.

Sie sah sich um, ob eine Handtasche in der Nähe lag, konnte aber nichts entdecken. Doch ohne Handy war das Mädchen bestimmt nicht aus dem Haus gegangen. Steckte das Telefon in den Kleidern, die sie trug? Ein schwarzes Spaghettiträger-Top spannte sich eng um die Brüste, ein roter, sehr kurzer Rock war bis zum Bauchnabel hochgezogen.

Gilda streckte die Hand aus und suchte Pia-Jill ab. Am liebsten hätte sie dabei wie ein Kind die Augen zugekniffen. Sie tastete über den Busen, den weichen Bauch, unter dem Bund des Rocks. Übelkeit stieg in ihr auf. Was sie hier tat, war widerlich. Im höchsten Maße pietätlos. Aber sie brauchten das Foto des Täters. Doch Pia-Jill trug kein Handy bei sich.

Gilda erhob sich mit schwindeligem Kopf.

Der Geruch nach Blut, viel Blut, wurde in der Sonne immer intensiver. Mit wackeligen Schritten stakste sie zu der Bank, auf der eben noch die Jugendlichen gesessen hatten.

Polizei anrufen. Und Laura. Das Handy war weg. Der Täter hatte es mitgenommen. Wo war der Täter? Noch in der Nähe? Und wo war Pia-Jills Freund? Die Gedanken wirbelten unsortiert durch Gildas Kopf.

Hatte der Mörder sie gesehen? Stand sie jetzt auch auf seiner Liste?

42

Laura hatte Anisha bei Benderscheid abgeliefert, stand am Kreisverkehr vor dem Polizeipräsidium und schaute den Autos hinterher. Den BMW hatte sie auf dem Park-and-ride-Parkplatz zurückgelassen.

Schon von weitem hörte sie den röhrenden Motor von Mareks schnittigem Flitzer. Er hatte ein Faible für schnelle, teure Fahrzeuge und pflegte den entsprechenden Fahrstil. Mit quietschenden Bremsen hielt er direkt vor ihren Füßen.

„Hallo Laura, spring rein."

Sie kletterte auf den Beifahrersitz.

„Hallo Marek, wo soll es denn hingehen?"

„Das ist eine Überraschung. Lehn dich zurück, entspann dich, gleich sind wir da."

Er tippte aufs Gas und Laura wurde im Aufheulen des Motors in den Sitz gedrückt. Sie lehnte den Kopf zurück und schloss die Augen.

„Ja, ruh dich aus", lachte Marek, „allerdings sind wir schon fast da."

Laura öffnete die Augen und lächelte ihn an. „Ich schlafe nicht ein. Mein Kopf ist viel zu voll mit all den Katastrophen, die passiert sind."

Marek scherte auf einen Parkplatz ein und kam sanft zum Stehen.

„Dornheckensee", rief Laura. „Setzen wir uns wieder auf den kleinen Steg im Wasser? Wie damals bei unserem ersten Fall?"

„Nein", Marek holte einen großen Picknick-Korb und eine karierte Decke von der Rückbank, „ein bisschen Abwechslung muss sein. Diesmal gehen wir nach oben auf die Felswand und genießen den Ausblick."

Wenig später standen sie auf dem Aussichtspunkt und genossen den grandiosen Blick auf das Rheintal. Tief unter ihnen glitzerte blau der Dornheckensee.

„Ist das schön." Laura konnte sich gar nicht sattsehen.

Marek breitete die Decke auf der Bank aus und öffnete den Korb. „Käse oder Pute?" Er hielt appetitlich aussehende Brötchen hoch.

„Hast du die gemacht?" Laura war beeindruckt.

Er lachte. „Nein, man kann die Körbe fertig gepackt kaufen. Das geht schnell, und besser könnte ich es auch nicht."

Laura setzte sich zu ihm und biss genussvoll in das Sandwich. „Sind auch Getränke in dem Wunderkorb?"

„Natürlich. Kaffee, Orangensaft, Sekt. Was möchtest du?"

„Alkohol. Pur. Ein halbes Glas wird schon nicht schaden. Und danach Kaffee. Zur Sicherheit."

Marek zauberte eine Flasche Crémant hervor.

„Auf bessere Zeiten?", schlug Laura vor.

„Darauf, dass wir jetzt allerschnellstens unsere Probleme lösen."

Sie nahm einen tiefen Schluck, dann legte sie den Kopf zurück, genoss die warmen Sonnenstrahlen und hörte auf die Geräusche im Wald. Vögel zwitscherten, Insekten summten, in der Ferne bellte ein Hund. Marek hatte sich auch zurückgelehnt. Sie spürte, dass er den Arm hinter ihr über die Lehne gelegt hatte. Vorsichtig lehnte sie den Rücken an.

„Im Moment ist alles Scheiße. Aber dieser Augenblick ist wunderschön."

Er lachte leise. „Es wird schon wieder alles gut werden. Wir kriegen das hin."

„Nico kommt nicht mehr zurück."

„Nein."

„Ich bin furchtbar traurig. Und ich habe so ein schlechtes Gewissen, wenn ich an ihn denke."

Marek legte den Arm enger um sie. „Du warst es, die ihm zu einem neuen Leben verholfen hat. Zu einem guten Leben. Du hast so viel für ihn getan. Darüber kannst du dich freuen."

„Ja." Sie klang nicht überzeugt.

„Doch", sagte er fest. „Du bist ein Mensch, der sich für andere einsetzt. Und man ist gerne mit dir zusammen. Denk mal an Justin. Was würde er heute machen, wenn er nicht immer zu dir kommen könnte? Auf der Straße herumhängen, die Schule schwänzen, sich womöglich einer kriminellen Bande anschließen. Sein großes Vorbild war sein Bruder, und der ist jetzt schon eine verkrachte Existenz. Von seinen Eltern bekommt er auch keinen Halt. Den kriegt er von dir. Oder denk mal an Gilda. Sie war auch eine Streunerin. Von der Hand in den Mund, von einem Job zum anderen. Durch dich hat sie eine Richtung bekommen, Ehrgeiz. Sie macht jetzt etwas aus ihrem Leben."

Laura lachte verlegen und zuckte mit der Schulter. „Du übertreibst. Ich bin nicht Mutter Theresa."

„Nein, du siehst viel besser aus. Und mich hast du auch gezähmt."

Sie beugte sich lachend vor und stieß ihm mit dem Ellenbogen in die Seite. „Das halte ich für ein Gerücht. Dich kann man nicht zähmen. Das gefällt mir so gut an dir."

Marek winkte mit der Flasche: „Refill?"

Wortlos hielt sie ihm das Glas hin. Sie prosteten sich wieder zu und tranken. Laura genoss das Prickeln auf der Zunge. Langsam spürte sie den Alkohol. „Dieser Fall macht mich wahnsinnig."

Marek nickte. „Wir müssen unglaublich vorsichtig sein. Ich habe heute eine Mail von einem früheren Kollegen bekommen. Die Situation spitzt sich zu. Diese Verrückten planen tatsächlich ein Attentat, und sie werden nicht lange fackeln, wenn wir ihnen in die Quere kommen."

„So wie bei Nico."

„Ja. Und Yasin. Wobei wir von ihm ja schon dachten, er würde mit diesen Kreisen sympathisieren. Aber irgendwie passt das nicht."

Laura seufzte. „Wenn man sich die ganze Zeit mit dem Thema Islamismus beschäftigt, sieht man irgendwann überall nur noch Feinde. Dabei habe ich viele Freunde, die Muslime sind. Wir sind gemeinsam zur Schule gegangen, wir feiern zusammen, lachen über dieselben Witze, leben dieselben Werte. Ich habe mir nie Gedanken darüber gemacht, wer welche Religionszugehörigkeit hat. Es spielt einfach keine Rolle. Weil es nicht wichtig ist."

„Seit dem Anschlag auf die Twin Towers hat sich die Welt verändert."

„Ja", sagte Laura zögernd. „Es war furchtbar. Ein Schock, ein Alptraum. Trotzdem war das Thema weit weg. In Amerika. Nicht hier. Du weißt schon, was ich meine. Es hat mich zutiefst geschockt, aber ich fühlte mich nicht persönlich bedroht. Jedenfalls nicht unmittelbar. Erst seit den Attentaten in Paris, London, Berlin, dem missglückten Bombenanschlag auf den Bonner Hauptbahnhof und seit der Flüchtlingswelle, die alle Zeitungen und Talkshows überflutete, habe ich das Gefühl, dass wir den Horror ins eigene Land, die eigene Stadt, ja sogar ins eigene Haus gelassen haben. Man wird so misstrauisch. Obwohl ich das gar nicht möchte und mich dagegen wehre. Ich will nicht jedem mit Vorurteilen begegnen, nur weil ich fast täglich schreckliche Nachrichten höre."

Marek hörte ihr schweigend zu.

Laura zeichnete mit dem Sneaker Kreuze in den staubigen Boden und räusperte sich. „Ich muss gestehen, dass ich den Flüchtlingen gegenüber ambivalente Gefühle hege. Ich frage mich, wem wir da unsere Türen öffnen? Natürlich muss den Menschen, die verfolgt und vertrieben werden, geholfen werden. Es ist ja die", sie malte Gänsefüßchen in die Luft, „Zivilbevölkerung, die zu uns flüchtet. Leute, die für den Krieg in ihrem Land eigentlich nichts können. Doch auch die sind nicht unpolitisch, sondern stehen auf irgendeiner Seite. Zum Beispiel der Syrien-Konflikt. Es gibt Flüchtlinge aus allen politischen Lagern: Regierungsanhänger, Regimegegner, sogar IS-Sympathisanten. Die hassen sich doch in Deutschland immer noch. Und ich sehe mich nicht in der Lage, zu unterscheiden, wer gut und wer böse ist. Auf Youtube gibt es ein Video von einem syrischen Mädchen. Sie wirkt wie Gilda: hübsch, modern, gebildet, sympathisch. Und sie ist so dankbar, dass sie hier Schutz gefunden hat. Aber sie hat Heimweh und bat um Unterstützung für das wunderbare Assad-Regime, damit sie wieder glücklich und in Freiheit dort leben kann. In Freiheit. Als hätte es Assads Folterkeller nie gegeben. Sie und ihre Familie waren davon ja auch nicht betroffen."

Marek sprang auf und lehnte sich an den hölzernen Zaun. „Ich verstehe dich gut. Für den Nahen Osten scheint es keine Lösung zu geben." Er kickte einen Tannenzapfen in den Abgrund und sah ihm hinterher. „Und Demokratie scheint dort keine Chance zu haben. Für viele religiöse Bevölkerungsgruppen ist es Blasphemie, nach säkularen Gesetzen zu leben."

Laura trat neben ihn und schaute auf den Dornheckensee. „Es ist frustrierend. Ich sage nur Afghanistan. Truppen wurden geschickt, um ein stabiles, politisches Umfeld zu schaffen. Und was passiert? Als Erstes wird die Scharia eingeführt. Die Frauen wurden von einem Tag auf den anderen wieder aller Rechte beraubt. Von der deutschen Politik gab es ein paar lahme Proteste, geändert hat sich nichts." Laura feuerte auch einen Zapfen in die Tiefe.

„Unsere Vorstellung von Freiheit und Menschenrechten fällt in diesen Ländern nicht auf fruchtbaren Boden. Bisher noch nicht. So etwas braucht Zeit." Marek ging zurück zur Bank und Laura folgte ihm. Er schenkte Kaffee in zwei Porzellan-Becher. „Was uns angeht, wir können nicht die Probleme der Welt lösen. Wir können nur versuchen, in unserem direkten Umfeld das Richtige zu tun und zu hoffen, dass es wirkt und sich ausbreitet. Und die Aufgaben, die vor uns liegen, sind wirklich eine Herausforderung. Trink deinen Kaffee, und dann fahren wir ins Büro. Es wird höchste Zeit, dass wir wenigstens hier die Welt wieder in Ordnung bringen."

Er sah Laura intensiv an, dann veränderte sich sein Blick. Sein Gesicht näherte sich dem ihren. Ihr schoss die Röte in die Wangen.

„Was soll das werden?", murmelte sie.

Seine Lippen waren ganz nah, berührten fast ihren Mund. Ein warmes Kribbeln breitete sich in ihr aus, dann riss das Verlangen sie mit sich. Sie warf die Tasse zur Seite, schlang die Arme um seinen Hals und zog ihn an sich.

Plötzlich brach ein Hund laut bellend aus dem Gebüsch.

Erschrocken fuhren sie auseinander. Laura strich ihre Haare glatt und hob die Kaffeetasse auf. Zwei Spaziergänger in Trekkinghosen betraten den Aussichtsplatz und grüßten. Laura lächelte kurz, senkte den Kopf und sammelte die Reste des Picknicks in den Korb.

Marek erhob sich, steckte die Hände in die Hosentaschen und grinste, als ob nichts gewesen wäre. „Lass uns gehen. Aber wir sollten bei Gelegenheit da weiter machen, wo wir gerade aufgehört haben."

43

Gilda sprang hinter dem Schreibtisch hervor, als Laura und Marek in die Agentur kamen. Sie sah blass und mitgenommen aus. Die Haare hingen wirr um das Gesicht, die nackten Knie waren verdreckt, das weiße Shirt hatte Blutflecken.

„Da seid ihr ja endlich! Pia-Jill ist umgebracht worden. Ich war nur kurz weg, und als ich wiederkam, lag sie da. Mit durchschnittener Kehle. Und ihr Handy ist verschwunden." Die Informationen sprudelten nur so hervor.

„Langsam, langsam." Marek schob sich hinter Laura in den Vorraum.

„Lagebesprechung", kommandierte Laura und öffnete die Tür zu ihrem Büro. Barbara und Drake warteten dort. Ihren Gesichtern sah sie an, dass sie die Nachricht von dem erneuten Mord bereits kannten. Hinter ihr öffnete sich die Tür von Mareks Büro.

„Hi, Leute." Justin stand im Türrahmen, die Kopfhörer schräg auf den zerzausten Haaren. „Soll ich euch was vom Bäcker holen? Ihr braucht sicher Nervennahrung."

Laura rang sich ein Lächeln ab. „Das ist lieb von dir, aber wir sind versorgt und müssen jetzt überlegen, wie es weitergeht. Mach dir keine Gedanken, wir kommen klar."

Justin nickte und drehte sich zögernd um. Die anderen platzierten sich in Lauras Büro um das Tischchen. Marek stellte den Picknickkorb in die Mitte und hockte sich auf den Rand von Lauras Schreibtisch. „Bedient euch, es sind noch ein paar Sandwiches, Obstsalat und kleine Kuchen übrig."

„Super, ich habe einen Bärenhunger. Dieses Chaos überstehe ich nur mit Nervennahrung." Barbara beugte sich vor und inspizierte den Korb.

Gilda hob abwehrend die Hand. Ihr war immer noch übel. Das Bild von Pia-Jills nacktem, runden Hinterteil, das wie ein bleicher Vollmond in die Höhe gestreckt war, überlagerte alles. Nur nicht die Erinnerung an den aufgeschlitzten Hals, aus dem das Blut auf den Boden tropfte.

Nachdem sich jeder versorgt hatte, klatschte Laura in die Hände. „Ok, Leute. Die Lage spitzt sich immer mehr zu. Jetzt ist auch Pia-Jill, die den Mörder von Yasin und Nico fotografiert hat, ermordet worden. Ich habe Anisha heute zu Hauptkommissar Benderscheid gebracht, sie wird alles erzählen, was sie weiß. Und die Polizei wird hoffentlich dem Mörder schnell auf die Spur kommen. Trotzdem habe ich das Gefühl, wir sollten auch selbst alles daran setzen, ihn zu finden. Bevor er uns findet." Sie machte eine Pause, dann bat sie Gilda zu berichten, was sie erlebt hatte.

„Ich bin in den Panorama-Park gegangen, wie du es wolltest, um das Foto des Mörders von Pia-Jill zu bekommen. Es war ziemlich voll dort, viele Leute."

„Warum hast du es nicht schon gestern Abend direkt von ihrem Handy geholt? So was kannst du doch?" Barbara schlug sich die Hand vor den Mund, als sie Gildas schuldbewusste Miene sah. „Sorry."

„Ja, das war ein Fehler. Aber als ich nach Hause kam, saßen meine Eltern mit unserem Personal in der Küche. Sie waren so traurig und geschockt, weil das Restaurant geschlossen worden ist. Ich wollte sie nicht allein lassen. Wir haben geredet und bis spät Grappa getrunken. Danach war ich so müde, dass es nur noch reichte, um den IT-Berater zu finden, der uns gehackt hat. Ich dachte, das mit dem Foto könnte ich heute Morgen erledigen. Aber dann kam immer wieder etwas dazwischen."

„So was kommt vor", sagte Marek knapp. „Mach dir keinen Kopf. Erzähl uns, was im Park passiert ist."

„Ich habe Pia-Jill hinter einem Busch entdeckt. Sie trieb es dort mit ihrem Freund." Dann beschrieb Gilda, wie sie wenig später Pia-Jills Leiche gefunden hatte.

„Und das Telefon war weg?", fragte Drake.

Gilda nickte und wurde blass um die Nase. „Ich habe mich sogar neben sie gekniet und sie abgetastet. Sie hatte es nicht mehr bei sich."

„Das ist ungünstig", murmelte Barbara. „Kannst du trotzdem noch an das Foto herankommen?"

Gilda zuckte die Achseln. „Auf ihr Handy schalte ich mich jetzt nicht mehr. Die Polizei wird das tun und entdeckt mich dann. Ich bin schon froh, dass ich sie nicht rufen musste. Jemand ist mir zuvorgekommen. Ich wollte gerade den Notruf wählen, da hörte ich die Sirenen. Ich habe mich dann verdrückt, sonst hätte ich den Tag im Verhörraum verbringen müssen." Sie presste die Lippen aufeinander. „Aber vielleicht hat sie das Bild hochgeladen. Das würde ich ihr zutrauen. Dann finde ich es. Allerdings brauche ich dafür ein paar Informationen von Anisha. Sie kommt doch wieder nach Hause? Oder muss sie im Gefängnis bleiben?"

Laura lachte. „Natürlich darf sie nach Hause. Was denkst du denn?"

„Den Täter hast du nicht gesehen?" Marek zwinkerte Gilda beruhigend zu.

„Nein. Der Park war zwar voller Leute, aber keiner schien zu passen."

„Könnte es Pia-Jills Freund gewesen sein?", überlegte Drake.

„Vielleicht." Gilda krauste die Stirn. „Aber das wäre echt krank. Und er ist nicht Yasins Mörder."

Laura stand auf und trat an das Flipchart. Sie riss das beschriebene Blatt ab und befestigte es an der Magnetleiste an der Wand. Dann nahm sie einen Stift und schrieb auf das jungfräuliche Papier 'Täterfoto' und 'Gilda'.

„Wie war es bei der Therapeutin? Habt ihr erfahren, was Nico so Wichtiges herausgefunden hat?"

Barbara nickte zu Drake hinüber. „Erzähl du. Wir haben es dir zu verdanken, dass Tamsin Raber so mitteilungsfreudig war."

Er lachte. „Ok. Tamsin Raber ist spezialisiert auf die Behandlung schwer traumatisierter Patienten. Gestern gab es eine Gruppensitzung, in der Nico erzählt hat, dass er Yasin für uns sucht. Es war auch ein Flüchtlings-Mädchen dabei. Die hat sich sehr dafür interessiert und Nico nach der Stunde dazu befragt. Barbara und ich vermuten, dass Nico von ihr etwas erfahren hat, dem er nachgehen wollte."

„Wer ist sie?" Laura hatte den Stift gezückt um den Namen aufzuschreiben, doch Barbara schüttelte den Kopf, dass die langen silbernen Ohrringe klimperten. „Das wurde uns nicht gesagt. Ärztliche Schweigepflicht. Aber Tamsin Raber ist eitel, sie wollte Drake beeindrucken", stichelte sie in seine Richtung. „Deshalb hat sie verraten, dass das Mädchen unter besonderem Schutz steht. Von offizieller Seite. Polizei oder so."

„Suna", rief Gilda.

Laura nickte. Für die anderen fügte sie hinzu: „Suna lebt in der betreuten Wohngemeinschaft, in der Anisha ein Praktikum macht. Als wir dort waren, kam der Leiter der Einrichtung gleich herausgerannt und wollte wissen, wer wir sind. Er erklärte es damit, dass Suna besonderen Schutz braucht. Keine Ahnung, warum."

Marek beugte sich vor. „Es gibt Flüchtlinge, die über Informationen zu hochrangigen IS-Kämpfern oder deren militärische Pläne verfügen. Frauen, die als Sklavinnen verschleppt wurden und fliehen konnten, oder Männer, die in ihren Reihen gekämpft haben und abtrünnig wurden. Solche Personen werden bereits in den Flüchtlingslagern von den westlichen Geheimdiensten ausgesondert und befragt. Darüber, wie IS-Anführer aussehen, ihre Gewohnheiten, was sie essen, wo die Familien leben, welche Aktionen geplant sind und so weiter. Jeder noch so kleine Hinweis ist wichtig, um sie aufzuspüren. Danach werden die Flüchtlinge in einem sicheren Land untergebracht, um sie vor dem IS zu schützen, und die Behörden haben vor Ort immer noch ein Auge auf sie. Auch für den Fall, dass weitere Fragen zu beantworten sind."

„Der Heimleiter wirkte allerdings ernsthaft besorgt um Suna. Sie scheint ihm wirklich wichtig zu sein", wandte Gilda ein. „Wie hieß er noch mal?"

„Daniel Kampe." Laura schrieb den Namen auf das Blatt. Gilda tippte auf ihrem Handy herum, dann hielt sie Laura das Display hin: „Guck mal, das ist er. Wenn auch nur schwer wiederzuerkennen."

Laura kniff die Augen zusammen und betrachtete den sonnengebräunten Mann, der den Arm um eine Frau mit Kopftuch und schönen großen Augen gelegt hatte. Die andere Hand lag auf der Schulter eines langhaarigen Mädchens, das vielleicht zwölf Jahre alt war. Alle strahlten in die Kamera. „Sieht so aus. Aber zwischen dieser Aufnahme und dem Daniel Kampe von heute müssen Jahrzehnte liegen."

„Sollte man meinen. Es sind aber nur drei Jahre." Gilda scrollte durch einen Text. „Hier steht, dass er in Syrien gelebt und gearbeitet hat. Er hat sich geweigert, das Land zu verlassen. Und dann kam der IS. Ich zitiere: Daniel K. musste das Martyrium seiner Frau und den qualvollen Tod der Tochter mit ansehen, bevor sie ihm in den Kopf geschossen haben." Sie überflog den restlichen Artikel. „Er hatte Glück im Unglück, es war nur ein Streifschuss, der ihn getroffen hat. Die Kämpfer dachten, er sei tot, haben ihn liegengelassen und sind weitergezogen. Man hat ihn später gefunden und in ein Hospital gebracht."

„Wie schrecklich!" Barbara drückte die Hand auf den Mund. „Zusehen zu müssen, wie die Frau und das Kind gefoltert und ermordet werden. Da wird man seines Lebens nicht mehr froh. Ein Wunder, dass er nicht den Verstand verloren hat."

Laura nickte zustimmend. „Vielleicht passt er deshalb wie ein Schießhund auf Suna auf. Sie wird auch Allerschlimmstes durchgemacht haben, sonst wäre sie nicht so wichtig für die Behörden."

„Willst du andeuten, er könnte der Täter sein? Um Suna zu schützen?" Marek wurde aufmerksam.

„Ich weiß es nicht. Könnte sein. Seine Frau und die Tochter konnte er nicht retten. Ein zweites Mal wird er es nicht so weit kommen lassen wollen. Wenn du solch einen Alptraum erlebt hast, trägst du bestimmt einen Schaden davon. Und schreckst möglicherweise auch vor Mord nicht zurück."

Die anderen sahen sie nachdenklich an.

„Vielleicht hat Yasin sie für den IS gesucht", spann Drake den Faden weiter.

Gilda sprang auf. „Das glaube ich nicht. Echt nicht. Ich habe Yasin gekannt. Der ist nicht beim IS. Dazu war er viel zu sehr Weichei. Sorry, Leute, aber das wird jetzt zu abstrus."

Marek zuckte die Achseln. „Woher kannte er Suna eigentlich? Ihr sagtet, er habe sie besucht."

„Keine Ahnung", sagte sie heftig. „Möglicherweise haben sie sich auf der Arbeit kennengelernt? Disco oder Nachtclub kommt bei den beiden nicht infrage. Und ein Techtelmechtel können sie auch nicht gehabt haben. Yasin war schwul."

„Suna macht wohl kaum eine Ausbildung als Schreinerin?" Barbara zog die perfekt geformten Augenbrauen hoch.

„Ich rufe Abdou an. Vielleicht weiß der was." Gilda sprang auf und verließ den Raum.

„Ok", Drake nahm das Thema wieder auf. „Sagen wir, Daniel Kampe wollte Suna vor Yasin schützen, weil er glaubte, der gehöre zum IS. Aber warum hätte er Nico töten sollen?"

„Naja, Nico hat erzählt, dass er Yasin sucht. Bestimmt hat er alles dramatischer dargestellt, als es war. Ein bisschen angegeben mit dem Job als Detektiv und seinen Ermittlungen bei den Koran-Lesern." Barbara gestikulierte mit klirrenden Armreifen. „Vielleicht hat das auf jemanden, der Verfolgungswahn hat, gewirkt, als wenn er Yasin sucht, um dessen Job zu vollenden. Könnte doch sein?"

Die anderen nickten nachdenklich.

Die Tür öffnete sich, Gilda kam in den Raum zurückgestürmt, auf den Lippen ein triumphierendes Lächeln. „Hab ich es doch gewusst: Abdou, Yasin und Suna gehen in der Berufsschule in dieselbe Klasse. Sie haben sich ganz normal kennengelernt. Nix IS oder so ein Mist."

„Ok, dann wissen wir, woher die Verbindung kommt. Alles ganz harmlos." Laura ging zu dem Blatt, das an der Wand hing, zog einen Pfeil mit zwei Spitzen zwischen 'Yasin' und 'Suna' und schrieb 'Berufsschule' darüber. Dann stellte sie sich vor das Flipchart, notierte 'Verdächtige' und darunter 'Daniel Kampe'. „Sonst noch jemand?"

„Die beiden Lederjacken", warf Marek in den Ring. „Yasin wurde zuletzt mit ihnen gesehen. Und wenn sie auch keine Islamisten sind, schwere Jungs sind es auf alle Fälle. Vielleicht wurden sie beauftragt, Yasin aus dem Weg zu räumen. Dann ist ihnen Nico auf den Pelz gerückt, und sie haben ihn ebenfalls eliminiert."

„Aber was sollten sie gegen Yasin haben? Er war doch einer der ihren. Vermutlich."

Marek zuckte die Achseln. „Wer weiß. Vielleicht hat ihm Suna so viel erzählt, dass ihm Zweifel kamen. Und er hat Dinge von ihr erfahren, die seinen Koran-Brüdern gefährlich werden konnten."

„Wir müssen unbedingt mit Suna sprechen", stimmte Laura zu und schrieb 'Lederjacken' auf das Blatt. Sie sah auf die Uhr. „Was können wir heute noch erledigen? Gilda, du versuchst, das Foto des Mörders zu finden. Was steht noch an?"

„Ich werde mich in die Szene mischen und auf die Suche nach den Männern machen, die das Attentat planen. Sie zählen auch zu den Verdächtigen für die Morde. Und wenn sie nur den Auftrag gegeben haben."

Laura notierte den Punkt an der Tafel und schrieb Mareks Namen dahinter.

Es pingte mehrmals durch den Raum, Barbara fischte ihr Handy aus der roten Ledertasche. Sie tippte auf dem Display herum, wurde blass und sah die anderen groß an. „Mir wurden gerade meine fünf größten Konzerte in diesem Jahr abgesagt."

Es pingte wieder.

„Und noch eines. Nun geht es mir auch an den Kragen. Erst Gildas Eltern, dann Laura, jetzt ich. Wir müssen den Kerl finden, der uns das antut, sonst schlafen wir bald alle unter der Brücke."

44

HEUTE, NACHT VON MITTWOCH AUF DONNERSTAG

KÖLN

Laura war in ihr Apartment gefahren. Sie hatte sich in glänzend schwarze Treggings und ein weißes Top geschmissen, reichlich Lippenstift aufgelegt und den Zug nach Köln genommen. Sie musste Abstand gewinnen. Wollte einen Abend Ruhe haben vor den Themen, die in ihrem Kopf kreisten. Und vor den Gedanken an Marek. Der sie beinahe geküsst hatte. Und nun so tat, als ob nichts geschehen wäre. Was dachte er sich dabei? Vermutlich gar nichts. Und das sollte sie besser auch tun. Es konnte nicht funktionieren, er war kein Typ für eine feste Beziehung. Und ein kurzes Abenteuer war ihr nicht genug. Sie musste sich ihn und den Gefühlssturm, den sein Beinahe-Kuss in ihr entfacht hatte, aus dem Kopf schlagen, durfte nicht ständig an ihn denken. Ihr Gehirn brauchte eine Auszeit. Da war es das Beste, sich ins Nachtleben in Köln zu stürzen. Sich einfach nur der Musik und ein paar Drinks hinzugeben. Und dem, was sich möglicherweise später in der Nacht noch so ergab.

In Köln-Süd stieg sie aus und lief zu Fuß zu dem Club in der Venloer Straße. Das Publikum dort war bunt gemischt, hauptsächlich Studenten aus aller Herren Länder.

Nach dem ersten Gin Tonic hatte sie sich, ohne nach links oder rechts zu gucken, durch die Menge gedrängt und auf die Tanzfläche begeben. Sie schloss die Augen, ließ ihren Körper den Rhythmus aufnehmen, verlor sich in der Musik. Tanzte, tanzte, tanzte. Die wummernden Beats, das grell zuckende Schwarzlicht und der Alkohol verscheuchten die trüben Gedanken des Tages.

Als sie irgendwann aufblickte, sah sie direkt in die amüsierten Augen eines blonden Mannes, der an der Bar lehnte. Er lächelte, sie lächelte zurück. Ermutigt kam er auf sie zu, blieb vor ihr stehen, sah ihr tief in die Augen. Dann wies er mit dem Kopf in Richtung Bar und machte eine Handbewegung vor seinem Mund. Sie nickte und folgte ihm. Er war nicht ihr Fall, sie stand eher auf den dunklen, mediterranen Typ, aber er sah gut genug aus, um einen Drink mit ihm zu nehmen. Für alles Weitere würde er sich allerdings sehr ins Zeug legen müssen.

Der Blonde lehnte sich über den Tresen, wechselte ein paar Worte mit dem Barkeeper, drehte sich zu ihr um und reichte ihr einen Gin Tonic. „Er hat mir verraten, dass du das trinkst", schrie er in ihr Ohr. Sie schmunzelte, stieß mit ihm an und nahm einen kräftigen Schluck. Das Tanzen hatte sie durstig gemacht.

„Du gefällst mir", rief er ihr zu. Laura lächelte unverbindlich und musterte ihn verstohlen. Groß, gut in Form, selbstbewusst und dezent gekleidet. Schwarze Stoffhose, weißes Hemd und trotz der Hitze ein teuer aussehendes

Halstuch im offenen Kragen. Sie wusste nicht genau, woran sie es festmachte, vielleicht an der protzig-dicken Armbanduhr, aber Reichtum drang aus jeder seiner Poren.

Er sagte wieder etwas, doch sie konnte ihn nicht verstehen. Es war ihr egal. Sie lächelte. Ein leichter Schwindel erfasste sie. Womöglich hatte sie zuviel getanzt. Durstig trank sie einen weiteren tiefen Schluck. Der Schwindel verstärkte sich. Die Musik dröhnte nicht mehr so, sondern schien in die Ferne zu rücken. Alles wirkte gedämpft, als wäre sie in Watte gepackt. Gleichzeitig fühlte sie sich auf einmal so leicht, so sexy. Lasziv und lustvoll bewegte sie sich zum Takt der Musik. Das Lächeln auf ihrem Gesicht fühlte sich gut an. Sie hätte es auch gar nicht mehr abstellen können.

Irgendwann merkte sie, dass jemand ihren Arm nahm. Der Blonde. Der ihr den Drink spendiert hatte. Er zog sie mit sich. Eigentlich wollte sie nicht. Oder doch?

„So, Schätzchen, jetzt werden wir beide mal so richtig Spaß miteinander haben."

Die Stimme klang gar nicht mehr freundlich. Etwas stimmte hier nicht. Wie in Zeitlupe versuchte sie, sich loszureißen, um Hilfe zu rufen, aber ihr Körper gehorchte ihr nicht mehr.

45

DREI JAHRE ZUVOR

SYRIEN

Der dritte Ort war die Endstation, für die die drei Mädchen auserwählt worden waren.

Die Fahrt dorthin erschien ihr schier endlos. Sie hatten bereits vierundzwanzig Stunden durch unwegsames Gelände und mit nur wenigen Pausen hinter sich. Die Sonne knallte unbarmherzig auf sie nieder, und die Luft war so staubig, dass sie kaum atmen konnte. Ihr Mund war völlig ausgetrocknet, ihre Augen brannten und schrecklicher Durst quälte sie. Ein Seitenblick auf die beiden anderen Mädchen zeigte ihr, dass es ihnen genauso ging. Schweigend hielten sie die Köpfe gesenkt und klammerten sich am Gitter der Ladefläche fest, um nicht umgeworfen zu werden. Wie lange konnte sie diese Höllenfahrt noch durchstehen? Sie war so entkräftet, dass es ihr beinahe gleichgültig war, welches Schicksal sie am Zielort erwartete.

Irgendwann bogen sie in den Innenhof eines kastigen, großen Hauses ein. Sie kannten die Prozedur. Widerstandslos kletterte sie vom Transporter und ließ sich in das neue Gefängnis führen. Als sie allein waren, hockte sie sich dicht neben die anderen in eine Ecke und wartete.

Nach einer Weile öffnete sich die Tür, und eine Frau betrat die Kammer. Zu ihrer Überraschung erkannten sie die alte Hexe, die in der ersten Station die Auswahl überwacht hatte. Die Frau klatschte in die Hände, sie sprangen auf. Zwei weitere Frauen kamen in den Raum gelaufen, zogen sie hinter sich her durch einen langen, dunklen Flur und stießen sie in ein Badezimmer. Zum ersten Mal seit langer Zeit fühlte sie wieder Seife auf der Haut. Die Haare wurden entwirrt und gekämmt, und sie wurde mit duftenden Ölen eingecremt. Was für eine Wohltat. Doch tief im Inneren nagte das Misstrauen. Diese Frauen waren nicht grundlos nett zu ihnen.

Und natürlich hatte sie recht.

Am Abend wurde die Tür zu dem Gefängnis der Mädchen geöffnet, die alte Hexe gab ihr ein Zeichen, ihr zu folgen. Sie öffnete eine Tür am Ende des Flurs und schob sie in den Raum. Zögernd trat sie ein, unter gesenkten Lidern sah sie sich vorsichtig um. Das Zimmer war ein Schlafzimmer, prachtvoll ausgestattet mit gemusterten Kissen, Decken und Teppichen. Auf dem Bett saß ein Mann. Vom Alter her hätte er gut ihr Großvater sein können. Doch seine Augen waren hart, strahlten keine Güte aus. Er bedeutete ihr, näher zu kommen. Alles in ihr schrie nach Flucht. Sie machte einen kleinen Schritt auf ihn zu. Er winkte sie wieder näher, aber sie konnte nicht und senkte den Kopf. Er sprang auf, machte zwei Sätze auf sie zu und schlug ihr so brutal ins Gesicht, dass sie rückwärts gegen die Tür taumelte. Ehe sie überhaupt die Arme zur Abwehr heben konnte, prügelte er weiter auf sie ein. Sie konnte nicht mehr standhalten, krachte auf den Rücken. Dann war er über ihr. Riss ihr das Hemd hoch, unter dem sie nackt war, zwang ihre Beine auseinander und drang grob in sie ein. Sie schrie auf. Noch niemals hatte sie so etwas erlebt. Schmerz und Scham brandeten durch jede Faser ihres Körpers, durch ihre Seele. Er schlug sie wieder, knallte ihren Kopf auf den Boden und stieß weiter in sie hinein. Hiebe prasselten auf sie nieder, obwohl sie längst aufgehört hatte zu schreien.

Dann legte er die Hände um ihren Hals und würgte sie.

Sie konnte nicht mehr atmen, rang verzweifelt nach Luft, versuchte, ihn abzuwehren. Doch sie hatte keine Chance. Vor ihren Augen wurde es dunkel, das Blut rauschte in ihren Ohren. Sie ergab sich in ihr Schicksal, wurde ganz still, wartete, dass der Tod eintrat. Wie aus weiter Ferne hörte sie ihn keuchen. Er wurde lauter, hielt dann abrupt inne und ließ von ihr ab. Luft strömte in ihre Lunge, sie würgte und hustete. Er blieb noch einen Moment auf ihr liegen, dann erhob er sich, gab ihr einen Tritt und betätigte eine Klingel.

Die Frau im schwarzen Schleier kam herein, nickte ihm ehrerbietig zu. Dann trat sie ihr in die Seite, um sie in den Flur zu scheuchen. Mühsam rappelte sie sich auf. Sie konnte sich kaum auf den Beinen halten, stolperte und taumelte den Gang entlang und musste sich immer wieder an der Wand abstützen, um nicht zu fallen. Als sie es zurück in ihr Gefängnis geschafft hatte, rollte sie sich wortlos in einer Ecke zusammen. Die beiden Mitgefangenen hatten nur kurz aufgesehen, als sie hereingekommen war. Und auch jetzt hielten sie sich von ihr fern, warfen ihr nur verstohlene Blicke zu.

Am nächsten Tag wurden auch die beiden anderen Mädchen geholt. Und auch sie kamen humpelnd und mit zerschlagenen

Gesichtern wieder. Untereinander sprachen sie kein Wort über das, was man ihnen antat. Sie schämten sich zu sehr, so konnten sie sich wenigstens ein letztes bisschen Würde bewahren.

Es vergingen Wochen, Monate.

Sie hatte gehofft, dass sie sich an die Tortur, an die Schläge gewöhnen würde. Doch das passierte nicht. Und der alte Mann schlug und würgte sie immer. Jedes Mal, wenn er sie nahm. Obwohl sie sich nicht wehrte. Und sie weinte auch nicht. Das machte sie nur nachts, wenn niemand sie hören konnte. Irgendwann hatte sie dann die Kraft verlassen. Der Wille, zu überleben und ihre Familie wiederzusehen, war verschwunden. Und den beiden anderen Mädchen schien es genauso zu gehen.

Obwohl sie sich täglich im Badezimmer waschen und kämmen durften, sahen sie furchtbar aus. Die Gesichter waren eingefallen, sie waren abgemagert bis auf die Knochen, die Haare waren spröde und fielen aus. Trotzdem schickte der alte Mann fast jeden Tag nach ihnen.

Eines Tages schien er verreist zu sein. Die alte Hexe holte die Mädchen in die Küche und wies sie an, das Essen vorzubereiten. Nach der langen Zeit der Isolation, der Angst und des Missbrauchs war die Aufgabe für die drei Mädchen ungewohnt. Sie stellten sich ungeschickt an, wussten nicht mehr, was zu tun war. Die Aufseherin nahm einen biegsamen Stock und drosch auf sie ein. Sofort beeilten sie sich, mit den Arbeiten zu beginnen, schnitten Zwiebeln, putzten Fleischstücke und erhitzten Töpfe auf dem Herd. Die Hexe sah ihnen eine Weile zu, dann verließ sie die Küche.

Die drei sahen sich wortlos an. Es war klar, was sie tun mussten.

Auf Zehenspitzen huschten sie durch den Flur zur Haustür, prüften, ob die Luft rein war. Dann nickten sie sich zu und schlichen mit klopfendem Herzen nach draußen. Die Sonne brannte in den Hof, der Sand knirschte unter den Füßen und der Weg zum Tor erschien endlos. Zwei Hunde, die im schmalen Schatten eines verdorrten Baumes dösten, hoben die Köpfe und sahen zu ihnen herüber. Die Mädchen erstarrten in der Bewegung, schauten angstvoll zu den ausgemergelten Kreaturen hinüber. Doch nichts geschah. Mit neuem Mut setzten sie den Weg fort und atmeten auf, als sie die Straße erreichten.

Das Haus lag völlig einsam auf weiter Flur. Weit und breit war keine menschliche Behausung zu sehen. In einiger Entfernung zeichneten sich die Berge am Horizont ab, sie schienen sich mitten im Niemandsland zu befinden. Sie tauschten einen letzten Blick aus, dann liefen sie los, rannten um ihr Leben. Hörten nicht mehr auf zu laufen. Sie spürte ihren Körper nicht. Der unbändige Wille zu entkommen und die Sehnsucht nach Rettung und Freiheit trieb sie vorwärts. Niemals hätte sie gedacht, dass noch so viel Kraft in ihr steckte.

Doch irgendwann gewann die Schwäche die Oberhand. Die Beine schienen den Dienst zu versagen, taumelten und stolperten nur noch. Sie mussten langsamer werden. Eine Pause machen.

Keuchend und nach Luft ringend sahen sie sich um. Sie waren weit gelaufen, das Haus war nicht mehr zu sehen. Und die Fußspuren, die sie im Staub hinterlassen hatten, waren längst vom Wind verweht worden. Trotzdem würde man sie mit einem Auto binnen weniger Minuten aufspüren können. Wenn sie entkommen wollten, mussten sie die Straße verlassen und sich querfeldein durchschlagen. Das war die einzige Chance.

46

HEUTE, DONNERSTAG

BAD GODESBERG

Gilda hatte schlecht geschlafen. Die ganze Nacht hatte sie sich herumgewälzt und keine Ruhe finden können. So viel war ihr durch den Kopf gegangen. Der Anblick der toten Pia-Jill. Wie sie so exponiert dagelegen hatte. So giftig und exhibitionistisch sie zu Lebzeiten auch gewesen sein mochte, wenigstens im Tod hätte Gilda ihr mehr Würde gewünscht.

Auch ihre armen Eltern gingen ihr nicht aus dem Kopf. Sie hatten gerade erst investiert, das Restaurant auf Vordermann gebracht, eine neue Küche eingebaut, sich hoch verschuldet. Die Schließung des Betriebs hatte ihnen den Boden unter den Füßen weggezogen. Sie hatte zwar tiefstes Vertrauen in Laura, Barbara und Marek, dass sie alles zum Guten wenden würden, aber es brach ihr das Herz, die Eltern so verzweifelt zu sehen.

Völlig zerschlagen war sie unter die Dusche gegangen, erleichtert, dass die Nacht endlich vorüber war. Aber die warmen Wasserstrahlen und das duftende Vanille-Duschgel hatten ihre Wirkung verfehlt.

In der Küche saßen die Eltern mit gesenkten Köpfen am Tisch und sahen auch nicht hoch, als sie sie betont fröhlich begrüßte. Die Augen ihrer Mutter waren gerötet. Sie hatte sie die ganze Nacht weinen hören.

Eine dumpfe Wut stieg in ihr auf. Sie würde ihn finden. Den Hacker. Den unsichtbaren Feind, der ihnen das angetan hatte. Gestern war sie nicht mehr dazu gekommen, seine Kundenkartei zu durchforsten. Ihre Eltern hatten ihre ganze Aufmerksamkeit und Fürsorge gebraucht. Aber nachher im Büro würde sie sich auf die Suche machen. Und sie würde ihn finden.

Das ganze Haus roch penetrant nach Desinfektions- und Putzmitteln, und das Atmen fiel schwer. Ihre Mutter hatte wie eine Wahnsinnige geschrubbt. Obwohl sie ihr immer wieder gesagt hatte, dass es keinen Grund dafür gebe, dass jemand sie reingelegt hatte. Aber sie hatte sie nicht davon abhalten können. Jetzt waren alle Räume so klinisch rein, dass man sofort eine OP am offenen Herzen darin hätte durchführen können.

Das Telefon klingelte, der Anrufbeantworter sprang an. Die Stimme eines Gastes, der eine Reservierung vornehmen wollte, hallte durch den Raum. Die Eltern vergruben die Gesichter in den Händen. Immerhin hatte Barbara bewirkt, dass die Behörden nicht darauf bestanden, die rote Ampel und das Schild 'Wegen Hygiene-Mängeln bis auf weiteres geschlossen' ins Fenster zu hängen. Aber der Hinweis, 'Wir haben Urlaub', war ihnen nicht gestattet worden. Doch lange würden sich die Stammkunden nicht mehr hinhalten lassen. Und wenn sie den wahren Grund für die Schließung erführen, würden sie nicht mehr wiederkommen. Die Zeit lief gegen sie, es musste dringend etwas passieren.

47

Gilda hatte das Fahrrad genommen. Die Morgensonne und der frische Wind taten ihr gut, und sie fühlte sich schon wieder etwas besser, als sie das alte Rennrad in den Busch im Vorgarten warf und die Haustür des Altbaus aufschloss. Wie immer war sie die Erste.

Sie stopfte die Tasche unter den Schreibtisch und schaltete den Computer ein. Dann besann sie sich und fischte den Laptop unter dem Tisch hervor. Jetzt bloß keine Fehler machen. Sie konnte sich nicht mit dem Firmen-Computer bei dem IT-Berater einhacken. Der würde sie sofort entdecken, und dann waren sie dran. Vermutlich würde er trotzdem wissen, wer ihn ausspionierte, aber er sollte wenigstens keine Beweise dafür erhalten.

Sie setzte sich in den Korbstuhl auf der Veranda, verschaffte sich eine ausländische IP-Adresse und suchte ein WLAN aus. Dann konnte es losgehen. Gehackt hatte er sie mit seinem Laptop. Und den hatte er geputzt. Jetzt würde sie ihn auf seinem Firmen-Computer besuchen. Mal sehen, ob dort mehr zu finden war.

Während sie an den roten Nagellack-Resten ihres Zeigefingers herumkratze, scannte sie sich durch die Dateien. Er war ordentlich. Hatte alles sorgfältig mit Datum und Thema abgespeichert. Und die Kunden in einer Tabelle gelistet. Ohne Passwort. Das war ungewöhnlich für einen Hacker. Und für jemanden, der so akribisch war. Entweder, es war in der Liste nichts Interessantes zu finden, oder er war sich zu sicher.

Sie lud die Tabelle runter, schaute sich noch ein wenig in den anderen Verzeichnissen um, dann verließ sie seinen Computer wieder.

Sie hörte, wie drinnen die Tür geöffnet wurde, und sprang auf. Im Vorraum standen Marek und Barbara.

„Guten Morgen", rief sie aus der Küche. „Soll ich Kaffee aufsetzen?"

„Gerne." Barbara kam wie eine frische Brise mit Sonnenbrille und in einer bunt gemusterten Tunika mit Strass-Verbrämung in die Küche gesegelt. Die Beine waren nackt und gebräunt, die Füße steckten in glitzernden Espadrilles. Sie legte zwei große Brötchen-Tüten auf die Küchenplatte, von denen ein betörender Duft ausging. „Ich dachte, wir können ein gutes Frühstück gebrauchen."

„Aber sowas von!" Gilda, die noch nichts außer einem Cafè zu sich genommen hatte, lief das Wasser im Mund zusammen.

Kurz darauf saßen sie mit Kaffeebechern und knusprigen Croissants in Lauras Büro. Die Türen zum Garten hatten sie geöffnet, eine duftige Sommerbrise wehte ins Zimmer.

„Sind wir schon irgendwie weitergekommen?", fragte Barbara zwischen zwei Bissen. „Ich möchte ja nicht sagen, dass ich beunruhigt bin, aber dass mir alle Konzerte abgesagt worden sind, macht mich schon etwas nervös."

Gilda nickte kauend.

Marek legte das angebissene Croissant zur Seite. „Ich fürchte, dass Gefahr im Verzug ist. Ich habe noch mal mit meinen Kontakten telefoniert. Sie sagen, dass das Attentat kurz bevorsteht. Aber sie wissen weder wo noch wann. Und die drei potenziellen Drahtzieher sind nicht aufzufinden. Ich glaube, ich werde mich gleich nach Lannesdorf aufmachen und einfach die Gegend absuchen. Ich bin fest davon überzeugt, dass sie sich dort irgendwo aufhalten." Er stand auf und nahm die Bilder von Lauras Schreibtisch, die er gestern ausgedruckt hatte.

„Die deutschen Kollegen haben viele Fotos geschossen, aber keinen Verdächtigen geknipst." Nachlässig blätterte er durch die Papiere und warf sie dann auf das Tischchen. „Sogar Nico ist auf einem drauf."

„Nico?" Gilda sah hoch, nahm sich die Ausdrucke und sah sie durch. Dann stockte sie. „Schaut mal hier. Das ist doch der Leiter des Wohnheims, in dem Suna lebt." Sie deutete auf einen Mann mit Sonnenbrille, der damit beschäftigt war, Einkäufe in einen Kofferraum zu laden.

Barbara studierte das Foto. „Ich habe ihn ja nicht persönlich getroffen, sondern nur das Foto von ihm und seiner Familie gesehen, das du uns gezeigt hast. Aber er könnte es sein."

„Ich bin mir zu hundert Prozent sicher. Aber was macht er da? Ist das Zufall? Kauft er wirklich nur ein? Oder beobachtet er das Zweiundsiebzig?"

Marek zuckte die Achseln. „Um an Zufälle zu glauben, haben wir keine Zeit. Einer von uns muss ins Wohnheim fahren und ihm auf den Zahn fühlen."

Draußen ging die Tür, Drake kam ins Büro. Frisch rasiert, gekämmt und ausgeschlafen. „Guten Morgen. Was habe ich verpasst?"

„Wir machen gerade Lagebesprechung", antwortete Marek knapp. „Die Zeit läuft uns davon. Wir müssen tätig werden."

„Klar", stimmte Drake zu. „Ich hole mir nur schnell einen Kaffee. So viel Zeit muss sein."

Marek verzog das Gesicht. Doch bevor er seinen Unmut kundtun konnte, sprang Gilda dazwischen: „Ich habe eben die Kundendatei unseres unsichtbaren Feindes heruntergeladen. Beziehungsweise seines Handlangers."

„Und? Jemand dabei, der uns das alles angetan haben könnte?" Barbara beugte sich gespannt vor.

„Ich habe sie mir noch nicht durchgesehen. Warte, ich brauche den Laptop." Gilda sprang auf, verließ den Raum und kam mit Drake zusammen zurück, der vorsichtig einen bis zum Rand gefüllten Kaffeebecher balancierte.

Gilda setzte sich, stellte den Computer auf den Schoß und rief die Datei auf. Mit gerunzelter Stirn überflog sie die Namen, dann schüttelte sie den Kopf. „Keiner kommt mir bekannt vor. Ich werde die Namen gleich noch mit unserer Kundendatei vergleichen, aber ich glaube nicht, dass wir einen Treffer bekommen werden."

„Ein Wort mit F ... verdammt", murmelte Barbara.

„Leute, wir müssen etwas tun. Wir können hier nicht nur rumsitzen und Däumchen drehen, die Zeit läuft uns davon." Marek tigerte rastlos durch das Büro.

„Das sagtest du schon. Wo bleibt Laura überhaupt?" Drake schaute fragend von einem zum anderen.

„Keine Ahnung." Gilda sah auf die Uhr. „Sie ist wirklich ungewöhnlich spät dran."

„Vielleicht war sie in Köln", sagte Barbara kryptisch.

Marek presste die Lippen aufeinander und zuckte mit den Schultern. Aber Gilda verstand nicht: „Was meinst du?"

Barbara lächelte. „Naja, ab und zu macht Laura eine Tour nach Köln. Zur Entspannung. Um ein bisschen Spaß zu haben. Tanzen, ein paar Drinks. Vielleicht ist es gestern spät geworden."

„Ach so." Gilda bemerkte den Unterton nicht. Drake hingegen schon, ein verstohlenes Grinsen breitete sich auf seinem Gesicht aus.

„Leute, ich kann nicht länger warten. Dieses Herumsitzen und Nichtstun macht mich wahnsinnig. Haltet mich auf dem

Laufenden, wenn es etwas Neues gibt. Ich bin weg." Marek sprang auf, nickte in die Runde, dann war er verschwunden.

„Was machen wir jetzt? Sollen wir auf Laura warten?" Barbara hatte die Beine übergeschlagen und wippte unschlüssig mit dem Fuß.

„Ich matche erst mal die Kundendatei des IT-Beraters mit unseren Daten", sagte Gilda. „Und dann rufe ich Anisha an. Sie muss mir helfen, das Foto von Pia-Jill zu finden. Bis dahin wird Laura ja wohl wieder aufgetaucht sein, und wir können zusammen zu Daniel Kampe fahren."

48

Laura wachte langsam auf. Ihr Kopf dröhnte, diffuse Schmerzen erfüllten ihren ganzen Körper. In Händen und Füßen hatte sie kein Gefühl. Sie stöhnte und öffnete vorsichtig die Augen. Um sie herum war es dunkel. Nur ein paar schmale Lichtstrahlen fielen durch winzige Spalte an der gegenüberliegenden Wand. Wo war sie? Sie wollte sich aufrichten, aber das war unmöglich. Sie konnte sich nicht bewegen. Selbst den Kopf nicht. Panik durchflutete sie wie ein Tsunami und verdrängte die Schmerzen. Sie zerrte an den Armen, doch die waren über ihrem Kopf fixiert.

Verzweifelt versuchte sie, sich zu erinnern, was passiert war. Sie war tanzen gewesen. In dem Club in Köln in der Nähe des Südbahnhofs. Und dieser blonde, reiche Typ mit dem Halstuch, der ihr gar nicht besonders gefallen hatte, hatte sie angesprochen. Zu selbstbewusst, zu arrogant. Trotzdem hatte sie sich von ihm einen Drink spendieren lassen. Sie hatte mit ihm an der Bar gestanden. Danach fehlte jede Erinnerung. Hatte er sie betäubt? War sie von ihm entführt worden? Sie zermarterte sich das Hirn.

Plötzlich wurde es gleißend hell. So hell, dass sie am liebsten die Hände vor die Augen gehalten hätte. So konnte sie nur die Lider zupressen. Doch die Helligkeit drang noch durch und ätzte sich schmerzhaft tief in ihr Gehirn.

Sie spürte seine Anwesenheit sofort, dann stand er neben ihr.

„Guten Morgen. Ausgeschlafen?" Sein Tonfall hatte nichts Höhnisches, aber auch nichts Interessiertes. Er war komplett neutral.

„Wer sind Sie?" Ihre Stimme klang wie Kieselsteine und Sand in einem Getriebe. Der Hals brannte wie Feuer. Sie räusperte sich. „Was wollen Sie von mir?"

Er antwortete ihr nicht, sondern hob ihren Kopf an und legte ein Kissen darunter. Langsam hatten sich ihre Augen an die Helligkeit gewöhnt, und sie konnte erkennen, was um sie herum war. Am Fußende ihrer Pritsche stand eine dreibeinige Kamera, die Linse wie das Auge eines unbarmherzigen Roboters auf sie gerichtet. Er wollte sie filmen. Deshalb das gleißende Licht.

Sie riss an den Fesseln, aber die Kraft reichte nicht.

„Das ist zwecklos. Extra starkes Leder. Qualitätsarbeit. Maßanfertigung." Er ging zu der Kamera, sah durch das Objektiv und justierte den Blickwinkel. Dann trat er wieder neben sie und zeigte ihr ein silbernes Messer mit scharfer, gezackter Klinge. Er drehte es langsam vor ihren Augen, so dass sie es von allen Seiten betrachten konnte. Dann verschwand es aus ihrem Blickfeld. Plötzlich spürte sie das kalte Metall an ihrem Bauch, mit einem Ruck durchschnitt er ihr Top in der Mitte von unten nach oben. Sie schrie auf.

„Nanana. Wir haben doch noch gar nicht angefangen. Verschwende doch deine Kraft nicht schon vorher." Er klang völlig emotionslos. „Aber schrei ruhig, wenn du möchtest. Hier kann dich keiner hören. Und die Sequenzen schneide ich nachher aus dem Video heraus."

„Sie sind der Mann, der in meine Wohnung eingedrungen ist und mir die widerlichen Fotos und den Degen meines Großvaters in den Garten gelegt hat, richtig?"

Er lächelte gleichmütig.

„Warum tun Sie das?" Laura zitterte vor Angst wie ein Schneider.

„Ich möchte deiner Freundin Gilda eine Botschaft schicken."

„Gilda? Was ist mir ihr? Woher kennen Sie sie?"

Er hielt ihr wieder das Messer vor die Augen, dann fuhr er sanft mit der Breitseite der Klinge über ihre Wangen. Laura blieb fast das Herz stehen.

„Was hat Gilda damit zu tun?", versuchte sie es erneut. Vielleicht konnte sie ihn durch Reden von seinem Plan abhalten.

„Gilda und ich sind vor sieben Monaten aufeinandergetroffen." Sie spürte, wie das Messer über ihre Brust strich, sich unter dem BH einhakte und ihn mit einem Ruck durchschnitt. Dann schob die Klinge die Körbchen zur Seite.

„Vor sieben Monaten?" Laura konnte seine Worte nur japsend wiederholen. Die Angst beschleunigte ihre Atmung und lähmte ihr Gehirn. Sie war nicht mehr fähig, eigene Sätze zu bilden.

„Ja. Und das Treffen hat einen tiefen, nachhaltigen Eindruck bei mir hinterlassen." Er trat neben sie, so dass sie ihn gut sehen konnte. Dann nahm er das Halstuch ab und strich über eine wulstige, rote Narbe, die sich wie ein Band quer um den Hals erstreckte. „Deshalb möchte ich mich jetzt gerne revanchieren. Lassen wir die Spiele beginnen."

Er ließ die Klinge über ihren Oberkörper wandern, verharrte kurz über dem Rippenbogen. „Stich zum Töten, schneide zum Verletzen", murmelte er. Dann spürte Laura den tiefen Schnitt in der Haut. Brennend wie Feuer.

Sie schrie, so laut sie konnte.

49

Marek dachte, er müsse innerlich platzen. Er hielt die Untätigkeit nicht mehr aus. Sie machte ihn verrückt. Das dumpfe Gefühl, auf eine Katastrophe zuzusteuern, ergriff immer mehr von ihm Besitz. Ein Attentat stand kurz bevor, die Behörden tappten im Dunkeln. Offensichtlich lag es an ihm, das Schlimmste zu verhindern.

Er sprang in seinen Sportwagen und brauste mit Höchstgeschwindigkeit nach Lannesdorf. Auf dem Parkplatz des Sportparks stellte er sein Auto ab. Nebenan trainierte eine Schulklasse. Vom Fußballplatz schallten die Kommandos des Lehrers und die Pfiffe einer Trillerpfeife zu ihm hinüber. Er machte sich zu Fuß in Richtung Moschee auf, die nur ein paar Minuten entfernt war. Auf dem Platz vor dem Gartenbaumarkt herrschte reger Betrieb. Pflanzen wurden in Autos geladen, Säcke mit Erde geschleppt. Die Deutschen liebten ihre Gärten. Für ihn war das nichts.

Er vergrub die Hände in den Taschen der Lederjacke, senkte den Kopf, als wäre er tief in Gedanken versunken, und verschmolz mit der Umgebung. Seit Nico hier herumgestolpert war und alle auf sich aufmerksam gemacht hatte, waren sie gewarnt und vermutlich noch wachsamer als ohnehin schon.

Er blendete alle Gedanken, alle störenden Eindrücke aus und konzentrierte sich auf sein Radar. Ohne die Schritte zu verlangsamen, ging er an der Moschee vorbei. Auf dem Vorplatz standen zwei Männer neben einem schwarzen Mercedes. Sie unterhielten sich, lachten, umarmten sich. Er hakte sie als harmlos und ungefährlich ab.

An der Kreuzung bog er ab und steuerte auf den Supermarkt zu, hinter dem der Kulturverein Zweiundsiebzig lag. Ab jetzt musste er sich doppelt unsichtbar machen, denn hier observierten auch die deutschen Behörden. Ohne rechts oder links zu gucken, betrat er den Laden und kaufte sich einen Kaffee und eine Schachtel Zigaretten. Seit dem allgemeinen Rauchverbot wunderte sich niemand über jemanden, der draußen herumstand und rauchte. Damit hatte er mindestens zwanzig Minuten gewonnen, in denen er keinen Verdacht erregen würde.

Auf dem Parkplatz hinter dem Gebäude suchte er sich einen Platz an der Mauer, von dem aus er den Weg, der zum Zweiundsiebzig führte, gut einsehen konnte. Er setzte die Sonnenbrille auf, lehnte sich mit dem Rücken an die Wand und zog die Zigaretten aus der Tasche. Den Kopf hielt er leicht gesenkt, aber hinter den Gläsern seiner dunklen Brille hatte er die Augen starr auf den Durchgang gerichtet. Die Uhr behielt er im Blick, nach spätestens zwanzig Minuten würde er die Stellung wechseln müssen. Zwei Männer traten aus dem Weg auf den Parkplatz. Lederjacken, Sonnenbrillen. Sie schlenderten durch eine Gruppe von Frauen, die sich zum gemeinsamen Einkauf verabredet hatten, und steuerten auf einen aufgetunten, roten BMW zu. Das mussten die Männer sein, die Yasin bei der Schreinerei abgeholt hatten, bevor er verschwunden war. Marek zückte das Handy und machte unauffällig Fotos von den beiden und dem Nummernschild des Autos. Da er ohne Wagen hier war, konnte er sie nicht verfolgen. Aber mit dem Autokennzeichen würde er sie schnell aufspüren. Eine Anfrage bei seinen Kontakten, und er hatte die Adresse. Außerdem war er sich sicher, dass sie nicht die Attentäter waren. Sie wirkten nicht wie gläubige Fanatiker, die ihr Heil im Jenseits suchten, sondern schienen eher das Leben im Diesseits zu genießen und dem Alkohol zuzusprechen. Doch sie konnten die Mörder von Yasin, Nico und Pia-Jill sein. Marek schrieb eine Mail an seinen Kontakt, fügte die Fotos hinzu und verschickte sie. Gilda erhielt ebenfalls eine Kopie, allerdings anonymisiert. Sein früherer Partner legte großen Wert auf absolute Diskretion.

Die beiden Männer fuhren vom Hof, Marek blieb und wartete weiter.

Fünf Minuten hatte er noch. Doch nichts passierte. Als die selbst gesetzte Frist abgelaufen war, verließ er seinen Posten und schlenderte in den Supermarkt. Wahllos kaufte er ein paar Sandwiches, Schokoriegel, Softdrinks und einen Becher Kaffee, dann begab er sich mit der vollgepackten Einkaufstüte zurück auf den hinteren Parkplatz. Er sah jetzt aus wie jeder normale Einkäufer, doch lange würde er so nicht mehr hier herumstehen können. Er suchte sich ein schattiges Plätzchen, zündete sich eine Zigarette an und wartete. Gerade als er überlegte sein Auto zu holen, traten drei Männer aus dem Tor in der Mauer. Den einen schätzte er auf um die sechzig, den anderen auf Mitte dreißig und der dritte war höchstens Anfang zwanzig. Der junge Mann schien nervös, seine Bewegungen waren fahrig, er lachte oft und kurz. Der ältere Mann wirkte bedrückt. Seine Schultern hingen nach unten, als lägen tonnenschwere Gewichte darauf. Nur der dritte Mann gab sich unbeschwert. Hoch aufgerichtet stand er da, sagte ein paar Worte zu dem Jüngeren, die Marek von seinem Posten aus nicht hören konnte, und legte ihm die Hand auf die Schulter. Dieser schaute zu ihm hoch, hörte aufmerksam zu und nickte schließlich entschlossen. Er schien während der Ansprache um bestimmt zehn Zentimeter gewachsen zu sein. Dann trat der ältere Mann auf ihn zu. Wortlos legte auch er ihm die Hand auf die Schulter und drückte sie, dann wandte er sich ab. Als ob ihm die Tränen gekommen wären.

Mareks Alarmsystem schlug an.

Keiner der Männer sah aus wie auf den Fotos, die er von den früheren Kollegen bekommen hatte. Trotzdem war er sicher, den Attentäter vor sich zu haben. Oder wenigstens einen von ihnen. Er leerte den Kaffeebecher in einem Zug, ging zu einem Papierkorb, und warf ihn zusammen mit der ausgedrückten Zigarette hinein. Diese Aktionen hatten dem jungen Mann ausreichend Zeit gegeben, bis zur Mitte des Parkplatzes zu kommen.

Marek schlenderte entspannt hinter ihm her.

Aus der Nähe sah er, dass der Mann noch jünger war, als er geschätzt hatte. Vielleicht gerade zwanzig. Fast noch ein Junge. Er ging hoch erhobenen Hauptes, stolzierte geradezu. In Marek regte sich Mitleid. Was hatten sie ihm erzählt? Dass er unsagbar Wichtiges für die Gemeinschaft tun und seine Familie stolz machen würde, wenn er sich mit möglichst vielen Ungläubigen in die Luft bombte? Dass zweiundsiebzig Jungfrauen im Paradies als Belohnung auf ihn warteten? Ob den Jungen das motivierte? Denn selbst für einen sehr leistungsfähigen Mann waren zweiundsiebzig willige Frauen eine stattliche Anzahl, die gegebenenfalls mehr Stress als Vorfreude erzeugte. Marek hatte mal etwas über das Thema gelesen. Wie immer, wenn es um alte Schriften und Überlieferungen ging, waren sich die Gelehrten nicht einig. Von manchen wurde die Zahl Zweiundsiebzig als nicht belegbar angezweifelt. Immerhin wurde ein Mann, der ins Paradies kam, mit nie endender Manneskraft und einem ständig erigierten Penis ausgestattet.

Es gab aber auch Vertreter der Theorie, dass es sich um einen Übersetzungs- oder Überlieferungsfehler handelte, da die Wörter 'Jungfrau' und 'Traube' recht ähnlich sind. Ihrer Meinung nach könnten es also zweiundsiebzig Weintrauben sein, die auf einen Märtyrer warteten. Das wäre sicherlich eine Enttäuschung.

Für Marek, der nicht gläubig war, war es nur schwer nachvollziehbar, für ein solches Versprechen sein Leben zu opfern. Andererseits hatte er sich selbst auch schon allzu oft in Gefahr begeben für weit weniger.

Der Junge überquerte die Straße und ging zielstrebig auf einen nüchternen, braunen Bau mit vielen Mietparteien zu. Marek ließ, nachdem die Tür sich hinter ihm geschlossen hatte, einen Moment verstreichen, dann zückte er den Bund mit Allzweck-Schlüsseln, Metallstäbchen und Dietrichen. In weniger als zehn Sekunden hatte er die Tür geöffnet. Das Treppenhaus war verdreckt, zwei Kinderwagen standen direkt neben dem Eingang und machten es nahezu unmöglich vorbeizukommen.

Er lauschte nach oben.

Normale Wohnungsgeräusche, irgendwo schrie ein Baby, keine Schritte. Der Junge wohnte also im Hochparterre. Auf leisen Sohlen quetschte er sich an den sperrigen Kinderwagen vorbei und schlich die Stufen hoch. Drei Wohnungen befanden sich auf der Etage. Er legte sein Ohr an die erste Tür. Alles ruhig. Auch hinter der zweiten. Im dritten Apartment hörte er Geräusche. Wasser lief, Geschirr klapperte. Leise entfernte sich Marek und verließ das Haus. Jetzt hieß es Geduld haben und warten, bis der Junge wieder herauskam. Dann konnte er die Wohnung durchsuchen. Er brauchte Beweise, dass sein Verdacht richtig war, vorher wollte er die Behörden nicht informieren.

50

Barbara und Drake hatten sich ins Café Negro verabschiedet. Ohne Laura wussten sie nicht, wo sie sich nützlich machen konnten. Aber Gilda hatte versprochen, sie sofort anzurufen, wenn Laura auftauchte.

Gilda hatte sich an den Computer verzogen und Kundendaten abgeglichen. Doch wie sie schon vermutet hatte, gab es keine Übereinstimmung. Der Hacker war vorsichtig genug, die Kunden seiner 'Spezialprojekte' nicht in der Tabelle zu dokumentieren. Sie seufzte und legte den Kopf in die Hände. Wie sollte sie an den unsichtbaren Feind herankommen? Es war wie verhext. Sie fand einfach keine Spur. Jedenfalls war er reich. Und mächtig. Verfügte über weitreichende Kontakte. Sonst hätte er nicht das Restaurant ihrer Eltern schließen, Herckenrath zur Beendigung der Kooperation mit Laura überreden und Barbaras Konzerte absagen lassen können. Er war ein Arschloch aus den besten

Kreisen. Und sie mussten ihm gewaltig auf die Zehen getreten haben, sonst würde er diesen Aufwand nicht treiben. Doch es wollte ihr nichts einfallen, was sie getan haben konnten, um so einen Rachesturm zu erzeugen. Die Erinnerung an einen spärlich erleuchteten Raum blitzte auf. Und an einen Mann, der an ein Andreaskreuz gefesselt war. Doch sie verscheuchte den Gedanken. Der unsichtbare Feind hatte sich auf ihre Eltern, Barbara und Laura fokussiert. Die hatten mit der Geschichte von damals nichts zu tun. Es musste jemand anderer sein, der ihnen schaden wollte.

Sie fuhr sich durch die langen Haare, schlang sie zu einem Knoten und fixierte sie mit dem Gummiband, das sie um das Handgelenk getragen hatte. Dann griff sie zum Telefon und wählte.

„Hi, Gilda." Anisha meldete sich sofort.

„Hi, Anisha. Wieder zu Hause?"

„Ja, klar. War gar nicht so schlimm bei den Bullen. Dieser Benderscheid ist echt nett. Und meinen Eltern haben sie nichts gesagt. Vorerst. Falls ich vor Gericht aussagen muss, werden sie es natürlich erfahren. Dann gnade mir Gott. Nur Abdou scheint etwas gewittert zu haben. Er löchert mich ständig mit Fragen."

Gilda lachte. „Das kann ich mir denken. Er ist nicht gerade der zurückhaltende Typ."

„Nein. Er nervt total."

„Sag mal, du weißt, dass Pia-Jill ermordet worden ist?"

„Ja. Verdammte Scheiße. Nicht, dass es mir um sie groß leidtäte, sie war wirklich ein Miststück. Aber das hat sie nicht verdient. Und ich habe solche Angst, dass ich die Nächste bin." Anishas Stimme wurde schrill. „Die Polizei scheint keinen blassen Schimmer zu haben, wer der Mörder ist."

„Beruhige dich. Benderscheid ist ein guter Mann. Er wird den Täter schnell aufspüren." Gilda versuchte, überzeugend zu klingen. „Warum ich anrufe: Wir brauchen das Foto des Mörders, aber Pia-Jills Handy ist verschwunden." Um Zeit zu sparen, verschwieg sie, dass sie die Leiche gefunden hatte. „Du warst dir doch sicher, dass Pia-Jill das Bild irgendwo hochgeladen hat, und ich möchte es finden. Kannst du mir dabei helfen?"

„Ich weiß nicht. Ich muss gleich ins Wohnheim, Mittagessen vorbereiten. Und heute Nachmittag will mich Benderscheid noch mal sehen."

„Du kannst jetzt vorbeikommen", schlug Gilda vor. „Ich mache dir auch Kaffee."

Während sie auf Anisha wartete, checkte sie die Mails. Marek hatte ihr die Kopie einer Nachricht an seinen Kontakt geschickt. Abwesend klickte sie sich durch die Bilder eines roten BMWs, dann setzte sie sich kerzengerade auf. Der eine Mann in der Lederjacke kam ihr bekannt vor. Sie zoomte einzelne Ausschnitte größer, dann rief sie zum Vergleich Fotos aus dem Ordner auf, den sie für Merves Auftrag angelegt hatte. Der Körperbau und die Tätowierung stimmten überein. Kein Zweifel, er war es. Yasins schwuler Stalker.

LifeGoals78.

51

Zwanzig Minuten später hockten die beiden Mädchen vor dem Computer. Gilda musste sich ganz an die Seite quetschen, damit Anishas lange Beine auch noch unter den Tisch passten.

„Pia-Jill hat vor allem Snapchat."

„Mist." Gilda krauste die Stirn. Snap-Stories wurden in der Regel spätestens nach einem Tag gelöscht. Selbst wenn sie das Foto dort hochgeladen hatte, wäre es jetzt nicht mehr sichtbar.

„Wo war sie noch unterwegs?"

Anisha winkte ab. „Überall. Facebook, Youtube, musical.ly, alles. Nur kein Twitter."

„Zweihundertachtzig Zeichen sind ihr zu wenig? Hätte gar nicht gedacht, dass sie so eine ausschweifende Texterin ist." Gilda lächelte schief über ihren nicht ganz gelungenen Witz. „Starten wir mit Facebook. Wenn sie nur ein Foto und kein Video hat, werden wir auf Youtube nichts finden. Was ist ihr Benutzername?"

„Pia Jill. Ohne Bindestrich."

„Ok." Gilda gab die Namen im Suchfeld ein. Pia-Jills rundes Gesicht, stark verändert durch jede Menge Make-up, tauchte auf dem Bildschirm auf.

„Das Foto hat sie mit einer App bearbeitet", sagte Anisha verächtlich. „Sieht fast noch schlimmer aus als in echt. Eigentlich wollte sie als Profil-Foto ein Bild von sich mit Göran einstellen. Aber er wurde tierisch sauer und hat es ihr verboten."

Gilda scrollte nach unten und wurde direkt fündig. Gleich als Erstes tauchte die Aufnahme aus der Mordnacht auf. Sie war dunkel und unscharf. Nur ein schemenhaftes, bleiches Gesicht mit schwarzen Augen. Trotz Blitzlicht. Das Bild zeigte eine vorgebeugte Gestalt, die in Richtung Kamera starrte. Weder das Opfer noch die Tatwaffe waren in dem Ausschnitt zu sehen. Pia-Jill hatte das Foto mit Pfeilen, erschrockenen Smileys und Explosions-Sternen verziert. Darunter stand der kryptische Kommentar 'Samstagnacht. Wir haben es gesehen.'

„Mist. Man kann nichts erkennen", murmelte Gilda. Sie lud das Bild herunter und versuchte, es zu bearbeiten. Sie drehte an der Helligkeit, erhöhte oder verringerte den Kontrast, intensivierte Schatten, vergrößerte Details. Es half nichts. Die Kamera hatte nicht fokussiert, das Gesicht blieb konturlos. Lediglich die schwarze Jacke, die der Täter trug, konnte sie etwas besser hervorheben. Ein heller, verschwommener Schriftzug, der kreisförmig um ein Emblem angeordnet war, wurde auf der rechten Seite in Brusthöhe sichtbar. Aber so sehr sie sich bemühte, er war nicht lesbar. Vielleicht konnte ein Profi von der Polizei noch etwas daraus machen, ihr gelang es jedenfalls nicht, den Täter zum Vorschein zu bringen.

Sie lehnte sich zurück und überlegte. Dann sah sie die Anisha forschend an. Konnte Daniel Kampe wirklich der Mörder sein? Hätte sie ihn dann nicht erkennen müssen? Schließlich hatte sie täglich mit ihm zu tun.

„Du hast den Killer doch gesehen?"

„Ja. Schon. Aber es war dunkel. Das habe ich Benderscheid auch gesagt."

„Ist dir irgendetwas an ihm aufgefallen?" Gilda wollte nicht zu deutlich werden und ihr sagen, dass sie den Leiter der

Wohngemeinschaft zu den Verdächtigen zählten. Sie würde sich ihm gegenüber dann nicht mehr unbefangen verhalten können. Das würde ihn womöglich alarmieren und sie in große Gefahr bringen.

„Nein, nichts. Habe ich doch schon tausendmal gesagt." Das Mädchen lehnte sich zurück und verschränkte die Arme vor der Brust.

„Also es war keiner, den du kennst."

„Natürlich nicht. Bist du bescheuert? Dann hätte ich das doch schon längst gesagt."

„Ja, klar." Gilda griff nach einer Tüte Schokolinsen, die auf dem Schreibtisch lag, und hielt sie der Freundin unter die Nase. „Frieden?"

Anisha lachte und nahm sich eine Handvoll. „Frieden."

52

Mareks Geduld wurde auf eine harte Probe gestellt. Er hatte sich im Schatten eines Baumes postiert. Von dort aus hatte er das Gebäude gut im Blick, ohne von den Passanten auf der Straße gesehen zu werden. Während er wartete, dachte er über den Fall nach. Gilda hatte ihn per Whatsapp informiert, dass einer der Lederjacken-Typen Yasins aufdringlicher Verehrer aus dem Dating-Portal für Schwule war. Das ließ ihn als Verdächtigen in die vorderste Reihe rücken. Vielleicht war er von dem Jungen so besessen gewesen, dass er mit der Zurückweisung nicht klargekommen war und ihn umgebracht hatte. Solche Fälle gab es öfter. Und Nico hatte im Zweiundsiebzig mit Yasins Foto und seiner Herumfragerei dann die Aufmerksamkeit des Stalkers auf sich gelenkt. Der hatte sich entdeckt gefühlt und den Jungen auch beseitigt. Und da Pia-Jill ein Foto von ihm während der Tat gemacht hatte, musste sie auch dran glauben. Das konnte passen. Marek würde den Kerl auf jeden Fall unter die Lupe nehmen.

Doch zuerst musste er das Attentat verhindern. Er durfte seinen Posten jetzt nicht verlassen.

53

Es wurde Nachmittag, bis der Junge endlich das Haus verließ und in Richtung Bad Godesberg davonschlenderte. Marek vermutete, dass er zum Essen ging.

Die Gelegenheit, sich in der leeren Wohnung umzusehen.

Die Tür zum Apartment ließ sich leicht öffnen. Der Junge schien keinen Verdacht zu hegen, dass man ihm auf die Schliche kommen könnte, und hatte noch nicht einmal abgeschlossen.

Drinnen roch es muffig nach verschwitzten Socken, Knoblauchwurst und Mottenkugeln. Marek schlich durch den schmalen Flur. An der Garderobe hing eine Jacke. Die Taschen enthielten ein paar Münzen und zwei Kieselsteine. Er warf einen kurzen Blick in die Küche. Vom Aufräumen hielt der Junge nicht viel. Schmutziges Geschirr stapelte sich in der Spüle, auf dem Fensterbrett welkte eine Topfpflanze dahin, prall gefüllte Mülltüten und leere Flaschen standen auf dem Balkon.

Er ging weiter zum Badezimmer, in dem es feucht nach Schimmel roch. Ein Handtuch zusammengeknüllt auf dem

Boden, im Waschbecken Haare und Zahnpastaflecken, auf der Spiegelablage ein Becher mit einer Zahnbürste und ein Einwegrasierer. Wie er vermutete hatte, wohnte der Junge allein.

Marek schlich in das Wohn-Schlafzimmer. Es wirkte trostlos, unpersönlich. Als würde es nur als temporäre Unterkunft genutzt, nicht als Zuhause. Vielleicht hatte man ihm die Wohnung extra für die Aufgabe zur Verfügung gestellt, die vor ihm lag. Das Bett war ungemacht, Bücher, eine Tasche und Stifte lagen im wilden Durcheinander auf der verkrumpelten Decke. Seitlich stand ein schmaler, windschiefer Kleiderschrank. Er gab ein langgezogenes Quietschen von sich, als Marek die Tür öffnete. Der Junge besaß nicht viele Klamotten, außer ein paar T-Shirts und einer Jeans gab es nur Socken und Unterwäsche. Unten im Schrank stand ein Rucksack. Ein Blick reichte aus, um zu sehen, dass er leer war.

Kein Equipment, um Bomben zu basteln.

Auf dem Tisch am Fenster stand ein aufgeklappter Laptop. Marek drückte probeweise eine Taste. Der Bildschirm leuchtete auf und fragte nach dem Passwort. Das war nicht Mareks Stärke. Er fand sich in der analogen Welt besser zurecht. Vorsichtig, um nichts durcheinanderzubringen, hob er eine benutzte Teetasse hoch und inspizierte die Papiere, die darunter lagen. Keine Post, keine Mails, keine Hinweise darauf, wer hier lebte. Nur Konzertwerbungen, Ausdrucke mit Landkarten und Fahrpläne. Marek nahm den Flyer, der mit 'SommerRasen' überschrieben war, und sah ihn sich näher an. Eine Veranstaltung war angestrichen: das Musikfestival am kommenden Samstag in der Rheinaue. Er checkte die anderen

Unterlagen: Busverbindungen zur Rheinaue, ein Übersichtsplan des Veranstaltungs-Areals und der Umgebung.

Marek fühlte ein Kribbeln im Nacken. Es war klar, was das bedeutete.

Er kannte jetzt Ort und Zeit des geplanten Attentates.

Übermorgen war der Tag X.

54

Barbara und Drake zahlten, verließen das Café Negro und machten sich gemächlich auf den Weg zurück in die Detektei. Gilda hatte sich nicht gemeldet. Aber vielleicht hatte sie es in all dem Trubel vergessen, und Laura saß längst an ihrem Platz und wartete auf die beiden.

Sie schlenderten in der Nachmittagssonne die Straße entlang und schwiegen einträchtig. Als sie den Altbau erreichten, kam die Nachbarin aus der Einfahrt gegenüber gelaufen. Im eng sitzenden, weißen Etuikleid und mit knallrot geschminkten Lippen.

„Drake." Atemlos trippelte sie ihnen entgegen, das Kleid ließ keine größeren Schritte zu. „Hallo ..."

Sie blieben stehen. „Alexa, wie geht es dir?" Drake grinste sie an.

Ohne Barbara eines Blickes zu würdigen, legte sie Drake die sorgfältig maniküre Hand auf den Arm. „Der Nachmittag ist so schön, möchtest du auf einen Prosecco rüberkommen?"

„Ich glaube, ich gehe schon mal rein", sagte Barbara lachend.

„Unsinn, ich komme mit", antwortete Drake. Und zu Alexa gewandt: „Wir haben einiges um die Ohren. Ich melde mich bei dir, wenn es wieder ruhiger ist."

„Versprochen?" Sehnsüchtiger Blick unter langen Wimpern.

„Versprochen", sagte er mit einem Zwinkern.

„Mensch, Drake", Barbara knuffte ihn im Vorgarten in die Seite, „Casanova und Don Juan waren Waisenknaben im Vergleich zu dir. Wie hast du überhaupt die Zeit zum Schreiben gefunden?"

Er grinste gutmütig. „Die Zeit nehme ich mir schon. Aber ab und zu braucht man ja auch etwas Zerstreuung. Das ist wichtig für die Inspiration."

Barbara lachte. „Vor allem als Autor von Liebesromanen. Du lässt dich also im wahrsten Sinne des Wortes von der Muse küssen."

„Warum nicht? Du bist doch auch Künstlerin, geht es dir nicht genauso?"

„Nein, da kann ich nicht mithalten. Ich flirte vielleicht mal ganz gern, aber nur oberflächlich, nicht ernsthaft. Eigentlich bin ich sehr treu."

„Eigentlich ... Ein Wort, das die Tür zum Verderben öffnet." Er zwinkerte ihr zu, doch sie lachte nur. „Komm, lass uns hintenrum gehen und sehen, ob Laura da ist." Barbara wartete die Antwort nicht ab und schlug den Weg um das Haus herum ein. Als sie den Garten erreichte, blieb sie überrascht stehen. Drake reagierte nicht rechtzeitig, lief in sie hinein und schubste sie unsanft nach vorne.

Die Flügeltüren zu Lauras Büro standen weit offen. Im Türrahmen stand der Gärtner, den Gilda von früher kannte. Er hatte ihnen den Rücken zugewandt, doch als er die beiden kommen hörte, fuhr er herum und starrte sie mit zusammengekniffenen Augen an.

„Hallo. Haben wir Sie erschreckt?" Barbara lächelte arglos. Dann stellte sie mit einem Blick in das Büro fest, dass es leer war, und runzelte die Stirn. „Suchen Sie Frau Peters?"

„Ähm, ja. Aber macht nichts, dass sie nicht da ist. Ich komme schon zurecht." Grußlos schob er sich an ihnen vorbei und verschwand um die Hausecke.

„Der Kerl ist mir nicht geheuer", murmelte Drake. „Der hat garantiert nicht hier gestanden, um mit Laura zu sprechen. Ich glaube, er hat spioniert und sich für die Notizen auf dem Flipchart interessiert. Wir müssen vorsichtiger sein. Es gefällt mir nicht, dass er hier ständig herumschleicht."

„Meinst du wirklich, dass mit ihm etwas nicht stimmt?" Barbara sah zweifelnd zu Drake auf. „Ich finde ihn eigentlich ganz nett. Aber wenn du so ein schlechtes Gefühl hast, sollten wir uns vielleicht über ihn erkundigen. Der Hausverwalter, der ihn angeheuert hat, kann uns bestimmt mehr über ihn erzählen. Komm jetzt, lass uns reingehen." Sie zog ihn am Ärmel hinter sich her.

Im Vorraum saß Gilda wieder allein am Schreibtisch und starrte auf den Computer. Anisha war ins Wohnheim gefahren.

„Hallo, Gilda. Wir haben gerade deinen Gärtner-Freund dabei ertappt, wie er in Lauras Büro herumschnüffelte. Du kennst ihn doch von früher. Ist er vertrauenswürdig? Oder müssen wir uns vor ihm in Acht nehmen? Drake hat ein mieses Gefühl bei ihm."

„Ihr wisst doch, ich hatte kaum etwas mit ihm zu tun. Wir haben früher dieselben Partys besucht und waren auf Facebook befreundet. Das ist alles. Hat er Lauras Büro durchsucht? Das habe ich gar nicht bemerkt. Ich habe die ganze Zeit an meinem Platz gesessen und nichts gehört."

„Nein, er hat das Büro vermutlich gar nicht betreten", wiegelte Barbara ab. „Aber er hat reingestarrt und die Flipchart-Blätter mit den Notizen studiert. Wir dürfen die Informationen nicht so offen sichtbar an der Wand hängen lassen. Jedenfalls nicht, solange er hier im Garten arbeitet."

Doch Drake reichte das nicht: „Ich sehe das keineswegs so harmlos. Der Kerl ist gefährlich. Ich kenne diese Augen, diesen Gesichtsausdruck. Bitte setz dich mit der Hausverwaltung in Verbindung, Gilda, und finde mehr über ihn heraus. Am besten ziehen sie ihn ganz ab und schicken uns einen anderen."

Gilda nickte erschrocken und machte sich Notizen.

„Ist Laura jetzt da?", wechselte Barbara das Thema und hängte ihre Handtasche an die Garderobe.

Gilda schüttelte den Kopf. „Immer noch nicht. Vielleicht sollte ich sie mal anrufen?"

„Mach das."

Gilda wählte Lauras Nummer, es klingelte, dann meldete sich die Mailbox. „Hallo Laura. Hier ist Gilda, wir machen uns Gedanken um dich. Kommst du noch ins Büro? Hoffentlich geht es dir gut."

Drake, der sich in der Küche eine Cola geholt hatte, gesellte sich wieder zu den beiden. „Ihr habt Laura nicht erreicht?"

Gilda schüttelte den Kopf.

„Verschwindet sie öfter, ohne zu sagen, wo sie ist und wann sie wiederkommt?

„Nein. Das ist ja das Merkwürdige." Barbara klang ernsthaft besorgt. „Sie macht manchmal ihre Touren nach Köln, bleibt auch schon mal über Nacht, aber sie ist immer am nächsten Morgen pünktlich wieder da."

„Du meinst, sie hat vielleicht jemanden kennengelernt?" Drake zeigte keine Scheu, das Thema auf den Punkt zu bringen.

„Das ist möglich. Ich glaube, dass sie gelegentlich jemanden abschleppt. Aber solche Männergeschichten beendet sie für gewöhnlich am nächsten Morgen."

„Du meinst, sie hat One-Night-Stands?" Gilda schaute überrascht auf.

„Naja, warum nicht? Nur weil man keine Beziehung hat, muss man ja nicht komplett auf jedes Vergnügen verzichten", wandte Barbara ein. „Aber sie ist immer diskret. Ich vermute es also nur. Vielleicht stimmt es ja auch nicht."

„Was sollen wir denn jetzt tun?" Gilda war beunruhigt. „Die Polizei rufen?"

Drake lachte beruhigend. „Jetzt macht mal halblang. Es sind ja noch nicht einmal vierundzwanzig Stunden vergangen, vorher macht die Polizei sowieso nichts. Und wenn es nicht ungewöhnlich ist, dass sie ein bisschen Spaß hat, dann lassen wir ihr noch etwas Zeit. Schließlich möchten wir sie nicht in Verlegenheit bringen. Womöglich hat sie einen Mann kennengelernt, schwebt mit ihm auf Wolken, und dann tritt man ihr die Tür des Hotelzimmers ein. Das wollen wir ihr nicht antun."

„Ok", stimmte Gilda zögernd zu. „Aber ich werde es wieder auf dem Handy probieren. Und wenn ich sie bis heute Abend nicht erreicht habe, rufe ich die Polizei."

55

DREI JAHRE ZUVOR

SYRIEN

Zwei Wochen hatte die Flucht der drei Mädchen gedauert. Sie waren tagsüber gelaufen und hatten nachts, wenn es zu dunkel war, gerastet. Doch wenn der Mond hell genug schien, waren sie auch dann weitergewandert. Schon in den Zeiten der Gefangenschaft und der Tortur waren sie abgemagert, jetzt bestanden sie nur noch aus Haut und Knochen. Sie glichen wilden Tieren: schmutzig, die Haare verfilzt, die Kleider zerrissen. Und sie waren halb wahnsinnig vor Hunger, Durst und Erschöpfung. Ihre Familien, sofern sie überhaupt noch existierten, hätten sie nicht wiedererkannt, und sie sich selbst vermutlich auch nicht.

Der Gedanke, einfach zu Boden zu sinken, liegenzubleiben und auf den Tod zu warten, schlich sich in ihre Köpfe, wurde verlockender, ließ sich kaum noch verscheuchen.

Schließlich hatte man sie aufgegriffen.

Sie waren nach langer Zeit zum ersten Mal wieder auf einer Straße gelaufen. Es war leichter, als sich querfeldein durch das unwegsame Gelände zu schlagen. Und eine Straße führte irgendwann zu einem Dorf oder einer Stadt. Aber sie waren unvorsichtig geworden. Die sengende Sonne und das ewige Wandern hatte sie abstumpfen lassen, ihre Sinne vernebelt. Plötzlich schnitt ihnen ein Militärfahrzeug den Weg ab, Soldaten sprangen von den Sitzen und fingen sie ein wie streunende Hunde. Gegenwehr war nicht möglich gewesen, dazu fehlte die Kraft. Selbst die Angst, der IS hätte sie erneut in die Fänge bekommen, setzte keine Abwehrreaktion mehr frei. Doch sie hatten Glück. Es waren andere Männer, die sie in das Fahrzeug schleppten. Freundlichere.

Und die brachten sie zu einem Flüchtlingslager, in dem sie sicher waren und vorerst bleiben konnten.

Die Mädchen brauchten ein paar Tage, bis sie sich von den Strapazen erholt hatten und wieder vorsichtiges Interesse an ihrer Umgebung zeigten. Das Lager war riesig. Weiße Zelte reihten sich aneinander, so weit das Auge reichte. Es wimmelte vor Menschen, alles war voller Lärm und Dreck. Gleich zu Beginn hatte man sie oberflächlich medizinisch untersucht, ihnen Kleider und Waschzeug in die Hand gedrückt und Schlafplätze zugewiesen. Sie mussten sich registrieren lassen und angeben, aus welchem Grund sie hier waren und was sie erlebt hatten.

Es fiel ihr schwer, vom Überfall auf das Dorf und von der Ermordung ihrer Mutter zu sprechen. Die Tränen flossen unaufhaltsam, immer wieder musste sie Pausen einlegen, bevor sie weitererzählen konnte. Das Gesicht ihres Gegenübers blieb jedoch unbewegt. Zu oft hatte er diese Geschichten schon gehört. Erst als sie das Haus erwähnte, in dem sie gefangen gehalten worden war, hatte der Uniformierte interessiert von seinen Formularen aufgesehen.

Danach war sie jeden Tag befragt worden. Zuerst von Soldaten in der Registratur, dann von Männern aus dem Westen. Amerikanern. Oder Europäern? Sie hatte sich weigern wollen, mit ihnen zu sprechen. Amerikaner bedeuteten Ärger, jeder wusste das. Aber die Männer waren freundlich, brachten ihr Essen und kleine Geschenke mit, machten Scherze. Und sie erzählte ihnen alles, was sie erlebt hatte.

Doch die Fragerei hörte nicht auf. Neue Agenten kamen, mit härteren Gesichtern und weniger Geduld. Sie stellten dieselben Fragen, trieben sie in die Enge, warfen ihr vor, zu lügen. Die Verhöre zogen sich über Stunden hin. Manchmal den ganzen Tag. In ihrem Kopf wirbelten die Gedanken und Bilder durcheinander. Wenn sie nicht mit Fragen und Unterstellungen bombardiert wurde, quälte sie die Erinnerung an das Grauen während der Gefangenschaft und die Trauer um ihre Familie. Irgendwann entstand in ihr das Gefühl, selbst an allem schuld zu sein. Sie konnte nicht mehr unterscheiden, wer Täter und wer Opfer war. War ihr Vater für das Unglück verantwortlich, weil er so lange gezögert hatte zu fliehen? Hätte ihre Mutter nicht Ruhe bewahren müssen, um für ihre Kinder zu überleben, anstatt sie mit einem hysterischen Anfall zu Waisen zu machen? Hatte sie selbst es provoziert, dass sie verschleppt worden war? Weil sie sich den Männern angeboten hatte wie eine billige Hure? Hatte es ihr Peiniger, der sie gefangen gehalten hatte, in Wirklichkeit gut mit ihr gemeint und sie zu einem besseren Menschen erziehen wollen? Genauso wie die alte Hexe?

Sie wusste nicht mehr, was stimmte, und wie sie es bewerten sollte. Was sie tatsächlich erlebt hatte oder was sie sich womöglich einbildete. Was richtig und was falsch war. Wer die Bösen und wer die Guten waren. Und wo sie sich selbst auf dieser Skala einsortieren sollte.

Sie wollte nicht mehr mit den Amerikanern reden, aber das ließen sie nicht zu.

Doch irgendwann hatten sie endlich alles erfahren, was sie wissen wollten. Man teilte ihr mit, dass sie außer Landes gebracht werden würde, weil man davon ausging, dass der IS nach ihr suchte. Anscheinend wusste sie Details über die Organisation und die Anführer, deren sie sich nicht bewusst gewesen war. Details, die für den Westen sehr wertvoll und für sie lebensgefährlich waren.

Erst im Flugzeug erfuhr sie, wohin sie geschickt wurde: Der Zielort war Deutschland.

56

HEUTE, DONNERSTAG NACHMITTAG

BAD GODESBERG

Marek beschloss, die Wohnung des möglichen Attentäters weiter im Auge zu behalten. Die Chance war hoch, dass er den Anschlag nicht allein verüben sollte. Häufig waren es mehrere Personen, die eingesetzt wurden. Falls einer versagte, gab es immer noch die anderen, die das Attentat zu Ende bringen konnten. Aus der Einkaufstüte zog er ein Ei-Brötchen mit Remoulade und einen Schokoriegel hervor und nahm wieder seinen Posten unter dem Baum ein, von dem aus er den Hauseingang gut im Blick hatte.

Es dauerte einige Zeit, bis die Zielperson zurückkehrte. Marek hatte seine Vorräte schon längst aufgegessen, die Arme verschränkt und sich mit dem Rücken an den Baumstamm gelehnt, um zu dösen. Der Junge war in Begleitung zweier Männer, die etwas älter wirkten als er. Er schien großen Respekt vor ihnen zu haben, hörte aufmerksam zu, ging immer einen halben Schritt hinter ihnen. Feierlich schloss er ihnen die Haustür auf, und sie verschwanden im Haus. Marek wartete noch eine Weile, aber sie ließen sich nicht mehr blicken. Er entschloss sich, eine Runde durchs Viertel zu drehen. Vielleicht entdeckte er doch noch die Islamisten von den Fotos, die ihm seine Kollegen geschickt hatten. Er schob die Sonnenbrille auf die Nase und schlenderte die Straße hinunter. Das Publikum hatte sich jetzt verändert. Es waren nicht mehr nur Rentner und Hausfrauen unterwegs, sondern auch Kinder. Und auch eine Gruppe junge, erkennbar muslimische Männer mit Bärten und langen Hemden. Vielleicht Mitglieder aus Yasins Lesezirkel. Marek behielt sie unauffällig im Auge, beobachtete, wie sie in die Einfahrt zum Supermarkt einbogen. Er folgte ihnen zum hinteren Parkplatz. Dort blieben sie stehen. Plötzlich heizte ein Auto mit röhrendem Motor auf das Areal. Der rote, getunte BMW vom Vormittag bog mit quietschenden Reifen um die Ecke. Zwei Einkäuferinnen konnten sich nur mit einem beherzten Sprung aus der Gefahrenzone retten. Wütend schimpften sie dem Wagen hinterher.

Das Auto hielt gleich neben den jungen Männern, die beiden Lederjacken stiegen langsam aus und schauten sich um. Die resoluten Damen, die sie zur Rede stellen wollten, bremsten ab und machten auf dem Absatz kehrt, als sie realisierten, mit wem sie sich anlegen wollten. LifeGoals78 und sein Kumpan grinsten hämisch. Marek konnte verstehen, dass die Frauen es sich anders überlegt hatten. Die beiden waren wirklich zwei schwere Kaliber.

Er wunderte sich, die beiden hier anzutreffen, und zog sein Handy aus der Jackentasche, um zu prüfen, ob sein Kontakt schon Namen und Adresse von Yasins Stalker geschickt hatte.

Doch der schien noch Zeit zu brauchen. Kein Problem. LifeGoals78 würde ihm nicht entkommen.

Marek ging zurück zu dem Haus, in dem der Junge wohnte, und bezog seinen Posten.

Irgendwann mussten die drei ja wieder herauskommen.

57

Gilda, Drake und Barbara machten sich gemeinsam auf, um zum Wohnheim zu fahren, in dem Suna lebte. Sie nahmen diesmal Drakes Range Rover, Barbaras sportlicher Zweisitzer bot nicht ausreichend Platz. Gilda gab vom Rücksitz aus Anweisungen, und obwohl Drake ein sehr defensiver und vorsichtiger Fahrer war, gelangten sie bald ans Ziel.

„Hätte ich nicht die Espadrilles an, wäre ich zu Fuß schneller hier gewesen", stichelte Barbara. Drake nahm es mit Gleichmut.

Sie gingen den betonierten Weg zum Eingang entlang, Gilda drückte auf die Klingel. Von drinnen näherten sich Schritte, Anisha öffnete die Tür.

„Hi, kommt herein. Ich habe Suna erzählt, dass ihr kommt. Sie ist heute schon wieder nicht zur Arbeit gegangen. Ihre Therapeutin schreibt ihr Entschuldigungen bei jedem Pups."

„Geht es ihr nicht gut?", fragte Barbara besorgt.

Anisha winkte verächtlich ab. „Klar geht es ihr gut. Vermutlich hat sie mal wieder Kopfschmerzen. Die hat sie andauernd. Aber anstatt ein Aspirin zu nehmen, lungert sie lieber den ganzen Tag im Bett rum. So ein Leben hätte ich auch gern."

Sie stieg die Treppe hoch, Barbara, Gilda und Drake, der sichtlich den Anblick der schönen, langen Beine vor sich genoss, folgten ihr. Im ersten Stock angekommen, drehte sich Anisha zu ihnen um.

„Unten sind die Gemeinschaftsräume, Küche und Daniels Büro", erklärte Anisha, „Hier oben wohnt Suna mit zwei Mitbewohnerinnen. Und unter dem Dach gibt es ein weiteres Apartment, da leben noch drei Mädchen. Die anderen sind aber im Moment alle nicht da." Sie pochte an die Tür und lauschte. Dann klopfte sie wieder, lauter. Von drinnen hörten sie ein zaghaftes „Ja?"

„Ich bin es, Anisha. Meine Freundin Gilda und zwei ihrer Bekannten sind bei mir. Sie wollen mit dir reden. Das habe ich dir doch gesagt." Sie drehte sich zu ihnen um und verzog den Mund. „Suna schließt sich immer ein. Das nervt total. Schließlich muss ich bei ihr auch mal saubermachen, oder sonst irgendetwas erledigen."

Der Schlüssel wurde im Schloss gedreht, die Tür öffnete sich einen Spalt. Anisha schob sie ganz auf und ging vor.

Die Wohnung war zweckmäßig und freundlich eingerichtet. Zitronengelb gestrichene Wände, helle Holzmöbel, bunte, farbenfrohe Bilder. Man hatte sich offensichtlich Mühe gegeben, es den Bewohnerinnen so schön wie möglich zu machen. Anisha durchquerte den Flur, die anderen folgten ihr und betraten das Wohnzimmer.

Ein Mädchen saß auf einem weißen Sofa mit pastellfarbenen Kissen. Die glänzenden, dunklen Haare fielen ihr in Wellen den Rücken hinunter. Das Gesicht mit den ausgeprägten Wangenknochen wurde beherrscht von schwarzen, mandelförmigen Augen mit langen Wimpern. Barbara konnte sie nur anstarren. Sie hatte selten ein so wunderschönes Mädchen gesehen.

„Setzt euch." Anisha spielte die Gastgeberin. „Möchtet ihr etwas trinken? Ich kann euch Tee machen."

„Gern. Das klingt super." Gilda strahlte die Freundin an, die daraufhin das Zimmer verließ.

„Hallo Suna, ich bin Barbara."

Das Mädchen nickte.

„Das hier sind meine Freunde Drake und Gilda. Wenn du nichts dagegen hast, würden wir uns gerne mit dir über Yasin unterhalten."

Suna nickte wieder.

„Verstehst du eigentlich genug Deutsch? Sorry, wenn ich das frage", schaltete sich Gilda ein.

Das Mädchen lächelte zum ersten Mal. „Ja. Ich habe Deutsch gelernt. Ganz viel. In Schule."

„Das ist toll", strahlte Gilda. „Unser Arabisch ist nämlich ziemlich eingerostet". Doch der Versuch, sich als Eisbrecher zu betätigen, ging schief. Sunas Gesicht verdunkelte sich.

„Ich auch kein Arabisch sprechen. Fast kein. Ich bin Jesidin, keine Muslima. Ich spreche Kurdisch."

„Und trotzdem warst du mit Yasin befreundet?" Drake nahm keine Rücksicht auf den Stimmungsumschwung.

„Ja, wir waren Freunde. Er wurde von seine Leute fast genauso gehasst wie ich. Jedenfalls zu Anfang."

„Gehasst?", fragte Barbara erstaunt.

Gilda zuckte mit der Schulter. „Weil er auf Männer stand. Das kommt bei denen nicht so gut an."

„Ach ja, stimmt." Barbara schlug die Beine übereinander.

„Also, ihr wart Freunde und habt euch in der Berufsschule kennengelernt?"

Suna nickte.

„Und er hat dich manchmal hier besucht? Anisha hat uns das erzählt."

Suna nickte wieder. Wie aufs Stichwort öffnete sich die Tür, Anisha schob sich mit einem Tablett, auf dem eine Teekanne, mehrere Tassen und ein Schälchen mit Keksen standen, in den Raum und stellte es auf den Couchtisch.

„Bedient euch."

Barbara beugte sich vor, schenkte Tee ein und überlegte, wie sie weitere Informationen aus Suna herauskriegen konnte. Sie war verschlossen wie eine Auster.

„Du sagtest, er hatte nur anfangs Probleme mit seinen Leuten. Also hat sich das geändert?" Sie reichte Suna eine Tasse.

„Ja. Er dann viel gläubig geworden. Hatte auf einmal muslimische Freunde. Dann war schwierig für mich mit ihm."

„Schwierig? Warum?" Barbara nahm einen Schluck von dem süßen, aromatischen Getränk und sah sie über den Rand der Tasse hinweg an.

„Er plötzlich wollen, dass ich Schal trage. Kopftuch, weißt du. Aber ich nicht wollen. Kein Kopftuch. Wir Jesiden nix Kopftuch." Wieder verdunkelte sich ihre Miene. „Und er immer viel fragen, was ich gemacht, warum ich hier. War nicht schön. Wir dann nicht mehr Freunde."

„Ich verstehe." Barbara sah sie mitfühlend an.

„Du kanntest auch Nico", hakte Gilda ein. „Er war ein guter Freund von uns."

Suna nickte. „Ja, von Therapeutin. Frau Raber. Er auch da. Aber ich nur einmal gesehen. In Gruppen-Sitzung. Sonst nie." Obwohl es in der Wohnung recht stickig war, nahm sie ein Tuch von der Couch und schlang es eng um die Schultern als ob ihr kalt wäre.

„Du weißt, dass Yasin und Nico ermordet wurden?", fragte Drake hart.

„Ja. Ich gehört. Tut mir leid." Suna zog sich wieder in ihr Schneckenhaus zurück.

Anisha mischte sich eifrig ein: „Suna, wir haben ein Foto vom Täter. Ich zeige es dir, vielleicht kennst du ihn ja?"

Im Flur näherten sich polternde Schritte, Daniel Kampe stürmte in den Raum. „Was geht hier vor", schrie er außer sich. „Wer hat Ihnen erlaubt, hier einfach so hereinzuplatzen? Kommen sie sofort mit in mein Büro. Aber ein bisschen plötzlich, sonst rufe ich die Polizei." Er quetschte sich an dem Sessel vorbei, in dem Drake saß, und stieß gegen den Couchtisch. Die Teekanne fiel um, das heiße Getränk ergoss sich über den Tisch und tropfte auf den hellen Teppich. Anisha sprang auf, stellte die Kanne wieder hin und lief nach draußen.

„Wirds bald?" Drohend starrte er die ungebetenen Besucher an. Barbara, Gilda und Drake erhoben sich. Unsanft schob er sie zur Tür, dann wandte er sich an Suna: „Leg dich am besten wieder hin, Liebes. Ich kümmere mich um alles. Reg dich nicht auf, du musst dir keine Sorgen machen." Sein Ton war plötzlich sanft und liebevoll geworden. Doch Barbara sah, dass das Mädchen sich angstvoll in die Sofaecke drückte und wie zur Abwehr die Beine an den Körper gezogen hatte.

Daniel Kampe drängelte sich in dem schmalen Flur rücksichtslos an den dreien vorbei und ging voran in die untere Etage. Auf der Treppe kam ihnen Anisha mit einem Putztuch entgegen. Sie hielt den Kopf gesenkt und wagte nicht jemanden anzublicken.

Der Heimleiter öffnete die Tür zu seinem Büro, setzte sich hinter seinen Schreibtisch und wies unwirsch auf ein paar Stühle. Sie nahmen Platz.

„Vielleicht sollte ich uns kurz vorstellen? Ich bin Barbara Hellmann und das hier sind Drake Tomlin und Gilda Lambi von der Detektei Peters. Wir wollten Ihnen keine Unannehmlichkeiten bereiten, sondern uns nur nett mit Suna unterhalten." Sie wollte sich nicht einschüchtern lassen. Doch ihr strahlendes Lächeln fand kein Echo in seinem Gesicht.

„Das Mädchen steht unter besonderem Schutz. Wie können Sie es wagen, hier einfach unangemeldet aufzutauchen? Sie ist schwerst traumatisiert. Ihre angeblich so harmlosen Fragen können bei ihr schlimmste Rückschläge bewirken. Sie haben überhaupt keine Ahnung, was Sie damit anrichten." Er redete sich immer mehr in Rage. „Wer hat Sie überhaupt reingelassen? Anisha, stimmts? Na, die kriegt was zu hören. Ich schmeiße sie hochkant raus. Die ist wohl verrückt geworden!" Bevor sie ihn bremsen konnten, war er aufgesprungen, hatte die Tür geöffnet und ihren Namen durch das Treppenhaus geschrien. Von oben hörten sie das Klappern von Sandalen auf der Treppe, dann betrat Anisha zögernd den Raum. Sie schaute Daniel Kampe mit großen Augen an. „Was ist los?"

„Wie kannst du es wagen, einfach irgendwelche Leute hier reinzulassen? Du weißt, dass wir auf Suna besonders aufpassen müssen. Ich habe es dir tausendmal gesagt."

Anisha streckte trotzig das Kinn in die Höhe. „Suna braucht auch mal Abwechslung. Sie ist ein freier Mensch und nicht deine Gefangene", giftete sie zurück.

„Abwechslung, Abwechslung. Sie schwebt in tödlicher Gefahr. Wenn sie sie aufspüren, und das werden sie, dann ist ihr Leben keinen Pfifferling mehr wert. Sie werden sie töten. Das weißt du ganz genau."

„Ich weiß gar nichts. Du erzählst uns das immer, aber woher sollen wir wissen, ob das stimmt. Das Einzige, was ich weiß, ist, dass Suna mehr Angst vor dir hat als vor irgendwelchen

Verfolgern. Aber das scheint dir noch nicht aufgefallen zu sein."

Vor Wut wurde Daniel Kampe puterrot. Er sprang von seinem Stuhl auf, als wollte er dem Mädchen an den Kragen.

„Bitte beruhigen Sie sich!" Barbara stellte sich schützend vor Anisha. „So schlimm kann es doch nicht sein. Jedenfalls stellt unser Besuch keine Gefahr für Suna dar. Das versichere ich ihnen."

Er wandte den Blick von Anisha ab, senkte den Kopf, spielte mit einem Kuli auf dem Schreibtisch.

„Ich denke, wir gehen jetzt." Drake erhob sich und nickte seinen zwei Begleiterinnen zu. Die folgten ihm, ohne sich zu verabschieden.

Gilda drehte sich noch einmal zu Anisha um. Aber die sah ihnen nicht hinterher. Stattdessen starrte sie auf den Haken an der Wand, an dem eine Jacke hing. Und sie wirkte trotz ihrer dunklen Haut unheimlich blass.

58

Das Licht, das durch winzige Spalten in den Brettern der zugenagelten Fenster fiel, hatte sich rötlich gefärbt. Laura schätzte, dass es später Nachmittag oder früher Abend war. Sie hatte jedes Zeitgefühl verloren.

Die Tortur, der er sie unterzogen hatte, hatte sich Ewigkeiten hingezogen. Immer wieder hatte er in ihre Haut geschnitten, über den Rippen, am Bauch, in die Brüste. Sie hatte geschrien, bis ihr fast die Sinne geschwunden waren. Und sie hatte sich gewünscht, ohnmächtig zu werden, um dem Grauen zu entfliehen und nicht mehr diese Qualen spüren zu müssen. Doch die Angst zu sterben hatte sie immer wieder zurückgeholt. Sie war so erleichtert gewesen, als er von ihr abgelassen hatte.

„Wir machen jetzt eine Pause", hatte er zu ihr gesagt, „dann kannst du dich etwas erholen. Es soll ja nicht zu schnell zu Ende gehen." Sein Blick war verächtlich über ihren Körper gewandert, der wahrscheinlich von oben bis unten blutete. „Schade, dass du kein Hardbody bist. Da war Gildas Komplizin ein anderes Kaliber. Du musst mehr trainieren. Dann hältst du die Strafen besser aus. Aber jetzt spielt das auch keine Rolle mehr." Er hatte die Speicherkarte aus der Kamera genommen und war ohne ein weiteres Wort gegangen.

Zuerst hatte die Erleichterung die Schmerzen gelindert. Doch dann waren sie zurückgekommen. Mit voller Wucht. Da die Fesseln ihren Körper in die Länge streckten, konnten sich die Wunden nicht schließen. Sie spürte das warme Blut an einer Stelle immer noch aus sich heraustropfen. Jeder Zentimeter ihrer Haut brannte wie Feuer, und der Blutverlust benebelte ihre Sinne.

Sie musste irgendwann vor Erschöpfung eingeschlafen sein. Aus dem rötlichen Sonnenlicht schloss sie, dass Stunden vergangen sein mussten, seit er gegangen war.

Ob die anderen sie vermissten? Wunderten sie sich nicht, warum sie nicht ins Büro gekommen war? Hoffentlich hatten sie sich auf die Suche nach ihr gemacht. Aber wie sollten sie sie finden? Sie wusste ja selbst nicht, wo sie war. Als er sie verschleppt hatte, war sie bewusstlos gewesen. Er hatte Zeit genug gehabt, sie überall hinzubringen. Womöglich sogar ins Ausland. Trotzdem vermutete sie, dass sie noch in der Gegend von Köln oder Bonn war.

Er hatte gesagt, dass er Gilda auch hierherbringen wollte. Laura fühlte verzweifelte Übelkeit bei dem Gedanken. Was hatte es bloß mit seiner Bemerkung über Gilda auf sich? Dieses Aufeinandertreffen, das er niemals vergessen würde? Und diese schreckliche Narbe an seinem Hals? Das konnte doch nichts mit Gilda zu tun haben. Nie im Leben. Es musste eine Verwechslung sein. Genau. Eine Verwechslung. Das würde sie ihm sagen, sobald er zurückkam. Er hatte sich geirrt. Sie waren die Falschen. Er musste sie freilassen. Sie würden ihn auch ganz bestimmt nicht verraten. Sie lachte rau auf. Sie wusste selbst, wie unwahrscheinlich es war, dass er sie einfach laufenließ. Aber an irgendeinen Strohhalm musste sie sich klammern. Sie brauchte einen Plan. Sie hielt es nicht aus, einfach nur hier zu liegen und zu warten, bis er ihr Leben beendete.

Sie lauschte in das Gebäude, bemühte sich, den wegen der Schmerzen keuchenden Atem zu unterdrücken. Nichts rührte sich. Das Haus schien unbewohnt zu sein. Draußen hörte sie leises Rascheln. Vielleicht eine Maus. Dann summte eine Fliege. Direkt neben ihrem Kopf. Setzte sich auf ihr Gesicht. Sie versuchte, sie wegzupusten. Das Tierchen flog wieder auf, dann spürte sie das hauchzarte Krabbeln der kleinen Beinchen auf ihrem Brustkorb. Siedend heiß wurde ihr klar, dass sie nach Blut roch. Das würde die Insekten anziehen. Und nicht nur die. Was sollte sie bloß tun, wenn es hier Ratten gab? Sie würden sie bei lebendigem Leib auffressen.

59

Die drei waren auf direktem Weg ins Büro zurückgefahren. Der Ausbruch von Daniel Kampe hatte sie nachhaltig beeindruckt.

„Ich kann mir gut vorstellen, dass er Yasin und Nico getötet hat, weil er denkt, sie sind Suna auf der Spur. Er scheint sie um jeden Preis beschützen zu wollen. Wahrscheinlich hat er Angst, dass sie dasselbe Schicksal ereilt wie seine Frau und seine Tochter. Und Pia-Jill hat er umgebracht, weil sie ihn gesehen hat und identifizieren konnte. Er wusste ja nicht, dass das Foto so verwackelt war." Barbara entwickelte wild gestikulierend ihre Theorie.

Drake nickte nachdenklich. „Das könnte Sinn machen. Ich glaube auch, dass er es ist. Er hat völlig die Beherrschung verloren. Wenn er davon überzeugt ist, dass jemand seiner Schutzbefohlenen etwas antun will, gibt es mit Sicherheit kein Halten mehr für ihn."

„Aber was sollen wir denn jetzt mit unseren Erkenntnissen tun?" Gilda sah ratlos von einem zum anderen. „Die Polizei anrufen? Wir haben keine Beweise, nur Vermutungen. Wenn er es nicht ist, können wir ihm ganz schön schaden mit solchen Behauptungen." Sie machte eine kurze Pause, überlegte. „Wisst ihr, eigentlich finde ich ihn nett. Auch wenn er so herumpoltert. Das, was seiner Familie passiert ist, und dass er das mit ansehen musste, tut mir so leid. Ich möchte ihm nicht noch mehr antun."

Die beiden anderen nickten.

Es klingelte an der Tür. Gilda streckte den Arm aus und bediente den Türsummer. Drake öffnete die Wohnungstür. „Alexa", rief er erfreut.

„Nein, Irmi." Das rundliche Gesicht der Nachbarin von nebenan tauchte in der Tür auf.

„Ja, klar, Irmi." Drake setzte ein treuherziges Lächeln auf.

„Ich wollte nur meine Kuchenform zurückholen. Vielleicht möchtest du ja, dass ich dir wieder einen Käsekuchen backe?"

„Aber klar, gerne." Drake lief gut gelaunt in die Küche und holte die Backform.

„Falls du Zeit hast, könntest du auf einen Absacker rüberkommen?" Hoffnungsvoll sah sie ihn an.

„Ja, warum nicht?"

Ein Strahlen breitete sich auf dem Gesicht der Nachbarin aus, die Wangen röteten sich verdächtig.

Drake drehte sich zu Gilda und Barbara um. „Für heute sind wir fertig, oder? Dann mache ich mich auf. Habt einen schönen Abend."

Die Tür schloss sich hinter den beiden, sie hörten sie fröhlich im Treppenhaus reden, dann schlug die Haustür zu. Gilda und Barbara sahen sich stumm an, dann lachten sie gleichzeitig los.

„Der Kerl ist unglaublich", japste Barbara. „Die Frauen rennen ihm die Bude ein."

Gildas Handy klingelte. Sofort hörten sie auf zu lachen. Barbara sah fragend zu Gilda, ob es Laura war, die sich endlich meldete, doch die schüttelte den Kopf und nahm das Gespräch an.

„Ja?"

„Gilda? Hier ist Anisha. Ich bin zurück zum Wohnheim gefahren. Könnt ihr kommen? Bitte! Mir ist plötzlich eingefallen, dass ich die Jacke auf dem Foto von Pia-Jill vielleicht kenne. Ich glaube, sie gehört Daniel Kampe. Aber ich möchte mir sicher sein, bevor wir die Polizei rufen. Der bringt mich sonst um."

„Warte ...", schrie Gilda in den Hörer, aber die Verbindung war bereits unterbrochen. Sie versuchte, Anisha zurückzurufen, doch die ging nicht mehr dran. Nur ihre Box sprang an.

„Scheiße", rief Gilda Barbara zu. „Wir müssen sofort ins Wohnheim. Anisha hat Daniel Kampes Jacke erkannt. Er ist der Mörder auf dem Foto. Er hat Yasin, Nico und Pia-Jill umgebracht."

60

Gilda sprang hinter dem Schreibtisch hervor.

Barbara nahm ihre Jacke vom Haken und warf sie über. „Ich hole Drake. Schließ du in der Zeit alles gut ab. Wir wollen ja nicht, dass Hassan wieder hier herumstöbert."

Sie rannte den Bürgersteig entlang zum Haus nebenan. Ungeduldig betätigte sie mehrmals die Klingel, niemand öffnete. Sie hämmerte gegen die Eingangstür, doch nichts rührte sich. Sie mussten doch da sein. Genervt trat sie einen Schritt zurück und musterte die Fassade. Dann lief sie am Haus vorbei nach hinten in den Garten. Schon aus einiger Entfernung hörte sie die eindeutigen Geräusche. Drake verschwendete wirklich keine Zeit.

Auf einer Liege auf der Terrasse, nur durch Büsche vor den Augen der Nachbarn geschützt, lagen Drake und Irmi. Sie trug nur noch ein Shirt, das bis unter den Busen gerutscht war,

Drake war vollständig bekleidet, allerdings hingen seine Hosen auf Kniehöhe.

„Es tut mir leid, dass ich euch stören muss." Barbara näherte sich ohne Scheu. Irmi schrie überrascht auf und schlug verschämt die Hände vor das Gesicht. Drake richtete sich auf, zog sich zurück, erhob sich und drehte sich ungeniert zu Barbara um.

„Wie ich sehe, hast du eine Menge zu bieten", flachste sie. Er grinste, bückte sich und zog ohne Hast die Hose hoch.

„Ich nehme an, es handelt sich um einen Notfall", sagte er cool.

„Ja." Barbara fiel wieder ein, warum sie überhaupt hier war. „Wir müssen sofort noch mal zum Wohnheim zurück. Anisha hat den Täter erkannt."

„Ok." Er drehte sich zu der Nachbarin um, die sich hektisch in ihre Sachen zwängte. „Irmi, Schätzchen, tut mir leid, dass wir unterbrochen wurden. Aber ich werde gebraucht. Wir holen das ein anderes Mal nach."

Er nahm Barbaras Arm und verließ mit ihr den Garten.

„Du meine Güte, Drake", flüsterte Barbara.

„Ja?"

Sie schüttelte nur den Kopf.

Gilda wartete bereits auf der Straße, zu dritt liefen sie zu Drakes Auto.

„Gib diesmal bitte ein bisschen mehr Gas." Gilda rutschte nervös auf dem Beifahrersitz herum.

„Immer mit der Ruhe. Ich möchte keinen Unfall bauen. Wir kommen schon noch rechtzeitig an."

Als sie endlich am Ziel waren, hatte er kaum angehalten, da sprang Gilda schon aus dem Auto und lief zum Haus. Barbara kletterte hastig vom Rücksitz, Drake schloss in Ruhe das Auto ab.

„Es macht keiner auf", schrie Gilda von der Tür.

„Aber es müsste doch jemand da sein. Es wohnen doch so viele Mädchen hier." Barbara sah an der Hauswand hoch, ob sich hinter einem der Fenster etwas bewegte.

„Vielleicht können wir hintenrum rein", schlug Drake vor und fügte mit einem Seitenblick auf Barbara zu: „Das hat sich ja eben auch bewährt."

Sie liefen über einen schmalen Weg am Haus vorbei in den Garten. Es gab eine Terrassentür, doch die war geschlossen. Barbara legte die Hände neben das Gesicht und starrte durch die Scheibe. „Nichts. Keiner da."

„Da vorne steht ein Fenster offen." Gilda zeigte nach rechts. „Drake, wenn du mir eine Räuberleiter machst, kann ich reinklettern, dann öffne ich euch die Tür."

„Ok, komm her, Kleines." Breitbeinig stellte er sich unter das Fenster und verschränkte die Hände. Sie stellte ihren Fuß hinein und zog sich hoch.

Sekunden später öffnete sie den Kollegen die Tür zum Garten.

„Hast du jemanden gesehen?", wisperte Barbara. Gilda schüttelte den Kopf. Wie Einbrecher schlichen sie aus dem Wohnraum in den Flur. Gilda zeigte auf Daniel Kampes Büro und zog fragend die Augenbrauen hoch. Drake nickte und ging voran. Leise drückte er die Klinke runter und öffnete langsam die Tür. Dann schob er seinen Kopf durch den Spalt.

„Oh mein Gott!"

Er riss die Tür ganz auf.

Barbara und Gilda drängten sich hinter ihm in das Büro.

Daniel Kampe saß hinter dem Schreibtisch, die Arme und den Kopf auf die Tischplatte gelegt. Aus einer großen, verklebten Wunde hatte sich eine dunkelrote Blutlache um seinen Kopf gebildet. Neben seiner Hand lag eine Waffe.

„Scheiße", schrie Barbara, stürzte auf ihn zu und legte die Finger an seinen Hals. Dann sah sie auf. „Er ist tot."

Gilda nickte. Sie hatte das sofort gesehen. „Wir müssen die Polizei rufen."

Drake nahm das Telefon, das auf dem Schreibtisch in einer Ladeschale stand, und wählte den Notruf. „So, sie kommen gleich vorbei." Er war die Ruhe selbst.

„Schaut mal, was hier unter dem Revolver liegt." Barbara zog ein Stück Papier hervor, das unter Daniel Kampes Hand lag.

„Das ist kein Revolver, sondern eine Pistole", murmelte Drake, wurde aber von den Frauen nicht weiter beachtet.

„Wir dürfen nichts anfassen", zischte Gilda. „Es wird schon genug Ärger geben, weil wir hier sind."

Barbara winkte ab. „Er hat einen Abschiedsbrief geschrieben. Es ist Selbstmord." Sie überflog die Zeilen, die in ungelenker, krakeliger Schrift nach schräg oben verliefen. „Das kann man kaum lesen. Wenn man der Nachwelt etwas mitteilen möchte, sollte man ruhig etwas deutlicher schreiben. Jedenfalls gesteht er, dass er die Morde begangen hat. Um Suna zu schützen. Und dass er mit der Schuld nicht mehr leben kann." Sie beugte sich vor, hob seine Hand an, die neben der Waffe lag, betrachtete sie eingehend, dann roch sie daran.

„Was soll das?" Gilda fragte sich, ob Barbara verrückt geworden war.

„Das kenne ich aus dem Fernsehen. Wenn jemand einen Revolver abfeuert, entstehen Schmauchspuren an der Hand, die man sehen und riechen kann. Und die hat er. Es ist tatsächlich Suizid."

„Allerdings wurde in diesem Fall eine Pistole abgefeuert", murmelte Drake, ohne sich große Hoffnungen zu machen, dass ihm zugehört wurde, und fügte noch leiser hinzu: „Und als analytisches Verfahren zum Nachweis einzelner Schmauchpartikel wird üblicherweise die Rasterelektronenmikroskopie mit Röntgenmikroanalyse eingesetzt. Nicht der Hellmannsche Schnüffeltest."

Niemand beachtete ihn.

„Natürlich ist es Selbstmord." Gilda war selbst überrascht, wie aggressiv sie klang. Aber der Tod von Daniel Kampe erschütterte sie. Barbara schaute sie nur milde an.

Mit gellendem Martinshorn fuhr ein Streifenwagen vor. Barbara legte eilig den Abschiedsbrief zurück. Gilda lief zur Tür, um die Polizisten hereinzulassen. Benderscheid war auch dabei. Wortlos wies sie ihnen den Weg ins Büro.

„Sie müssen sofort hier raus. Bevor wir nicht wissen, womit wir es zu tun haben, ist es als Tatort einzustufen." Ein Uniformierter scheuchte sie in das Wohnzimmer.

Sie setzten sich auf die Polstermöbel und warteten. Nach einer Weile stieß Benderscheid zu ihnen. „Das sieht verdammt nach Selbsttötung aus. Aber das haben Sie sicherlich auch schon bemerkt." Alle drei nickten.

„Das Einzige, was mich wundert, ist, schon wieder Leute von der Detektei Peters anzutreffen. Ich frage jetzt nicht, warum, dann müssen Sie mir auch keine Märchen erzählen. Der Fall scheint ziemlich eindeutig, ich denke deshalb nicht, dass wir sie sofort befragen müssen. Natürlich gehe ich davon aus, dass Sie erst nach dem Selbstmord angekommen sind?"

Die drei nickten wieder.

„Ich bin durchs Fenster geklettert", gestand Gilda kleinlaut. Benderscheid winkte nur ab.

Ein Polizist streckte den Kopf durch die Tür: „Das Haus ist ansonsten leer. Wir haben alles überprüft, vom Keller bis zum Dach. Niemand da." Benderscheid nickte, dann wandte er sich wieder den Dreien zu: „Sie können jetzt gehen."

Barbara und Drake sprangen erleichtert auf, aber Gilda blieb sitzen. „Herr Benderscheid, ich habe noch einen anderen Punkt. Meine Chefin ist seit heute Morgen verschwunden. Vielleicht sogar schon seit gestern Abend. Ich mache mir Sorgen, dass ihr etwas zugestoßen ist."

„Laura Peters ist verschwunden?"

„Ja."

Barbara schaltete sich zögernd ein: „Wir sind uns nicht sicher. Möglicherweise hat sie sich auch nur einen Tag freigenommen. Sie braucht schließlich auch mal ein bisschen Abwechslung und Zerstreuung. Aber es ist eigentlich nicht ihre Art, sich mitten in einem Fall eine Auszeit zu nehmen."

Gilda senkte den Kopf. „Ich habe ein ganz mieses Gefühl."

Benderscheid sah unschlüssig von einer zur anderen, dann gab er sich einen Ruck. „Machen wir es so, wenn sie morgen immer noch nicht wieder da ist, können Sie sie offiziell als vermisst melden. Bis dahin höre ich mich inoffiziell in den Krankenhäusern um, ob sie vielleicht dort eingeliefert worden ist. Falls ja, melde ich mich natürlich sofort. Aber ich würde mir vorerst keine Sorgen machen." Gilda bedankte sich und folgte den Kollegen nach draußen.

Die Rückfahrt verlief zuerst schweigsam. Jeder hing seinen Gedanken nach.

„Jetzt ist der Fall wenigstens gelöst", murmelte Barbara nach einer Weile. „Es war also wirklich Daniel Kampe, der Yasin, Nico und Pia-Jill ermordet hat. Was für eine Tragödie."

„Ja", stimmte Drake zu. „Anscheinend hat er den brutalen Mord an seiner Familie nicht verarbeiten können. Das Trauma hat ihn selbst zum Mörder gemacht. Eine fatale Kettenreaktion."

„Alles Scheiße!" Aus Gildas rauer Stimme waren die Tränen herauszuhören. „Er hat den armen Nico ermordet. Der keiner Fliege jemals etwas zuleide getan hat. Und dann ... dann begeht er einfach Selbstmord. Er ist ein feiges Arschloch." Sie konnte das Schluchzen nicht mehr unterdrücken.

Barbara angelte mit dem Arm nach hinten und strich ihr über das Knie. Gilda hielt den Kopf gesenkt und reagierte nicht.

Drake räusperte sich. „Gilda, das war vielleicht alles ein bisschen viel für dich in der letzten Zeit."

„Quatsch", widersprach sie heftig. „Ich bin Detektivin. Das ist mein Job. Ich habe schon ganz andere Sachen erlebt."

„Aber du hast Nico sehr gern gehabt. Sein Tod geht dir sehr nahe. Das ist ganz natürlich. Den Mörder zu suchen, hat dich von deinem Kummer abgelenkt. Dir geholfen, die Kontrolle zu bewahren. Dass der sich nun durch Selbstmord einer gerechten Bestrafung entzogen hat, ist frustrierend für dich."

Gilda schnaubte verächtlich. Vehement wischte sie sich die Tränen aus dem Gesicht.

„Aber weißt du", fuhr Drake fort, „wenn er ins Gefängnis gekommen wäre, hätte dich das auch nicht zufriedener gemacht. Wer weiß, wie es ausgegangen wäre? Vielleicht hätte er mildernde Umstände angerechnet bekommen, wegen seiner schweren Vergangenheit. Man hätte etwas konstruieren können und ihn für Totschlag und nicht für Mord angeklagt. Vielleicht hätte er auch auf Unzurechnungsfähigkeit plädiert. Vor Gericht steht nur der Täter im Mittelpunkt. Was dem Opfer angetan wurde, kann nicht mehr wiedergutgemacht werden. Es wird nicht wieder lebendig. Das klingt hart, aber es ist so: Nichts kann Nicos Tod sühnen."

Gilda schniefte ein letztes Mal. „Ich weiß, du hast recht. Es geht auch schon wieder. Alles ok."

Barbara tätschelte noch einmal aufmunternd ihr Knie und kuschelte sich dann in den Beifahrersitz. „Es ist schon spät, und wir haben heute einen harten Tag gehabt. Am besten gehen wir nach Hause und machen uns noch einen ruhigen Abend. Sofern das möglich ist. Drake, kannst du mich bei meinem Auto absetzen?" Drake nickte.

„Mich kannst du im Büro rauswerfen. Da steht mein Fahrrad. Ich schaue noch mal nach dem Rechten und strampele dann nach Hause." Plötzlich schaute Gilda erschrocken auf: „Sagt mal, wo ist eigentlich Anisha? Sie war doch schon beim Wohnheim angekommen, als sie mich angerufen hat, und wollte uns treffen? Und wo ist Suna?"

61

Gilda winkte Drake hinterher und sah dem Range Rover nach, bis er mit weniger als den vorgeschriebenen dreißig Stundenkilometern endlich aus ihrem Blickfeld verschwunden war. Dann ging sie durch das Tor in den Vorgarten und blickte in den Himmel. Es war schon fast dunkel, der Mond und ein paar Sterne waren bereits sichtbar. Normalerweise liebte sie es, den Sternenhimmel zu betrachten. Es rückte für sie alles wieder in die richtige Relation. Dieses unendliche Weltall, fast jeder Lichtpunkt ein Himmelskörper, der um ein Vielfaches größer war als die Erde. Sie wurde sich dann bewusst, wie winzig klein sie war. Wie unbedeutend, kaum mehr als ein Staubkorn. Und wie unwichtig ihre Probleme eigentlich waren.

Doch diesmal funktionierte es nicht. Der Kummer ihrer Eltern, Nicos brutaler Tod, Pia-Jills riesiger, weißer Hintern, die dunkelrote Blutlache auf Daniel Kampes Schreibtisch. Alles wirbelte in ihrem Kopf durcheinander. Und Laura. Die immer noch verschwunden war.

Gilda seufzte. Sie fühlte sich ohnmächtig. Hilflos. Wusste nicht, wo sie ansetzen sollte. So viele lose Enden. Dabei konnten sie heute Häkchen an viele Punkte machen. Die Bad Godesberger Morde waren aufgeklärt. Das würde einige Bürger überraschen, die sich schon zu Mahnwachen gegen Gewalt und Überislamisierung versammelt hatten und die Politik zur Verantwortung ziehen wollten. Es war kein Migrant, Flüchtling oder Ausländer, der die drei ermordet hatte. Kein Muslim.

Es war einfach nur ein Deutscher.

Auch wenn es vermutlich dem IS zuzuschreiben war, dass aus Daniel Kampe ein mordender Psychopath geworden war.

Eine leichte Brise kam auf, strich Gilda über die nackten Arme. Sie fröstelte und ging langsam zur Haustür. Der Fall Yasin war gelöst, doch es gab immer noch viel zu tun. Sie mussten den unsichtbaren Feind aufspüren, der sie alle ruinieren wollte. Wie aus dem Nichts kam wieder die Erinnerung an den Abend in Euskirchen und an den Teufel mit der Maske hoch. Der Sadist, an dem Maria sich gerächt und dem sie das Leben gerettet hatte. Warum musste sie wieder an ihn denken? War er es doch, der ihnen all die Unannehmlichkeiten bereitete? Energisch schob sie den Gedanken beiseite. Sie wollte ihn um jeden Preis vergessen. Zu lange hatte er sie nachts in den Alpträumen heimgesucht.

Nach dem Zusammentreffen in dem Sadomaso-Club hatte sie endlich einen Schlussstrich unter das Thema ziehen können. Er hatte sie damals nicht gesehen und wusste nicht, dass sie dabei gewesen war. Er konnte nicht der unsichtbare Feind sein. Es war jemand anderes, der sie ins Visier genommen hatte. Und dann gab es ja noch das Attentat, das sie unbedingt verhindern mussten. Gilda lachte trocken auf. „Und dann müssen wir wahrscheinlich noch einen Bösewicht bekämpfen, der die Weltherrschaft an sich reißen will", murmelte sie. „Wir sollten uns Super-Hero-Anzüge anfertigen lassen. Dann sehen wir wenigstens gut dabei aus."

Sie fischte den Schlüssel aus der Tasche und öffnete die Haustür. Als sie langsam die wenigen Stufen hinaufstieg, spürte sie die Müdigkeit. Sie würde nur noch ihren Laptop holen und dann verschwinden. Die Detektei lag im Dunkeln. Sie machte Licht im Vorraum und sah, dass die Tür zu Lauras Büro offenstand. Sie spürte einen leisen Windhauch aus dem Zimmer wehen. Sie hatte doch das Fenster zugemacht, bevor sie gegangen war. Seufzend ging sie in den dunklen Raum und tastete nach dem Lichtschalter.

„Gilda?"

Sie erstarrte. „Wer ist da?"

„Ich bin es, Anisha."

„Verdammt!" Gildas Finger suchten hektisch nach dem Schalter. Endlich wurde es hell. „Bist du völlig verrückt geworden? Was machst du hier im Dunkeln? Du hast mich zu Tode erschrocken."

Anisha saß auf einem der hellblauen Besuchersessel. Blass und schmal. Mit riesigen Augen blickte sie Gilda nur an.

„Wie bist du hier reingekommen?" Gilda bemerkte, dass die Terrassentür offenstand, Glasscherben lagen auf dem Parkett. „Ist jemand eingebrochen?"

Anisha antwortete nicht, starrte nur.

„Verdammte Scheiße. Warum sagst du nichts? Hast du etwa die Tür aufgebrochen?"

Hinter sich spürte sie eine Bewegung, dann traf sie ein heftiger Stoß. Sie fiel nach vorne, krachte ungebremst auf den Boden. Sie wollte sich aufrappeln, doch plötzlich war jemand über ihr, zog ihr ein Tuch über den Kopf. Sie versuchte sich zu wehren, nach dem Angreifer zu schlagen und zu treten. Doch da sie nichts sehen konnte, gingen ihre Hiebe ins Leere. Eine Hand schloss sich hart um ihr Handgelenk, der Arm wurde ihr auf den Rücken gebogen und schmerzhaft nach oben gerissen.

Sie schrie und gab den Widerstand auf.

62

Marek brach die Observierung ab. Die drei Männer würden vielleicht noch ewig in der Wohnung hocken, womöglich übernachteten sie auch dort. Er ging zurück zu seinem Auto und fuhr nach Rüngsdorf in die Detektei. Es war noch nicht so spät, sicher war Gilda noch da.

Oder Laura war endlich aufgetaucht.

Der Abend war schön, sie konnten sich auf die Veranda setzen, einen Drink nehmen und über die Fälle sprechen. Er hatte noch keine Lust, nach Hause zu gehen.

An der Tankstelle in Mehlem hielt er an und kaufte Gin, Tonic, Erdnüsse und Chips. Nach kurzem Überlegen packte er noch eine große Schokoladentafel dazu. Gilda hatte eine Schwäche für Süßigkeiten.

Bei der Detektei angekommen, parkte er sein Auto in der schmalen Straße um die Ecke. Im Vorgarten lag Gildas Fahrrad im Busch, sie war also noch da. Da er voll bepackt war und der Schlüssel schwer erreichbar in seiner Hosentasche steckte, entschloss er sich hintenrum zu gehen. Bei so angenehmen Temperaturen war die Tür zu Lauras Büro bestimmt geöffnet. Als er die Stufen zur Veranda hochstieg, hörte er ein Geräusch, das ihn stutzig machte. Er hielt in der Bewegung inne, lauschte nach drinnen. Hatte er ein Stöhnen gehört? Da. Wieder. Irgendetwas war nicht in Ordnung. Leise legte er die Einkäufe auf das Polster der Gartenbank und schlich zur Tür.

Mit einem Blick hatte er die Situation erfasst.

In Lauras Büro stand eine Person mit dem Rücken zu ihm. Sie war schwarz gekleidet, lange Haare hingen ihr offen über den Rücken. Sie hielt eine dicke Eisenstange hoch erhoben über ihrem Kopf. Vor ihr, in den Besuchersesseln, saßen Gilda und ein schwarzes Mädchen. Die beiden schauten ängstlich zu der Frau, die Hände lagen gefesselt auf den Beinen.

Marek machte zwei blitzschnelle Schritte in den Raum, riss der Angreiferin mit der einen Hand die Waffe weg, mit der anderen drehte er ihr den Arm auf den Rücken.

„Wen haben wir denn da?" Seine Stimme klang nicht unfreundlich. Dieses schmale Wesen konnte er als Gegnerin nicht ernst nehmen. Auch wenn sie die Mädchen in ihre Gewalt gebracht hatte.

„Marek!" Gilda war blass, aber sie versuchte zu lächeln. „Ich kann gar nicht sagen, wie sehr ich mich freue, dich zu sehen. Das da ist Suna." Sie wies mit dem Kopf auf die Frau, die er festhielt.

Er zwinkerte beruhigend. „Warte, ich binde ihr die Hände auf den Rücken, dann befreie ich euch. Und danach möchte ich gerne wissen, was hier überhaupt los ist."

Er fesselte Suna und schob sie auf einen Sessel, dann ließ er sein Messer aufschnappen und durchschnitt die Kordeln, die um die Handgelenke der Mädchen gebunden waren. Gilda sprang auf und fiel ihm um den Hals. „Danke, dass du uns gerettet hast. Suna wollte uns umbringen."

„Was?" Zum ersten Mal warf er einen Blick auf die Frau, musterte die ebenmäßigen Gesichtszüge, die großen Augen, die schlanke Gestalt. Zweifelnd sah er Gilda an.

„Doch. Wirklich. Sie wollte das Foto von uns. Das von dem Mörder. Was total blödsinnig ist. Wir können es ihr gar nicht geben, weil es ja längst auf Facebook gepostet ist. Aber sie hat uns nicht geglaubt. Und sie wollte uns töten. Genauso wie Yasin, Nico und Pia-Jill. Das war nämlich sie, nicht Daniel Kampe. Aber wir dachten, dass er es war." Gilda war so aufgeregt, dass sich ihre Stimme überschlug.

„Langsam, langsam. Ich komme nicht ganz mit. Dieses Mädchen ist die Mörderin, die wir suchen?" Gilda nickte.

Marek wusste nicht, ob er belustigt oder schockiert sein sollte. Doch Gilda meinte es offensichtlich ernst.

„Wartet." Er ging auf die Veranda, holte die Einkäufe und nahm ein gebrauchtes Wasserglas von Lauras Schreibtisch. Dann mixte er sich einen Gin Tonic und nahm einen großen Schluck. „Ok, schießt los."

Gilda holte tief Luft. „Anisha hat die Jacke wiedererkannt, die auf dem Foto war, das Pia-Jill vom Täter geschossen hat. Sie gehört Daniel Kampe. Sie ist zum Wohnheim gefahren und wollte ihn zur Rede stellen. Uns hat sie gebeten, mitzukommen, um ihr zu helfen."

Anisha nickte: „Als ich ins Heim kam, habe ich Daniel und Suna im Büro gehört. Sie haben sich gestritten und nicht gemerkt, dass ich zurückgekommen bin. Suna hat ihm gedroht, zur Polizei zu gehen. Ich weiß nicht, worum es ging, aber er hat sich furchtbar aufgeregt und herumgeschrien, dass sie auf ihn angewiesen sei und ihr sowieso keiner glauben würde. Sie sei schließlich nur ein Flüchtling. Eine ehemalige Sexsklavin. Und dann stünde ihr Wort gegen seins." Anisha räusperte sich mehrmals.

Marek hielt seinen Gin Tonic hoch. „Möchtest du einen?"

„Gerne!"

„Halt! Anisha ist noch nicht achtzehn. Du kannst sie nicht mit Alkohol abfüllen." Gilda runzelte streng die Stirn.

Marek zuckte gleichmütig die Schultern und reichte dem Mädchen eine Dose Tonicwater. „Erzähl weiter."

„Suna ist total ausgerastet. Sie brüllte herum, wie sehr sie ihn hasse und dass sie abhauen wollte. Sie hat ihn sogar geschlagen und Sachen von seinem Schreibtisch auf den Boden geworfen." Anisha trank einen Schluck und warf einen vorsichtigen Seitenblick auf Suna, die die ganze Zeit regungslos im Sessel saß und auf ihre verschränkten Finger starrte. „Daniel ist dann auf einmal ganz ruhig geworden. Ich glaube, er hat geweint. Es war unheimlich. So habe ich ihn noch nie erlebt. Er bettelte, sie solle dableiben. Sie dürfe ihn nicht verlassen. Aber Suna blieb hart. Sie erzählte plötzlich, dass sie die Morde begangen habe. Und wenn sie hier bliebe, würde man sie schnell finden, weil jemand eine Aufnahme von ihr gemacht habe. Sie hatte sich nämlich Daniels Jacke mit dem Logo des Wohnheims geliehen. Ganz schön dämlich." Anisha warf einen giftigen Blick auf Suna. „Daniel hat es erst gar nicht kapiert. Was ich gut verstehen kann. Ich konnte es auch nicht glauben, dass Suna so etwas Abartiges gemacht haben könnte. Aber es ist wahr. Die beiden haben dann eine Weile geschwiegen, und plötzlich ist Suna aus dem Büro gekommen und hat mich erwischt. Sie hat sich sofort auf mich gestürzt. Ich war so geschockt, dass ich mich gar nicht wehren konnte, und sie hat mich gefesselt. Dann hörten wir den Schuss. Daniel hatte sich umgebracht."

Gilda und Marek ließen die Worte auf sich wirken. Suna schien gar nicht zugehört zu haben.

„Aber Daniel hat einen Abschiedsbrief geschrieben." Gilda legte nachdenklich die Stirn in Falten.

„Ich weiß. Und er hat alle Schuld auf sich genommen. Praktisch für sie." Anisha knallte die leere Dose auf das Tischchen.

„Und dann sind wir gekommen, Barbara, Drake und ich", setzte Gilda die Geschichte fort.

Anisha nickte. „Aber da waren wir schon weg. Suna hatte mich in Daniels Auto gezerrt und ist mit mir hierher gefahren. Um das Foto zu holen. Dabei ist das schon längst im Internet veröffentlicht worden."

Marek nahm einen Schluck von seinem Drink und sah Suna nachdenklich an. Sie wirkte so schutzbedürftig, so zerbrechlich. Und unschuldig. Aber sie hatte diese grauenhaften Taten begangen. Es gehörte schon einiges dazu, um jemanden mit einer Eisenstange so lange zu schlagen, bis er tot war.

„Suna. Du hast einen guten Freund von uns getötet. Und noch zwei weitere Menschen. Warum?"

Suna knetete ihre Finger. „Ihr wisst gar nichts", stieß sie hervor. „Ihr lebt hier in Freiheit. Ihr keine Sorgen. Alles ist gut. Aber wo ich herkomme, Krieg. Menschen sterben. Werden gefoltert. Einfach so. Jeden Tag." Sie schluckte hart. Marek stand auf und nahm ihr die Fesseln ab. Dankbar sah sie mit großen, schönen Augen zu ihm hoch und wischte über ihr Gesicht. Dann sprach sie mit leiser Stimme weiter. „Die IS-Kämpfer haben unser Dorf überfallen. Sie meine Mutter erschießen und mich mitnehmen. Ich bis heute nicht wissen, wo mein Vater, meine Schwestern und meine Brüder sind. Wahrscheinlich alle tot."

„Oh Mann." Gilda schlug die Hand vor den Mund.

„Dann sie mich bringen zu Haus von alte Mann. Ist hoher IS-Mann. Ganz wichtig. Ich viele Monate dort. Ganz schlimme Zeit." Sie schloss kurz die Augen. Die Erinnerung war zu schmerzhaft. „Dann ich konnte fliehen. Viele Männer mich fragen nach dem Haus, dem Mann. Ich viel wissen. Ich nützlich für sie. Dann sie mich bringen nach Deutschland. Sagen, ich muss aufpassen. IS Leute mich suchen. Und töten."

Die drei ließen die Worte auf sich wirken.

„Ich war so froh, dass nach Deutschland kommt. Aber dann war hier genauso wie überall."

„Wie meinst du das?" Gilda beugte sich vor.

„Hier genauso schlimm. Ich Sex-Sklavin von alte Mann in Syrien. Dann ich Sex-Sklavin in Deutschland. Von Daniel."

„Was?" Die drei schauten sie fassungslos an, Gilda war von ihrem Sitz aufgesprungen. „Das darf doch nicht wahr sein!"

Suna nickte kaum sichtbar. „Jede Nacht. Von erste Tag an. Es war schrecklich."

„Aber", stammelte Gilda, „warum hast du dich nicht gewehrt? Oder jemanden um Hilfe gebeten?"

Suna lachte bitter auf. „Wen denn? Keiner mir glaubt. Daniel wichtiger Mann. Ich nur Flüchtling. Sex-Sklavin. Nichts wert. Und Daniel viel stärker als ich. Und auch immer zu mir kommen, wenn ich sage, bin krank. Jede Nacht. Ich so Angst, dass andere Mädchen uns hören. Ich mich so geschämt."

Die drei Zuhörer schwiegen fassungslos.

Marek leerte das Glas, goss sich ordentlich Gin mit wenig Tonic nach und räusperte sich. „Es hört sich vielleicht merkwürdig an, aber ich glaube, dass Daniel dich geliebt hat. Zwar auf eine ekelhafte und abstoßende Art und Weise, aber er muss dich geliebt haben. Sonst hätte er den Abschiedsbrief nicht geschrieben. Es ist schrecklich, was du erlebt hast. Unvorstellbar. Und es tut mir wirklich leid für dich. Aber warum hast du Yasin ermordet? Er war doch dein Freund? Und Nico?"

„Yasin hatte sich verändert", sagte sie mit leiser Stimme. „Er nur noch Koran gelesen. Hatte Freunde, böse Freunde. Wollte plötzlich wissen, warum ich so beschützt werde von Daniel. Hat viel Fragen gestellt. Und irgendwann er gewusst, was damals war. Und dass IS mich sucht. Weil ich die Leute kenne. Er mir gesagt, wird seinen Freunden alles verraten. Er wollte sie fragen, was zu tun ist. Ich wäre Verräterin an alle Muslime. Da musste ich mich wehren."

„Hättest du nicht die Polizei rufen können?" Gilda brachte den Einwand nur zögernd hervor.

Suna schüttelte den Kopf. „Polizei nicht können helfen. Sie mich nur wegbringen. Aber dann Yasin gehen zu IS und von mir erzählen. Und dann sie mich überall finden. Deshalb ich auf Yasin gewartet und mit Stange totgeschlagen. Wie bösen Hund."

Gilda lief es kalt den Rücken runter. Dieses Mädchen war knallhart. Brutal. Selbst wenn es aus ihrer Sicht Notwehr gewesen war, musste man immer noch dazu fähig sein, so etwas überhaupt zu tun. Aber vielleicht wurde man so abgestumpft und gewalttätig, wenn man solche Torturen erlebt hatte.

„Aber was hat Nico dir getan?" Gilda brach fast die Stimme weg.

„Er erzählen, dass Freund von Yasin. Und Yasin hat viel Informationen. Und er auch wissen. Und großen Gefallen tun. Da war klar, er wollte mich auch verraten."

„Freund von Yasin?", fuhr Gilda dazwischen. „Er kannte ihn doch gar nicht."

„Doch", Suna nickte heftig. „Er viel reden in Gruppen-Sitzung. Freund Yasin suchen. Yasin hat wichtige Informationen. Ich ihn nach Stunde fragen. Er plötzlich ganz komisch geguckt. Da ich wissen, Yasin hat schon von mir verraten. Nico wusste Bescheid. Wusste alles." Sie nickte heftig.

Gilda wollte aufbrausen, ihr widersprechen, sie anschreien, dass das nicht wahr ist. Aber Marek warf ihr einen scharfen Blick zu, der sie verstummen ließ.

„Ich verstehe", sagte er neutral. „Und Pia-Jill hast du getötet, weil sie dich fotografiert hat. Aber woher wusstest du das?"

Suna sah auf. „Woher ich wusste? Ich sie gesehen, als sie Foto machte. Sie sehr ...", sie gestikulierte mit den Händen, malte einen großen Kreis in die Luft, während sie nach dem passenden Wort suchte, „sehr auffällig. Also ich viel an Bushaltestelle warten, wo sie aussteigen Samstagnacht. Und dann sie kommt. Ich ihr folgen in Park. Sie mit Freund ... hinter Busch ...", sie senkte den Kopf, hielt sich die Hand an die Stirn. „Wenn fertig, Freund sagt, soll noch so auf ihn warten. Nackt. Aber haut ab mit die anderen. Ich mich zu ihr schleichen mit Messer und zack." Die Handbewegung war nicht misszuverstehen. „Dann ich nehmen Handy, mache kaputt mit Stein und werfe in Rhein."

Wieder breitete sich Schweigen im Raum aus. Suna hielt den Kopf gesenkt, Gilda hatte das Gesicht in den Händen vergraben. Marek nahm einen Schluck von seinem Longdrink, starrte eine Weile vor sich hin, dann gab er sich einen Ruck und griff zum Telefon.

„Kann ich bitte mit Hauptkommissar Benderscheid sprechen?"

63

Die Polizei war innerhalb weniger Minuten da gewesen und hatte Suna abgeführt. Benderscheid war geblieben und hatte sich von Marek und Gilda die Situation erklären lassen. Er hatte nichts dazu gesagt, nur gelegentlich genickt. Dann hatte er weitere Befragungen auf morgen vertagt und angeboten, Anisha zu Hause abzusetzen.

Gilda war mit Marek zurück geblieben. Sie hatten sich auf die Veranda gesetzt, die Füße gegen das Geländer gestemmt und Gin Tonic getrunken. Dreimal hatte Gilda es vergeblich auf Lauras Handy probiert. Ansonsten hatten sie vor allem einträchtig geschwiegen und in den Garten gestarrt. Um Mitternacht hatte Marek sie mit dem Auto nach Hause gebracht. Sie war zu müde zum Fahrradfahren gewesen.

Doch als sie endlich im Bett lag, konnte sie nicht einschlafen. Die Ereignisse des Tages kreisten durch ihren Kopf, ließen sie nicht zur Ruhe kommen. Vor allem machte sie sich zunehmend Sorgen um Laura. Sie hätte Benderscheid von den schrecklichen Bildern erzählen sollen. Den Fotomontagen aus Lauras Gesicht und dem Körper einer sadistisch misshandelten Frau. Das war eindeutig eine Drohung gewesen. Er hätte bestimmt sofort die Suche nach ihr eingeleitet. Warum hatte sie bloß nicht daran gedacht? In der letzten Zeit passierte einfach zu viel. Sie war froh, dass die Polizei wenigstens ab morgen offiziell nach ihr fahnden würde.

Es machte Ping, das Handy leuchtete im Dunkeln auf. Sie hatte eine Mail erhalten. Vielleicht endlich Nachricht von Laura? Sie öffnete sie.
„*Nur du kannst sie retten. Informiere niemanden, sonst ist sie tot. Weitere Hinweise folgen.*"
Keine Unterschrift, dafür im Anhang eine Video-Datei. Gilda hatte ein mulmiges Gefühl, als sie das Icon anklickte.

Schreie gellten durch das Zimmer. Gilda blieb fast das Herz stehen. Hektisch versuchte sie, die Lautstärke herunterzuregeln. Es schien Ewigkeiten zu dauern, bis ihre fahrigen Finger den Knopf fanden und der Lautsprecher auf stumm schaltete. Sie konzentrierte sich auf das Video. Laura. Gefesselt. Die Arme hoch über den Kopf gezogen. Nackt. Dann ein Mann, von dem nur der Rücken und blonde Haare zu sehen waren. Und ein Messer, das in Lauras Haut schnitt und Blut zum Vorschein brachte. Gilda konnte sich das nicht weiter ansehen. Ihr wurde übel. Sie drückte die Finger gegen die Schläfen und versuchte, einen klaren Kopf zu bekommen.

Hatte sie also mit ihrer bösen Vorahnung doch recht gehabt. Laura war entführt worden. Und jemand quälte sie, folterte sie.

Sie brauchte Hilfe. Spontan wollte sie Marek anrufen. Oder die Polizei. Aber dann erinnerte sie sich an den Text in der

Mail. Sie durfte zu niemandem etwas sagen. Nur so konnte sie Laura retten.

An Schlaf war nicht mehr zu denken. Sie versuchte, ruhig zu atmen, sich bewusst zu entspannen. Dann zwang sie sich, das Video erneut anzusehen, um jeden noch so kleinen Hinweis zu finden. In einer Szene schaute der Mann kurz hoch. Sie hielt das Video an und zoomte das Standbild. Da, die rote Narbe. Wie ein rotes Band rings um den Hals.

Sie hatte recht mit ihrer Vorahnung gehabt. Jetzt wusste sie, wer der unsichtbare Feind war.

Es war der Teufel mit der Maske.

64

HEUTE, FREITAG

BAD GODESBERG

Gilda hatte die ganze Nacht kein Auge zugetan. Immer wieder hatte sie die Mail analysiert, erfolglos den Absender zurückverfolgt, hin und her überlegt, wen sie einschalten könnte. Aber sie durfte es nicht. Er würde es bestimmt sofort mitkriegen, und dann musste Laura dafür büßen.

Sie kannte ihn, hatte ihn schon zweimal getroffen. Das waren denkwürdige Begegnungen gewesen, die sie niemals vergessen würde.

Das erste Mal hatten sich ihre Wege gekreuzt, als sie für die Detektei im Zwangsarbeiterlager in der Nähe des Dornheckensees ermittelt hatte. Danach hatte er sie nachts regelmäßig in ihren Träumen heimgesucht. Und beim zweiten Mal hatte sie ihm zusammen mit Maria, Mareks früherer Kollegin, eine Falle gestellt und eine deftige Lektion erteilt.

Sie wusste, dass er gnadenlos brutal war und vor nichts zurückschreckte. Und dass er sehr mächtig und einflussreich war. Natürlich steckte er hinter den Sabotage-Akten, der Schließung des Restaurants, der Beendigung der Kooperation mit Herckenrath und der Absage von Barbaras Konzerten. Sie traute ihm alles zu. Womöglich ließ er sie sogar die ganze Zeit überwachen und bekam sofort mit, wenn sie sich nicht an die Regeln hielt.

Am liebsten wäre sie heute gar nicht zur Arbeit gefahren, sondern hätte einfach geschwänzt und auf seine Anweisungen gewartet. Doch das war zu auffällig. Hoffentlich hatte sie sich vor den anderen so weit im Griff, dass man ihr nichts anmerkte. Sie musste sich zusammenreißen. Es stand zu viel auf dem Spiel.

Da sie das Fahrrad gestern in der Detektei zurückgelassen hatte, rief sie kurzerhand ein Taxi.

Es war noch früh, sie war die Erste in der Detektei. Mechanisch schaltete sie den Computer an, befüllte die Kaffeemaschine, öffnete die Fenster und ließ frische Morgenluft rein. In Lauras Büro fegte sie die Scherben der zerschlagenen Scheibe auf und machte mit der Glaserei einen Termin, um die Flügeltür reparieren zu lassen. Zwischendurch warf sie immer wieder einen Blick auf das Display des Handys, doch es kam keine neue Mail.

Gegen neun trudelte Drake ein. Er wirkte erholt und gut gelaunt, offensichtlich hatte er eine bessere Nacht gehabt als sie. Plötzlich fiel ihr ein, dass er noch gar nicht wusste, was gestern Abend passiert war. Dass Suna ihr in der Detektei aufgelauert hatte und dass sie sie und Anisha hatte umbringen wollen. Das Video von Lauras Folterung hatte sie so geschockt, dass alles andere in den Hintergrund gerückt war.

Sie leistete ihm bei einem Kaffee in der Küche Gesellschaft und setzte ihn ins Bild.

„Kaum wende ich den Rücken, schon passieren die unglaublichsten Sachen", witzelte er. Sie konnte nicht darüber lachen. Er schaute sie forschend an. „Du siehst so blass aus. Schlecht geschlafen?" Sie nickte und sah zur Seite. „Der Abend gestern war aber auch nichts für schwache Nerven", sagte er mitfühlend und wusste gar nicht, wie recht er hatte. „Hast du etwas von Laura gehört?"

„Was?", rief sie alarmiert. „Nein!" Dann ging ihr auf, dass er nichts von der Mail des Teufels mit der Maske wissen konnte. Er wollte sich lediglich harmlos erkundigen, ob die Chefin immer noch verschwunden war.

„Dann werden wir jetzt doch die Polizei alarmieren." Entschlossen stand er auf.

„Bloß nicht." Ihre Stimme klang zu verzweifelt. Sie musste sich beruhigen, sonst würde er misstrauisch werden.

„Gestern hast du Benderscheid doch selbst auf das Thema angesprochen. Was ist los? Warum dieser Sinneswandel?"

Sie überlegte blitzschnell. „Laura hat mich angerufen", log sie. „Sie nimmt sich noch einen Tag frei. Wir sollen uns keine Sorgen machen."

„Ach so?" Er zog eine Augenbraue hoch. Gilda schoss das Blut in die Wangen. Sie wusste, dass er ihr nicht glaubte. Aber die Wahrheit durfte sie ihm nicht sagen.

„Ja. Ich habe den Eindruck, sie hat jemanden kennengelernt", schob sie hinterher. In gewisser Weise stimmte das ja auch.

Er sah sie prüfend an, dann grinste er. Diese Begründung konnte Drake nachvollziehen. „Aha. Verstehe. Wir sollten ihr das gönnen. Trotzdem hätte ich sie anders eingeschätzt. Dass sie sich mitten in einer Ermittlung einfach so rauszieht, wundert mich. Klar, ihr seid tolle Detektive und habt alles im Griff. Aber sie konnte weiß Gott nicht ahnen, dass ihr den Mörder gestern dingfest machen würdet."

Gilda zuckte mit den Schultern und versuchte, ein Lächeln aufzusetzen. „Sie hat volles Vertrauen zu uns. Ich habe ihr alles berichtet, und sie hat mir Anweisungen gegeben, was heute zu tun ist."

„Ok?" Er lehnte sich an den Türrahmen und sah sie abwartend an.

„Ja. Du sollst dich um die ganzen PR-Sachen kümmern. Hat sie gesagt. Die Polizei hat sicher noch Fragen, und die Journalisten werden sich auch melden, wenn sie spitzkriegen, was gestern hier los war." Insgeheim war sie stolz auf sich, dass ihr das eingefallen war.

„Ich war doch gar nicht dabei", wandte er halbherzig ein.

„So what? Ich habe dir alles erzählt. Du musst uns einfach in möglichst gutem Licht erscheinen lassen. Als Schriftsteller ist das ein Leichtes für dich."

„Ja, ich denke, das ist die richtige Aufgabe für mich." Er überlegte einen Augenblick. „Aber wie machen wir es am besten? Ich möchte nicht den ganzen Tag hier herumsitzen und warten, bis irgendjemand anruft. Folgender Vorschlag: Ich schaue gegenüber auf einen Sprung bei Alexa vorbei. Nehme bei ihr ein kleines Frühstück. Und du rufst mich an, wenn etwas anliegt?"

Sie nicke. „Gute Idee, das mache ich."

Erleichtert atmete sie auf, als die Tür hinter ihm zuschlug. Die Lügerei zerrte an ihren Nerven. Sie prüfte wieder das Telefon: keine Mail.

Niedergeschlagen setzte sie sich an den Schreibtisch, stützte den Kopf auf die Hände, starrte auf den Computer und brütete vor sich hin.

Das Festnetz klingelte, es war Barbara.

„Hi Gilda. Ich mache mir langsam doch Sorgen um Laura. Hat sie sich gemeldet?"

„Ja, Barbara, zum Glück." Gilda brachte die Geschichte mit Lauras angeblichem Anruf und den Anweisungen für den Tag schon viel flüssiger über die Lippen. Trotzdem blieb Barbara misstrauisch.

„Jemanden kennengelernt? Und braucht noch einen Tag frei? Das klingt so gar nicht nach ihr."

„Ja, nicht wahr?" Gilda konnte ihr nur zustimmen.

Um weitere Fragen zu vermeiden, erzählte sie, was gestern Abend in der Detektei passiert war, und dass Suna Yasin, Nico und Pia-Jill umgebracht hatte.

„Unglaublich, dieses wunderschöne Mädchen. Sie wirkte so unschuldig. Dabei ist sie eine brutale Mörderin. Man kann den Leuten eben nicht in den Kopf sehen." Barbara war fassungslos.

„Du, ich muss auflegen. Es klopft jemand auf der anderen Leitung an." Gilda legte den Hörer auf, stützte wieder den Kopf auf die Hände und wartete.

Was sollte sie tun, wenn der Teufel mit der Maske sich nicht mehr meldete? Wenn er Laura einfach umbrachte und sich aus dem Staub machte? So weit durfte es nicht kommen. Sie musste vorher etwas unternehmen. Aber was? Auf dem Video hatte sie keine Hinweise auf Lauras Aufenthaltsort finden können. Nur dieser kahle Raum, die Pritsche und das blutbespritzte, weiße Kissen unter Lauras Kopf waren im Bild gewesen.

Verzweifelt sprang sie auf und lief wie ein gefangenes Tier im Zimmer auf und ab. Das Warten machte sie verrückt.

Es klingelte an der Tür. Wer war das jetzt wieder? Womöglich die nächste Nachbarin, die Drake einen Kuchen brachte. Sie drückte auf den Summer und schaute unwirsch aus der Wohnungstür.

„Gilda. Ich habe heute frei. Alle Stunden fallen aus. Ist das nicht ein Glück?" Justin kam strahlend in den Vorraum und pfefferte den Schul-Rucksack in die Ecke.

„Na wunderbar."

Er musterte sie überrascht. „Begeistert klingt anders. Ist etwas passiert? Wo ist Laura? Und wo sind die anderen? Marek und Drake?"

In kurzen Worten fasste sie zusammen, was gestern Abend passiert war, und dass Laura heute freihatte. Wo Marek war, wusste sie tatsächlich nicht, und wo Drake sich aufhielt, behielt sie lieber für sich. Irgendwie hatte sie das Gefühl, dass das noch nichts für Justin war.

Er hörte ihr schweigend zu, sah sie dabei immer wieder prüfend an. Als sie geendet hatte, fragte er: „Kann ich etwas für dich tun?"

Sie war gerührt. „Nein danke."

Er zuckte die Achseln und trollte sich in Mareks Büro.

Gilda setzte sich zurück an den Schreibtisch. Es machte Ping, ihr Herz setzte einen Schlag aus. Sie stellte den Lautsprecher auf leise, dann öffnete sie die Nachricht.

„Wenn du sie retten möchtest, komm her und stell dich mir zur Verfügung. Ich lasse sie dann frei. Weitere Hinweise mit der nächsten Mail."

Sie klickte auf das Video. Diesmal hatte er zuerst einen Teil der Umgebung gefilmt. Wald, einen einsamen Weg. Ein Stück vom Haus, in dem er Laura vermutlich gefangen hielt. Dann ging es mit den Folterungen weiter. Gilda hielt sich die Hände vor die Augen, sah nur durch einen kleinen Spalt ihrer Finger. Ihr war speiübel. Als es zu Ende war, rannte sie ins Badezimmer und spritzte sich Wasser ins Gesicht. Langsam bekam sie wieder einen klaren Kopf.

Und dann machte es Klick.

Sie rannte zum Schreibtisch zurück, ließ das Video von vorne loslaufen und stoppte es an der Stelle mit dem Haus. Sie hatte es schon einmal gesehen. Sie wusste, wo Laura war. Es war die alte, verlassene Villa, in der Nähe von Schloss Drachenburg. Auf dem Rückweg von einem Spaziergang zum Drachenfels war sie schon einmal daran vorbeigekommen. Sie konnte sofort dorthin fahren und Laura retten.

Zur Sicherheit suchte sie die Villa auf Google Maps und ließ sich das Foto anzeigen. Nebenan hörte sie Justin Kommandos schreien. Er spielte wieder Counterstrike und saugte offenbar die gesamte Bandbreite der Datenverbindung auf. Für ihren Computer schien nicht mehr viel übrig zu sein, er benötigte Ewigkeiten zum Laden. Während die Pixel sich zu einem immer klareren Bild formierten, kritzelte sie auf dem Block herum. Villa bei Schloss Drachenburg. Einmal, zweimal, dreimal schrieb sie es auf das Papier. Dann erschien endlich das Bild auf dem Monitor. Bingo. Sie hatte recht. Es war das Gebäude im Siebengebirge.

Sie sprang auf, steckte sich das Handy und die Schlüssel in die Hosentasche. Die Tür zu Mareks Büro ging auf, Justin schaute heraus. „Du gehst weg?"

Sie nickte.

„Wohin?"

„Ach." Sie machte eine vage Handbewegung. Sie hatte keinen Kopf mehr für weitere Ausreden.

„Soll ich mitkommen?"

„Nein, bloß nicht", rutschte es ihr heraus. Er sah sie merkwürdig an, sagte aber nichts.

Sie winkte ihm zu und rannte los.

65

Marek wurde unsanft von wildem Klingeln an der Haustür geweckt. Er stöhnte leise und drehte sich unter dem Laken um. Der Abend war lang geworden. Er hatte den Rest der Ginflasche auf dem Balkon geleert und über den Jungen nachgedacht, der sein Leben opfern und zig Leute mit in den Tod reißen wollte.

Es klingelte wieder. Sturm.

Verschlafen richtete er sich auf und wickelte sich das Laken um die Hüften. Er hasste Pyjamas und liebte es pur. Während er zur Tür schlurfte, wurde ihm bewusst, dass es das erste Mal war, dass bei ihm geklingelt wurde. Noch nie hatte jemand zu ihm gewollt. Jedenfalls nicht in diesem Apartment. Er rieb sich die Augen, dann öffnete er die Tür. Vor ihm stand die Polizei.

Fünf Mann.

Bevor er etwas sagen konnte, waren sie schon in seinen Flur gestürmt, drückten ihn an die Wand und schrien ihn an. „Sie sind verhaftet ..." Er hörte nicht zu. Kurz überlegte er, ob er sich zur Wehr setzen und abhauen sollte. Doch er entschied sich dagegen. Hier konnte es sich nur um ein Missverständnis handeln, das würde sich schnell aufklären. Es würde sehr viel mehr Ärger bedeuten, wenn er türmte.

„Darf ich mir noch etwas anziehen?" Da er seine Arme über dem Kopf an die Wand legen musste, war das Betttuch zu Boden gefallen. Aus dem Augenwinkel sah er, dass auch eine Polizistin anwesend war und ihn interessiert musterte.

„Kommen Sie." Ein humorloser Beamter scheuchte ihn ins Schlafzimmer und blieb bei ihm.

Marek war das gleichgültig. „Ich nehme an, duschen und rasieren fällt erst mal aus?" Er erwartete keine Antwort und erhielt auch keine. Seelenruhig zog er sich Boxershorts, Jeans und ein T-Shirt an und warf die Lederjacke über.

Der Polizist schob ihn wortlos aus dem Zimmer, dann nahmen sie ihn zum Präsidium mit.

Er wurde gleich in ein Verhörzimmer gesetzt, wo sie ihn erst mal warten ließen. Ohne Kaffee. Marek kannte die Taktik. Eine beliebte Methode, mit der man viele, die weniger abgebrüht waren als er, weichkochen konnte. Ihn nicht. Er lehnte sich im Stuhl zurück, schloss die Augen und versuchte, eine Runde zu schlafen. So schnell würden sie nicht wiederkommen.

Er schreckte hoch, als zwei Männer den Raum betraten. Wortlos setzten sie sich vor ihn und sahen ihn an. Auch diese Technik war ihm vertraut. Manche Menschen hielten das Schweigen nicht aus und fingen irgendwann von sich aus an, wie die Vögelchen zu singen. Er nicht.

Die Beamten schienen zu merken, dass er ihre Methoden durchschaute, und änderten die Vorgehensweise.

„Wir haben über unsere Kontakte im Ausland erfahren, dass Sie ein besonderes Interesse an der örtlichen Islamisten-Szene zeigen."

Marek blickte den Mann unbewegt an. Seine früheren Kollegen hatten also etwas durchsickern lassen. Das war schlecht. Jetzt half nur eines: sich kooperationsbereit zeigen. Und möglichst wenig preiszugeben.

Er beugte sich vor. „Sie haben recht. Ich arbeite für die Detektei Peters. Durch einen aktuellen Fall sind wir auf den Kulturverein in Lannesdorf gestoßen, in dem der Koran gelesen wird. Einer meiner ehemaligen, ausländischen Kollegen, bei dem ich noch einen Gefallen gut hatte, informierte mich, dass möglicherweise ein Attentat geplant sei."

„Und wer war das, der Ihnen das gesteckt hat?" Der Polizist sah in aus schmalen Augen an.

„Das kann ich Ihnen leider nicht sagen."

„Sie müssen. Wenn Sie nicht kooperieren, kann ich Sie in Beugehaft nehmen. Die Innere Sicherheit steht auf dem Spiel."

Marek lehnte sich zurück, legte den Arm lässig auf den Stuhl, der neben ihm stand, und lächelte leicht.

Dann fuhr er fort, als hätte es die Frage nicht gegeben. „Ich habe mich gestern ein bisschen umgesehen, ein paar Nachforschungen angestellt. Dabei habe ich Hinweise gefunden, dass ein Anschlag auf das Musikfestival morgen Nachmittag in der Rheinaue geplant ist. Das habe ich an meinen Kontaktmann weitergegeben, damit er Sie informiert. Sie sehen, ich kooperiere und verheimliche nichts."

Sie bombardierten ihn weiter mit Fragen. Er beantwortete sie alle wahrheitsgemäß.

Nur von dem jungen Attentäter sagte er nichts.

66

Justin war misstrauisch. Zwar hatte er Gilda ohne Protest gehen lassen, doch er spürte, dass etwas nicht stimmte. Schon gleich, als er zur Tür hereingekommen war, war sie so komisch gewesen. Außerdem war sie so blass gewesen, hatte Ringe unter den Augen, war nervös. Er kannte sie zu gut, um das zu übersehen. Wo war sie hingegangen? Er setzte sich auf ihren Platz hinter dem Schreibtisch und bewegte die Maus. Der Bildschirmschoner mit dem Foto des sizilianischen Strandes verschwand, die Eingabemaske für das Passwort erschien. Ohne zu überlegen, tippte er es ein, und der Account war entsperrt. Er hatte von Gilda viel gelernt.

Das Bild einer alten, verfallenen Villa mit zugenagelten Fenstern füllte den Bildschirm aus. Was hatte das zu bedeuten? Er musste an den letzten Fall denken: Damals war er mit ihr zu einem verlassenen Bahnhof gefahren, um Barbara zu retten.

Handelte es sich wieder um so eine Aktion?

Er sah sich suchend auf dem Schreibtisch um. Sein Blick blieb an dem Block hängen, auf dem Gilda so gerne herumkritzelte. Das oberste Blatt war leer. Doch er konnte erkennen, dass sich die Schrift des Vorblatts eingeprägt hatte. Mit einem Bleistift schraffierte er die Seite, und *Villa bei Schloss Drachenburg* erschien in weißen Buchstaben auf dunklem Untergrund.

Dann merkte er, dass er sich die Mühe hätte sparen können. Im Papierkorb befand sich ein zerknüllter Zettel. Er strich ihn glatt und betrachtete ihn nachdenklich.

Dann klickte er auf das Bild im Computer, um die Adresse nachzusehen, auch wenn er ungefähr wusste, wo die Villa lag. Jetzt stellte sich nur noch die Frage, wie er da hinkommen sollte. Da er kein Fahrrad hatte, würde er den Bus nehmen müssen. Auch wenn das ewig dauerte. Tief in seinem Inneren sagte ihm ein Gefühl, dass er sich beeilen musste.

Hoffentlich kam er nicht zu spät.

67

Gilda hatte sich aufs Fahrrad geschwungen und trat kräftig in die Pedale. Sie fuhr die Rheinallee zum Rhein hinunter und wartete auf die Fähre. Auch wenn es manchmal ein bisschen dauerte, bis sie ablegte, sparte sie so einiges an Kilometern und Zeit. Sie lehnte das Fahrrad an die eiserne Schiffswand und beugte sich über die Reling. Der Wind blies ihre Haare durcheinander, und sie streckte ihr Gesicht der kühlen Gischt entgegen, die neben dem Schiff hoch aufspritzte. Sie musste sich genau überlegen, wie sie sich verhalten sollte, wenn sie an der Villa ankam. Möglicherweise war der Teufel mit der Maske bereits dort. Wenn er zu früh bemerkte, dass sie im Anmarsch war, hatte sie keine Chance. Körperlich war sie ihm gnadenlos unterlegen. Sie würde ihn überlisten müssen.

Ihrer Erinnerung nach lag das Anwesen im offenen Gelände. Drumherum gab es keine Mauer und kaum Büsche. Er würde sie schon von weitem kommen sehen können. Sofern er nach ihr Ausschau hielt. Doch das bezweifelte sie. Schließlich wollte er ihr noch eine Mail mit weiteren Hinweisen schicken. Davor würde er nicht mit ihr rechnen. Diese Zeit musste sie nutzen.

Die Fähre legte am anderen Ufer an. Sie schwang sich auf ihr Fahrrad und fuhr den Rhein entlang nach Königswinter. Dort angekommen nahm sie die Abzweigung Richtung Siebengebirge. Sie musste kräftig in die Pedale treten, um den steilen Weg zum Lemmerzbad hochzukommen. Der Parkplatz war nahezu leer. Es war Freitag und Schule, da war im Freibad wenig Betrieb. Nach kurzem Überlegen stellte sie das Rad neben einen Baum und schloss es ab. Es gab bessere Möglichkeiten, sich ungesehen dem Haus zu nähern, wenn sie zu Fuß war.

Sie joggte durch den Wald hoch zum Schwimmbad. Ein großes Schild hing dort am Eisentor. Es war wegen Wartungsarbeiten geschlossen. Ausgerechnet. Gerade heute wäre es ihr lieb gewesen, wenn ein bisschen mehr Trubel geherrscht hätte. Sie lief über die kleine, steinerne Brücke, unter der die Gleise der Drachenfelsbahn verliefen, und vorbei an der Nibelungenhalle. Langsam ging ihr die Puste aus, sie kämpfte mit Seitenstechen. Besser, sie machte eine kurze Pause. Wenn sie völlig ausgepowert bei der Villa ankam, würde sie nichts ausrichten können.

Sie wanderte den Weg entlang und versuchte, ihre Atmung zu beruhigen. Nach einer Weile bekam sie wieder Luft und beschleunigte die Schritte.

Das schön renovierte, märchenhafte Schloss Drachenburg rückte in ihr Blickfeld. Es war nicht mehr weit bis zu dem Ort, wo Laura gefangen gehalten wurde. Die Aufregung ließ ihren

Magen revoltieren. Jetzt bloß kein Nervenflattern kriegen. Vor dem Schloss überquerte sie erneut die Gleise der Drachenfelsbahn und nahm den schmalen Weg, der direkt zu dem Anwesen führte.

Der Tag war strahlend schön, kein Wölkchen trübte den Himmel. Es war gleißend hell, und Büsche gab es keine, in die sie sich schlagen konnte. Man würde sie von weitem kommen sehen. Sie musste es riskieren. Einfach darauf setzen, dass er noch nicht da war. Sie durfte keine Zeit verschwenden.

Sie sprintete los. Lief, als gälte es ihr Leben.

Dann hatte sie es geschafft. Vor ihr erhob sich der wuchtige Prachtbau, der dem Verfall preisgegeben worden war. Die Fenster waren mit Brettern vernagelt, die Terrasse verwittert und mit Unkraut und Sträuchern zugewachsen. Alles war still. Nichts rührte sich.

Aufmerksam umrundete sie die Villa und suchte nach einer Möglichkeit, um einzusteigen. Probeweise zerrte sie an den Latten vor den Fenstern und drückte die Klinke der Hintertür hinunter. Nichts. Verschlossen.

Ihr Blick fiel auf ein Kellerfenster, in dessen Scheibe ein Loch war. Sie schob die Hand durch die Öffnung und angelte nach dem Fenstergriff. Es gelang ihr, ihn zu bewegen. Beim letzten Stück musste sie jedoch ihren Arm so weit absenken, dass das Glas tief in die Haut schnitt. Sie biss die Zähne zusammen, drehte den Griff vollends in die richtige Position und zog den Arm langsam zurück. Stirnrunzelnd betrachtete sie die Wunde auf dem Unterarm. Blut lief die Haut bis zum Handgelenk hinunter und tropfte auf die Erde. Sie hatte nichts, um die Verletzung zu versorgen. Sie würde sich später darum kümmern müssen. Gilda ging in die Hocke, machte sich ganz klein und quetschte sich durch das offene Fenster. Unter sich sah sie ein Regal. Vorsichtig setzte sie erst einen Fuß auf das oberste Brett und prüfte, ob es stabil war. Dann zog sie das andere Bein nach und kletterte auf den Boden. Der Raum schien gut in Schuss zu sein. Er roch nach Farbe, als wäre er erst vor kurzem renoviert worden. Sie schob die Gedanken beiseite. Das war jetzt unwichtig. Sie musste Laura so schnell wie möglich finden. Ohne sich weiter umzusehen, schlich sie zur Tür und drückte die Klinke hinunter. Ihr fiel ein Stein vom Herzen, als sie sich öffnete. Lautlos glitt sie in den Kellerflur und lauschte in das Haus. Am Ende des Ganges hörte sie ein Rascheln, wie von Mäusen, im oberen Stockwerk knackste Holz, ansonsten war es still.

Sie öffnete eine Kellertür nach der andern, von Laura keine Spur. Langsam stieg sie die Stufen zum Erdgeschoss empor.

Die Villa war nicht nur von außen immer noch imposant, sie war auch von innen beeindruckend. Obwohl alles am Verrotten und Verfallen war. Die Farben der kunstvollen Blumen-Mosaiken, die den Fußboden bedeckten, waren verblasst, und die kleinen Steine an einigen Stellen herausgebrochen. An den Wänden verliefen bis hoch zur Decke prachtvolle Malereien, die dringend restauriert werden mussten. Überall standen wuchtige, reich verzierte Möbel, allesamt verstaubt und verklebt mit Spinnweben. Gilda schlich zur nächstgelegenen Tür und öffnete sie. Vor ihr erstreckte sich ein Saal von der Größe einer Turnhalle. In der Mitte stand ein monumental langer Tisch, an dem zu früheren Zeiten bestimmt feierliche Bankette stattgefunden hatten. Gilda öffnete eine weitere Tür und betrat einen Salon. Die alten Polstermöbel waren verschlissen und von Mäusen angeknabbert, im Kamin befanden sich die Hinterlassenschaften nistender Vögel. Trotzdem nahm die Schönheit des Raumes sie ganz gefangen. Warum ließ man das alles verfallen? Warum brachte man es nicht wieder in Schuss? Es musste traumhaft sein, hier zu wohnen.

Sie ging zum nächsten Zimmer und wurde von tiefster Finsternis empfangen. Und dem intensiven Geruch nach Blut. Als sich ihre Augen an die Dunkelheit gewöhnt hatten, meinte sie, schemenhaft die Umrisse eines Tisches auszumachen. Ohne nachzudenken, tastete sie nach einem Lichtschalter. Doch natürlich gab es in dem verlassenen Gebäude keine Elektrizität. Sie zog das Handy aus der Tasche und aktivierte die Taschenlampe.

Der Lichtstahl fiel auf das Möbelstück und beleuchtete eine Gestalt, die darauf festgeschnallt war.

„Laura!"

Sie stürzte auf sie zu, wollte sie anfassen, wusste nicht wo. Laura lag ausgestreckt auf einer Pritsche, die Hände und Füße an das Kopf- und Fußende gefesselt, den Körper mit Wunden übersät. Gilda hatte die Videos gesehen. Sie wusste, was der Teufel mit der Maske mit Laura angestellt hatte. Trotzdem traf es sie wie ein Schock. Überall Blut, dunkelrot getrocknet, das den Körper hinuntergelaufen war und auf dem weißen Laken immer noch feucht glänzende Pfützen gebildet hatte. Sie in diesem Zustand daliegen zu sehen, trieb Gilda die Tränen in die Augen.

„Laura." Ihre Stimme war ein einziges Kratzen, als hätte man ihr den Hals zugeschnürt.

Lauras Lider flatterten. Langsam öffnete sie die Augen, schien einen Augenblick orientierungslos zu sein, dann fokussierte der Blick. „Gilda? Oh mein Gott, verschwinde! Sofort! Hol Hilfe, er darf dich hier nicht finden. Das ist eine Falle, um dich in seine Gewalt zu bringen."

Gilda strich vorsichtig über Lauras Kopf. „Beruhige dich. Er ist nicht da. Ich werde dich befreien, und dann hauen wir zusammen von hier ab." Sie machte sich an den Lederriemen zu schaffen. Doch so sehr sie sich bemühte, sie gaben keinen Millimeter nach. Und sie hatte nichts dabei, was ihr helfen konnte. Warum hatte sie kein Messer mitgenommen? Marek hatte seins immer dabei. Sie zerrte wieder an den Fesseln.

Plötzlich pingte das Handy. Auf dem Display erschien die Nachricht, dass die nächste Mail angekommen war. Mit dem Hinweis, wo sie Laura finden konnte. Zitternd tippte sie auf den Link. Sie brauchte mehrere Versuche, bis sich die Datei endlich öffnete. Nur ein Satz stand neben dem Video-Icon: *„Ich warte auf dich."*

Ab jetzt rechnete er mit ihr. War er womöglich doch schon in der Villa? Sie musste sich beeilen. Ein kalter Schauer lief ihr über den Rücken. Verzweifelt riss sie an Lauras Fesseln.

„Verschwinde, Gilda. Hol Hilfe. Lass mich zurück, ich schaffe das."

Doch Gilda wollte nicht gehen. Nicht ohne Laura. Sie zerrte an den Riemen. Vor Verzweiflung liefen ihr die Tränen über das Gesicht. Sie musste immer wieder blinzeln, um klar sehen zu können.

Dann hörte sie die Schritte. Sie erstarrte. Er war da. Kam näher. Stand jetzt draußen auf dem Flur. Sie ließ sich zu Boden fallen, kugelte sich zusammen, schaltete die Taschenlampe des Handys aus, hielt den Atem an, kniff die Augen zu. Die Tür öffnete sich. Jemand betrat ohne Eile den Raum. Gemächliche Schritte umrundeten die Pritsche. Es klickte, alles wurde in gleißendes Licht getaucht. Dann bewegten sich die Schritte weiter, kamen näher, blieben neben ihr stehen.

„Ich freue mich, dass du meiner Einladung gefolgt bist."

Langsam sah sie auf. Ihr Blick wanderte die dunklen Hosenbeine entlang, über das weiße Hemd hin zu dem Gesicht und den Augen, die sie aus ihren Alpträumen kannte und die jetzt kalt auf sie herabsahen. Der Teufel mit der Maske. Es gab kein Entkommen mehr.

Sie waren ihm beide ausgeliefert.

68

Es war Nachmittag, als Justin endlich am Parkplatz beim Lemmerzbad ankam. Er hatte eine Irrfahrt mit den Bussen hinter sich. Zweimal war er falsch umgestiegen und hatte es erst nach etlichen Stationen gemerkt. Dann hatte er ewig warten müssen, bis ein Bus ihn wieder in die Gegenrichtung mitnahm. Irgendwann war er völlig verzweifelt gewesen und hätte am liebsten angefangen zu weinen. Doch dann dachte er an Marek. Der kam mit jeder Situation klar. Der würde sich nicht durch solch einen Mist davon abhalten lassen, Gilda zu helfen. Und er war auch so. Er würde es doch wohl noch hinkriegen, mit diesen Scheißbussen zum Lemmerzbad zu kommen. Und endlich war es ihm gelungen.

Er sprintete geradezu den steilen Weg zum Freibad hinauf, so erleichtert war er. Am Rand des Areals entdeckte er Gildas Fahrrad, das an einem Baum lehnte und mit einem überdimensionalen Kettenschloss gesichert war. Hier war er richtig, das gab ihm Auftrieb. Am Ende des Stellplatzes, wo der Wald begann, stand ein schwarz glänzender Ferrari. Justin bremste ab, um den Wahnsinns-Flitzer aus der Nähe zu begutachten. Langsam umrundete er das Auto, betrachtete es ausgiebig von allen Seiten. Bei dem Geschoss musste man nur einmal kurz aufs Gas tippen, dann sägte man alle anderen ab.

Die konnten dann nur noch Staub fressen. So einen wollte er auch fahren, wenn er alt genug war und ein Vermögen als Counterstrike-Profi gemacht hatte. Er hing seinen Gedanken nach, die Zukunft lag strahlend vor ihm.

Als ein Vogel schreiend über ihn hinwegflatterte, schreckte er hoch. Siedendheiß fiel ihm wieder ein, warum er überhaupt hier war, und er sprintete den Weg in den Wald hinein.

Er kam gut voran, die Strecken, die nicht zu steil waren, rannte er, ansonsten legte er eine schnelle Gangart vor. Es dauerte nicht lang, und er hatte Schloss Drachenburg erreicht, kurz darauf konnte er das Anwesen sehen. Mit geübtem Blick stellte er fest, dass er keine Deckung hatte. Das war schlecht. Aber nicht zu ändern. Er wusste ja auch nicht, ob er sich verstecken musste. Vielleicht machte er sich völlig umsonst Sorgen, und Gilda traf sich nur mit einer Freundin, um auf den Drachenfels zu wandern. Doch das glaubte er nicht wirklich.

Er erreichte die Villa und presste sich an die Hauswand. Gilda war dort drin. Das sagte ihm sein Gefühl. Und möglicherweise in Gefahr. Er musste irgendwie in das Haus gelangen, ohne gesehen zu werden. Langsam umrundete er das Gebäude und scannte Fenster und Türen nach einem Einstieg. Das offenstehende Kellerfenster stach ihm sofort in Auge. Es sah aus wie eine Einladung. Eine Falle. Oder Gilda war hier durchgeklettert und hatte es nicht wieder geschlossen.

Unbewaffnet würde er jedenfalls nicht dort einsteigen. Er hatte ein Taschenmesser mitgenommen, die Schleuder und den Tactical Pen, den er von Marek zu Weihnachten geschenkt bekommen hatte, und den er hütete wie einen Schatz. Es war ein harmlos aussehender Kugelschreiber mit LED Lampe, der im Ernstfall als Glasbrecher oder als Kubotan, also als Verteidigungswaffe im Nahkampf, benutzt werden konnte. Marek hatte ihm ein paar Tricks gezeigt, doch sehr viel geübt hatten sie nicht. Dafür klappte es mit der Schleuder um so besser. Justin hatte viel Zeit darauf verwendet, ein treffsicherer Schütze zu werden, und seine Geschosse trafen mittlerweile fast jedes Mal. Allerdings hatte er noch nie auf ein bewegliches Ziel geschossen. Aber das würde sicher keinen Unterschied machen. Er sah sich um, suchte die Umgebung ab und sammelte Kieselsteine auf. Und für alle Fälle auch noch einen größeren Stein. Er war schwer, rund und passte genau in seine Hand. Und in die Hosentasche.

Dann stieg er durch das Fenster über das Regal in den Keller. Wie eine Katze schlich er von Tür zu Tür und stellte schnell fest, dass niemand hier unten war. Jede Deckung ausnutzend bewegte er sich die Treppe hinauf ins Erdgeschoss. In der Eingangshalle verharrte er und lauschte in das Haus. Seine Sinne waren aufs Äußerste geschärft. Unter einer Tür in Richtung Eingang schien helles Licht hindurch. Außerdem glaubte er, von dort ein Stöhnen zu hören. Gedämpft, fast nicht wahrnehmbar. Er ließ seinen Radar weiter wandern in die oberen Stockwerke. Von irgendwo dort vernahm er ebenfalls Geräusche. Schritte, ein Klicken, ein Schleifen. Jemand war da oben. Er beschloss, zuerst in dem Raum auf dieser Etage nachzusehen. Es hatte sich angehört, als könnte dort jemand Hilfe gebrauchen. Vielleicht Gilda.

Lautlos bewegte er sich zu der Tür, drückte die Klinke hinunter und öffnete sie. Er musste die Lider zukneifen, so sehr wurde er geblendet. Als er die Augen vorsichtig einen Spalt öffnete, konnte er gerade noch einen Aufschrei vermeiden.

Auf einer Pritsche lag eine Frau, der Körper übersät mit Wunden. Ihr Anblick war schrecklich, verstörend. Erschrocken schaute er weg. Vor ihr war eine Kamera aufgebaut. Dann registrierte er aus dem Augenwinkel, dass in der Ecke jemand stand. Noch eine Frau. Ihr Kopf hing nach vorne, die langen Haare hingen wie ein dichter Vorhang vor dem Gesicht. Hände und Füße waren gefesselt, und von einer eisernen Halsfessel führte eine straff gespannte Metallkette zu einem geschmiedeten Ring in der Wand. Sie war unversehrt.

Und vor allem war sie nackt.

Sein Blick fiel auf ihren Busen, wanderte langsam den Bauch hinunter, verharrte dort einen Augenblick, bewegte sich zurück zu den Brüsten und blieb dort hängen. Er stand und starrte.

„Justin!"

Er zuckte zusammen. Die Frau hatte den Kopf gehoben, zwischen den dunklen Haarsträhnen wurde das Gesicht sichtbar. Gilda. Er hatte sie vorher nicht erkannt, weil er sie noch nie so gesehen hatte.

„Was stehst du da herum? Hör auf, mich so anzustarren. Hilf uns lieber! Schnell!"

Ihm schoss die Röte ins Gesicht. Zögernd trat er neben sie, strich sanft die Haare zur Seite und betastete die Metallspange um ihren Hals. Auf der einen Seite spürte er das Scharnier, auf der anderen war ein Vorhängeschloss angebracht. Es war klein und filigran, wie man es für Koffer und Reisetaschen benutzte. Mit den Fingern nicht zu öffnen, aber kein Problem für seinen Tactical Pen. Sekundenschnell hatte er den dünnen Bügel aufgehebelt und konnte ihr die Spange abnehmen.

Sie atmete tief durch. Dann lächelte sie. „Danke Justin." Ihre Stimme war nur ein Flüstern. Zum Glück. Trotzdem legte er den Zeigefinger auf die Lippen und zeigte nach oben. Sie nickte. Er zückte das Taschenmesser, klappte es auf und machte sich an den Fesseln zu schaffen. Es war nicht leicht, er musste eine Weile säbeln, bis es ihm gelang, sie zu befreien.

Sie rieb sich die Handgelenke, sammelte die Kleider auf, die in einer Ecke auf einem Haufen lagen, und zog sie über.

Justin zwang sich, ihr nicht dabei zuzusehen, und ging stattdessen zu der verletzten Frau auf der Pritsche. Ihr Anblick machte ihm Angst. Sie war so übel zugerichtet, dass er sich nicht traute, ihr in die Augen zu sehen. Gilda trat zu ihm, nahm ihm das Messer aus der Hand und sägte an einer Fessel herum. Sie stellte sich so ungeschickt an, dass er es nicht mit ansehen konnte. Er übernahm wieder. Krampfhaft versuchte er, nicht auf die geschwollene, blau angelaufene Hand zu sehen, sondern sich nur auf die Arbeit zu konzentrieren. Doch das Leder war zu dick für das Messer. Die Klinge war einfach nicht scharf genug.

Er wurde unruhig. „Lass uns verschwinden, Gilda." Am liebsten hätte er sie sich geschnappt und wäre mit ihr abgehauen. Wenn sie in Sicherheit waren, würden sie die Polizei rufen, um die Gefangene zu retten. Doch Gilda schüttelte entschieden den Kopf.

Frauen! Er säbelte so verbissen, dass ihm die Schweißtropfen die Stirn hinunterliefen. Aus dem Augenwinkel sah er, dass Gilda eine zerfetzte Bluse über den verwundeten Körper deckte. Dann hörte er die Frau stöhnen, sie öffnete die Augen, sah ihn an. Er blickte weiter starr auf das Lederstück, das er bearbeitete.

„Justin?" Sein Kopf zuckte hoch. Zum ersten Mal sah er ihr ins Gesicht. Sein Mund blieb offen stehen. Das war Laura. Verdammte Scheiße. Was hatten die mit ihr angestellt? „Schhhhhh." Gilda legte den Finger auf die Lippen. Laura nickte.

Justin gab alles. Ohne Laura wollte er jetzt auch nicht mehr gehen. Endlich hatte er es geschafft, die Fessel war durch. Laura wollte den Arm herunter nehmen, doch es schien schrecklich wehzutun. Sie sog die Luft scharf ein, ließ ihn in der ursprünglichen Stellung und schaute die beiden ängstlich an. Justin wusste nicht, wie er helfen sollte, und widmete sich der nächsten Fessel. Gilda ging um die Pritsche herum und massierte Laura vorsichtig von der Schulter zur Hand, damit das Blut wieder zirkulieren konnte.

Justin hatte jetzt den Bogen raus, wusste, in welchem Winkel er das Messer ansetzen musste. Auch die zweite Fessel gab nach, ihre Arme waren frei. Er wandte sich Lauras Füßen zu. Ihm wurde beinahe schlecht, als er sah, wie geschwollen und verfärbt sie waren. Er konnte sich nicht vorstellen, dass so etwas noch mal in Ordnung zu bringen war. Doch er riss sich zusammen, setzte das Messer an und löste die beiden letzten Fesseln in Rekordzeit.

Gilda half ihrer Chefin, sich aufzusetzen, und holte ihre Jeans. Laura schwankte leicht. Justin trat zu ihr und hielt sie fest. Sie lächelte ihn an. Er lächelte zurück, obwohl er bei ihrem Anblick am liebsten geweint hätte. Gilda kniete sich vor Laura und versuchte, die Hosenbeine über die Füße zu ziehen. Aber es ging nicht. Seufzend warf sie das Kleidungsstück zur Seite.

Justin kramte das Handy aus seiner Hose. „Ich rufe jetzt die Polizei", formte er mit den Lippen. Gilda stimmte mit erhobenem Daumen zu.

Von oben hörten sie Geräusche.

Eine Tür klappte. Justin steckte das Handy weg. Lieber erst verschwinden und dann die Polizei rufen.

Sie sahen sich an, nickten, verstanden sich ohne Worte. Nichts wie raus hier. Laura wollte aufstehen, aber sie konnte die Füße nicht belasten. Die Beine knickten einfach unter ihr weg. Gilda konnte sie gerade noch auffangen. Justin bedeutete den beiden zu warten, und schlich auf den Flur hinaus zur

Eingangstür. Wie vermutet, ließ sie sich öffnen. Er hatte sich schon gedacht, dass der Kerl von oben nicht mit dem ganzen Equipment an Kameras und Lampen durchs Kellerfenster geklettert war.

Er lief zu den Frauen zurück: „Die Luft ist rein."

Gilda winkte ihn zu sich und nahm überkreuz seine Hände. Zuerst wusste er nicht, was sie von ihm wollte, dann wurde ihm klar, dass sie eine Trage für Laura formte. Die setzte sich auf die verschränkten Hände und legten ihnen je einen Arm um den Hals. So konnte es funktionieren.

Anfangs dachte er, dass Laura erstaunlich leicht war. Doch schon nach wenigen Schritten änderte er seine Meinung. So leise wie möglich bewegten sie sich durch den Flur, dann traten sie durch die Eingangstür ins Freie. Vor ihnen lag der Weg zum Schloss Drachenburg. Die Sonne stand tief im Westen, keine Menschenseele war zu sehen. Mit den Füßen vorwärts tastend stiegen sie die Eingangsstufen hinunter, dann hasteten sie keuchend den Weg entlang. Jeder Meter, den sie zwischen sich und den Teufel mit der Maske und das Horrorhaus brachten, führte sie ein Stück näher in die Freiheit. Doch sie waren noch nicht weit gekommen, da hörten sie es.

Jemand sprintete auf sie zu.

Justin ließ Gildas Hände los, befreite sich aus Lauras Umklammerung und zog die Schleuder aus der Hosentasche. Er drehte sich um und sah einen Mann auf sich zurennen. Hastig zog er das Gummi und ließ den Kiesel flitschen.

Daneben.

Der Mann raste weiter auf sie zu, die Distanz zwischen ihnen verringerte sich beträchtlich. Justin spannte die Schleuder erneut, atmete tief durch und schoss.

Treffer.

Mitten auf die Stirn. Für einen Moment geriet der Blonde ins Stolpern, dann nahm er wieder Fahrt auf. Die kleinen Steine richteten nicht genug Schaden an. Ohne den Blick von seinem Verfolger abzuwenden, griff Justin in die Tasche, seine Finger schlossen sich um den großen Stein. Er blendete alles aus. Angst, Selbstzweifel, die Geräusche der Umgebung. Er fokussierte die Stelle, die er treffen wollte, kalkulierte Geschwindigkeit und Entfernung. Dann warf er mit voller Wucht. Der Stein flog durch die Luft, traf genau ins Ziel und warf den Mann mitten in der Bewegung zu Boden. Er fiel wie ein gefällter Baum.

Justin lächelte zufrieden.

„Wow." Gilda war beeindruckt.

„Gut gemacht", nickte Laura anerkennend.

„Geübt ist geübt. Er ist nicht tot, aber so schnell wird er nicht aufstehen. Man darf nicht nur in Counterstrike gut treffen, man muss es auch im Real Life können."

„Komm, du Schützenkönig, wir müssen weiter." Gilda streckte ihm die Hände hin, er nahm sie, und sie hoben Laura an.

Mittlerweile war die Sonne am Horizont verschwunden. Schwer atmend erreichten sie das Schloss Drachenburg. Auch hier hielt sich niemand mehr auf. Keiner, der ihnen hätte helfen können. Sie kamen nur langsam voran, mussten immer wieder Pause machen. Der Weg durch den Wald schien endlos.

Sie hörten es alle gleichzeitig. Hinter ihnen näherten sich Schritte.

„Ins Gebüsch", zischte Justin. Unsanft zerrte er die beiden in die Sträucher. Doch er hatte den Abgrund nicht gesehen. Laura rutschte als Erste ab, versuchte sich noch an einem Ast festzuhalten, krallte sich verzweifelt an Gildas Bluse fest, riss sie mit sich.

In einer rasanten Rutschpartie schlitterten sie in die Tiefe.

69

Marek trat aus dem Polizeipräsidium. Die Sonne stand schräg und blendete, er setzte die Sonnenbrille auf. Sie hatten ihn lange befragt, immer wieder dieselben Fragen gestellt. Es war eine grässliche Zeitverschwendung gewesen, mit schlechtem, viel zu dünnem Kaffee und labberigen Sandwiches in Frischhaltefolie. Er ungeduscht und unrasiert. Wenn er daran dachte, was sie in der Zeit alles Nützliches hätten tun können, konnte er nur den Kopf schütteln. Stattdessen hatten sie sich an ihm festgebissen.

Irgendwann waren sie auf seine Kontakte gekommen, wollten genau wissen, wer mit wem und warum. Darüber hatte er natürlich nichts sagen können. Auch wenn es anscheinend eine undichte Stelle gegeben hatte, die ihm diesen Verhörtag eingebrockt hatte. Dem musste er bei Gelegenheit nachgehen.

Er rief ein Taxi und ließ sich zu seiner Wohnung fahren, sprang unter die Dusche und holte dann sein Auto.

Ohne Umwege fuhr er nach Lannesdorf.

Den Weg vom Parkplatz des Sportparks zu dem Haus, in dem der potenzielle Attentäter wohnte, nahm er im lockeren Trab. Ohne Umschweife verschaffte er sich Zutritt, schlich die Stufen hinauf, legte sein Ohr an die Wohnungstür und lauschte ins Innere. Der Junge war da und schien Besuch zu haben. Marek hörte Musik, Gemurmel, Lachen. Weiter oben im Haus wurde eine Wohnungstür geöffnet. Marek trat den Rückzug an, bevor man ihn entdeckte. Vor dem Haus bezog er seinen Posten unter dem Baum und wartete.

Es dauerte eine Stunde, bis sich die Haustür öffnete und der Junge mit seinen zwei Begleitern auf die Straße trat. Sie schlugen den Weg zur Moschee ein und gingen dann weiter in Richtung Godesberg City.

Er folgte ihnen in angemessenem Abstand.

Die beiden Älteren hatten sichtbar Oberwasser. Sie lachten viel, rempelten sich gegenseitig an, gaben sich überlegen und selbstbewusst. Zwischendurch schienen sie sich aber auch ihrer Wichtigkeit bewusst zu werden, strafften die Schultern, hoben das Kinn und wurden ernst. Der Junge hatte Respekt vor seinen Begleitern, das war deutlich zu sehen. Aber er war nachdenklicher als die beiden, ging schweigsam neben ihnen her, verzog keine Miene. Er schaute höchstens hoch, wenn ein schönes Auto vorbeifuhr. Und einmal ertappte Marek ihn dabei, wie er schüchtern ein paar herumalbernde Mädchen auf der anderen Straßenseite beobachtete. Ansonsten war er tief in Gedanken versunken.

Am Ende der Straße kam den Dreien eine junge Frau entgegen. Sie war schmal, in Bluse und Leggins, die Haare auf dem Kopf zu einem dicken Knoten zusammengefasst, auf der Nase eine Brille. Hübsch, aber keineswegs aufreizend. Die beiden Älteren starteten sofort ihr Macho-Gehabe. Sie wurden lauter, tänzelten, schienen sich verbal die Bälle zuzuwerfen. Das Mädchen senkte den Blick, versuchte so nah wie möglich am Rand des Bürgersteigs zu gehen, um möglichst viel Abstand zu halten. Es half ihr nichts, stachelte die zwei höchstens noch mehr an. Zuerst riefen sie ihr etwas zu, dann umkreisten sie sie. Schließlich griff einer nach ihrem Arm. Marek machte sich bereit für einen Spurt und ein paar Ohrfeigen, doch das Mädchen riss sich los und rannte, so schnell sie konnte. Die beiden lachten und grölten hinter ihr her. Dem Jungen war die Situation sichtbar unangenehm.

Marek verfolgte die Männer bis zum Bistro auf dem Platz vor dem Kino. Auf den Tischen standen Kerzen, die Leute genossen den warmen Sommerabend. Die drei ließen sich etwas abseits auf einem Lounge Sofa nieder, vor dem eine gasbetriebene Feuerstelle Lagerfeuerromantik verbreitete. Marek setzte sich zwei Tische weiter, bestellte einen Espresso und einen Gin Tonic und behielt die Zielpersonen im Auge.

Der Junge saß unruhig neben seinen Kumpanen, wechselte immer wieder die Sitzposition. Er wirkte, als kämen ihm zunehmend Zweifel. Ob das alles richtig war, was er morgen tun würde. Marek fühlte plötzlich Sympathie für ihn, Mitleid.

Er schoss Fotos von den Begleitern des Jungen und schickte sie an seine Kontakte zur Weitergabe an die Polizei. Es konnte nicht schaden, wenn sie wussten, nach wem sie morgen bei dem Festival Ausschau halten sollten.

Er leerte den Gin Tonic und entschloss sich, in die Detektei zu fahren. Für ihn gab es nichts Interessantes mehr zu erfahren. Die drei Männer machten sich einen schönen, letzten Abend.

Sie genossen ihre Henkersmahlzeit.

70

In der Detektei traf Marek auf Drake. Der saß in Lauras Büro auf einem Besuchersessel, die Beine lang von sich gestreckt und telefonierte über Lautsprecher. Es hörte sich an, als gäbe er ein Interview. Er hatte sich bequem zurückgelehnt und die Arme hinter dem Kopf verschränkt.

Marek nickte ihm zu und ging in den Vorraum zurück. Er quetschte sich hinter Gildas Schreibtisch und schickte die Fotos von seinem Handy auf den Drucker. Mit leisem Surren kamen die Gesichter der beiden potenziellen Attentäter auf dem Papier hervor.

Drake beendete im Nachbarraum sein Gespräch und erschien in der Tür. „Hi Marek. Gut, dass sich mal jemand blicken lässt. Alle anderen sind ausgeflogen."

„Hi Drake." Marek nickte ihm zu. „Weißt du, wo sie hin sind? Gilda ist doch um die Zeit immer noch da. Und ist Laura wieder aufgetaucht?"

Drake schüttelte den Kopf. „Ich bin vor ein paar Stunden gekommen, da war niemand hier. Nur der Gärtner schlich durch die Büsche. Ich sage dir, irgendetwas stimmt nicht mit dem. Das ist ein Kriegsheimkehrer. Hundertpro. Und zwar einer, der einen Schaden davongetragen hat. Ich habe genug von denen gesehen, um das einschätzen zu können."

„Ich weiß, du kannst ihn nicht leiden." Marek zuckte die Schultern.

„Unsinn. Das hat mit Sympathie nichts zu tun. Ich halte ihn für gefährlich. Und dass er die Detektei ausspioniert, kann euch doch auch nicht recht sein."

„Wollte Gilda ihn nicht unter die Lupe nehmen?"

„Ja. Aber ich glaube nicht, dass sie schon etwas in der Richtung unternommen hat."

Marek seufzte. „Kriegsheimkehrer sagst du? Afghanistan?"

Drake zog die Schultern hoch. „Möglich. Aber eher unwahrscheinlich. Ich glaube nicht, dass er in der Bundeswehr ist. Ich tippe auf Syrien."

Jetzt war Mareks Interesse geweckt. „Ein Dschihadist? Bist du dir sicher?"

„Natürlich nicht. Deshalb sollt ihr ihn ja überprüfen." Drake verzog genervt einen Mundwinkel.

„Ok. Er ist schon nach Hause gegangen, sonst könnten wir ihn uns direkt vorknöpfen. Ich weiß nur, dass er Hassan heißt. Das reicht nicht, um etwas über ihn herauszufinden."

Drake zog sein Handy aus der Hosentasche. Er tippte ein paarmal auf das Display, dann hielt er es Marek unter die Nase. „Ich habe ihn heute fotografiert. Sicherheitshalber. Ich dachte, es könnte hilfreich sein."

Marek nickte. „Es ist nützlich, in der Tat. Schick es mir gleich mal rüber, dann lasse ich das Bild überprüfen."

Wenige Augenblicke und zwei Mails später lehnte sich Marek in Gildas Schreibtischstuhl zurück. „Done. Wenn der Kerl etwas zu verbergen hat, werden wir es in Kürze erfahren. Und jetzt sag mir, wo Laura ist."

„Sie hat sich heute den Tag freigenommen."

„Ist nicht wahr." Marek kniff die Augen zusammen. „Wer hat euch so was erzählt?"

„Sie hat es über Gilda ausrichten lassen."

Marek beugte sich vor und zog die Augenbrauen hoch. „Über Gilda ausrichten lassen? Unsinn! Da stimmt doch was nicht. Laura nimmt sich nicht mitten in einem solchen Chaos eine Auszeit. Niemals. Das passt nicht zu ihr. Und Gilda weiß Bescheid. Sie kennt Laura und hätte sich nie mit einer solchen Begründung abspeisen lassen. Es muss etwas passiert sein. Wir müssen sie finden."

„Ich hatte mich auch schon gewundert ..." Drake zuckte die Schultern, zeigte keine Spur von Besorgnis.

Mareks Handy pingte. Er rief die Nachricht auf und studierte sie eine Weile grübelnd. Plötzlich sprang er auf und bedeutete Drake, ihm zu folgen.

„Das war von Justin. Er ist bei Laura und Gilda. Sie sind in Gefahr."

71

Nachdem er die Nachricht abgeschickt hatte, schaltete Justin das Handy aus und duckte sich tief hinter den Busch. Hoffentlich verstand Marek, was er von ihm wollte. Er hatte ein ziemliches Kauderwelsch geschrieben. In der Aufregung hatten seine Finger nicht immer die richtigen Buchstaben getroffen, und die Autokorrektur hatte den Text endgültig verfälscht.

Die beiden Frauen lagen irgendwo da unten am Abhang. Er konnte nur hoffen, dass sie sich nichts getan hatten. Sie gaben keinen Mucks von sich. Das war zwar gut, aber er wusste nicht, ob sie sich absichtlich still verhielten, oder ob ihnen etwas zugestoßen war.

Die ungleichmäßigen, teils humpelnden, teils schlurfenden Schritte näherten sich, dann schienen sie vor seinem Versteck zu verharren. Justin hielt den Atem an, duckte sich noch tiefer in das Unterholz. Mit der Faust umklammerte er den Tactical Pen. Plötzlich raschelte es, eine Hand schoss vor ihm aus dem Busch. Krallte sich in seine Schulter. Ohne zu überlegen, rammte Justin den Titan-Stift tief in den Unterarmmuskel des Angreifers. Dabei schrie er, so laut er konnte. Um seine Kraft zu vergrößern. Um den Gegner zu schocken. Um sich selbst Mut zu machen.

Es funktionierte.

Aufheulend zog der Mann seinen Arm zurück. Würde er erneut angreifen? Justin stellte sich breitbeinig auf, hielt den Pen in Bereitschaft, um sofort wieder zuzustechen, und starrte in das Gebüsch.

Doch der Verfolger schien es sich anders überlegt zu haben. Ungleichmäßige Schritte entfernten sich in Richtung Parkplatz, wurden von den abendlichen Geräuschen des Waldes geschluckt.

Justin lugte hinter dem Busch hervor. Es dämmerte, und die Bäume dämpften das Abendlicht, so dass er die Gestalt nur undeutlich erkannte. Der Volltreffer mit dem Stein, den der Mann an den Kopf bekommen hatte, schien ihm immer noch zuzusetzen. Er hob beim Gehen die Füße kaum vom Boden, stolperte oft. Eine Schulter war hochgezogen, der Kopf gesenkt, mit der Hand drückte er den verletzten Arm an den Körper. Justin überlegte, ob er einen Stein suchen und einen weiteren Wurf wagen sollte, um ihn vollends zu erledigen. In den Actionfilmen, die er sich gerne ansah, war es immer ein kapitaler Fehler, den Bösewicht am Schluss nicht zu töten, sondern vermeintlich besiegt liegenzulassen. Der kam dann nämlich, wenn keiner mehr damit rechnete, aus irgendeinem Hinterhalt gesprungen und brachte den Helden in Bedrängnis. Das wollte Justin vermeiden. Der Mann schien nicht mehr viel zu brauchen, um ihm die Lichter auszuschießen. Trotzdem war es riskant. In diesem Halbdunkel würde er vielleicht nicht richtig treffen, dafür aber womöglich den Kerl bis aufs Blut reizen, dass der wie ein angeschossener Löwe zurückkam, um sie zu töten. Besser, sie warteten, bis der Mann weg war.

Unterhalb seines Postens rührte sich etwas. „Justin", hörte er Gilda leise rufen.

Er warf einen letzten Blick auf den taumelnden Mann. Der hatte schon fast den Parkplatz erreicht. Also konnte er es riskieren, den Frauen zu helfen.

Justins Skaterschuhe hatten wenig Grip, halb schlitterte, halb surfte er den Abhang hinunter. Unter seinen Füßen lösten sich Erdklumpen und Steinchen, sprangen im hohen Bogen mit ihm nach unten. Wenn die Situation nicht so ernst gewesen wäre, hätte es ihm richtig Spaß gemacht. Laura und Gilda saßen neben einem Busch. Sie waren schmutzig und hatten Schürfwunden, aber sie schienen ok zu sein. Soweit er das beurteilen konnte.

„Wir müssen wieder nach oben, auf den Weg." Zweifelnd schaute er den steilen Hang hinauf. „Marek kommt zum Parkplatz und holt uns. Er ruft auch die Polizei. Aber hier unten im Graben werden sie uns nicht finden."

„Das schaffen wir nicht", stellte Gilda nüchtern fest. „Laura kann nicht laufen, und wir können sie nicht hochtragen."

„Lasst mich hier. Trefft euch mit Marek, dann kann er mich holen. Keine Sorge, ich laufe euch nicht weg." Laura grinste und klang schon fast wieder ganz die Alte.

„Ja, anders geht es nicht. Komm!" Justin streckte Gilda die Hand hin und zog sie mit sich. Nur mühsam kamen sie vorwärts, mussten sich an Ästen hochziehen, rutschten immer wieder weg. Doch sie schafften es.

Oben angekommen pausierten sie einen Augenblick, dann liefen sie zum Parkplatz. Kurz bevor sie ihn erreicht hatten, hörten sie einen Motor aufheulen. Justin erkannte sofort das dunkel-sonore Geräusch, das nur ein Ferrari von sich gab. Das Auto brauste mit quietschenden Reifen davon.

Dann gab es einen gewaltigen Knall.

Sie hörten Gescheppert, das Splittern von Glas. Die Alarmanlage eines Autos schrillte durch die Nacht.

Justin rannte los, Gilda hinterher.

Sie überquerten den Parkplatz, liefen die Straße entlang. Hinter einer Kurve lag der Ferrari auf dem Dach. Die Schnauze war fast bis zur Fahrerkabine eingedellt, die Lichter blinkten. Sie bremsten im vollen Lauf ab und näherten sich vorsichtig. Justin blieb in einigem Abstand stehen, Gilda umrundete das Auto und ging zur Fahrerseite. Die Tür hatte sich durch den Aufprall geöffnet. Sie kniete sich hin und starrte ins Innere. Der Airbag hatte sich entfaltet und füllte den größten Teil des Raumes aus. Der Teufel mit der Maske hing nach unten, eingeklemmt zwischen Sitz und Airbag, den Kopf seitlich abgeknickt, als wäre sein Genick gebrochen. Über das Gesicht verlief eine tiefe Wunde, Blut tropfte nach unten auf das Innere des Dachs. Gilda konnte sehen, dass er tot war. Trotzdem streckte sie die Finger aus und tastete nach dem Puls.

Dann erhob sie sich steif und stakste zu Justin, der wie gelähmt dastand. Sie legte den Arm um ihn und zog ihn von der Unfallstelle weg.

Aus dem Tal näherten sich Scheinwerfer, dann hielt Marek neben dem Ferrari und sprang aus dem Wagen. Auf der anderen Seite stieg Drake aus.

„Was ist passiert?" Marek ging neben dem umgekippten Auto in die Hocke.

„Das ist der Kerl, der Laura entführt hat. Und uns alle ruinieren wollte. Der unsichtbare Feind. Der Teufel mit der Maske." Gilda klang erschöpft. „Er ist tot."

Marek sah sie kurz an und nickte unmerklich. „Braucht ihr eine Mitfahrgelegenheit?"

Justin grinste. „Wäre nicht schlecht. Weißt du übrigens, dass der Tactical Pen uns gerettet hat? Großartig! Mein Messer ist allerdings Scheiße. Total stumpf. Nicht zu gebrauchen."

„Das hast du ja auch nicht von mir." Marek lachte.

Sie stiegen ins Auto und fuhren auf den Parkplatz, wo sie auf die Polizei warten wollten.

„Hast du den Notarzt gerufen?", fragte Gilda besorgt. „Laura hat es ganz schön erwischt."

Drake nickte. „Sie sind gleich da. Kann sich nur noch um Minuten handeln."

Aus dem Tal hörten sie Martinshörner, kurz darauf standen mehrere Polizei- und ein Krankenwagen neben ihnen. Männer in Uniform liefen auf sie zu, Sanitäter suchten ihr Equipment zusammen. Justin schilderte ihnen die Lage und ging mit, um sie zu Laura zu führen.

Gilda hatte sich eine Decke um die Schultern gewickelt und saß in der geöffneten Tür auf dem Rücksitz von Mareks Auto. Sie hielt einen Becher dampfenden Kaffee in den Händen. Jetzt, wo die Gefahr vorüber war, spürte sie eine unendliche Erleichterung. Und abgrundtiefe Müdigkeit.

Marek stand vor ihr, die Hände hinten in die Taschen der Jeans gestemmt, neben ihm Drake. „Was zum Teufel ist eigentlich passiert? Kann man dich denn nicht einmal allein lassen?"

Gilda kicherte schrill in die Tasse. Je mehr die Anspannung nachließ, umso weniger Kontrolle schien sie über ihren Körper zu haben. Ihre Hände zittern, und Kaffee tropfte aus der Tasse auf den Boden. „Sieht ganz so aus", brachte sie mühsam hervor.

„Nun sag schon. Was hat das alles zu bedeuten? Justin schickt mir eine Whatsapp und will vor einem Verfolger gerettet werden, dann finden wir eine Leiche in einem zerschmetterten Ferrari und Laura liegt verletzt irgendwo mitten im Wald. Dafür solltest du eine verdammt gute Erklärung haben." Marek zog in gespielter Strenge die Stirn in Falten.

Gilda nickte brav. Dann erzählte sie alles, was sich seit gestern zugetragen hatte.

„Der Tote im Ferrari ist also der Mann, der die Schließung des Restaurants deiner Eltern bewirkt hat?", fragte Drake.

Gilda nickte. „Ja, er steckt hinter den Sabotage-Akten. Er hat auch die grässlichen Fotos von Laura gemacht und Barbaras Konzerte absagen lassen."

„Aber wie habt ihr ihn so in Rage bringen können, dass er euch das alles angetan hat?" Drake sah sie fragend an. „Da muss doch mehr dahinter stecken."

Gilda räusperte sich, sah unschlüssig in die Tasse, dann zu ihren beiden Kollegen. „Der Mann ist der Teufel mit der Maske. Er hat bei unserem ersten Fall mindestens ein Mädchen getötet und meine Freundin ausgepeitscht. Mir wäre es auch so ergangen, wenn Marek mich nicht gerettet hätte." Sie lächelte ihm zu, er winkte großzügig ab. „Man konnte ihm aber nichts nachweisen. Er ist unbehelligt davongekommen. Musste sich für seine Taten nicht verantworten. Meine Freundin Maria und ich haben uns dann an ihm gerächt." Sie warf einen schnellen Seitenblick auf Marek, der ihr jedoch mit unbewegtem Gesicht zuhörte und sich nicht anmerken ließ, dass er Maria kannte. „Das war natürlich falsch. Wir hätten das nicht tun dürfen. Aber wir haben den Gedanken einfach nicht mehr ausgehalten, dass er weiter sein blutiges Handwerk verrichtet. Jedenfalls hat er uns das extrem übelgenommen." Sie senkte den Kopf.

„Ihr habt Selbstjustiz geübt?" Drakes Gesicht war ein einziges Staunen.

„Ja." Gilda verschwieg, dass es Mareks frühere Kollegin Maria gewesen war, die den Teufel mit der Maske malträtiert hatte. Und dass sie erst später dazugekommen war und ihm das Leben gerettet hatte. Es hätte sich nicht fair angefühlt, das zu sagen. Sie hatte ihm auch einen Denkzettel erteilen wollen. „Ich weiß, es war ein Fehler. So etwas werde ich nie wieder machen."

„Na, das will ich hoffen", knurrte Marek, aber seinen Augen sah sie an, dass er belustigt war.

Aus dem Wald näherten sich Stimmen, dann tauchte die Delegation von Polizisten und Sanitätern auf. Justin ging stolz voran, Laura wurde auf einer Trage transportiert. Gilda, Drake und Marek liefen ihnen entgegen.

„Alles ok?", fragte Marek, obwohl es offensichtlich nicht der Fall war. Laura sah schrecklich aus, verwundet und dreckig. Der Teufel mit der Maske und die Rutschpartie den Abhang hinunter hatten ihre Spuren hinterlassen.

Sie lächelte ihm zu. „Habe mich noch nie besser gefühlt."

Beide lachten, Drake, Gilda und Justin stimmten ein.

Laura wurde in den Krankenwagen verfrachtet, Gilda fuhr mit ihr. Sie hatte auch einiges abbekommen, es konnte nicht schaden, wenn ein Arzt einen Blick auf ihre Blessuren warf.

Marek scheuchte Justin und Drake ins Auto, dann verschwanden sie in der Nacht.

72

Es war spät, aber Marek hatte keine Lust, ins Bett zu gehen. Zu viele Dinge gingen ihm durch den Kopf. Er setzte sich auf den Balkon mit einer Flasche Rotwein, sah in den Sternenhimmel und dachte nach. Über die Ereignisse des Tages, aber vor allem über den bevorstehenden Anschlag auf das Musikfestival. Die Bonner Behörden hatten die Fotos von den beiden potenziellen Attentätern erhalten, das hatte ihm sein früherer Kollege bestätigt. Außerdem hatte ihm sein Kontakt mitgeteilt, dass die beiden Männer mit den Lederjacken, LifeGoals78 und sein Kumpel, der Szene um einen Bonner Rapper angehörten. Sie waren bisher nicht auffällig geworden, es lag jedenfalls nichts gegen sie vor. Sie hatten sich also nur im Kulturverein Zweiundsiebzig aufgehalten, um Yasin aufzulauern. Marek hatte sich so etwas schon gedacht. Sie waren schwere Jungs, und sie waren Stalker, aber keine Mörder oder Islamisten.

Außerdem hatte Marek noch eine Mail erhalten, die Drakes Theorie bestätigt hatte. Hassan, der Gärtner, der den Vorgarten des Altbaus so schön in Form geschnitten hatte, war ein Dschihadist, der für den IS gekämpft hatte. Ein Kriegsrückkehrer. Im Internet kursierten mehrere Videos, in denen er vor verstümmelten Leichen posierte und sich mit seinen Taten brüstete. Er galt als brandgefährlich und wurde international gesucht. Nur anscheinend nicht in Bonn. Doch das würde sich jetzt ändern. Marek konnte nur den Kopf schütteln.

Er lehnte sich zurück und schenkte sich den Rest aus der Flasche ein. Eigentlich war seine Arbeit getan. Die Sicherheitskräfte mussten morgen nur nach den zwei Männern Ausschau halten, sie verhaften und alles wäre geritzt. Allerdings hatte er nichts von dem dritten potenziellen Attentäter erzählt, der morgen ebenfalls mit einer Bombe zu dem Konzert gehen würde. Um ihn wollte er sich selbst kümmern.

Irgendwie erinnerte der Junge ihn an sich selbst, als er in dem Alter war. Diese Mischung aus Unerfahrenheit, vielleicht sogar Unschuld, und dem Wunsch, etwas für die Allgemeinheit zu tun, die Welt zu verbessern, den Helden zu spielen. Er war damals auch so gewesen. Hatte sich einer Sache verschrieben, die er für die richtige gehalten und die er nicht überblickt hatte. Hatte sich vereinnahmen lassen von Parolen und Anweisungen. Hatte Dinge getan, die angeblich dem Volk dienen und ein besseres Leben für alle bringen sollten, doch im Endeffekt nur den Interessen einiger weniger in die Hände gespielt hatten. Erst durch eine bittere Erfahrung war ihm klargeworden, dass er durch seinen Idealismus, seine Opferbereitschaft und seine Naivität zum praktischen Handlanger für skrupellose Machtmenschen geworden war.

Marek hatte das Gefühl, dass es dem Jungen genauso erging. Dass er eigentlich etwas Gutes, etwas Richtiges tun wollte, aber in die Hände der falschen Menschen geraten war, die ihn nun für diese monströse Tat missbrauchen wollten. Und dass er nicht wusste, wie er sich aus der Situation befreien konnte.

Er blickte in den Sternenhimmel und dachte nach. Es brauchte eine Weile, doch endlich kam ihm die Idee, was zu tun war. Er tätigte mehrere Anrufe, und in den frühen Morgenstunden war alles eingestielt.

Er leerte das Glas in einem Zug und verzog sich zufrieden ins Bett.

73

HEUTE, SAMSTAG

BAD GODESBERG

Wie verabredet fuhr Marek um halb zehn vor der Detektei vor. Justin wartete bereits im Vorgarten. Er machte ein paar Sprünge auf ihn zu, besann sich dann eines Besseren und schlenderte cool zum Auto.

„Setz dich ruhig auf den Beifahrersitz. Wenn Drake nicht rechtzeitig kommt, muss er den Platz nehmen, der übrig ist." Marek zwinkerte dem Jungen zu.

Wenige Minuten später kam Drake aus der Einfahrt nebenan gelaufen, das Hemd noch nicht ganz zugeknöpft, die Haare zerzaust. Am Gartentor stand eine Frau im Nachthemd und warf ihm eine Kusshand hinterher. Aufatmend ließ er sich auf den Rücksitz fallen. „Fahr los", keuchte er.

„Bist du auf der Flucht?" Marek grinste.

„Hast du mit der ..." Justin stockte mitten im Satz und wurde rot. Die Männer lachten.

„Ja, habe ich", antwortete Drake und strubbelte von hinten durch Justins Haare, wohl wissend, dass der das nicht mochte.

Drake beugte sich nach vorne zwischen die Sitze: „Haben wir kein Geschenk dabei? Wir machen doch einen Krankenbesuch."

„Du ja offensichtlich auch nicht", konterte Marek.

„Dann halt mal bei dem Kreisel in Plittersdorf. Dort gibt es einen schönen Geschenkeladen und einen guten Bäcker. Ich hatte nämlich noch keine Zeit für Frühstück. Da können wir uns eindecken."

Es machte Ping, Justin sah auf sein Smartphone. „Gilda schreibt, wir sollen für Laura etwas zum Anziehen mitbringen."

„Geht nicht. Sag ihr, wir haben keinen Schlüssel zu Lauras Wohnung." Für Marek war das Thema erledigt, mit aufheulendem Motor überholte er einen klapprigen Mercedes.

Justins Finger rasten über das Display. Es pingte wieder. „Gilda meint, wir sollen in den Secondhand-Laden in Plittersdorf gehen und ihr dort etwas kaufen. Sie kennen Laura."

Marek fluchte.

„Ich besorge Geschenke und Zeitschriften", grinste Drake.

Sie parkten den Wagen und teilten sich auf. Drake und Justin verschwanden Richtung Kiosk, Marek näherte sich zögernd dem Geschäft, vor dem Ständer mit Hosen, T-Shirts und Schuhen aufgebaut waren. Er hatte schon die absonderlichsten Situationen gemeistert, aber das hier war Neuland für ihn. Er betrat den Laden und sah sich um. Die Auswahl war groß, überall standen Frauen, durchsuchten die Ware oder unterhielten sich. Es herrschte gute Stimmung. Doch wie sollte er hier etwas für Laura finden?

„Kann ich Ihnen helfen? Oder möchten Sie sich erst mal umschauen?"

„Ja. Nein." Er fühlte sich wie ein Idiot.

Der modisch gekleidete Besitzer des Ladens lachte. Marek war für einen Augenblick von seinen äußerst farbenfrohen Schuhen abgelenkt.

„Ja, helfen Sie mir bitte. Ich brauche eine Jeans und ein Oberteil. Also nicht für mich", beeilte er sich hinzuzufügen. „Es ist für Laura Peters. Angeblich kennen Sie sie."

„Natürlich kennen wir sie. Sie ist oft hier. Melli, holst du mir bitte die weiße Bluse, die gestern hereingekommen ist?"

Eine schmale Dunkelhaarige mit frechem Kurzhaarschnitt verschwand in den unendlichen Weiten des Geschäfts, kam mit dem gesuchten Stück zurück und legte es an die Kasse. Der Besitzer hatte derweil eine Jeans ausgewählt, Marek bezahlte.

Erleichtert ging er mit den Einkäufen zum Wagen zurück, lehnte sich lässig an einen Baum und wartete auf Drake und Justin.

Zwanzig Minuten später klopften sie an das Krankenzimmer. Die Tür wurde geöffnet, Barbara strahlte sie an. „Na, ihr Langschläfer?"

Laura lag in einem Krankenbett am Fenster, auf dem Bett daneben saß Gilda, schon angezogen, und baumelte mit den Beinen. Drake überreichte den beiden feierlich jeweils ein kleines, kunstvoll verpacktes Geschenk. Die Frauen wickelten jeder ein dekoratives Armbad aus bunten Perlen und Sternchen aus und bedankten sich überschwänglich.

„Von uns Männern." Drake blinzelte den beiden zu. Justin grinste, erfreut darüber, dass man ihn zu den Erwachsenen zählte.

Barbara hockte sich neben Gilda. „Ich habe schon alles gehört. Alles." Sie warf die Arme in die Höhe. „Ich bin platt. Und Justin hat euch gerettet. Wahnsinn, Justin, gut gemacht."

Justin nickte bescheiden, dann eroberte ein breites Grinsen sein Gesicht.

„Jetzt müssen wir nur noch den Schaden eindämmen, den der Teufel mit der Maske angerichtet hat. Ich telefoniere gleich mal in der Gegend herum, damit deine Eltern ihr Restaurant möglichst bald wieder aufmachen können. Und meine Konzertveranstalter rufe ich auch an. Mal sehen, ob sie mich wieder engagieren wollen. Aber denn werde ich ganz schön die Preise erhöhen." Sie zwinkerte in die Runde.

Drake öffnete die Brötchentüte mit den Kuchen und Teilchen, die sie mitgebracht hatten, und reichte sie herum. „Kaffee wird man hier wohl keinen bekommen?", fragte er hoffnungsvoll.

„Doch, auf dem Gang steht eine Thermoskanne. Da darf man sich bedienen." Gilda kannte sich bereits gut aus.

Drake gab Justin einen Wink, und sie kamen kurz darauf mit sechs Kaffeebechern zurück.

„Dann sind ja jetzt alle Fälle gelöst, und wir können uns auf ein ruhiges Wochenende freuen?" Barbara biss vorsichtig von einem krümelnden Brownie ab.

Marek schüttelte den Kopf „Nicht ganz. Zuerst zu unserem Gärtner, Hassan. Drake hat recht gehabt, er ist ein Kriegsheimkehrer, der von der Polizei gesucht wird."

„Was?", rief Gilda. Alle starrten ihn an.

„Ja." Marek sah ernst in die Runde. „Drakes Intuition war richtig. Der Kerl ist ein Dschihadist und hat viele Morde auf dem Gewissen. Er hat im Krieg unzählige Menschen brutal abgeschlachtet und ist immer noch gefährlich. Gilda, du musst höllisch aufpassen, solltest du noch mal auf ihn treffen." Gilda nickte mit großen Augen. „Aber es ist unwahrscheinlich", fuhr er fort, „dass er noch frei herumläuft. Die Polizei ist informiert und wird ihn schon verhaftet haben. Wenn es darum geht, einen Dschihadisten zu erwischen, gegen den eine erdrückende Beweislast vorliegt, fackeln sie nicht lange."

„Puh", Gilda war blass geworden. „Hassan von den Schülerpartys in der Stadthalle. Ich kann es einfach nicht glauben. Er war früher so lustig und nett. Wir gehörten zu einer Gruppe, die zusammen gefeiert hat, und hatten so viel Spaß. Was ist bei dem Kerl falsch gelaufen, dass er plötzlich in den Krieg zieht und Menschen abschlachtet? Er ist doch hier aufgewachsen. Es ging ihm doch gut."

„Es gibt Sozialarbeiter und Politiker, die die Theorie vertreten, dass unsere Gesellschaft solchen Jugendlichen nicht genug Perspektiven bietet." Drake brach sich ein Stück von einem Croissant ab und tunkte es in seinen Kaffee. „Diese jungen Männer fühlen sich vielleicht als Menschen zweiter Klasse. Es gibt so viel Wohlstand und Reichtum in unserem Land, aber sie haben keinen Zugang dazu. Und so viel Freiheit, aber ihre Erziehung und ihr soziales beziehungsweise kulturelles Umfeld verwehrt sie ihnen." Er steckte sich das eingeweichte Gebäckstück in den Mund und kaute.

Marek nickte. „Und genau solche Jugendlichen sind perfekte Opfer für die Anwerber, die sie mit ihren Parolen verführen und ihnen Ruhm und Macht versprechen. Doch tatsächlich missbrauchen sie sie nur für ihre unheiligen Zwecke."

Barbara räusperte sich. „Ein schwieriges Thema. Aber dass Hassan zum mordlüsternen Monster wurde, nur weil er keinen Job gefunden hat, das reicht mir als Erklärung nicht. Da muss es noch eine Menge Gehirnwäsche gegeben haben. Und vielleicht hat er auch eine Veranlagung zur Brutalität."

Gilda zuckte die Achseln. „Damals jedenfalls nicht. Da war er ganz normal. Hat sich nie herumgestritten oder gar geprügelt. Er war einfach nur nett."

„Sie werden ihn sicher von Psychologen befragen lassen", beendete Barbara das Thema. „Marek, du sagtest, es steht noch etwas anderes zwischen uns und einem ruhigen Wochenende?"

Er nickte. „Ihr wisst ja, dass heute auf dem Festival ein Anschlag verübt werden soll. Ich habe der Polizei die Fotos von zwei potenziellen Attentätern zukommen lassen, aber zur Sicherheit werde ich auch hingehen. Und dabei könnte ich gut eure Hilfe gebrauchen, Barbara und Drake."

„Schade", Gilda ließ den Kopf hängen. „Ich wäre auch gern auf das Konzert gegangen."

Marek lachte. „Schau erst mal, dass du wieder fit wirst. Beim nächsten Mal bist du wieder dabei. Vielleicht verpasst du auch gar nichts, denn es kann passieren, dass wir nicht viel von der Veranstaltung mitbekommen. Aber eigentlich ist alles gut vorbereitet."

„Ich liebe das Wort 'eigentlich'", ließ sich Laura ironisch von ihrem Bett am Fenster her vernehmen. „'Eigentlich wollte ich ja Diät machen', 'eigentlich wollte ich arbeiten', 'eigentlich ist er ganz nett'. Das Wort dreht jede Aussage ins Gegenteil. Es macht mich nervös, wenn du sagst 'eigentlich ist alles gut vorbereitet'."

Marek nickte. „Du hast recht. Dann drücke ich mich präziser aus: Ich habe alles getan, damit die Attentäter heute Abend verhaftet werden können, ohne dass ein Schaden entsteht."

„Aber?", fragte Laura misstrauisch.

Marek zuckte die Schultern. „Hängt von der Polizei ab. Wenn sie klug sind, fischen sie die Burschen raus, bevor sie das Gelände betreten. Dann kann nichts passieren, keiner kriegt was mit, das Konzert läuft wie geplant. Trotzdem gibt es immer Unwägbarkeiten, manchmal hat man Pech. Man weiß es nie."

„Man macht Pläne, und Gott lacht darüber", sagte Gilda weise. Dann lachte sie spitzbübisch.

Marek nickte. „So in etwa. Allerdings sind sorgfältige Vorbereitung und entschlossenes Handeln immer eine ziemlich verlässliche Erfolgsgrundlage."

„Dann bereiten wir uns mal vor." Barbara sprang vom Bett. „Was müssen wir alles tun?"

„Ich gehe auch gleich", sagte Gilda. „Vielleicht kannst du mich mit ins Büro nehmen? Ich kümmere mich dann um den administrativen Kram. Ihr habt doch bestimmt noch keine Tickets?"

„Stimmt." Marek grinste. „Einlass ist ab achtzehn Uhr. Aber wir sollten vorher da sein. Drake und Barbara, ihr geht zusammen, ich komme separat. Ich muss vorher noch etwas erledigen."

„Wie lange musst du denn noch bleiben, Laura?" Drake stellte sich ans Fußende des Bettes und betrachtete die bandagierten Füße.

„Ach, ein paar Untersuchungen habe ich noch vor mir. Laufen kann ich noch nicht. Aber ewig werde ich hier nicht herumhängen. Man sieht ja, was ihr alles anstellt, wenn ich nicht da bin."

Alle lachten. Justin und die Männer brachen auf, um ins Büro zu fahren, Barbara wartete zusammen mit Gilda die Untersuchung ab.

74

Auf der Rückfahrt saß Drake vorne. „Du bist wirklich ein cooler Typ."

Marek machte vor Überraschung einen Schlenker mit dem Auto. „Ich?" Er war Komplimente von Männern nicht gewohnt. Und, wenn er es sich recht überlegte, von Frauen auch nicht. „Bist du schwul, Mann?" Er versuchte, seine Verlegenheit zu überspielen. Justin lachte zustimmend.

„Na klar." Drake deutete einen freundschaftlichen Rippenstoß an. „Du beeindruckst mich. Keine Angst vor gar nichts. Noch nicht einmal vor einem Secondhand Laden für Frauen. Aber im Ernst: Du weißt in jeder Situation, was zu tun ist. Und was du alles schon erlebt hast, kann ich nur vermuten, denn erzählt hat mir bisher niemand etwas. Ich glaube, der Protagonist in meinem Thriller wird genau so ein Typ wie du."

Marek war sich nicht sicher, ob er geschmeichelt sein sollte. Hauptcharakter in einer von Drakes Storys? Wer weiß, was das werden würde. Der Kerl schrieb doch nur Liebesromane. Und erwartete Drake jetzt womöglich ein Kompliment zurück? „Du bist auch ganz in Ordnung", murmelte er.

„Wow, Marek, that made my day! So ein Lob aus deinem Munde. Womit habe ich das verdient?"

„Das frage ich mich allerdings auch." Die beiden Männer sahen sich an und grinsten.

Sie ließen das Auto in der Straße um die Ecke stehen und schlenderten gemeinsam zum Büro. Justin begleitete sie, er wollte eine Runde Counterstrike spielen.

Eine Stunde später kamen Barbara und Gilda nach. Gilda setzte sich gleich an den Computer und druckte drei Tickets aus. Dann suchte sie Informationen über das Festival heraus: Lageplan, Programm, Zeitungsartikel. Auf der Seite des Veranstalters stieß sie auf den Hinweis, dass der Einlass auf sechzehn Uhr vorverlegt worden war, damit ausreichende Sicherheitskontrollen durchgeführt werden konnten.

„Leute, die Tore machen zwei Stunden früher auf, schon um vier. Sie wollen besonders sorgfältig kontrollieren, und Rucksäcke und größere Taschen sind auch nicht erlaubt."

„Das ist gut." Marek kam zu ihr in den Vorraum. „Das bedeutet, dass die Polizei meine Hinweise ernst genommen hat. Also, Barbara, Handtasche zu Hause lassen."

„Aber wo soll ich meine Sachen hintun?"

„Hast du keine Hosentaschen wie jeder andere auch?"

„Nicht, wenn ich ein Kleid trage." Sie lächelte verschmitzt. Drake winkte ab. „Ich werde auf jeden Fall Geld dabei haben, du bist eingeladen. Geldbeutel kannst du also schon mal zu Hause lassen."

„Ich werde übrigens, während ihr zu dem Konzert geht, im Büro bleiben. Für Notfälle."

„Ich glaube nicht, dass das nötig ist, Gilda. Geh nach Hause und ruh dich aus. Du bist immer noch ein bisschen blass um die Nase."

Marek nahm die Ausdrucke, die er gestern gemacht hatte, von ihrem Schreibtisch und reichte sie Barbara und Drake. „Das sind die beiden Attentäter. Nach ihnen müsst ihr Ausschau halten. Ich hoffe natürlich, dass die Polizei sie direkt aus dem Verkehr zieht. Aber wenn das nicht funktioniert, seid ihr dran. Sie dürfen auf keinen Fall auf das Gelände. Sonst haben wir ein Problem."

Die beiden nickten.

„Was sollen wir tun, wenn sie doch reinkommen?", fragte Barbara mit großen Augen.

„Dann sagt den Sicherheitskräften Bescheid."

„Ok. Und wann und wo treffen wir uns?"

Marek sah auf die Uhr. „Ich schlage vor, ihr seid schon eine Stunde früher da, also um drei. Und ich weiß noch nicht, ob wir uns überhaupt treffen." Er überlegte kurz. „Wisst ihr was? Wir halten Kontakt übers Handy. Dann entscheiden wir situativ."

75

Nachdem alles besprochen war, trennten sie sich. Barbara wollte sich schön machen, Drake hatte noch etwas in der Gegend zu erledigen. Marek musste innerlich grinsen, er konnte sich vorstellen, was das war. Der Kerl war wirklich unermüdlich.

Gilda und Justin hielten die Stellung im Büro. Gilda hatte sich geweigert nach Hause zu gehen, aber wenigstens versprochen, sich auf der Liege im Garten auszuruhen.

Marek fuhr nach Lannesdorf. Er stellte den Wagen wieder auf dem Parkplatz des Sportparks ab. Heute standen dort viele Autos, auf dem Fußballfeld fand ein Spiel statt. Das schrille Pfeifen des Schiris und die Anfeuerungsrufe des Publikums waren weithin zu hören.

Er lief den mittlerweile vertrauten Weg entlang, vorbei an dem Gartencenter in Richtung Moschee. Es herrschte reger

Betrieb, die Leute erledigten ihre Samstagseinkäufe. Niemand ahnte, dass sich eine Katastrophe anbahnte, die es zu verhindern galt. In solchen Augenblicken fühlte sich Marek wie in einem Paralleluniversum. Seine Welt bestand aus dem Kampf gegen Kriminelle, Attentäter und Mörder. Aus dem Wettlauf gegen das Böse. Aus dem Adrenalinkick, wenn er alles riskierte. Er konnte sich nicht vorstellen, diesem Leben jemals den Rücken zu kehren und eines schönen Tages in Baumärkten Topfpflanzen und Gartenerde einzukaufen. Er musste an Laura denken. Die unausgesprochene Möglichkeit einer Beziehung lag in der Luft. Sie sendete die richtigen Signale. Aber sie würde von ihm Stabilität erwarten. Verlässlichkeit. Kontinuität. Ein normales Leben. Doch dazu war er nicht in der Lage. Es würde in einem Desaster enden, sie würde ihn hassen und nie mehr sehen wollen. Das konnte er nicht riskieren. Er wollte sie auf keinen Fall verlieren. Er durfte der Versuchung nicht nachgeben.

Als er das Haus erreicht hatte, sah er auf die Uhr. Kurz nach eins. Er war sicher, dass der Attentäter früh aufbrechen würde. In dem Appartment hatte Marek keine Utensilien für eine Bombe gefunden, also würde man sie ihm irgendwo anders übergeben.

Es tat sich nichts. Immer wieder traten Leute aus der Haustür, aber seine Zielperson war nicht dabei. Nach einer Weile wurde er unruhig. Was, wenn er zu spät war, und der Junge sich schon morgens auf den Weg gemacht hatte? Es hielt ihn nicht länger auf seinem Posten. Routiniert öffnete er das Türschloss, nahm immer zwei Stufen gleichzeitig und ging zu der Wohnung. Er presste sein Ohr an die Tür. Drinnen war es absolut ruhig. Eilig verschaffte er sich Zutritt.

Das Apartment war leer und aufgeräumt. Der Vogel war ausgeflogen.

Auf dem Bett im Schlafzimmer fand Marek einen Umschlag. Er konnte die Schrift nicht lesen, aber er vermutete, dass es ein Abschiedsbrief an die Eltern war. Ob sie wussten, was ihr Sohn vorhatte? Hießen sie es gut, diese Vergeudung von Leben? Er steckte das Kuvert in die Innentasche seiner Lederjacke. Wenn alles lief wie geplant, würde das Schreiben nur unnötig Schaden anrichten.

Er verließ die Wohnung und joggte zurück zu seinem Auto. Jetzt war genau die Situation eingetreten, die er unbedingt hatte vermeiden wollen: Er hatte den Jungen aus den Augen verloren.

Marek startete den Motor, drückte aufs Gas und nahm den schnellsten Weg in die Rheinaue. Zu seinem Ärger fand er keinen Parkplatz. Alles war abgesperrt oder besetzt. Er musste den Wagen weit entfernt abstellen. Gefühlt hätte er es auch an der Detektei stehenlassen können.

Er lief zurück, schlug ein hohes Tempo an, verlangsamte seine Schritte erst, als er in der Nähe des Veranstaltungsgeländes war. Noch war es ruhig. An den Eingängen standen ein paar Männer, erste Besucher warteten schon auf dem Rasen vor dem Zaun.

Er sah sich um. Wo würde man den Attentätern die Bomben übergeben? Wahrscheinlich nicht sehr weit vom Veranstaltungsort entfernt. Denn je länger der Weg, umso höher das Risiko, entdeckt zu werden. Womöglich zeichnete sich die Bombe unter der Kleidung ab oder dem Attentäter gingen die Nerven durch, und er fiel auf, weil er zitterte und Angstschweiß auf der Stirn hatte.

Neben ihm erhob sich im sanften Schwung ein mit Gras bewachsener Hügel, auf dem Hochplateau wuchsen Büsche. Das erschien ihm vielversprechend als möglicher Übergabeort. Von dort oben hatte man einen guten Überblick, gleichzeitig war man durch die Bepflanzung vor neugierigen Blicken geschützt.

Er lief um den Hügel herum und erklomm ihn von der Rückseite. Lautlos näherte er sich dem Gebüsch, bog vorsichtig die Zweige auseinander. Nichts. Er untersuchte den Boden, die Erde war niedergetrampelt. Aber das konnten auch spielende Kinder oder heimlich knutschende Pärchen gewesen sein. Außer ausgetretenen Zigarettenstummeln und Schokoladenpapieren fand er nichts.

Kurz überlegte er, ob er durch die Gegend laufen und auf gut Glück nach den Männern Ausschau halten sollte, doch dann verwarf er die Idee wieder. Sie mussten auf jeden Fall früher oder später zu den Eingängen kommen. Und das konnte er von hier oben am besten beobachten. Er setzte sich ins Gras, legte die Lederjacke neben sich, überkreuzte die Beine und stützte die Arme hinter sich auf. Er sah jetzt aus wie die anderen Konzertbesucher, die darauf warteten, dass die Tore endlich geöffnet wurden. Keiner würde ihm anmerken, wie aufmerksam er die Umgebung beobachtete.

Mit der Zeit trudelten immer mehr Menschen ein. Alle Altersstufen waren vertreten, doch das Gros machten Besucher in den Zwanzigern aus. Die Stimmung war gut, wohl auch wegen der Getränke, die schon vor Veranstaltungsbeginn konsumiert wurden.

Er hielt vor allem nach dem Jungen Ausschau. Um die beiden anderen sollte sich die Polizei kümmern. Aber er konnte ihn nirgends entdecken.

Endlich begann der Einlass. Die Leute strömten auf die beiden Eingänge zu und stellten sich geduldig an. Die Security-Mitarbeiter schienen ihren Job ernst zu nehmen.

Unerbittlich nahmen sie Taschen und Rucksäcke ab, untersuchten Jacken, konfiszierten Flaschen. Manche schienen von den verschärften Einlassregelungen nichts gewusst zu haben. Immer wieder kam es zu heftigen Diskussionen, einige Mädchen weinten sogar. Doch die Ordner ließen sich nicht erweichen. Marek war zufrieden.

Doch wo war der Junge?

76

Es war halb drei, als Drake vor Barbaras Haus hielt. Gut gelaunt sprang er aus dem Wagen und klingelte. „Bin gleich unten", hörte er sie durch die Sprechanlage.

Er stellte sich neben den Eingang und streckte sein Gesicht der Sonne entgegen. Die Tür ging auf, Barbara trat auf die Straße, ganz im Boho Festival Style gekleidet. Um die blonden Haare hatte sie ein rotes Tuch geschlungen, dessen lange Enden an der Seite herabhingen. Das kurze, weiße Kleid ließ die Schultern frei, die Füße steckten in beige-farbenen Wildlederstiefelchen mit Fransen.

„Oh, du hast dich aber in Schale geworfen."

Barbara hatte schon bessere Komplimente gehört. Sparte er sich die für die Nachbarinnen auf, oder kam er auch so immer ans Ziel?

„Ich habe mich nicht extra umgezogen", lachte er.

Sie musterte ihn: „Ja, das sehe ich."

„Auf dem Weg zu dir habe ich gesehen, dass Parken an der Rheinaue eine Katastrophe ist. Am besten lassen wir den

Wagen irgendwo in der Nähe einer Haltestelle stehen und nehmen den Bus oder die U-Bahn."

Pünktlich um drei standen sie vor dem Festival-Gelände. Barbara trat nervös von einem Fuß auf den anderen. Ihr wurde erst jetzt so richtig bewusst, dass sie sich freiwillig an einen Ort begab, an dem ein Anschlag verübt werden sollte. Plötzlich erschien ihr diese Idee total hirnrissig. Am liebsten hätte sie 'Ciao' gesagt und sich in Sicherheit gebracht. Aber Marek zählte auf sie. Sie durften ihn nicht im Stich lassen. Hoffentlich hatte die Polizei die Situation unter Kontrolle, und sie mussten gar nicht eingreifen.

Drake hatte die Bilder mit den Gesichtern aus seiner Hosentasche gezogen und studierte sie. Er schien völlig ruhig, ganz entspannt.

„Zeig mal." Sie lehnte sich an ihn und schaute über seinen Arm hinweg auf die Fotos. „Sie sehen so unauffällig aus. Woran sollen wir sie erkennen?"

Drake lachte. „Der eine hat ein Muttermal unter dem Auge, siehst du? Und der andere trägt einen ziemlich merkwürdigen Haarschnitt. Daran werden sie uns sofort auffallen."

Barbara blieb skeptisch, sagte aber nichts. Mehr denn je hoffte sie auf die Fähigkeiten der Polizei.

„Sollen wir wirklich nachher reingehen?"

Drake zuckte die Achseln. „Müssen wir wohl, wenn wir sie hier draußen nicht finden." Sie wanderten durch die dichte Menschenmenge, die darauf wartete, endlich eingelassen zu werden. An einem Erfrischungsstand blieb Barbara stehen. „Drake, ich brauche jetzt etwas zu trinken. Kannst du mir einen Sekt bestellen?"

„Klar, warte."

Kurz darauf kam er mit den Getränken zurück. „Prost!"

Barbara tippte mit dem Glas an seine Bierdose. „Cheers."

Sie mischten sich wieder unter das Volk, Barbara wurde zunehmend lockerer, machte Scherze und spazierte an den Leuten vorbei.

Drei Drinks und zwei Stunden später hatten sie die Männer immer noch nicht entdeckt. Barbara sah Drake müde an: „Ich kann nicht mehr. Außerdem halten uns die Leute für verrückt, wenn wir hier dauernd auf und ab patrouillieren. Wir finden die Typen nicht. In diesem Massenauflauf ist das ein aussichtsloses Unterfangen. Ich gehe jetzt rein. Das Konzert fängt gleich an."

Drake nickte. „Ich bin auch dafür."

Da sie weder Taschen noch Rucksäcke oder dicke Jacken dabei hatten, passierten sie ohne Schwierigkeiten die Kontrolle.

Wieder besser gelaunt mischte sich Barbara unter die Leute, tanzte zu der Musik aus den Lautsprechern. Nach jedem Song wurde durchgesagt, dass gleich die erste Gruppe käme und gefragt, ob das Publikum bereit wäre. Jedes Mal ging ein begeistertes Kreischen durch die Menge. Barbara ließ sich anstecken und jubelte mit. Drake gab ihr ein Zeichen, dass er mal verschwinden musste. Die drei Biere meldeten sich. Sie winkte, nickte ihm zu, dann tanzte sie weiter. Als sie eine schwungvolle Drehung machte, stand er vor ihr. Sie sahen sich direkt in die Augen. Der merkwürdige Haarschnitt. Drake hatte recht gehabt, der fiel auf. Sie starrte den Mann an, war völlig paralysiert. Was sollte sie tun? Sie konnte ihn schlecht festhalten, er war viel größer und stärker als sie.

Der Mann warf einen kurzen Blick auf sie, dann wandte er sich ab. Ging weiter. Barbara sah sich nach Drake um. Wo war der Kerl, wenn man ihn brauchte? Gleich würde der Typ verschwunden sein, dann würden sie ihn nicht wiederfinden in dem Getümmel. Einen Security-Mann konnte sie auch nicht holen. Das würde viel zu lange dauern.

Rücksichtslos schob sie sich durch die Menge, den Blick fest auf den Rücken des möglichen Attentäters geheftet. Aber immer nur hinter ihm herzulaufen, war auch keine Lösung. Sie musste sich etwas einfallen lassen. Kurzentschlossen öffnete sie die oberen Knöpfe ihres Ausschnitts, so dass der rote Spitzen-BH darunter sichtbar wurde. Dann griff sie nach seinem Arm. Wie von der Tarantel gestochen fuhr er herum. Als er sie sah, beruhigte er sich wieder.

„Hi", sie musste schreien, um den Lärm zu übertönen, was ihre Stimme deutlich weniger sexy klingen ließ. „Möchtest du tanzen?" Er würdigte sie keiner Antwort, riss nur seinen Arm los. Barbara dachte an Marek und den Spruch, dass entschlossenes Handeln ein Garant für Erfolg war. Sie stürzte sich auf den Attentäter, klammerte sich an ihm fest und schrie, was das Zeug hielt. „Hilfe! Hilfe!"

Vergeblich versuchte er, sie abzuschütteln, sie hing wie eine Klette an ihm. Sie fielen zu Boden, wälzten sich auf dem Rasen. Für Außenstehende sah es sicher so aus, als wollte sie sich von ihm befreien. Ein paar Männer eilten ihr zu Hilfe, packten den Kerl am Schlafittchen. Und endlich erschien die Polizei. Sie rannte ihnen entgegen, hielt ihnen das Bild unter die Nase. Offensichtlich waren sie gut gebrieft worden, das Foto war ihnen bekannt. Sofort nahmen sie den Mann in die Mitte und führten ihn ab. Ihr bedeuteten sie, mitzukommen. Sie hob das Tuch auf, das ihr während des Handgemenges vom Kopf gerutscht war, knöpfte das Kleid zu und folgte ihnen.

77

Er hatte ihn sofort erkannt, als er die Bilder auf Gildas Schreibtisch liegen gesehen hatte. An dem Muttermal unter dem Auge. Er hatte sich in der Detektei umgesehen. Wie so oft in den letzten Tagen. Niemand hatte etwas bemerkt. Als Gärtner war er für sie unsichtbar. Konnte ihre Gespräche mithören, die Unterlagen durchblättern. Als trüge er eine Tarnkappe.

Nur Gilda hatte ihn wahrgenommen, ihn wirklich angesehen. Hatte sich mit ihm unterhalten, gelacht. Und ihn zum Nachdenken gebracht. Eigentlich war er nach Deutschland zurückgekommen, um sich auszuruhen und um neue Kräfte zu sammeln. Doch durch Gilda war er ins Zweifeln geraten. Was war richtig, was war falsch? Nachts hatten ihn die vielen Toten heimgesucht. Das viele Blut, das er vergossen hatte, hatte ihn nicht mehr schlafen lassen. Was war denn so schlimm daran, dass eine Frau lebenslustig war? Wenn sie schöne Kleider trug und ihr Haar offen zeigte? Gilda war dadurch noch lange kein schlechter Mensch. Und trotzdem hätte er sie noch vor wenigen Wochen sofort und ohne mit der Wimper zu zucken umgebracht. Doch jetzt konnte er das nicht mehr.

Es war nicht richtig.

Und wie viele andere hatte er getötet, obwohl es bei denen genauso falsch war? Die Erinnerung lastete auf ihm wie ein Betonklotz, ließ ihn kaum noch atmen. Was hatte er getan?

Wie sollte er mit dieser Last weiterleben? Und wie konnte er mit dieser Schuld sterben?

Doch als er die Bilder gesehen und Murat erkannt hatte, hatte er gewusst, was er tun musste. Hatte zum ersten Mal wieder das Gefühl, etwas richtig zu machen.

Seit er wieder in Deutschland war, hielt er sich von den Kreisen fern. Trotzdem hatte er erfahren, wo Murat untergekommen war. Murat, mit dem er im selben Ausbildungslager gewesen war. Dessen Glaube und Loyalität unerschütterlich war. Und der sich jetzt in Bonn befand, um Ruhm für die Ewigkeit zu erlangen. Das passte zu ihm. Er war dumm und eitel. Ein leichtes Opfer für die Anwerber von Märtyrern.

Seit zwei Stunden folgte er ihm schon. Wartete auf die richtige Gelegenheit. Murat war kreuz und quer durch die Stadt gelaufen und hatte dann den Bus in die Rheinaue genommen. Dort hatte er sich das Veranstaltungsgelände angesehen, dann war er zu einem der künstlich angelegten Seen weitergewandert. Schwäne trieben majestätisch auf dem Wasser, Büsche säumten das Ufer. Besser ging es nicht. Er trat auf ihn zu. Murat erkannte ihn sofort. Lächelte. Er war in der Hierarchie weit über Murat gewesen, doch hier, in der Fremde, waren sie Brüder. Er umarmte ihn, küsste ihn. Drückte ihn eng an sich. Und rammte das Messer tief in seinen Leib. Er spürte, wie das warme Blut aus der Wunde floss, über seine Hand, die die Waffe hielt. Murat sank stöhnend in seinen Armen zusammen. Vorsichtig ließ er ihn zu Boden gleiten, prüfte, dass der Tod eingetreten war, schloss ihm sanft die Augen. Dann setzte er sich neben ihn, säuberte das Messer mit ein paar Blättern und setzte es sich an den Hals. Seine Gedanken wanderten zu Gilda. Ihr Lächeln, ihre schönen Haare. Vielleicht würde er jetzt endlich Ruhe und Frieden finden.

Mit einem Ruck durchschnitt er sich die Halsschlagader.

78

Endlich entdeckte Marek den Jungen. Er stand in einer geschützten Ecke hinter einem Gebüsch am See. Ein Stück entfernt vom Veranstaltungsgelände, aber von seinem Aussichtspunkt aus konnte er ihn gut sehen. Er war in Gesellschaft eines älteren Mannes, der etwas an seinem Körper befestigte. Marek beobachtete, wie er dem Märtyrer die Hand auf die Schulter legte, ihm tief in die Augen sah, nickte und ihn in Richtung Eingang schob.

Mit wackeligen Schritten ging der Junge los. Er wirkte wie ein Roboter, einzig auf sein Ziel konzentriert. Marek sprang auf, griff nach der Lederjacke und lief den Abhang hinunter. Er wollte den Attentäter abpassen, bevor er die Kontrolle passierte. Doch er kam zu spät. Er sah gerade noch, wie Ordner ihn nach kurzer Musterung vorbeiwinkten, weil sie alle Hände voll zu tun hatten mit einem Mädchen, das sich nicht von seiner Tasche trennen wollte. Marek spürte Erleichterung. Sie hatten ihn nicht erwischt.

Er drängelte sich durch die Leute, zeigte den Sicherheitsleuten die Eintrittskarte und ließ sich abtasten. Dann betrat er das Festgelände und sah sich nach dem Jungen um. Er stand nicht weit entfernt, suchte vermutlich den besten Platz für eine Detonation. Sein Gesicht war blass, die Lippen zitterten. Langsam ging er los, Marek heftete sich an seine Fersen.

Die Stimmung stieg, gleich würde die erste Band auftreten. Das Gedränge wurde immer dichter. Eine Pogo tanzende Männergruppe wollte ihn nicht vorbei lassen, für einen Augenblick verlor er den Jungen aus den Augen.

Plötzlich brach Unruhe aus. An verschiedenen Stellen schien etwas zu passieren. Durch den Lärm hörte er eine Frau kreischen. Barbaras Stimme. Er unterdrückte den Impuls, ihr zu Hilfe zu eilen. Sie würde zurechtkommen. Er drängelte sich durch die Tänzer, kriegte den Jungen wieder ins Blickfeld.

Der hatte die Tumulte auch bemerkt, wurde nervös. Doch plötzlich schien ihn eine unglaubliche Ruhe zu überkommen. Er stand unbeweglich da. Dann hob er wie in Zeitlupe den Arm.

Er hatte sich entschlossen, die Bombe zu zünden.

Marek machte einen Satz nach vorne, warf sich auf ihn, riss ihn zu Boden. Mit seinem ganzen Körper legte er sich über dem Jungen in der irrwitzigen Hoffnung, die Sprengung dämpfen zu können. Aber nichts passierte.

Keine Explosion.

Vorsichtig tastete Marek den Oberkörper des Jungen ab, fuhr mit der Hand unter die Weste, fühlte die Drähte. Er kniff die Augen zu und riss beherzt daran. Trennte die Verbindung zwischen dem Auslöser und dem Sprengstoff. Erleichtert atmete Marek aus. Er war rechtzeitig gekommen, hatte verhindern können, dass die Bombe gezündet wurde. Der Junge unter ihm schluchzte, er wurde geschüttelt vom Weinen. Marek drückte das tränennasse Gesicht für einen Augenblick an seine Brust. Dann rappelte er sich auf und half dem Jungen hoch.

79

Im Security-Bereich sah Barbara den Attentäter wieder. Seine Hände waren hinter dem Rücken mit Handschellen gefesselt, er wurde von einem ganzen Polizei-Bataillon bewacht. Und auch Drake war da. Strahlend ging sie auf ihn zu und umarmte ihn. „Wir haben es geschafft", jubelte sie. „Der Kerl ist verhaftet. Ich bin ja so froh."

Er grinste und sah an ihr herunter. „So derangiert habe ich dich noch nie gesehen. Schmutzige Knie, wirre Haare? Aber du hast den Täter gefunden. Gratuliere."

„Danke", strahlte sie. „Das war nicht einfach. Vor allem, wenn du durch Abwesenheit glänzt."

Er zuckte die Achseln. „Wie hast du das gemacht?"

„Ich habe mich auf ihn gestürzt wie eine Verrückte", lachte sie. Am liebsten wäre sie durch den Raum gehüpft und hätte laut gesungen. Sie war so voller Adrenalin, dass sie nicht stillstehen konnte.

Ein Polizist trat zu ihnen. „Wir müssen Sie bitten, uns aufs Revier zu begleiten, damit wir Ihre Aussage zu Protokoll nehmen können. Mein Chef hat sich gewundert, dass Sie Bilder von den beiden Verdächtigen dabei haben. Aber das können Sie sicher aufklären." Er schaute Barbara interessiert an.

„Muss das sein? Sie haben doch jetzt den Verbrecher. Suchen Sie lieber den anderen."

„Das ist schon geschehen. Spaziergänger haben seine Leiche hinten am See gefunden. Er wurde eliminiert, bevor er das Veranstaltungsgelände betreten konnte."

„Eliminiert? Du meine Güte! Wenigstens wurde dadurch Schlimmeres verhindert. Dann kann ja jetzt nichts mehr passieren. Müssen wir wirklich mit aufs Präsidium?"

Auch Drake hatte wenig Lust mitzugehen.

„Ich fürchte, ja." Der Polizist blieb unerbittlich. „Aber wir können sofort fahren, vielleicht kriegen Sie dann noch das Ende des Konzerts mit."

Auf dem Revier mussten sie in einem Verhörraum warten. Außer einem Tisch und ein paar Stühlen befand sich dort nichts. Noch nicht einmal der Einwegspiegel, der in jedem Kriminalfilm vorkam, wie Barbara enttäuscht feststellte. Plötzlich fiel ihr Marek ein. Sie hatten ihn die ganze Zeit nicht gesehen. Wo er wohl abgeblieben war? War er überhaupt zu dem Festival gekommen? Jedenfalls war es besser, ihn vor der Polizei nicht zu erwähnen. Je mehr sie erzählten, umso länger würden sie hier sitzen. Das musste sie unbedingt Drake klarmachen. Aber womöglich war der Raum verwanzt? Sie musste aufpassen, was sie sagte. „Was für ein Drama. Und trotzdem war es schön. Nur du und ich." Sie zwinkerte auffällig mit den Augen. „Nur wir beide allein bei so einer Veranstaltung. Sonst niemand." Sie klimperte wieder mit den Augenlidern.

Drake schaute sie verständnislos an. „Klar. War schön. Du und ich." Barbara nickte heftig.

Die Tür öffnete sich, zwei Beamte betraten den Raum.

„So, dann wollen wir mal loslegen", begann der eine jovial. Er setzt sich zu Barbara und Drake, legte einen Stapel Papiere auf den Tisch und zückte einen Kuli. Der zweite Polizist blieb in der Ecke stehen, die Füße schulterbreit auseinander, die Hände hinter dem Rücken.

Barbara und Drake beantworteten die typischen Formular-Fragen: Name, Adresse, Nationalität, Geschlecht. Dann ging es ans Eingemachte: „Woher wussten Sie, dass der Mann gefährlich ist?

„War er das?", witzelte Barbara, immer noch im Adrenalin-Rausch. „Ich wollte eigentlich nur mit ihm tanzen."

Drake legte ihr die Hand auf den Arm. „Ich arbeite für die Detektei Peters. Durch einen Fall sind wir zufällig darauf gestoßen, dass ein Attentat geplant war. Wir haben Bilder der Verdächtigen erhalten, obwohl wir natürlich nicht in dieser Richtung ermittelt haben. Das Thema Islamismus ist selbst für unsere Detektei eine Nummer zu groß." Er lächelte die beiden Beamten harmlos an. „Heute Abend bin ich mit meiner Freundin Barbara zu diesem Konzert gegangen, da haben wir den Mann erkannt. Das war alles. Den Rest haben ihre Leute erledigt."

Der Mann, der ihnen gegenübersaß, schnaubte. „Zufällig waren Sie heute Abend da? Immer, wenn ich das Wort 'zufällig' höre, stellen sich mir die Nackenhaare hoch."

Drake nickte. „Mir auch."

Kurz war seinem Gegenüber der Wind aus den Segeln genommen, dann begann er erneut. „Haben Sie denn eine bessere Erklärung für mich?"

Drake lehnte sich entspannt zurück, schlug die Beine übereinander und sagte bedauernd: „Leider nein."

Zwanzig Minuten wurden sie noch festgehalten und weiter befragt, doch sie blieben bei ihrer Aussage und durften schließlich gehen.

Vor dem Präsidium winkten sie ein Taxi herbei. „Bad Godesberg, Moltkestraße, bitte", sagte Drake. Barbara sah ihn erstaunt an. „Ich dachte, der Abend ist noch jung, und wir gehen etwas Essen. Was meinst du?"

„Tolle Idee. Ich bin noch so aufgedreht, ich möchte auf keinen Fall nach Hause."

„Wunderbar."

Barbara kicherte vor sich hin.

„Was ist los?"

„Wie du erklärt hast, warum wir den Attentäter erkannt haben, einfach toll. Aber bei Benderscheid wärst du damit nicht durchgekommen. Der kennt Marek und weiß ganz genau, dass ihm nichts zu groß ist und nichts Angst macht. Auch keine Islamisten."

Drake zuckte die Achseln. „Dann hatten wir eben Glück."

„Ja. Kannst du mir bitte mein Handy geben? Ich möchte Marek anrufen. Ich habe ihn nirgendwo gesehen. Hoffentlich ist alles in Ordnung."

Drake reichte ihr das Telefon. „Dem passiert nichts. Da bin ich sicher."

Barbara wählte, dann meldete sich Marek.

„Hi, hier ist Barbara. Ist alles ok bei dir?"

„Ja."

„Gut. Ich habe dich nämlich gar nicht beim Konzert gesehen."

„Doch, ich war da."

„Wir haben einen Attentäter entlarvt."

„Ich weiß."

„Und der andere wurde von jemandem getötet."

„Ich weiß."

„Ok, du bist beschäftigt. Wir gehen noch nach Bad Godesberg, etwas Essen. Kommst du mit?"

„Nein danke, ich habe noch etwas zu erledigen."
„Gut. Dann sehen wir uns morgen." Leicht enttäuscht legte sie auf, zu gerne hätte sie Marek im Detail von ihrer Heldentat berichtet. Sie schaute zu Drake hinüber. „Scheint alles ok bei ihm zu sein. Besonders gesprächig war er allerdings nicht."

Das Taxi hielt vor dem Kino, Drake und Barbara sprangen aus dem Wagen und gingen über den Platz zu dem Bistro. Es war gesteckt voll. Samstagabends kamen viele auf die Idee, Essen zu gehen. Aber sie hatten Glück: Ein älteres Pärchen erhob sich, und Drake sicherte ihnen gleich den Tisch.

Sie bestellten Weißwein und Bier und baten um die Karte. Barbara rief Gilda an, um ihr Bescheid zu sagen, dass alles gut verlaufen war und dass sie nach Hause gehen konnte.

Eine freundliche Kellnerin brachte ihnen die Getränke, sie orderten eine große Pizza mit allem Drum und Dran zum Teilen, dann stießen sie an. „Ok, Barbara, auf dich und mich. Auf einen schönen Abend. Nur du und ich." Drake rollte und zwinkerte mit den Augen, wie sie es im Verhörraum getan hatte.

Dann lachten sie los.

80

Sie hatten eine Weile auf dem Boden gelegen, die Konzertbesucher hatten sich neugierig um sie geschart. Dann hatte Marek sich hochgerappelt und den Jungen hochgezogen. Der war völlig verstört gewesen. Marek konnte sich gut vorstellen, was in ihm vorgegangen war. Den Entschluss zu fassen, eine Bombe zu zünden, zu sterben und hunderte Menschen mit in den Tod zu reißen, war monströs. Dass der Junge jetzt, wo es nicht geklappt hatte, leer und orientierungslos war, war kein Wunder. Der Tod war endgültig. Da brauchte man keinen Plan B. Dass er weiterleben würde, damit hatte er nicht gerechnet.

Sie hatten das Konzert verlassen, und Marek hatte ihn mit in seine Wohnung genommen.

Er sprach kein Deutsch und nur wenige Brocken Englisch. Man hatte ihn nur für diesen Auftrag nach Deutschland gebracht. Um sich in einer Menschenmenge in die Luft zu sprengen, musste man keine Fremdsprachen sprechen.

Marek merkte, dass der Junge Angst hatte und nicht wusste, was er von ihm wollte. Er hatte versucht, ihm klarzumachen, dass er sich entspannen sollte, aber das verstand er nicht. So hatten sie sich auf den Balkon gesetzt und schweigend in den Abendhimmel gestarrt.

Endlich klingelte es an der Tür. Marek öffnete.

„Maria!"

Sie lachte, breitete die Arme aus, kam langsam auf ihn zu. Kostete den Moment so lange wie möglich aus, bevor sie sich umarmten.

„Wie geht es dir? Du Hexe!" Er hielt sie ein Stück weit von sich weg, schaute sie an. „Gut siehst du aus. Aber so ein zähes Biest wie dich kriegt auch keiner klein."

Sie grinste, wuschelte ihm durch die Haare. „Du auch siehst gut aus. Tut sich was mit Laura?"

Er winkte lachend ab. „Alte Kupplerin. Wir sind gute Freunde und Arbeitskollegen. Besser geht es nicht."

Sie schaute auf die Uhr. „Ich muss los. Je schneller hier wegkommen, um so besser. Wer weiß, ob Behörden nicht doch wissen. Ich noch müssen über Grenze mit ihm."

Er nickte. „Klar. Natürlich. Aber ich glaube nicht, dass er aktenkundig ist. Und die Leute, die ihn geschickt haben, werden den Mund halten. Macht euch trotzdem auf den Weg. Alles Gute. Und vielen Dank, dass du mir hilfst. Du hast was gut bei mir."

Er ging zu dem Jungen und gab ihm eine Tasche. Darin hatte er die nötigsten Sachen wie T-Shirts, Jeans, Unterwäsche und Hygieneartikel gepackt. Kurz umarmte er ihn, dann legte er ihm die Hand auf die Schulter und sah ihm ernst in die Augen. „Du bist ein guter Kerl. Das hier ist jetzt deine Chance, dein Leben in die richtigen Bahnen zu lenken. Mach was draus."

Der Junge hatte zwar die Worte nicht verstanden, wohl aber den Sinn. Er nickte ernst, dankbar, dann folgte er Maria.

Als sich die Tür hinter ihnen geschlossen hatte, verzog sich Marek mit einer Flasche Gin und einer Dose Tonic auf den Balkon. Der Junge würde eine neue Identität erhalten und in Polen bei Bekannten von Maria unterkommen. Dort konnte er ein neues Leben anfangen.

Marek schaute in den Abendhimmel, nahm einen Schluck von seinem Drink und genoss das Glück des Augenblicks.

81

HEUTE, SONNTAG

BAD GODESBERG

Das Team war vollzählig im Garten der Detektei versammelt. Laura saß auf einer Liege im Schatten, beide Füße verbunden und mit einem glitzernden Tuch bedeckt, das Barbara darüber gebreitet hatte. Damit es schöner aussieht, wie sie verschwörerisch gesagt hatte. Sie hatten Laura extra für das Treffen aus dem Krankenhaus geholt und im Rollstuhl hierher transportiert. Über den Rasen hatte Marek sie getragen. Noch tat Laura jede Bewegung weh. Die Schnitte auf dem Brustkorb waren zwar nicht sehr tief, wollten jedoch nur langsam heilen. Doch um nichts in der Welt hätte sie dieses Picknick verpassen wollen, und mit dem Cocktail an Schmerzmitteln ließ es sich gut aushalten.

Gilda hatte das Buffet aufgebaut. Ihre Eltern hatten es sich nicht nehmen lassen, für das Catering zu sorgen. Eingelegte Paprika und Auberginen, Insalata Caprese, Vitello Tonnato, verschiedene Salate und aufgeschnittenes Ciabatta-Brot standen auf einem Tisch. Meeresfrüchte und marinierte Filet-Stücke lagen für den Grill bereit, im Kühlschrank wartete eine große Schüssel Panna Cotta mit Erdbeersoße.

Drake stand mit Marek und Justin am Grill und zeigte ihnen, wie man professionell Würstchen briet. „Echte Männer brauchen auf dem Grill Würstchen, stimmts, Justin?" Der Junge stemmte die Hände in die Hosentaschen und nickte. Für Pizza und Spaghetti Bolognese war er immer zu haben. Aber das kalte, ölige Gemüsezeugs von Gildas Eltern konnte ihm gestohlen bleiben.

Mit erhobenem Sektglas richtete sich Laura auf. „Darf ich kurz um Ruhe bitten?" Das Gespräch verstummte, alle sahen sie an. „Ihr Lieben, das war eine turbulente Woche, in der so viel passiert ist. Die Feier heute haben wir uns wirklich verdient. Aber zuerst möchte ich mit euch auf Nico trinken. Nico, der heute nicht dabei sein kann. Den wir unendlich vermissen und nie vergessen werden." Sie schluckte hart, und Gilda blinzelte die Tränen weg. Sie prosteten sich zu und tranken.

Barbara räusperte sich. „Hast du eigentlich noch etwas von Merve gehört?" Gilda schüttelte den Kopf. „Nein, keinen Ton."

„Und von Anisha?"

„Auch nichts. Nur ihr Bruder ruft mich dauernd an und möchte mit mir ausgehen."

„Aber?" Die anderen hörten interessiert zu, Gildas Wangen röteten sich. „Nichts aber. Vielleicht treffe ich mich mal mit ihm. Er ist ganz nett."

Barbara bemerkte Gildas Verlegenheit und wechselte das Thema. Sie erzählte Laura noch mal in allen Details, wie sie den Attentäter auf dem Konzert überwältigt und festgehalten hatte, bis die Polizei kam. Sein verblüfftes Gesicht, als sie losgekreischt und sich auf ihn geworfen hatte, war unbezahlbar gewesen.

„Was du dich alles traust. Vielleicht solltest du die Musik aufgeben und bei uns anheuern? Du hast definitiv Potenzial." Laura nickte anerkennend.

„Ich werde es mir überlegen", witzelte Barbara. Dann schaute sie zu Marek. „Der zweite Attentäter wurde eliminiert, hat die Polizei gesagt. Ich hatte ja schon Angst, dass du das gewesen sein könntest, der ihn umgebracht hat."

Marek schüttelte den Kopf. „Nein, das war Hassan. Er hat ihn ermordet. Irgendwas muss ihn dazu gebracht haben, die Seiten zu wechseln. Ein gesuchter Dschihadist, der ein Attentat verhindert. Was sagt man dazu? Und dann hat er sich selbst getötet. Alles ziemlich mysteriös."

„Ich glaube, ich kann das erklären. Jedenfalls ein bisschen." Gilda zog ein Papier aus der Hosentasche. „Er hat mir einen Brief geschrieben. Ich habe ihn gestern Abend gefunden. Er schreibt, dass er viele Fehler gemacht hat. Und das er mich ... mag." Sie räusperte sich. „Er hofft, dass er diesmal das Richtige tun und endlich Frieden finden wird. Ich habe zuerst nicht verstanden, was er meint. Aber jetzt ist es natürlich klar."

Laura seufzte. „Dieser Fall hat mich total verwirrt. Ich wusste gar nicht mehr, wer die Guten und wer die Bösen sind. Die süße, unschuldige Suna, die so viel Schlimmes erlebt hat, ist eine eiskalte Mörderin. Daniel Kampe, der sich um Flüchtlinge kümmert und seine Familie verloren hat, war ein Pädophiler. Und schließlich rettet Hassan, der Kriegsverbrecher, unzählige Konzertbesucher vor einem Attentat."

„Es ist eben nicht alles schwarz oder weiß. Jeder Mensch hat unterschiedliche Seiten." Marek zuckte die Achseln.

Barbara musterte ihn mit zusammengekniffenen Augen: Er hatte bisher wenig zu dem Thema gesagt, dabei war er es gewesen, der die Vereitelung des Anschlags geplant hatte. „Raus mit der Sprache. Da ist doch etwas, was du uns verheimlichst."

Er musste lachen. „Du kennst mich zu gut." Dann erzählte er von dem Jungen, den er beschattet und daran gehindert hatte, die Bombe zu zünden.

„Und?" Laura ließ nicht locker. „Das ist doch noch nicht alles."

Er zwinkerte ihr zu und berichtete, dass er ihm eine neue Identität verschafft und ihn außer Landes gebracht hatte, damit er ein neues Leben anfangen konnte.

Die anderen sahen ihn erstaunt an.

„Ich hatte Mitleid mit ihm", rechtfertigte er sich. „Er ist noch so jung, er wusste nicht, was er tat, als er sich darauf einließ, als Märtyrer zu sterben. Und dann konnte er sich nicht mehr aus der Situation befreien. Deshalb habe ich ihm geholfen."

Barbara hob das Glas: „Marek, das ist unglaublich. Ich bin sprachlos. Du hast ja doch ein Herz?"

Lachend schüttelte er den Kopf. „Das täuscht. Übrigens war es Maria, die ihn über die Grenze gebracht hat."

Gilda quietschte auf. „Wie geht es ihr? Ich hätte sie so gerne gesehen!"

„Es geht ihr gut. Sie hätte dich auch gerne getroffen, aber wir mussten schnell handeln. Irgendwann findet sich bestimmt wieder eine Gelegenheit."

Dann sprachen sie über den unsichtbaren Feind, den Teufel mit der Maske. Gilda beschrieb in allen Details das perfide

Spiel mit den Hinweisen und Videos, das er mit ihr getrieben hatte, und wie sie darauf gekommen war, wo er Laura gefangen hielt. „Aber ohne Justin hätte es böse geendet. Er hat einen erstaunlich guten Wurfarm und ist absolut zielsicher. Der Teufel mit der Maske fiel um wie erschossen."

„Bravo, Justin." Laura lächelte ihm zu. „Nächste Woche müssen wir gleich die Grafik-Karte bestellen."

Die anderen applaudierten, Justin grinste breit.

Barbara schlug mit einem Löffel an ihr Glas: „Noch mehr gute Nachrichten, Leute. Ich habe heute etwas herumtelefoniert. Der Tod des unsichtbaren Feindes hat die Runde gemacht. Und auch, was für ein Monster er eigentlich war. Verschiedenen Leuten ist es jetzt einigermaßen peinlich, dass sie sich von ihm haben instrumentalisieren lassen. Deshalb wollen sie es wiedergutmachen. Gilda, deine Eltern können sich freuen. Zwar können die Behörden nicht ignorieren, dass Hinweise auf Verunreinigungen gefunden worden sind, aber gleich Montag wollen sie vorbeikommen, und sollte alles in Ordnung sein, kann das Restaurant noch am selben Tag seine Tore wieder öffnen." Gilda jubelte und fiel ihr um den Hals. „Schon gut." Barbara befreite sich. „Und meine Konzerte finden übrigens auch statt. Alles ist geklärt."

„Aber was ist mit der Kooperation mit Herckenrath?", fragte Gilda.

Laura räusperte sich. „Ich habe mit ihm heute persönlich gesprochen. Die Sekretärin hat mich tatsächlich wieder durchgestellt. Ich habe ihm auf den Kopf zugesagt, dass der unsichtbare Feind hinter der Kündigung der Zusammenarbeit steckt. Er hat nur verlegen gestammelt, wollte es nicht zugeben. Aber er sagte, dass er es sich anders überlegt hat und wieder mit uns zusammenarbeiten möchte." Sie schaute vergnügt in die Runde und hob die Hand, damit sie ihr weiter zuhörten: „Es war mir ein besonderes Vergnügen ... abzulehnen."

Die anderen lachten, hoben die Gläser und prosteten ihr zu.

„Jetzt sind wir natürlich sehr auf dich angewiesen, Gilda. Mal sehen, wie weit du dein Fake-Account Angebot ausbauen kannst." Laura zwinkerte ihr zu, Gilda strahlte.

„Hallo zusammen." Die Nachbarin von nebenan hatte sich unbemerkt genähert und stand plötzlich im Garten. Im äußerst knappen, geblümten Kleidchen, eine Auflaufform in den Händen. „Ich habe gehört, dass hier eine kleine Party stattfindet, und wollte etwas beisteuern." Sie schaute Drake mit großen Augen an.

„Danke, Irmi." Er kam ihr entgegen und nahm ihr den Auflauf ab. „Aber wie du siehst, ist das eine firmeninterne Feier. Wir reden über vertrauliche Dinge. Das verstehst du sicher?"

„Aber vielen Dank!", riefen die anderen durcheinander.

Nur zögernd und mit einem langen, hungrigen Blick auf Drake verließ sie den Garten.

Gilda kicherte zuerst, und auch die anderen konnten nicht mehr ernst bleiben. Drake zuckte mit den Schultern, dann lachte er auch.

Barbara köpfte noch eine Flasche Schampus und schenkte allen nach.

Laura hob ihr Glas: „Auf euch! Ihr seid die Besten! Ich kann den nächsten Fall kaum erwarten!"

ENDE

NACHBEMERKUNG

Lieber Leser,

wie immer habe ich alle Personen und Ereignisse frei erfunden. In Bonn wurde kein Attentat auf ein Konzert geplant, aber es hat den Versuch gegeben, einen Anschlag auf den Bonner Hauptbahnhof zu verüben. Meine Freundin war damals mit ihrem kleinen Sohn vor Ort, als die Tasche mit dem Sprengsatz gefunden wurde. Die Vorstellung, der kleine Kerl hätte mit all den anderen, die sich dort zufällig aufhielten, in die Luft gesprengt werden können, hat mich zutiefst erschüttert.

Auch Sunas Erlebnisse sind reine Fiktion. Doch es gibt unzählige Mädchen, die vom IS oder von Boko Haram verschleppt wurden und ein furchtbares Schicksal erleiden müssen.

Pia Jill habe ich allerdings auf der Kirmes „Rhein in Flammen" gesehen. Mit der Bierdose im Dekolleté. Aber ich habe ihren Namen geändert.

Abschließend möchte ich mich ganz herzlich bei Ihnen, meinen Lesern, für Ihr Interesse an Laura, Gilda, Marek,

Barbara, Justin und Drake bedanken und hoffe, sie sind schon gespannt, wie es weitergeht. Denn natürlich wird es neue Fälle für das Team der Detektei Peters geben.

Ganz besonders möchte ich mich bei den Lesern bedanken, die sich die Mühe gemacht haben, eine Rezension zu schreiben. Das hilft mir wirklich sehr!

Meinen lieben Freunden Licia und Paolo kann ich gar nicht genug dafür danken, dass sie mir ihr Häuschen in den Bergen zur Verfügung gestellt haben, um das Buch fertig zu schreiben. Ich kann es kaum erwarten, wieder dort in Schreibklausur zu gehen.

Ein riesengroßes Dankeschön geht an Miez, weltbeste Lektorin und strengste Kritikerin, deren herrliche Kommentare am Rand des Manuskripts ein Vergnügen für sich sind. Ein riesiges Dankeschön auch an Gepi, meinen unermüdlichen Testleser, dem es nie zuviel wird, mir zuzuhören. Vielen, vielen Dank an Daniela, meine 'Managerin', 'Stylistin' und unschlagbare 'Charme-Offensive' bei Lesungen, und an Calle, meinen 'Power-Seller' und kreativen Brainstorming-Partner.

Last not least: Danke, liebe Familie und liebe Freunde, für eure Geduld und Nachsicht mit mir während der Phasen, in denen ich im Schreibfieber war, keine Termine mehr wahrnehmen und keinen sehen oder hören wollte. Ich fürchte, das wird beim nächsten Buch wieder so werden ... Ihr seid wunderbar!

Patricia Weiss im Februar 2018

Mehr Informationen über meine Schreibprojekte finden Sie auf meiner Facebook-Seite 'Patricia Weiss – Autorin', auf Twitter '@Tri_Weiss' und auf Instagram '@tri_weiss'.

Printed in Poland
by Amazon Fulfillment
Poland Sp. z o.o., Wrocław